U0692219

KEY·可以文化

遗

王若虚 著

图书在版编目(CIP)数据

遗神 / 王若虚著. -- 杭州 : 浙江文艺出版社,
2025. 4 -- ISBN 978-7-5339-7979-9
Ⅰ. I247.5
中国国家版本馆 CIP 数据核字第 2025XN6700 号

统　　筹　曹元勇
责任编辑　雎静静
文字编辑　张嘉露
营销编辑　耿德加　胡凤凡
责任印制　吴春娟
校　　对　李子涵
数字编辑　姜梦冉　诸婧琦
装帧设计　洪嘉蔚

遗神
王若虚　著

出版发行　浙江文艺出版社
地　　址　杭州市环城北路 177 号
邮　　编　310003
电　　话　0571-85176953(总编办)
　　　　　　0571-85152727(市场部)
印　　刷　上海盛通时代印刷有限公司
开　　本　889 毫米×1194 毫米　1/32
字　　数　251 千字
印　　张　13.25
插　　页　4
版　　次　2025 年 4 月第 1 版
印　　次　2025 年 4 月第 1 次印刷
书　　号　ISBN 978-7-5339-7979-9
定　　价　69.00 元(精装)

目录

编辑代序

历史脉络与文学肌理之间的缝隙

——浅谈《遗神》

“小说家”一词，我们今日都理解为“写小说的人”，而在两千多年前的先秦时期，完全不是这个意思。

当时的“诸子百家”，包括了著名的儒家、道家、法家、墨家、刑名家、阴阳家、纵横家、兵家、杂家、农家、医家，以及我们眼熟的“小说家”。

不过当时的“小说”，不是虚构的文学作品，恰恰相反，是指民间关于一些事件的各种消息、传闻、目击证词等等。这些“小说”流传于口头，然后被一批识文断字的人记录整理出来，上交朝廷。

这批负责记录和整理的人就叫“小说家”。往好里说，他们是民间口述史的编撰者；难听点说，就是打小报告的，甚至是专业打小报告的。

他们散布于民间,竖起耳朵,心里牢记,固然有着海量的信息源,但这些信息是不是可靠,很难说。其次,他们单纯提供信息,对信息本身既无分析,也没有思辨探讨,无法形成学术氛围,更不用说有什么明确的思想内核。在儒、道、法、墨这些大学说的衬托下,“小说家”难登大雅之堂,自是不入流的。

可能有读者问,既然“小说家”这么不入流,为什么还能在大部分古代学术著作里进入“诸子百家”之列?

原因很简单:无论上流的大家还是不入流的“小说家”,在古代都是围绕着统治阶层,为当权者服务的。

“小说家”将民间消息汇报至朝堂,让执政者掌握民间言论动向,做出相应政策调整(也可能无视),是百分之百服务于统治阶层的,甚至是统治体系中十分重要的一环。所以再怎么不入流,再怎么没有学术核心思想,也要被纳入百家学说。

自春秋到战国,无数统治者都很重视“小说家”,直到出现了一个人,其头衔前古未有,对“小说家”制度很嫌弃,此人便是秦朝始皇帝,嬴政。

始皇帝嫌弃“小说家”,绝非是因为不想掌握民间动向。相反,他认为“小说家”的存在只能证明以前的统治者太软弱,居然允许民间讨论一些事情,议论当权人物,还专门花钱雇人,去搜集这些消息和言论再反馈上来,这实在是天大的玩笑。

秦统一六国后新修订的律法,近乎完美地解决了这可笑的

“小说”循环：民间人等，谁有奇谈怪论，闻者举报，有赏，不报者同罪。这样一来，民间人人都是“小说家”，就不再需要专门设立那么一个职务了。

公元前二二〇年，始皇帝下令撤销“小说家”制度。

又过两年，始皇帝出巡至博浪沙，遇刺，伤重不愈，于翌年初归天。太子扶苏继位，称秦二世，拜蒙骜之孙蒙恬为太尉，以王翦之孙王离为上将军，冯去疾为御史大夫。其执政风格迥异于始皇帝，在公元前二一〇年下旨恢复“小说家”制度，只不过把这个官职改名为“小说吏”。

秦亡后历经景、燕、庄、成等朝代，到洛朝时“小说吏”改称“小说官”。洛灭亡，再经历十四国时期的战乱，卫朝一统天下，定都仁阳城，造帝丘宫，卫太祖信德皇帝杨守恩又给“小说家”改了名：小说禆。

卫朝的大致历史，和它的开国皇帝杨守恩的传奇，广大读者肯定是比较熟悉的，在此不再赘述。

杨守恩纵然英明雄武，但大卫朝也逃不过历史周期律。二百六十四年里，经历二十一帝，到智成皇帝在位时已经内外皆乱：宫闱内斗、朝堂党争、流民起义、外族入侵、洪涝蝗灾、武将①兵变。

---

① 指在地方上掌握军政权的驻州节和制军使。

公元一二九九年，智成皇帝在青州驻州节、西臬公孤鹿宝麒的逼迫下宣布禅位，后被囚于广安寺。他那两个“妖媚惑君、悖逆人伦”的亲妹妹广平公主、长寰公主，均被缢杀。

孤鹿宝麒在仁阳城称帝，即天威帝，国号青，也叫北青。之后，他在黄河流域跟其他驻州节、制军使频繁交战，树立天威，是为“北朝征伐”。

在长江中游，卫朝宗室还残存了些势力，智成帝的叔叔、楚成王杨世玭同年在长沙府称帝，历称南卫，也叫楚卫。在长江上游、下游及更南方等地，驻州节、制军使纷纷独立割据，是为“南朝演义”。

这段时间被称为“大南北朝”时期。北朝征伐，南朝演义，还有南北政权间的战争断断续续。其中唯一清流，是长江以南、东海之滨的东扬州。

东扬州疆域和东周时期吴越两国基本相当，北有长江入海口，南临闽江入海口，西面山陵与湖泊密布。放眼整个华夏版图，东扬州算是远离权力中心的偏地。洪典皇帝时，海贼闹凶，就专门派人到东扬州平定海寇，稳定海珠交易。

卫朝末年，东扬州的驻州节是平海侯生在筠，其时刚满四十。智成帝退位的翌年，即一三〇〇年，这位平海侯在部属力劝之下竖起大旗，以东扬州为扬国，自封国主，史称东扬。

生在筠立国却不称帝，仍奉卫朝为正朔，官制仪节也承袭卫制，只局部微调。前文提到的小说裨，名字未改，属于司纠衙府下面的录案局。

扬国的小说裨们和从前各朝代的同行一样，官位低下，收入微薄。这就导致了两种后果：一种是小说裨们拼了命想办法往上升，或者索性调去其他肥利部门；另一种是其心灰意冷，消极履职，交上去的报告不是鸡零狗碎就是胡编乱造，毫无价值可言。

因此，历史学家很少去关注“小说家”的文字记录，只有一些研究古代民俗的学者还在里头翻翻找找。

但东扬国有一位小说裨，与众不同，除公务报告，还利用业余时间将自己卷入的一些大事件全部如实写下，是为《遗神往摘》。这本个人见闻录被后世的古代书商印刷，悄悄流通。

几百年后的当下，本书作者王雅华先生在旧书摊上发现了这部书的近代版本，耗费十年时间，将其中记载的内容和其他历史资料相互辩证，最终创作出这部《遗神》。

王雅华先生少年时便醉心于文学，但一开始并未走上文学创作道路，而是成为教授历史的中学老师。年届四十时，他与《遗神往摘》的缘分成为本书成稿的契机。

王先生是当今时代的写作者，初出茅庐的小说家。《遗神往摘》的作者则是古代的职业“小说家”。同样三个字，却是两种不同的性质和身份，是穿越了近千年的文字“通灵”，也是古代知识分子和现代知识分子的精神交会。

本书之前，以扬国为背景的小说并非没有。但像《非王之王》《海角殇歌》这种情爱小说，戏说程度未免有点过分：生寒寺的深宫里只有徐国后和谢国妃两个妻子，《非王之王》硬是生造出一个“桃妁儿”，以舞女之身被封为国妃，为生寒寺指点江山，阵前披铠杀敌，还跑到敌后魅惑敌方主帅的弟弟，套取重要情报。一代名将许青平和谢国妃是表亲，《海角殇歌》的作者非要让他和国妃有一段生死爱恨的情愫，还让生寒寺和马明伦自幼年起就有着暧昧难言的关系。

《遗神》的出版，既完成了王雅华先生夙愿，也为扬国题材的长篇历史小说注入了全新风气。作为出版方，我们欣慰无比，同时也认真勘校，力争做到戏说不是胡说。

此外，由于《遗神往摘》是个人见闻记录，以年月为线索，前后冗长，作者在创作时仅截取那位小说裨参与过的扬国四大案。为方便读者快速进入小说里的时代氛围，了解关键背景，每案之前会插入部分历史介绍。

世事纷乱，荒唐悲凉，是“大南北朝”时期的特色。野心家和理想主义者同台竞技，王朝崛起，覆灭，又崛起。龙椅辉煌，宫城残破，马蹄疾疾，满地殷红，帝王将相的故事已经被很多人写得很精彩了。

好在，王雅华先生的这本书，是关于那些凡人的。

金酒案

编者按

“金酒案”发生于公元一三二三年。

此时长江以北地区都在青国治下。天威帝已殒，继任的明化帝睿智却短命，皇座上的是明化帝之子，平昌帝。此君毫无祖、父的能力和野心，但有一样优点：善吹笛，收藏有各类笛子二百余支。

上年冬，监国的董上后①病逝，朝中权势最大的人就变成金锤大将军、虎西侯魏平敬。魏平敬出身武将世家，追随过两位先帝，在戎马生涯中失去一只眼睛和半只耳朵，不怒自威，且待人严苛。

董上后一死，平昌帝知道好日子要到头了，且连日做梦，梦

---

① 上后比太后大一辈，比皇后大两辈。董上后是开国的天威帝的皇后。

到魏老将军要杀了自己篡位。这位年轻的君王遂想出一个大胆又抽象的计划：出逃。

每年开春，北青皇室按传统要举行“春狩”，由皇帝带一批宗室子弟和亲随外出打猎。结果，皇家狩猎队伍走到盂池这地方时，平昌帝忽然宣布，魏平敬有谋逆之心，大家不要回都城！

魏平敬在朝中势力大，很多皇室宗亲的确看他不惯。平昌帝这么一说，很多人信以为真。笛子皇帝又说，不如去找东责侯王响！

王响是北青另一大武将家族的族长，率领著名的“赤悬铁”重甲步兵驻扎于东部，防范东北方向的渤都国。王响家族在东面经营数代，根基稳固，几个后辈文武双全。

莱东派系的王响和西陇派系的魏平敬之间，关系非常微妙。

马上有宗室子弟问，王响和魏平敬同样手握重兵，陛下此前和王响交流不多，没摸清人家想法就贸然送上门，危险太大。

笛子皇帝不理会，表示，还想我青国祚延续的就跟我来！

除了几个思路清楚的宗室子弟在半路调头，跑回都城，其余人都跟着平昌帝往东狂奔。为了显得低调，皇帝马车上的大纛旗也被降了下来，这便是著名的“降纛百里”。

魏平敬得知皇帝东逃，又气又急，屡次遣使劝返，均无效。不仅如此，平昌帝好事做到底，迎娶了王响的孙侄女为新皇后。

江山只因一梦分。魏平敬放弃幻想，从剩余的皇族宗室里选了个人立为新帝——这位兴德皇帝是平昌帝的远房侄儿，正是狩猎大逃亡时调头回都城的子弟之一，真是赌对了。

兴德帝继位，立刻封魏平敬为大司马。大司马上任后第一件事就是把前皇帝那二百多支笛子处理了，烧的烧，砸的砸。

这就是公元一三二三年的重大事件，看似笑话，却是史实，北青一分为二，两国边界后面，分别由魏平敬的“冷风骑”和王响的“赤悬铁”重兵把守。

江北这一分裂，给了很多军事家、政治家，乃至野心家一个绝好的机遇。

1

东扬虽然立国，仍沿用卫朝末帝年号①，只不过加了个“后”字。平昌帝东逃、北青分裂的公元一三二三年，在东扬国叙事里是“后智成二十四年”。

后智成二十四年夏节，犬月②十日。

临近中午时点，一队骑手快马加鞭进了国都东扬城的南门。骑手分为前后两股，当中是一驾双驹篷车。即便进了城，骑手和

① 将年号和皇帝尊号合二为一，这种做法始于四世纪的庄朝，称为“尊年一体”，因便利易记，被后世各朝代沿袭。卫朝智成帝年号便是智成，北青平昌帝年号是平昌。自庄朝开始，皇帝在位期间不换年号，除了成朝时两次登基的大永（英正）皇帝这种特例。当然，东扬国“后××”的年号在历史上也是很少见的。

② 即公历的七月。

马车也丝毫没有减速的意思,街道上一阵鸡飞狗跳,行人避之不及,更不用说被打翻、打破的竹摊、瓦罐。

骑手们身着蛇鳞灰甲,颈围绯色飞巾,后背半丈银弓,马鞍两侧各挂一箭壶,箭翎各分三棱——白、黑、红。扬国人都知道这是大名鼎鼎的"朝天翎":箭镞镂空,箭身中空,开弓一射,气流呼啸,如寒鸦惨鸣。若百箭齐发,便是群鸦遮天。

这队骑手是东扬国的步军精锐——铁雨卫无疑。

夹在正当中的双驹篷车,车篷外罩靛蓝素布,车轮外圈漆成土黄色,是外国使臣专用的行仪。

马队远去,人们骂骂咧咧,或站起来拍拍身上的土,或摆好刚才碰翻、打坏的瓶瓶罐罐。随之而来的就是纷纷议论,到底是哪国使臣这么急着赶路,什么大事要发生。有人说是南卫使臣,有人说是勾丽使臣,还有人说是弥生国的。肯定要打仗了,打仗是最急的事情。但也有不同意见:如果是军国大事,刚才的人马应该直接往城北去,因为国主府在城北的堂明山,但人马明明是往东北去的,那里有松安头港,既是上等码头,也是各国使臣府邸的集中地带。

不到半个时点,茗楼、酒肆里又有新传闻:一驾披朱锦、车轮圈漆成白色的三驹亭车①从堂明山上下来,也在疾驰,匆匆往松安头港方向赶去。不像四面围住的篷车,亭车只有顶,有人认

① 篷车四周有遮挡,亭车没有,后者更为通风且高级。

出车上的那个人是药房医官、大医士田从容。

药房是国主府的机构之一,按理只服务国主家族。大医士紧急出宫,还坐三驹亭车,定不是办私事,显然是给方才进城的使臣看病。哪家使臣值得国主下旨、田从容出手呢?南卫的牛濬已?还是弥生国的豆块道人?

再过半个时点,答案揭晓。田从容在松安头港的北羽坊下了车,进了一座门口挂青色长条灯笼的宅院,那里住的是渤都国特使:哈臣额狼·冬尔信。

闻者无不拍手称快,原来是这挨杀货!真乃苍天开眼,让这厮走了疾。要是田大医士偶尔失一回手,让这条狼去见自己的老祖宗,就更好不过啦,东扬城也算少了一大祸害。

快到晚饭时点,好消息真到了——北方狼去见狼祖宗了!酒肆里好几个客人纷纷拍案,喊来快手:再来上几壶春霖酒,半尾鲜瓜蒸斑!今日委实是好日子!

更有一个做木材生意的老客人,气派豪奢:快手快手!给在座每桌上一壶温的眠竹林!我唱东!

在二楼伺候主顾的三名快手,不约而同地脖子一仰,尖嗓喊:琼浆啊仙液到哉!眠竹林!方太爷唱东!物宝雨顺!春夏万和!

酒肆里顿时充满了欢快的气氛,大家都向唱东的方大爷举杯喝彩。

角落的某张桌上,只摆着一壶最便宜的望海潮,一碟咸瓜,一碟腌杂鱼尾。酒和小菜已经见空。桌边的客人本想走，听到有人请客眠竹林，又不动了。待慢慢喝完免费的佳酿，留下五枚铜毫，起身，想了想，还是再添一枚，作为力赏，这才一步三摇，在快手们敷衍了事的送行招呼声中下楼，晃出酒肆，往城南固中巷的居所晃荡而去。

夏节的天空暗得晚，缺角的月亮已经高高挂出来，隐约可见点点星痕。酒肆门外的叫花子，酒肆对面卖旧衣的大婆，甚至街上那条瘸腿野狗，都已习惯这位年轻客人每天来此地消磨时光，以为是个不得意的寒贫书士而已。

东扬城有很多这样的书士，昔日浑身意气，诗书饱腹，来到国都希望受到重用，建立功业；结果投奔无门，靠老家寄来的过渡金，或代人写信，或给有钱人家的孩子当私教，勉强糊口。这些人里很多最后就离开了，去向未知。当然也有运气不好的，没钱买薪炭，死于东扬城阴潮湿冷的冬季。或者绝望到底，发了疯神，跑到城郊的无悔崖一跳了之，便宜了海刑天①。

但这个刚走出酒肆的书士并非如此。此人姓曲，名少毫，因家族卑微，官位低下，也就没有配字。他供职于司纠衙府的录案局，具体职务是小说裨。

小说裨这官名，是前朝卫太祖信德皇帝改用的，再之前叫小说吏、小说官，看着挺威风。而裨呢，副、偏、小的意思。小说裨

---

① 鲨鱼。

在卫朝二十一级官制中属于下七阶的第二级，和看守城门的巡夜总守平级。

早先卫朝官场的共识是，中层官员犯错被贬，最惨的底线就是去当个小说裨——要是连小说裨也当不了，不如自杀，也算为读书做官的人挣一点最后的脸面。当然，被贬为小说裨后，宁可自杀也不愿去赴任的铁骨男儿也大有人在。

曲少毫老家在国都西南面的鄞州，算是耕读世家，不过没出过多少做官的。他十六岁来东扬城谋生，谋来谋去，仕途没谋到，差点被贼人谋杀。最后还是靠家父打点鄞州州府的故人，九曲十八弯，弯到录案局，为他谋得了城南小说裨的职位。

东扬国精简官制，将卫朝原本的二十一级缩减为十二级。先国主生在筠晚年时喜读小说汇报，便把小说裨提升到了下四阶的首位。

后智成二十四年时，曲少毫已做了两年半的小说裨，未曾婚娶，孤身一人，两袖空空。

东扬自立国以来明哲保身，偏安一隅，很少卷入战事。加上海珠产业和对外贸易，财力不差，因而小说裨的薪酬甚至比从前大卫朝仁阳城的小说裨还高。但东扬城作为国都，达官权贵、富贾外使云集，物价也就高了。小说裨每日潜伏于茗楼酒肆，花销都从薪酬里走，不给报销，只能省着用。

曲少毫又非本地人，住宿全靠租赁。所以，再加房租一项，让他只能每天点一壶浑浊涩口的望海潮，两碟凉菜，外加两碗粗米饭，脑子里却嗡嗡的，要记住很多人说的很多话，到家之后一一写在黄绵纸上，塞进竹筒，连夜投递到指定地点。翌日天还未亮，录案局的跑员就到全城各处，取来小说禆们的竹筒，送交局里。

这些黄绵纸上的文字经过审核、删节、精选，不但要汇报到朝堂，还要汇编成册，经千百年流传，便成了我们今天能在古籍书店买到的《民絮抄》，只不过是有散漏和佚失的缺本（瘸本）。

和其他小说禆不同，曲少毫除了完成工作内容，还写了不少东西，其中包括他的个人见闻记《遗神往摘》，后世的古代书商将其改名为《禆官斗室集》。

渤都特使哈臣额狼病毙当天的夜里，小说禆曲少毫投递完竹筒，写完见闻记（“都城失狼，民皆幸之，未知北意，亦不料何往何从”），之后便睡下了。那壶免费的眠竹林后劲真不小，果然还是喝惯了粗酒，消受不起佳酿。

2

哈臣额狼不是什么普通的外邦特使。

使卫王朝覆灭的天威帝，死前有两大夙愿未了。一是，虽然在“随州大战”中大胜南卫，北青却始终没南渡长江——相当于一块肥肉没吃到。二者，远在东北寒土的渤都国，对华夏中土馋视已久——相当于一只饿虎伏在背后。

如今北青分裂为二，且互相敌视，无论对一心想要收复江北故土的南卫，还是对渤都国而言，都是天赐良机。

自卫朝的同兆皇帝时起，吞并了周边所有部落的渤都国就是东北边疆的最大隐患。智成帝的叔叔洪典皇帝，四次起兵征伐，都因为地理和气候原因功败垂成。之后卫朝和渤都国打打谈谈，谈谈打打，直到一代雄主天威帝统一北方，派王响率重兵驻守蓟州关，渤都国才安分不少。

北青一分家，原本只需要关心东北方向和蓟州关的王响就不得不分出兵力去和西青对峙。

此时统治渤都国的武呼圣天大王，同时继承了曾祖父虎格牙天大王的野心和祖父金滚斧天大王的智慧。《南卫史》描述这位天大王时，用的是“豹眼隼眉，齿尖鼻锐”。曾经大热的畅销书《冰火大南北》更是缺乏证据地写他为巩固权力，杀死亲生兄弟和侄子，还把他们的肉做成冷腌荤，骨头炖成羹汤，送给他们的妻女吃，不吃就硬塞硬灌。书里还说他喜欢将死囚的头骨镶上一圈黄铜，做成风铃挂在寝宫门口。北地多寒风，风起时，一大串一大串的头骨响叮当，乐趣无比长。

无论如何，武呼圣天大王至少是个聪明人，明白王响镇守的蓟州关是块硬骨头，正面袭击，无论成败，损失肯定很大。

但是，如果渤都国联合位于长江下游、东海之滨的扬国，以其强大的水军力量袭扰和登陆莱东半岛，天大王再率军从蓟州关压下，形成海陆钳形攻势，根基未稳的东青肯定会败下阵来。

和东扬国秘密谈判的重任，就交给了天大王的儿时玩伴、渤都大长老的次子——哈臣额狼·冬尔信。世居寒苦之地的渤都国能否奋先祖余烈，入蓟州关，角逐华夏，就全看他了。

结果，现在，哈臣额狼死了。

渤都国使臣暴病而亡的翌日，天还没亮透，小说稗曲少毫就被人叫醒了。来者不报家门，身着官服，却不是录案局的样制。

曲少毫平时出去收集消息都着便服，但官服还是有两件的，一件春夏装，一件秋冬装，平时几乎用不到，要立刻找出来真有些仓促。但来者坚持曲少毫必须穿上官服跟自己走，这就让他一脑袋迷糊，莫非上头看他平时工作勤奋，要升自己官不成？

来者在门外备了两匹马，要他上马随行。曲少毫尴尬地表示自己不会骑马，于是只能跟在马屁股后面一路小跑，上气不接下气。好在很多街坊邻里还没起来，没看到他这狼狈模样。

录案局隶属于司纠衙府，在城北金水坊。来者却不往城北，而是往城西行，一直到了思源坊，在核监院门口才停下。

核监院是东扬国的最高司法机构，负责普通案子的复核、终判，以及重大案件的调查、审讯，有自己专属的监狱“虎牢”。曲少毫心悬不已，想自己从来没有违法乱纪，怎被带到此地。但找他的人并没给他上“罪链”，还专门备马，应该不是抓他去审问的。

这样一路乱猜，他跟着对方进了核监院大门，跨过一道又一道门槛,穿过一个又一个堂间,终于来到东面一间厅堂,里面已经有好几人,他一个都不认识,但看官服样制多是上四阶,最低的也是中四阶的首位。

连忙下跪。

大夫们看到曲少毫,又像没看到他,不作反应,只是对着他们当中一位短髯男子拜礼,后者年纪也不过三十五六而已。

"居大夫,事关重大,务必查明真相,不负国主委任之恩、万民之托!"

说完,鱼贯而出,只留下那位居大夫和曲少毫二人。

居大夫在原地站了许久,站到曲少毫膝盖酸痛。自从当了小说裨,他平时都出没于茗楼酒肆,一个月才到录案局面交一次,见不到什么大官,很少下跪,所以不太习惯。

居大夫终于反应过来,让他起身,自己往椅子上一坐:"辛苦你,一路跑过来的? 这个,你看看。"

居大夫指着茗案上的一封文书。曲少毫毕恭毕敬,捧来一看,是封"特命书"。

官员调职,上级发的正式调函叫"命书"。紧急调职,就叫"特命书"。收到"特命书",十有二三是立下大功连升几级,但剩下的七八成可不是好事,不是失宠被贬,就是犯下重大过失,被打入下四阶的末流,遭官场耻笑。

他现在手上这封"特命书",内容一时看不出是好还是坏,大意为: 渤都特使哈臣额狼暴死,其生前肩负重命,出使东扬多年，利益攸关。现委任居游刃，临时出任核监院理法一职，查明真相。另有录案小说裨曲少毫，兢业数年，熟知民情旁闻，特调予左右，听其从遣。

文书落款不光有核监院、司纠衙府的双盖印，甚至有其他三家太司衙府的“从议章”。曲少毫虽只是小说裨，对官场常识也是略懂一二的：四大太司衙府都盖了“从议章”，意味着东扬国几大权力的首脑都讨论过这项紧急任命。

“看完了？唉，走吧，吃早饭去，你肯定也没吃早饭。”

“下臣惶恐，无心吃饭……”

“天塌了也要吃饭，说不准……你我二人的早饭，以后没几顿好吃了。唉，走吧。”

曲少毫遵命称“唯”，跟着居游刃走出核监院，心想，大早起来就领受这么要命的委任，竟还能想着吃早饭！面泰山崩，观东海竭，不动声色，到底是居公后人啊！

古代断案传奇有“四公”：汤公、祝公、居公、傅公。其中居公全名居元海，生活于卫朝的中宪帝到天和帝时期，官职最高做到核监院的监正，亲自办过四大案：梦虎案、鬼校尉案、玉蝉案、鲁王府案。居公还著有《雾晴手笔》，是古代著名刑侦理论集之一，开篇里那句“雾散烟尽去，心朗如日月”，很多读书人都听过。

到居元海的曾孙子居连山时，由于追随先国主生在�平定海寇，他就在东扬州安定了下来。

居游刃，字无厚，居连山之子、居元海第四代后人。哈臣额狼病亡前，他只是核监院一名普通的提调，负责案件复核，位列中四阶第二级。而大理法是核监院的二把手，上四阶第三级，仅次于监正。

特命升三级的居游刃一点也高兴不起来。核监院附近的饭铺里，他点了两大碗米浆，八张糖油子，四枚醋渍卵。吃到一半，"唉"一声，放下碗箸，问小说裨："你可与国主有一面之缘？可是曾有过节？"

曲少毫一头雾水，问，大夫说的是哪位国主？

居游刃说，还有哪位，自是当今新国主。

先国主生在�，于后智成二十三年，也就是去年刚病故，享年六十有三。膝下四子，长子、次子英年而逝，由老三生寒寺继国主位，至今不满一年。众所周知，先国主留下的政治遗嘱的核心就是，不称帝，不滥杀，以信治国。

曲少毫汗毛一立，问，大夫何故此问？

居游刃道："如无过节，调你一个录案局小裨官来助我办此大案，何意？"

曲少毫拱手道："下臣少德无才，如大夫所言，只是小裨官，近乎四饭布衣，平日里只求完成职责，没有好好打点人情，自然容易得罪人……"

"你根本没明白——就算平时没好好打点，结果得罪了上官,撑死了是些录官、审眷。往大了说,整个录案局最大的是总录审,也不过上四阶的末级,他有什么资格在四大太司面前提名人选?唉,他们还真是给我派了个蠢人啊。”

四大太司,分别是管礼仪、外交、教育的太司祀,管军事的太司尉,管官员人事和监督的太司纠,管钱粮盐铁和贸易税收的太司常。

四家太司衙府都盖了章,说明太司们一起议过此事。能让太司全部到场议事,必定是国主召见。国主若不在场,无非三种可能:在外征战,病危,或者……太司们联合发动政变。

居游刃敲敲桌面:“明白了吧?区区小说裨,就算录案局主官再怎么看不顺你,也不可能推你到四太司眼前,所谓蝼蚁不入隼目……所以思来想去只有一种可能,调你来,是国主之意。”

曲少毫放下盛米浆的碗,喉结耸动,犹豫半天,说,确如大夫所言,下臣,下臣幼年时……

曲少毫年幼时在鄞州老家的书院读书,常逃学出去玩。十岁时有一天,教书的师士休病假,他就跟伙伴跑出去了。他们最喜欢的游戏是“打泥鹑”,就是拿泥块去扔远处的目标。曲少毫较有天赋,十发九中。

那天他和伙伴正在山坡上嬉戏,见到远处三四人在田间散步,恶作剧心思一起,就拿那几个看似普通的人当目标,结果还真中了。被打中的年轻人捂着满脸泥泞,对这群顽童大吼:

“你们可知我是谁?!”

曲少毫叉腰反问,你可知我是谁?

对方说,不知!

曲少毫说,那我也不告诉你,哈哈哈,快跑!

当晚,一队铁雨卫就来到曲村,一户户找十岁上下的孩童。除了挨家挨户搜查的铁雨卫,还有好几名国主府的禁卫军“宫郎卫”——他们护卫的正是被泥块砸中的年轻人。曲少毫被铁雨卫推到年轻人面前,压着跪下。

年轻人说,哈哈,就是你!现在知道我是谁了吧?

他正是国主生在�的第三子,生寒寺,字秋梧。

生寒寺是侧妾所生,自小不太受重视,这从名字就能看得出来。他前面还有嫡出的大哥生儒庭、二哥生道陵,国主之位以后怎么也轮不到他。这次低调来鄞州郊外踏青散心,就是为了暂时远离拥挤的东扬城和人人都鄙夷他的堂明山国主府,来呼吸点新鲜空气。

结果在乡间小道上受了顽童欺负。

生寒寺问明曲少毫的姓名和家庭出身,笑道:“曲少豪,少年豪杰,哼,豪个屁,分明恶童一尾……念你年幼,我也不打罚,就勒令你改名吧,改用铜毫的毫——这辈子不说功名,连铜毫都缺少,哈哈哈哈。”

彼时,生寒寺也就比曲少毫大四五岁,还带有点“公鸭儿”嗓音。不过,他临走之前吩咐过鄞州的当地官员,以后不要为难曲村和曲少毫一家,还让曲少毫父母不要责罚孩子。

当地官员听了话，曲老爹却没有。曲少毫之后连着五天都躺在床上养伤。

短短两年后，国主长子意外坠马身亡，诗书饱腹的次子染疫而死，四子年幼体弱，最后生寒寺被定为少国主①。

居游刃听到此处轻拍桌面，道，这就是了，先前看特命书时还奇怪，男儿取名多用"豪"字，怎会有人用铜毫的"毫"，还是少毫……原来如此。

曲少毫道："此事过去多年，国主日理万机，怎还记得？"

居游刃道："呵，可能出生至今，从未有人朝他头上扔过泥巴吧。唉，一切皆有因理……偌大个核监院，提调、通案几十人，他们偏选了我；录案局在东扬城分布十几个小说裨，他们偏找到你，皆是因理……你这算吃完了？快手快手，取个纸提来，我装糖油子——我们准备走吧。"

"去哪儿？"

"当然是，唉，查案。"

3

哈臣额狼·冬尔信，卒时年四十二，在东扬国担任渤都特使

---

① 少国主和国少主含义不同。少国主是国主的接班人，国少主可以是国主的儿子或弟弟，且不止一个。

已有两年,和曲少毫来都城几乎是前后脚。区别是,曲少毫来,东扬城只是多了个无名小卒。哈臣额狼来,东扬城多了一大祸害。

光是曲少毫自己的小说汇报里,哈臣额狼的事迹就不少:两次违反规定在城内纵马;被太司纠严词训诫后稍微收敛,改成出城骑马散心,踏坏民田、往水井撒尿之类已经算当地百姓的幸运,运气不好的话,草房顶上会留下渤都特使的箭矢纪念品;光天化日喝个烂醉,在大街上鞭打根本没犯错的从奴;大冬天袒胸露乳,闯进神农会的庙庵参观,打算跟神农像比赛掰手腕;特使府邸采购酒食,商人能否拿到结款全靠运气,不结款,商人也不敢催——要是不卖给他们,司常衙府的人就隔三岔五去商家店铺清查有无走私。

铁雨卫是东扬步军精锐,普通人遇到都要后避,哈臣额狼看到护卫府邸的铁雨卫有谁骑好马,死活都要抢过来骑几天,骑得马儿元气大损,难以恢复。哈臣额狼还笑说华夏的马不行,不如渤都国的塞楞马。

至于流连女闾声色之地,更是家常便饭,无论是十来家高级莺阁,还是那些星散各处的低端柳屋,哈臣额狼一视同仁。

据说,他进去的房间,都能听到姑娘的惨叫。

东扬城的百姓,都管他叫"北狼""冬狼""醉狼"。这匹天天泡在酒缸里的狼,竟然不是醉死的。堂明山上的大医士给出了鉴尸文书:中毒身亡。

去使臣府邸的路上，居游刃把大医士的结论告知曲少毫。

曲少毫道：“不管是谁，都替天行道了。”

居游刃叹了口气：“然后由我们来擦屁股，唉，真要查出凶手，百姓会骂死你我。”

逢丧唯白，是华夏文化传统。渤都国人对颜色不讲究，但死者的家人、奴仆、亲随必须剃掉右耳前的鬓角，并用雄鸡血在额头上抹三道竖直的血痕。

六天内他们不能洗脸、沐浴，不能行房，但可以饮酒，甚至跳舞、大笑。渤都族认为人死就是去拜见祖先，是喜事，跳舞是庆贺，笑得越大声越好——越大声，死者就越能听到，拜见祖先之路就能走得越欢快。

曲少毫问，渤都国人连丧礼都要笑，那什么时候哭呢？打了败仗吗？

居游刃咬了口纸提里最后一个糖油子：“据说，渤都人从来不哭，唔。”

松安头港北羽坊，渤都特使宅院门口的青色长条灯笼已经围上白幔，想来是入乡随俗，在门口装点一下。走进宅邸，唯一的白色元素是正院里的白练布编成的奠台。每逢重要官员、名士贤达去世，官方都会赠送此物，布置在其院内或正厅内。

司祀衙府早前已经派府右带着邦梳局①的一干人等来到府

---

① 负责邦国藩国外交细务的机构。

上吊唁慰问过，这座奠台正是他们带来的。

曲少毫头一次见到右无鬓角、头上抹血的异族人，忍不住想笑。走在前头的居游刃仿佛背后长眼，转身看了他一下，曲少毫这才咬紧牙，努力控制住面部肌肉。

特使暴毙，副使秀龙多·海木丁就成了渤都国在东扬的最高官员。渤都人名在姓前，秀龙多在渤都语里是“毛笔”的意思。曲少毫不知道起这个名字是他看上去比其余渤都人更文质彬彬，还是身材瘦长的缘故。

秀龙多除了是副使，也是通译，会华夏语言。他在会客茗堂接待二人，请过“特命书”仔细读完，拱手微拜：“原来是清晏伯居公元海的后人，久有耳闻，国主既遣您来查，雾散烟去尽可待，望大夫为我家特使洞明真情，我也好向天大王复命禀明。”

居游刃面对秀龙多脑门上三道鸡血，竟能满脸恳切恭敬，语调沉稳：“副使谬赞，居某深知事关重大，必定尽责，国主心思切急，特下命书，动用全力，这点务必请副使感察！”

秀龙多双瞳微微一转，居游刃身后只有官服样制卑微、年纪轻轻的曲少毫一人，除此之外，什么核监院的提调、通案、安城护随等人员一概没有，空空荡荡。

还真是心思切急，好一个动用全力。

“咳，特命仓促，居某新职到任，来不及带上太多人员……还请您将特使毙命之前的行程通盘告知居某。”

曲少毫闻言，打开黄绵纸簿，毛笔在随行砚上蘸了墨。

哈臣额狼虽是昨日下午病亡，具体过程却很复杂：

前天早上他和秀龙多前往堂明山，在水相殿拜见国主。谈完事后二人回到使臣府邸，中午举办宴席，招待扬国几位官员。下午哈臣额狼出过一次城，“骑马散心”，可惜半途下雨，提前回来了。晚上又去城西的明璃阁消磨时光，半当中秀龙多先回府，哈臣额狼一直饮酒到天将明，回来睡了一个时点不到，忽又起来。此时雨停，他想去城外南郊的野林打猎，府邸里手忙脚乱，给他取了狩衣、弓箭，备好宝驹和篷车——按照礼节，外国特使在东扬城内只能坐车，出城后才能骑马。哈臣额狼就带着护卫从南城门出去。秀龙多没跟着，打猎不是他的强项。打猎队伍行到南郊的唐泽驿稍作休息，特使喝了壶里的酒，忽然就从马上摔了下来。

之后的事，曲少毫昨天就知道了，护随的铁雨卫急忙把哈臣额狼用篷车送回府邸，秀龙多亲自去堂明山，国主连忙派大医士田从容来看病，但用了几种药都无济于事，特使于傍晚病亡。

居游刃听完：“容居某感慨一句，特使精力旺盛。”

“特使此前久经战阵，是沙场骁将，后因膝伤不能长时间骑马。天大王念他战功卓著，特派为使，前来东扬感受丰荣繁华。”

曲少毫鼻子出了一声粗气。

居游刃道：“了然，了然……特使在唐泽驿饮酒的酒壶，现在何处？”

秀龙多答："铁雨卫护送特使回城心切，手足无措，未曾带回，后专门派人去寻，无果。"

居游刃和曲少毫对视一眼，转回副使："那，前日午宴，特使是否饮酒？"

"特使善饮，无酒不食。"

"当时同宴的是？"

"水军高帅钱定坤，还有……"

居游刃道："呃，了然，不必再说。"

曲少毫抬头看居游刃，发现秀龙多也正盯着居大夫，脸上却不像小说裨那样惊讶。

居游刃又问："特使往南郊狩猎，随行护卫可是现在府外那些？"

"贵国规定，外使不得带兵进驻，特使出行均由铁雨卫随护。"

"了然，了然，呵呵。那么，特使平时携带的酒壶是由府中亲随保管？"

秀龙多答："特使的篷车里常备着酒壶酒坛，随行随饮，并没有专人负责看管。"

居游刃道："好酒量啊……"说完拿起茗盏咕嘟咕嘟喝茶，一喝就喝了大半，曲少毫和秀龙多就看着他喝。居游刃散出口气，放下茗盏，对秀龙多笑笑，再微拱手："居某斗胆再问，前日早上赴堂明山，是在水相殿，殿内除了国主和二位，还有谁在场?”

秀龙多迟疑片刻:“太司纠马明伦,代行太司尉傅灼,另有太统管大夫。”

“再没别人了?”

“没了。”

居游刃缓了片刻:“太统管可是端着金酒爵服侍在侧?”

秀龙多皱起眉目:“居大夫……”

“查案为重,副使,查案为重。”

秀龙多起身,在茗堂慢慢走了一圈,又再走半圈,转身道:“不瞒居大夫,我虽为副使,却不受特使重视——前日堂明山上,特使未让我陪同进入水相殿,而是恭候门外。”

居游刃这次没说了然,只是再度拿起茗盏。

“但一同回府时特使兴致高昂,说了殿内有哪些人,还提到金酒爵,百闻不如一见。之后午宴,水军高帅钱大夫说,近几日就会定下北上商议的将领人选。”

居游刃放下茗盏,起身拜道:“副使已吐露足够,居某感涕。”

出了使臣府邸,二人便上了核监院配给临行大理法的双牛篷车。行出北羽坊,居游刃一改方才老成持重的形象,往车壁一靠,连说,完了,完了,这下完了,唉。

曲少毫问,什么完了?居游刃拍着铺了棉衬的车底板:“什么都完了,不出我所料,国主赐饮了金酒,这案子查下去,你我性命堪忧。”

赐金酒，是国主和外邦使臣达成初步协定的一个关键环节，一个重要象征。水军高帅钱定坤，则是东扬水军的总指挥官。国主上午赐饮金酒，中午哈臣额狼就跟钱定坤宴饮，还提到不日将派水军将领北上商议，肯定是要联合渤都国，对东青开战。

“那，莫非……是埋伏在城内的东青暗作所为？”

居游刃瞪眼：“你天天泡茗楼酒肆泡傻了？真是东青暗作，那可要谢天谢地，抓住那个暗作就行！怕就怕不是东青干的，另有其人。”

“那……是西青？”

“……要不是顾着上四阶的体面，我真想揍你。”

篷车内一阵沉默。

居游刃道：“唉，算了，我也理解，你常年伏于民间，庙堂官场的事不深熟也情有可原，就算听到几耳朵，也是民间讹传。”

曲少毫低头拜礼：“大夫体察。”

居游刃又“唉”道：“还有件最可怕的事，你都未察觉——我几次问哈臣额狼饮酒细节，秀龙多一一作答，丝毫没有反问，说明什么？”

“说明……”

“说明他和我们一样，认为哈臣额狼是中毒，而不是急病。既然中毒，就有人下毒，我们就不得不抓出凶手，就没办法找借口说他是因自身疾病而死，对上面应付交差，唉……”

曲少毫喉结一动。眼前的核监院大理法，谈吐之言丝毫不像先祖居元海。他似乎有点理解，为什么这位居公的后人就在两天前还只是个普通提调了。

“那，我们现在怎么办？”

“怎么办？这个时点……核监院的公飧应该还没开门，唉，先去我家用午膳吧，早饭没吃饱——顺便再跟你说说，为什么咱们两个要毁在这个案子上了。”

4

卫朝洪典年间，东扬州海域闹海寇，另有巨鲲频繁袭击贸易船只。洪典皇帝遂在东扬州设立驻州节，并建厂造船，这就是扬国水军的起源。

有了战船，还需熟练的水手。东扬州沿岸的渔民成为最初的兵力来源。世代累计至今，水军将领多为本土沿海人士，比如高帅钱定坤就是滨州人。

靠这支水军力量，东扬国北遏长江下游和海口，南踞闽江之尾，并在近海提供可靠的武装保护，也对更北的青国海岸形成了有效威慑。

立国二十余年，少有战事，水军相信都是自己的功劳。民间俗语“东扬依水”，表面上看是指东扬靠海，最早实则是水军内部流传出的，意思是，东扬立国、保国，全靠水军威武。

反观东扬的步军，虽有铁雨卫弓射见长，但以金脉大刀为特色的“猎阳中营军”，就没什么精锐可言，总体兵源也很复杂：原卫朝驻军（来自华夏各地）的后代、“北朝征伐”里败退过江的北方残兵、难民……总之本土人不多，口音更是天南地北。

平昌帝东逃、北青分裂之后，东扬的水军和步军都觉得机会来了，蠢蠢欲动，却在战略方向上发生巨大分歧。

水军希望和渤都国结盟，在莱东半岛一展身手，为此甚至打算组建步战营，上船水手，下船士兵，海陆两用，不让步军抢风头；步军这边倾向于联合南卫，这样不必出海，只需渡江，未必要用到水军船只，或只用少部分，剩下的全是步军唱主角。

水军和步军两派为此在朝堂上吵得不可开交。

曲少毫问：“那，哪边更有希望赢呢？”

居游刃道：“愚蠢，很多事情不是看表面输赢的，《孙子兵法》开章怎么写的？”

单论军武，和渤都国联手，海陆并进，胜率看上去更大。

但，东扬立国以来始终奉卫朝为正朔，用“后智成”年号，表明继传华夏正统。扬国和海外各番国外交，也是当初洪典、智成二帝交给东扬驻州节的任务之一，一直执行到今日。定都长沙府的南卫，在法统上和东扬国算是“亲戚”，好比远房表兄弟。

渤都呢？外族不说，久踞东北，还曾是卫朝的边疆大患，世代的天大王没一个不曾出兵袭扰华夏。不联南卫而联渤都，不帮表兄却帮昔日仇人，非常非常说不过去。

何况，等东扬打下莱东半岛，渤都国兵入蓟州关，之后怎么办？坐地分土？兵戎相见？水军步战营、步军铁雨卫是渤都国常年征战的“连火骑”的对手吗？

那么和南卫合作呢？的确名正言顺，天经地义：协助卫朝宗室收复山河。可除了博名声，实际利益呢？南卫自封为华夏正统，其军队自然是主力，无论长江上游的灵国还是下游的扬国，注定是侧翼，是配角，甚至是牵制敌方的佯攻。北渡长江一战，打输了反而好说，无非大家各自回家。拼死拼活打赢了呢？头功是南卫的，最大好处也是南卫的，最多被册封一个灵国公一个扬国公，各踞东西——那跟现在的态势有什么区别？

何况二十多年前那场“随州大战”，南卫败失最后一片江北领土，名将死了一大批。幸好天命不歹，天威帝在北青军营中染病暴毙，继位的明化帝考虑到国内各军头势力和渤都国的威胁，不得不收兵去巩固大后方，放弃南下计划。否则，现在的南卫朝廷是不是还安坐在长沙府都很难说。

二十年里，南卫未再出名将，著名的上官世家只剩上官古厚独力支撑。但西青的独眼魏平敬还在，“冷风骑”还在，东青王响家族人才济济，“赤悬铁”威名在外。若联合南卫渡江北伐，怎么说呢，初生牛犊不怕虎，没说初生牛犊一定能打败老虎。

曲少毫听罢连连摇头：“太复杂了。”

居游刃也摇头：“毫不复杂，国主继位不足一载，正是意气风发的年纪，恰逢北青内裂，自然想打的，秀龙多已经吐露明白了，国主倾向于联合渤都国，至少眼前胜算更大，正是水军想要的局面，却让步军很不满意。”

曲少毫眼睛一亮，轻拍桌角：“护卫哈臣额狼的就是步军铁雨卫！秀龙多说过，篷车里酒坛酒壶无专人看管，铁雨卫完全可以趁哈臣额狼不注意时做些手脚……”

“嗯，步军高帅一职，向来是由太司尉兼任，现任太司尉海顾七十高龄，卧病在家，代行太司尉的傅灼是条老狐狸，圆滑至极，从不得罪人，步军实际权力在殿帅许青平手上。这许青平当初就是从铁雨卫开始一步步高升的。”

“百发百中神眼许，了然，了然。”

“别学我说话，你吃饱了？”

“呃……饱了，饱了。”

曲少毫本以为居游刃家的午膳应该丰富可口，来的路上还在畅想过：肯定有鲜鱼，比如鲜瓜蒸青斑，或者软条白虎，搞不好是海赤鲫，配上酒酿虾，然后还有羊头羹，或者炙豚肩，再不济，也有整鸡或整鸭。

结果端到二人面前的是一盘水豆芽，一盘清拌娘冬菜，一碟腌瓜皮，一碟看不到几粒贝肉的渍菜贝肉碎，唯一的鱼菜是炖弓尾鱼头，放很多咸酸酱，是不够新鲜的缘故。主食倒是量大，可惜用的不是精米，是糠米和小米混合的蒸饭。

居游刃还在那边挥着筷箸，豪爽道：“来来来，别客气！”

曲少毫本以为是他小气，但看看居大夫的家，位于城中心的定心坊,地段算不得高档。三进三落的老屋院,从头到尾只见到一个小听厮,一个年纪能当曲少毫奶奶的侍娘,家具摆设都很陈旧。一问,居游刃的夫人回丽州娘家省亲去了。

“尊夫人不在,居大夫饮食清淡简素,十足体察。”

“体察个屁! 她在,我们还要少个小菜,这大鱼头还须切掉一半。”

“啊……”

“唉,其实……今早去核监院之前,我就已让她带女儿去娘家了,近期勿回国都……这案子要是办不好……丽州娘家至少衣食无虑,丈人在当地还有些疏通,若上面追究,也不会查到我妻女头上。”

曲少毫额头发凉:“此案果真如此凶险吗?”

居游刃不说话,拿起粗瓷茗盏咕噜咕噜喝茶。茶也非好茶,比起渤都特使府邸的红鸣叶差远了。

喝完茶,居游刃问:“你是不是早就好奇,为什么祖上居元海曾官至上七阶二级,封清晏伯,声名远播,秀龙多这样的外族人都听过,他的子孙却在扬国沦为普通提调,住这种院落,吃这种饭食? 是子孙不努力,还是努力了也没能成器?”

曲少毫想推说没有,但没开口。

居游刃吐掉一片叶末:“权当饭后闲谈吧……曾祖居翰,乃居公元海次子,年少时喜武不喜文,早早拜师入了军武,做到中殿右神军司旗,上七阶末级,官阶虽不大,却是在仁阳城护卫过白鹤帝和洪典帝的;我祖父居明城英年而逝,家中衰落,幸而家父居连山得高人指点,习了一手玄武破敌长矛术,追随先国主来东扬平定海寇,克服晕海症,当了水军典枪使,本以为能建立好大一番功业……”

某日,居连山等人攻克浦新洋上一小岛,海寇已逃,留下的都是些掳来的奴隶。谁想,担任指挥的水军船总生怕落得一个剿贼不力的罪名,欲用奴隶人头冒功。居连山不从,被其他军士绑起扔进压舱,回到东扬城,那船总要以违抗军令为由将他治罪。

居游刃拿起茗盏,已经空了,摇摇头,继续道:“家父是外州人,在水军当中没有好靠山,幸好,先祖居公的大名救了他,先国主没将他关入冷狱,反倒调出水军,到丽州州府当差……立国后又调他回都城,在核监院当提调,终生不得升迁,也不许离开东扬。”

“那,那令尊老人家……”

“五年前过世,我便补继入了核监院,本以为会和他一样终生不迁,没想到,今天早上,嘿,谁叫我是居公元海在东扬国唯一的后人呢? 唉。”

“了然……”

居游刃叹气:“家父还算不错了,曾祖居翰留下的另外几脉子孙也都是军武之人,不是在北青征伐之中全军尽墨,就是在楚卫和定闽军、大成国的混战里失踪,尸首都找不到……所以,一切皆有因理。小裨官啊小裨官，你我虽有官阶之别，我又虚长你一倍年岁，实则同命。先国主也好，今国主也罢，你我都是他们思绪里的棋子。哈臣额狼这么大的案子，只有我这个核监院浑度五年光阴的提调，还有你这写了两年民间野闻的小说裨，才能被他们安心摆上棋盘，哪怕一步走错，也可毫无顾忌地拿下去，摔裂，踩碎，烧焦。”

曲少毫也拿起粗瓷茗盏，呷了一口。

居游刃见他这样，转了脸色，笑道：“不说这个了，该办的案子还是要办，捋一捋秀龙多提供的线索吧。”

曲少毫怔怔，旋即转身取出黄绵纸簿，翻开——

疑点甲，前日中午，哈臣额狼在府邸宴饮。

疑点乙，前日夜至昨日凌晨，哈臣额狼在明璃阁欢饮。

疑点丙，昨日上午，哈臣额狼出城后在唐泽驿饮酒，坠马，身边是步军铁雨卫。

居游刃道：“不错，都在上面了。”

“其实不全面，前日上午，哈臣额狼在国主府水相殿饮了金酒……”

“唉，我刚才怎么说的……你可是怀疑国主一边赐外使金酒，假意达成协定，一边要毒死他以拖延时机，在水军步军之间、在南卫和渤都国之间两头行动？”

曲少毫连忙拱手:“下臣什么也没说,是大夫说的。”

“呃……咳,若真是如此,国主何苦赐酒？始终搪塞哈臣额狼岂不更好？还不必闹出人命,引起无端波折。”

曲少毫一想,也是。

居游刃指点黄绵纸簿:“疑点甲也不作考虑,宴饮除了哈臣额狼,还有水军高帅钱定坤等人,进一样的酒食,其他人却没事,况且能去哈臣额狼宴席的,必是倾向于联合渤都国的,万没必要毒害他。”

“倘若是单独在他酒杯里下毒呢?”

居游刃轻捋短髯:“也难。其一,渤都国饮酒习俗和华夏不同,酷爱共杯酒,就是我的杯中酒要给其他每个宾客喝一口,最后我喝,其他宾客也可以如此照办——单独在他酒杯下毒,只能毒倒一片。其二,哈臣额狼体力过人,酒量奇大,东扬城也许找不出第二个,喝到后来还能乘他不备给酒杯下毒的,不太可能是外来宾客,更可能是府邸内的侍从,真是如此,那你我在外面查半天也查不出结果,渤都国天大王也不会相信是自己人下毒,只会认为我方在推诿责任。”

曲少毫盯着黄绵纸簿:“太复杂……”

居游刃背手而立:“毫不复杂,疑点丙,唐泽驿,铁雨卫这条也不必追查……”

铁雨卫受统于步军殿帅许青平。这位神箭手据说可以闭上眼睛,光凭听力就射中林中野兔,或者看到天上雁群,闭上眼,凭着方才对高度、速度、方向、队形的判断，射下领头大雁——所以有“盲射无双”的美誉。

他的外祖父冷铁裘更是洪典帝时的猛将，“冷氏连斩刀”取下不知多少首级。后来洪典帝第三次征伐渤都国，冷老将军以六十五岁高龄率军参与大北梁一战，重围之中手刃五员敌将，最后力脱而死，以身殉国。

曲少毫道：“那，许殿帅和渤都国是世仇啊。”

“不错。我们找铁雨卫中任何一人询问，都会报到许青平那边。况且，许青平除了官职、家世还有什么来历，不必我多说吧？”

“呃，国妃谢夫人的表兄。”

居游刃敲敲桌面纠正小说裨：“是国主最恩宠的谢夫人的表兄，年少得志，待兵如子，却鄙夷文臣——别说你我，哪怕代行太司尉或者太司纠去找他，他都未必会以礼相待。就算报上大理法的名帖和特命书，你我可能都走不进步军高殿司的大门。”

曲少毫又看看黄绵纸簿，摸了把额头。

“那就只剩下……只剩下明璃阁了。”

居游刃站起身，眼神带灿星：“那我们就去明璃阁，我先去换身衣服。”

“何故？”

“你见过谁穿官服去明璃阁，即便查案。”

“下臣又没去过明璃阁……”

居游刃露齿："知道你没去过，不瞒你，我也没去过！"

5

如果给大南北朝时期的声色行业排名，南卫肯定在榜首。当年杨第玟受封楚睿王，都长沙府，开发长江中游商业贸易。到曾孙楚成王杨世玭时，其繁华已不亚于帝都，号称"北仁阳，南长沙"。智成帝末年时，因北方连年征战，大批商贾富人南渡，第一站首选长沙。

南卫的声色行业就此独占鳌头，长沙城内号称"高闾过百，柳屋半千"。当然这是夸张说法，一座城市要是有上百家高级妓院，五百家低级妓院，那谁还有心思办正事，光性病就够达官权贵们头疼了。

居其次的就是东扬国都了。丝绸茗叶出口、采珠业、番国外交、往内陆的物流，大量财富在此流通。有钱人图享受，除了美食华服、古玩器具，剩下的就是生理本能。

相比长沙府，东扬城产业规模虽居劣势，但有个优点：海纳百川。除了常见的华夏族和西北流族，北有勾丽、弥生、友塔日，南有乌木丘、交都、大赤屿、阿摩、新百、罗奇等国，这些外来"人才"或自愿流徙，或通过奴隶交易，都源源不断涌入国都和周边城市的声色行业。

和那些简单直接、"两腿一开金源自来"的柳屋不同，以明璃阁为代表的十来家高级莺阁，并不以奇花多放为卖点，仍注重才、色、艺的品质，算是保持了“古典主义”风格。其中尤以明璃阁和采香楼、珠子闾三家为首，实行着古老的“保血”制度。

“保血”起源自洛朝，只在卫太祖时被勒令中断过，本质上说就是配种，那些招来或买来形貌良好的年轻男女，叫“闾中”。中，种的意思。

“闾中”们被迫随机配对交欢，定期互换。育下的子女，统一交送城外乡郊的产娘哺育，长到八岁后莺阁老板前去收验：姣好者无分男女皆入高闾，接受服务培训，被称为“闾嗣”；长相普通的则在莺阁打杂、服侍；面目丑陋的则被卖为家裨、苦力甚至奴隶；至于残缺、患疾的，根本活不到八岁见老板。

“闾嗣”长大后，有的接客，有的直接当了“闾中”，全凭莺阁老板的眼光。因“闾中”是随机配对，定期轮换，“闾嗣”又在乡郊长大，他们谁也不知父母是谁，子女又是谁。一笔糊涂账，亲人无法相认，倒是便于莺阁老板管理。

“闾中”年过二十五岁后不再参与“保血”，而是到一线工作。及至年高色衰，女的被贬卖至低级柳屋，甚至当“野凤”；男的出卖仅存的劳力，留下当听厮、门仆、服从、帮厨。总之，从年轻貌美到人老珠黄，这些俊男美女的每分力气、每滴血汗、每刻青春都被莺阁老板们榨取到不剩任何价值。

曲少毫在小说裨汇报里就写过好几起悲剧：老年女“闾中”当了“野凤”后病死家中，或者残疾患病的老年男“闾中”被莺阁赶出门户，饿死街头。

还有不知名人士写的《闾豚韵》：

皮肉吾焉？客啖吾肉，足覆吾皮，未懂吾凄。

余者吾焉？骨为膏胶，毛为刷尘，未知吾遡。

子女吾焉？姣者粉黛，陋者远行，未晓吾名。

苦也惨也，兽中为豚，闾中非人。

结果每月去录案局面交，上司呵斥他少报些没用的信息。

明璃阁是东扬第一家采用“保血”制度的莺阁，规模比不上另外两家强力的竞争对手，却因楼阁典雅、乐师技艺高超、菜品精美而受到达官权贵的青睐。太司常萧天佐、代行太司尉傅灼、水军高帅钱定坤都是明璃阁常客，据说太司尉海顾在患病前也常出入此地。

正因常客都是些朝堂高官，所以明璃阁不像富商常去的采香楼、文人高士扎堆的珠子闾那样明目张胆、地处闹市。相反，去明璃阁必须要先出西城门，牛车缓行半个时点，绕过碧琼湾角，再过一片竹林，方能抵达。

“一餐破万毫，非上(阶)莫敢入。”曲少毫站在大门口感叹。他和居游刃一样，换了套便服，才坐着双牛篷车慢悠悠抵达传说中的明璃阁。

明璃阁内部的陈设、装修如何豪华富丽，曲少毫在个人见闻记《遗神往摘》里没有写。我猜，是因为无论里面多么漂亮，多么精细雅致，多么炫目，在曲少毫这个寒贫书士和常闻民间疾苦的小说裨眼中，终究是肮脏非人的“保血”之地，那一餐万毫也并非贵在菜色，而是无数男男女女只能幕后流淌的血泪。

他在见闻记里只概略写了明璃阁两样特点：一是摆着各类琉璃制品，有本土制造的，也有外邦进口的，经顶上和墙上的万年烛一照，流光溢彩；二是明璃阁的飧室都是相对独立的包间，隔音甚佳，是高级官员私密谈话的好去处。

居游刃和曲少毫就是在三楼朝南的“晚流连”飧室，与明璃阁的孟大姐儿会面。

声色场所的鸨子都被称为姐儿，只有规模较大的莺阁鸨子才叫大姐儿。孟大姐儿年逾四十，并未像曲少毫之前想象的那样浓妆艳粉，只略用粉黛，嗓音亦不做作。关于她的传闻，曲少毫也听过几分：她十年前来到东扬，场面上说得唱得，台下也使得做得，据说背后靠主是太司衙府中人，明璃阁也有她靠主的红股。

用来招待二人的是思明山上的龙须青，比渤都特使府邸的红鸣叶高出不知几何。以恭州的厚壁瓦罐去煮目通泉的水，瓦罐下面燃的是天姥山运来的切细了的松枝，茗具由昌河镇出品。

居游刃摸了摸盏底微凸的匠款，赞叹：“啊，司马义敬大师的徽记。”

孟大姐儿面露悦色："好品力，说道起来，这雨山茗友，司马大师生前只做了四套，一套在仁阳城帝丘宫，一套在长沙府，一套在堂明山上，这是第四套。"

曲少毫瞳孔张大，反复细看手上的细瓷盏，却感受不出什么特别，不过是颜色青绿，盈如羽毛。

居游刃又浅浅品了一口，越发有了雅兴："雨过山晴，翠叶留珠，茗汤如金，拟光似影，果真名不虚传哪。"

孟大姐儿笑道："居大夫不愧名门之后，识茗如识人，孟姐儿在此领受了。"

居游刃拱手道："惭愧惭愧，略知皮毛——这风雅之地，处处精致，件件金贵，哈臣额狼特使不知是否能解其中雅韵之意?"

孟大姐儿未出声，手一轻挥，边上侍茗的服从俯身告退，合上飨室门。她这才愁容满面，戏剧性地叹一声："别提了，自从渤都特使来到我们扬国啊，高闾行业深受其害，光我这一家受的苦，比黎民野间那些人还惨!"

曲少毫闻言微皱眉，这细小动作却被孟大姐儿捉了去："这位大夫，想来伏于民间，平日里汇报小说，定是听闻过的。"

曲少毫大惊。方才居游刃在明璃阁门口通报时，只说自己是核监院新任大理法，未表明曲少毫身份。二人又是便服前来，以常理论，孟大姐儿应当把跟在居游刃身后的曲少毫看作核监院的提调或者通案才是。

居游刃却不去看曲少毫，问孟大姐儿："居某确有耳闻，敢问前日晚间到昨日凌晨，特使在贵地如何……呃，如何运作？”

“呵，还不是照常日里那些胡闹罢了。”

哈臣额狼来时正雨声大作，一进“空山鸣”飨室就脱去了外衣，只穿薄薄的内衬，服侍们马上端来烤火的暖盆。

明璃阁的拿手宴菜“二十一明碟”，有鱼肝、贝汁、禽舌、兽骨髓这些上品菜，却非哈臣额狼所好，他最爱烤肉、炖禽、鱼头。这些菜要重复上两次，分别是晚饭时点和夜宵时点。哈臣额狼酒量好，胃口大，喝多了就拉起在场的人——无论是听斯、服从、侍酒、乐师，还是同邀的文武官员，一并欢舞。

居游刃打断问：“当晚除了他，还有谁在飨室？”

“哟，那天晚上人倒是不多，他，那个副使，瘦瘦长长的，还有几个渤都商人，在东扬贩卖皮毛、海鹰、北珠之类的，就这些了。”

“哦，都是渤都国人。”

“算是，也不算是。”

“怎么说？”

“那个副使，其实是个‘答塞’。”

“了然，了然。”

曲少毫却不了然，但眼下不敢问。

孟大姐儿倒是捕到了他的心思：“这位年轻大夫也许不知，‘答塞’乃是渤都语，融血混种之意。这‘答塞’看着吧，斯斯文文，不怎么喝，特使也不怎么劝酒——渤都人最爱劝饮，轻则语言相衅，重则开喉放歌，歌词都是渤都语，我也听不懂，据说是现编排的，就是挑火，嘲笑人家不敢喝，不能喝。哎呀呀，特使唱起这歌来，那是千彘齐啸，巨鲲跃海，楼上楼下的飨室都能听到，少不得我们这些吃累命，到处给人赔不是。"

曲少毫不由"嗤"了一声。居游刃喉咙也皱了皱，过了会儿才继续问："那，他们喝了多少酒？尤其是特使。"

"这我还真知道，特使离开后我叫人清典飨室，共理出十二坛子酒，特使他们每次喝完几坛，都要叫亲随下去篷车里再取。"

"且慢，他们喝的是自己带的酒？"

孟大姐儿点点头，躬身为居游刃添茗。

渤都男子是喝北地烈酒长大的。东扬国人喜欢温和的米酒、果酒和花茗酒。无论眠竹林还是翠步摇、玄米清酿，在哈臣额狼看来都和白水无异。

故而每当渤都国商船停靠东扬城码头，都有腌制的鳣鱼子和大瓮大瓮的北地烈酒搬下来，直送哈臣额狼府邸。这些大瓮酒再灌入小坛，装在双驹篷车里，特使随行随饮。即便去酒肆莺阁，哈臣额狼也是让亲随们搬进飨室。

孟大姐儿眉头皱起："这北地烈酒啊，据说以雪水酿造，勾了山雉血、鹿角粉和人参末，从前特使还逼我喝过一口，真真又腥又辣，好半天没回过魂思来。"

"下去篷车取酒的，可是铁雨卫？"

“哈,居大夫莫糊戏,明璃阁虽非重官禁地,往来也多是朝堂中人,军武护卫与兵刃皆不得入阁内——这条不文定规,连太司祀大夫都不曾破过呢。”

居游刃怔怔,饮口茶:“那,当晚可有作陪的秀人?”

孟大姐儿一笑:“特使声名在外,怎会没得秀人陪?照旧是左揽右抱,好事成双。”

“敢问是哪二位?可否请出一叙?”

曲少毫明显感觉到,大理法盘坐的两只脚掌动了动。

孟大姐儿问:“居大夫是膝酸吗?唉,不是我这吃累命的下仆要阻碍二位大夫办事,实在有苦衷——特使平素最青睐的两个姐妹,一唤桑灵儿,一唤水云暖,前夜劳累,均弄得有伤在身,卧榻不起,不便相见。”

居游刃和曲少毫面面相觑。

“不相瞒,这特使是虎狼身子,也是虎狼脾性,酒后行事,实所非人。那桑灵儿浑身淤青,带有内伤,已请了悬壶馆的医士看过,情况很不妙……水云暖呢,容貌得损,伤愈之前是不能出来见人的。唉,她们皆为‘闾嗣’,本该锦衣玉食,享受丰华,偏着命苦,遇上特使这么个虎狼恩客。”

居游刃清清喉咙:“呃,这委实……”

孟大姐儿愁容满额:“委实苦啊,特使临走,扔了半冠金饼,权当赔偿……真可怜了这对好姐妹哟。”

“没想到,明璃阁贵为国都莺阁之首,特使居然如此肆虐。”

“换作别国使臣，还能管束一管，奈何特使远自渤都而来，近些日子据说频入堂明山，还得赐金酒……他这越发胡闹，我们这些吃累命的下仆怎敢约束？前晚，我曾进去打笑敬酒，特使半醉未醉，还敢放言……”

“放什么？”

孟大姐儿笑看窗外一只鸟停在枝头上：“待来日，渤扬两国联兵打了胜仗，明璃阁里这些侍候过他的秀人、服从、侍酒均封赏一块良田，还要送封我一座城池，就叫明璃城，让我做城令，哎哟……”

居游刃没说话，端起茗盏，咕噜咕噜喝茶。

孟大姐儿笑笑，枝头上的鸟飞走了，她转回头来，又给茗泡续上热水。

6

双牛篷车里，居游刃背靠车壁，轻拍底板：“完了，完了。”

“大夫，怎么……又完了？”

“知道孟大姐儿背后的靠主是谁了。”

“谁？”

“唉，你这对裨官耳朵，直来直去的民间野闻听多了，听不出人家话里玄音。”

朝堂传言，民间野绯，都知道出入明璃阁的有太司尉、太司常，却从未传过有太司纠和太司祀，想来二人确实未曾来过。方才孟大姐儿说护卫不入阁的规矩，却提到了太司祀。

以她多年高闾做鸨的经历，自然清楚无中生有、诬蔑太司祀是什么罪名，有何等后果。她既然敢提一嘴，证明二人渊源之深、之稳。

太司祀，位列四太司之首，掌祭祀、教育和外交。

居游刃捶膝："我早该察觉了，唉，司马义敬大师生前是太司祀的至交，四套雨山茗友，备珍至稀，在哪家王府里都不奇怪，偏偏明璃阁也有一套，这鸨子一开始就在暗示我了！小禅官，当今太司祀，你总知道是谁吧？"

"呃，生巽大夫，先国主的堂弟，当今国主的堂叔。"

"还不止如此。"

智成帝末年，天下大乱，兵匪双横。生巽在外州奉事，他原本留在帝都仁阳城的妻妾子女十余口人为了逃难，一路流落到庸州的博水城。之后天威帝征战北方，独眼大将魏平敬受命围攻博水。十日城破，守将自杀，连带亡者包括太司祀在城内的全部家人。

生巽自此和魏平敬结下深仇。如今魏平敬在西青掌权，生巽自然更希望和南卫合作，攻打西青。

居游刃再拍车底板："眼下盘算，铁雨卫嫌疑最大，但背后是殿帅许青平，军武支柱。明璃阁居次，但背后是太司祀生巽，庙堂重臣，宗室手足……哪个都得罪不起，唉，这要不是完了，什么是完了。”

曲少毫倒不这么想:“下臣倒觉得,副使秀龙多可疑,他即为‘答塞’,地位较低,会不会想谋害特使,取而代之?”

居游刃瞪他:“不如你我冲进使臣府,绑了秀龙多,押上船,一同到渤都国的塔梁城去跟武苏圣天大王辨析清楚?”

“呃……”

“哈臣额狼是天大王从小的玩伴,黄柱大长老之子,秀龙多取而代之是痴儿做梦,反倒哈臣额狼这一死,在渤都国内也是一击重浪,他要想想回去之后怎么保住自身,肯定比我们更想查到凶手。”

“了然……那下一步我们去哪儿?”

“唉,你回家,我去核监院,向监正复命今日所查。明日三遍钟时,到核监院找我报值。”

“下臣唯命。”

“对了,你是不是住在城南的固中巷?巷口孙家铺的包汤米团很不错,记得带三个来!要羔汤,不要鸡汤的,还有,多淋醋!”

曲少毫在西城门下了篷车,却没有急着回家。多年来他习惯了在城南的茗楼、酒肆收集民间情报。像今日这样早早归家,反倒不太习惯。于是照旧走到常去的南关酒肆,点了一壶望海潮,两碟小菜,一碗糙饭。

白天喝过使臣府邸的红鸣叶和明璃阁的龙须青，现在再饮粗劣的望海潮，他一时没能缓过神思，生生地被呛了下。

隔壁桌的三位客人被他打断，又很快继续讨论起来。一人说，横死的渤都之狼早年征战时喜欢将战俘的舌头割了，在盐和烈酒里稍加浸泡，火上略加炙烤，品之如饴，唤作“大雀舌”。

另一人说，这匹贼狼，对女人尤其狠，能夜御数女，堪称当代嫪毐，行房时常将女‘间中’咬得遍身齿印。

第三人说，有可靠消息，大医士田从容去看北狼，根本不是中毒，是中箭，且是双目各中一箭，东扬国能有如此箭法的，只有“盲射无双”的许……

第一人说且住且住，不要命啦，神眼许你也敢说，啊，喝酒喝酒，北狼死，普天庆，来来来来。

除此之外，再也没听到什么有意思的消息。曲少毫自斟自饮，想到未能在明璃阁谋面的秀人姐妹，一个伤重卧床，一个面目遭劫，心中大怅，一壶望海潮还剩下一大半就结账走了，也没给力赏。回家路上残月当空，他想，是否要把今日野闻里涉及步军殿帅的那部分去掉，若不去掉，定然又要被上司责斥。

走到一半才反应过来，他自今早起调配给居游刃办案，今晚根本不必写小说汇报。

到了家门口，却发现门前早早站着一人，四十出头，体态平常，衣着简朴却干净合身，也没打过固中巷平民百姓身上常见的补丁。看面容气息，不像书士也不像做小买卖的，说是管账的铺头吧，背颈却不勾。且自持稳重，不像曲少毫这样的都城小吏。

那人见他走到近前，一拱手。

“可是曲大夫？恭候多时，请与我来。”

曲少毫连连摆手：“我可不是大夫，你是谁，要带我何往？”

“有贵主要见您，随我几步来便是，就在巷子尾。”

曲少毫纳闷之中还是跟着对方一路往巷尾去，那里停着一驾单牛篷车，车四周各有一人，或站或蹲或坐，形态不一，四个方角却整齐出奇。

那人往车篷一引：“您上去便是。”

曲少毫犹豫再三，走到车前。车夫下车，和刚才领他来的人一道在远处站着去了。

揭开篷帘，里面燃着一盏紫豆灯，灯旁盘坐一人，也是普通衣着。待曲少毫进来，盖上篷帘，那人才睁眼：

“小小稗官，让我候了那么久，呵，生平头遭。”

言语举止，立刻让小说稗想到在老家书院念书时课业最佳、家境最优的那个同窗，也是这么看待曲少毫的。只不过眼前这人比那同窗更凌人，更居高，更欠揍。

“敢问尊荣是？”

那人不语，从袖中取出一物，巴掌大小，镶银的青鱼衔尾玉佩，色泽奇佳，鱼眼睛用青蓝色宝石做成，玉佩的一面上镏着金字：天正司纠执仪。

太司纠方有此牌。

录案局归属司纠衙府，眼前的正是小说裨的顶头上司的顶头上司。

马明伦，字褒国，出自段州马氏豪族，与当今国主生寒寺年龄相仿，自幼与其同窗习读。因广闻博记，少时被誉为天才。生寒寺继位后，马明伦一步登天，二十四岁便出掌司纠衙府。虽是四太司里最年轻的，实权却不小，朝堂地位仅次于四大太司之首的生巽——毕竟，除了上四阶，所有中层官员的委任、考绩、升降都由太司纠主调。

据说马明伦是强烈的主战派，至于跟谁开战，不明。

曲少毫手撑底板，头点三次："太司纠召见，下臣失仪，望责罚……"

马明伦收回玉佩，捂住鼻子："让你说话，你再说话。"

曲少毫不语。

马明伦松开鼻子，一挥手："一身酒气，还是浊酒，呵，又去南关酒肆了？你这小说裨是不是当上了瘾？明璃阁出来不直接回家，非要去喝一壶？"

曲少毫不语。

"既然知道我的身份，也不多绕话废舌了，你和那混日的居游刃今天都查到了些什么，一一说来，不许保留——说话时捂住嘴，我不想闻酒臭。"

曲少毫转思片刻，除了吃早饭和用午膳时涉及他和居游刃身世背景的信息，其他都和盘托出。

马明伦轻哼一声道："这烧焦老油子倒是未出所料，兜兜转转全然不得要害，许青平不敢见，太司祀不敢碰，只问杂种副使，莺阁鸨子，呵，对了，他跟你说了居连山的往事了？"

曲少毫一惊，不敢再瞒，只能点头："确是聊了些家常。"

"他办不来正事，也就只会聊家常了，那他是否告诉你，当年诬陷居连山违抗军令的船总是何人？"

"下臣不知。"

马明伦鼻翼翕动："水军高帅，钱定坤。"

"这，这……"

"这就叫妙缘，呵，知道为什么此时召你？"

曲少毫喉结一动："若居大夫办案不力，有所偏袒隐瞒，司纠大夫需要知晓详情，以图后谋。"

马明伦"嘿嘿"一笑，曲少毫很好奇这位马大夫笑起来会是什么样子。马明伦道："还挺聪慧，当小说裨可惜了，那你应该知道为什么那么多小说裨，非要点你协助了吧？"

曲少毫喉结又一动："下臣年少，年少无知，曾……曾惊扰国主。"

"哈哈哈哈，小裨官，你还真会自抬！国主躬亲军机，盘控万里，怎会记得你这个乡野蛮童。当年你朝国主扔泥块，也连带溅了我不少，国主在曲村找到你对质，我也在场，你吓呆了，不记得了，但我记得，还记得你叉腰站在山丘上对我们不逊。现下马某知恩图报，向国主举荐，这才给了你大好机会。"

曲少毫把头抵住底板："谢……谢太司纠……"

"心里却不知道在怎么编骂马某了。也罢，既然你已知责任，务必尽心尽职，居游刃若有任何疑举，速速密报。"

"下臣唯命。"

马明伦又挥手驱散酒气："此案除去铁雨卫和明璃阁，尚有疑点，比如为国主府服务的大医士田从容，人称回生圣手，此前医治毒案不下十余起，皆能成功，为何哈臣额狼从唐泽驿中毒到田从容赶去使臣府邸不过半个时点，却治不好呢？明日查案，当从此线入手。"

曲少毫忽然想打酒嗝，但好不容易忍住了："唔……下臣以为，疑点不止如是。"

"哦？说来。"

"哈臣额狼商谈合兵，生死攸关，不应只放眼华夏，其他如勾丽、弥生等国，以其利益论，当也不希望渤都国日益强盛。东扬城内使臣府邸云集，各有线人暗作，鱼龙同游，万千丝缕，下臣以为，不该排除其嫌疑。"

篷车内变得安静，曲少毫能听到外面老牛的尾巴掸蝇声。

马明伦俯瞰小说裨的后脑勺许久，终于道：

"小裨官，真是屈才了，希望案子结束，你还有脑袋戴上新官帽——明璃阁对你们有所保留，你们最好再去问问副使秀龙多，那晚还有谁在'空山鸣'飨室。"

"下臣感涕太司纠指明……"

“虫鸣嗡嗡的，速退下吧，熏死人了。”

7

当年，生在筠以平海侯的身份刚到东扬担任驻州节，府邸在城西的方兴池一带。及至东扬立国，一来格调等级高升，二来原本的府邸面积不够展开，百般斟酌，选定在城北的堂明山兴建国主府。

江南少山多丘。堂明山严格来说其实是一座高丘，早先只有一座佛陀教的小寺。国主府耗时六年建成，制式格局都参考了卫朝旧都仁阳城的帝丘宫。那座小寺没被拆除，被新的宫宇楼阁包裹其中。

居游刃站在堂明山脚的崇天门前，感慨万千：“未曾想，居某还能故地重游。”

“大夫何出此言？”

“接替先父提调之前，居某在皓房①效力四年有余。”

曲少毫大惊，居游刃居然曾是宫里人！

卫朝始创的宫里人机构，分外六局、中六房、内三库，加上宫婧司②，统称十六部。国主府规模面积远不如帝丘宫，宫里人机

① 皓房，负责照明、取暖、熏香、消防的宫里人机构。

② 宫婧司，负责宫里人和婧官的招聘、考核、调任的机构。

构缩减,但民间仍旧称为十六部,其中皓房主司照明、消防、取暖、避暑等事。

崇天门朝南,是正门,两侧由执锐披坚的宫郎卫值守,只有宗室、外使、上四阶第一和第二级的官员可走此门。居游刃感怀一番,之后带曲少毫往东绕行。东边的青松门是给中层官员出入的,西边的白莲门是给宫里人、婧官和运货车走的。

今日早上,居游刃从曲少毫这里听到田从容的线索,一口羔汤米团喷出大半,油醋飞溅:“哎哟!烫死我了……小稗官莫找玩笑!田从容……碰不得!”

曲少毫连忙递上卷帕:“何故?”

居游刃擦擦下巴:“田从容的叔叔是田正!太统管田正!”

太统管是宫里人机构的首长官。田正,字为中,家出河东巩州,当年随先国主进驻东扬,在府邸里做总管事,备受信赖。如今除太统管一职,他还身兼宫婧司司正、天敬库①库右。东扬国除了四大太司和水步军的高帅、殿帅,紧随其后的重要官员就是太统管。

居游刃将卷帕还给小说稗:“太司纠马明伦此番指路,依我看,查案不是目的,对田正来个饭里掺砂才是本意,唉。”

曲少毫来核监院报值时,开头就把昨晚马明伦的事情全部告诉居游刃,包括要他汇报大理法的疑举。居游刃不讶异,只

---

① 天敬库,负责保存宗室档案和重要文件的部门。

问，太司纠亲自指点你，明明前程得见，为何向我漏风？

曲少毫拱手："下臣同居大夫相处不过一日，但钦佩大夫清风做派，又是居公元海后人，家统严明，深熟大义，断然不是挟私之人，少毫寡才疏学，但识人果决，行事从判。"

居游刃轻抚短髯，拿起最后一个包汤米团："唔，少毫啊少毫，脑仁不好，胆子不小，哈哈哈，居某没有看错人。"

然后曲少毫说了马明伦指点追查田从容的线索，便有了居游刃被羔汤烫伤嘴的那一幕。

太司纠马明伦是当今国主亲信，少壮派，素来对执掌宫里人机构二十余年的田正这些老臣不满。无奈，宫里人的调用和升迁都独立于司纠衙府，由宫婧司自行负责，马明伦水泼不进。

哈臣额狼一案，恰好提供了一丝机会。

新老相碰，殃及旁侧。

居游刃吃完米团："唉，既然太司纠指了这条路，你我不走，想来以后不会有好结局，看来堂明山咱们必须去一趟了。"

外人进国主府，均有导局[①]的宫里人在前一路引导，还有一名腰佩长刀的宫郎卫殿后。四人行到药房门口，导局宫里人伸手往里一送，自己和宫郎卫候在外面。

药房里各类药材气味扑鼻，八九个医士、药员正忙忙碌碌，

① 导局，负责在宫里引路的部门。

见到外人并不多看多问，只顾自己。内厅里一人坐于乌木案后，眉骨高立，虽不过三十五六岁，却黑髯垂胸，正以笔疾书，确是大医士田从容，字共帘。

核监院理法是上四阶三级，药房大医士是中四阶次级，照常理，田从容当早立门口，恭候居游刃。现下他非但不这么做，连居游刃进到内厅拱手自报，田从容都不起身，甚至未停书写。

居游刃道："居某受命清查渤都特使一案，还请田大医士行与方便，协助走公。"

田从容停下笔，拿起左手旁的茗盏，饮口茶："居大夫身负重命，田某钦佩其劳苦，只是不知如何行与方便？"

"特使暴亡，利益攸关，可否请大医士将那日医治详情一一叙来？"

田从容放下茗盏："呵，医治详情，尸辨结论，田某早就一一细书，当日就抄送给核监院，想必居大夫已然读过，何须我再费喉舌？"

"居某未学过医药之术，文笺虽细，仍有不明之处，毒药运算、治救医理，以及用药金方详细，还请田大医士详告。"

田从容举手打断，让居游刃身后一名药员近前来，俯身检视呈上的药材粉末，吩咐道："须再磨细两回合，与没药同煎一个时点，滤后再下半钱榆蜜，搅匀，差人送与徐国后。"

药员退出，田从容转向居游刃："大夫没学过医术，可以去找个民间的医药高人，检验我的运算医理，至于开药金方……田某出自医学世家，金方是祖传秘密，况且我又是宫里人，只服务国主宗室，很多信息不可以轻易示人，居大夫要是实在想知道，那就请去走个公办流程。”

“如何走流程？”

田从容重新拿起笔：“由核监院监正出具申请，先报给宫里人药房的房左大夫，房左大夫再报给房右大夫，二位上司会同肃局的首长官一起上报给太统管——太统管自有判断，他自己能做主的，他就能定，事关重大的，他要请国主亲自定夺。”

“呃，居某以前也在宫里行职几年，没听过这么复杂的流程啊。”

“这是去年刚定行的，呵，居大夫官运鸿达，高升去核监院已经好几年，自然不知了。”

不偏不倚，居游刃此时放了个屁。

田从容停笔，抬头。居游刃看看他，又转身去看曲少毫。

曲少毫怔怔，连忙俯身拜礼：“下臣非礼，望二位大夫海涵！”

田从容垂目继续书写，不再管眼前二人。

居游刃清清喉咙，拱手道：“了然，了然，叨扰医士，居某有愧，自先告辞。”

田从容头都没抬：“居大夫劳累操烦，社稷有幸，不过我看您面白额青，是欠荣虚营之相，希望您平时别吃太多果蔬寒鱼，最好能多吃点肉和禽类，调和一下。”

“……多谢,多谢田大医士良谏。”

双牛篷车的底板又遭了殃,不过这次居游刃不是喊“完了”,而是骂道:“贼眉鼠眼!气死我了!”

“呃,大夫……息怒。”

居游刃胡须发抖:“这马明伦真是鄙劣可恶!自己想要枪挑太统管,却拿我做矛尖!”

曲少毫指指篷帘:“大夫,大夫,轻点,外面还有车夫……”

居游刃长出一口气:“早知如此,还不如在皓房管蜡烛,唉。”

“大夫戏言,下臣以为此案重大,国主关注,不如就按照田医士所言,上报流程。”

居游刃白他一眼:“天真!国主府内根节盘错,我再清楚不过了,医士田从容的背后靠主是他叔叔田正,那么田正背后的靠主是谁?你能想到?”

这个问题不难,小说裨都能猜到,必定是先国主的遗孀——聂太夫人。否则,田正就算有十个脑袋百只手,也不可能当太统管当到今天。

居游刃声音放低:“那你说,聂太夫人什么身世?”

“呃……”

聂太夫人并非当今国主生母,早逝的生儒庭、生道陵兄弟才是她亲生的。故而国主和太夫人之间的关系颇为微妙。此外,她出身并州大族的聂家，烈祖父曾官居卫朝太司常。聂家又和著名的军武家族上官氏有姻亲关系。南卫的步军高帅、江阴侯、国肱将军上官古厚，正是聂太夫人的远房表兄。

曲少毫道："是故，太夫人当和太司祀一样，也希望……联手楚卫。"

居游刃点头："南卫使臣牛潪已，每月都要拜见太夫人，送呈南卫特产和上官古厚信文，他出入堂明山的频次，呵呵，远胜其余各国使臣。"

提到南卫使臣，曲少毫想起马明伦。太司纠指示过，要询问秀龙多，那晚在明璃阁和哈臣额狼对饮的还有谁。今早他们从核监院出发去堂明山之前，居游刃已向监正申请，支派一名跑员，带着一套府文盒去北羽坊。

府文盒是卫惠成帝时期著名工匠羊又机的巧思。从前各司局衙府之间传递文件，均采用以蜡封口的竹筒，容易被有心之人截取，再伪造蜡封。

羊又机遂发明一种木盒，锁头上有转轮密码，每轮各有甲乙丙丁四种字，保密等级最低的是三轮锁，等级最高是五轮锁。如有人破坏锁头，硬取文件，盖子内的醋墨胎囊就会破裂，污损文件纸张。

此外，每套府文盒又分为子、母二枚。子盒均用三轮锁，和机要文件一起放在母盒内。收件人若要回函，可将回函放在子盒内，子盒放在母盒内，让跑员原路送回即可。这样一来，即使跑员知道母盒的密码和文件内容,也无法知道回函内容。

子母盒的双重密码,司局衙府之间有一套约定成俗的替换和变化的规则,称为"码算",非机构的一、二号首长官不得知晓。如果是临时在机构之间使用,只需约定一次性的"目临"密码即可。

此前居游刃拜访渤都国特使府邸时,为防万一,给秀龙多留下了一组"目临"。

二人坐双牛篷车回到核监院,派去北羽坊的跑员业已回来,那套四轮密码的府文盒就在居游刃的案头上。居游刃确认周下再无别人,便以密码打开母盒,又用第二组密码打开子盒。秀龙多在一小片米色的洒晖笺上以景卜体写了五个字:

赛饮勾丽臣。

"勾丽臣,勾丽使臣……"

"吉宪贞?"

"只能是他了,都城内再无其他勾丽高官。"居游刃说完,将短笺放在台砚里,存墨将其完全染黑,再看不出内容。

曲少毫道:"眼下快到午膳时点,不如……"

居游刃被方才田从容那一顿气,毫无胃口,转身往门外走:"不可贻误,现下就去会吉宪贞。"

吉宪贞,字滕蛟,年近五十,性情仍旧豪放。三十多年前,他作为勾丽国朝贡使之子,曾随父在仁阳城住过三年。彼时大卫朝尚未分崩离析、烟云消散，虽朝政形势逾靡、党伐激烈，但有天下之都美誉的仁阳城那种恢宏浩荡、兼容天下的风气，深深熏染了这个勾丽少年。

其父吉昌敏也是华夏文化狂热爱好者，履职期间染了重疾，留下遗言希望葬于天都，不必还骨乡土。智成皇帝感念其心，追封其为召恩伯，厚葬于城北朱雀岗的贵憩园。

吉宪贞归国后在勾丽王府担任司尉局管事，因性格原因开罪了张翩王妃一派，六年前调任为驻东扬的使臣。其人嗜饮，每到醺处，必然感怀昔日在帝都仁阳城的少年岁月，盛赞卫朝的疆域和风土，为自己无法前往先父墓前吊唁而落泪哀歌。

曲少毫掰着手指："和渤都国常年兵刃相见的，除去卫朝、北青，便是勾丽了。天大王若和我扬联兵，攻入蓟州关，掌控大半北渤湾，勾丽将面临巨渊，丧土称臣且算便宜，亡国都不无可能。"

居游刃闭目道："唔。"

"下臣伏于民间时听闻，这吉宪贞自幼熟习箭术，因这项爱好，他和步军殿帅许青平相交甚密。如此一来更有双重动机，希望我扬和渤都联兵不成。"

"唔。"

"孟大姐儿隐瞒当晚吉宪贞在场之事，从未去过明璃阁的太司纠却知道，这案子……越来越糊涂复杂了。"

"唔。"

曲少毫看向居游刃:“大夫……心思不在此？何故?”

居游刃睁眼,叹气:“秀龙多的回函,是纸面朝天,纸背朝地。”

“好像是。”

“不是好像,就是,唉。”

渤都族文化是重武轻文。官员之间以短笺文字往来,有写字那面朝地的顽习,寓意文为下武为上,武为根本,以武立身。纸面朝天是华夏文化的做法,因为信奉文字能通神鬼,可达天目。上次在北羽坊的府邸,秀龙多读完“特命书”,是纸面朝下递还居游刃,说明他完全遵守渤都习俗。

曲少毫惊言:“大夫的意思是……”

“恐怕,有人先于你我读到了秀龙多的回函。”

曲少毫这才明白过来为什么他连午饭也不吃就急着动身:“早知如此,应当下臣亲自去北羽坊。”

居游刃复又闭目:“不怪你,是我低估了。”

府文盒,必须以密码开盒之后才能重设密码,这就需要一把特制的黄铜鸟翎虎齿钥。这把钥匙还有个功能:无须密码,即刻开锁。各司局衙府的首长官才有这种钥匙,且随身携带。东扬国承继卫朝刑律:丢失府文盒的跑员,依据府文盒密级由低到高,惩罚措施从罚俸半年到杖责二十再到坐牢三年;丢失鸟翎虎齿钥的首长官,则罚俸三年,降职一级。

民间也绝不可能有这种钥匙。技术和工艺难度大且不说,民间私制府文盒或特制铜钥者，依律，斩立决。

朝堂对民间有密可保，甚至有很多密要保，但决不允许民间对朝堂有所保密。

“可，监正为何……”

居游刃示意他不必再说，交手入袖，闭目养神，眉头微锁，犹如便秘。

8

城东的松安头港，各国使臣府邸的集中地带，尤以盛虹巷和鼋头坊为主，多是勾丽、弥生、乌木丘、交都、大赤屿、罗奇这些与卫朝打了多年交道的友好藩属、贸易伙伴。

渤都国早年与卫朝是交战敌国，并无常驻外交。及至卫朝覆灭，东扬立国十多年后，金滚斧天大王才派来特使交好。盛虹巷和鼋头坊早无余地，渤都特使建府，只能选址北羽坊。

勾丽使臣府邸在鼋头坊南侧最里面，门挂米色方形灯笼。居游刃向值岗的铁雨卫领旗官禀明来意，后者再敲门，报与门仆。一路传达，仅过了五分之一炷香时间，二人便得以入内。引路的是勾丽副使，却不带去正厅，而是去了一侧的飨厅。

副使解释：“居大夫来得巧，今日吉大夫唱东宴客，请居大夫一同推杯。”

“这怎么方便？居某还是在茗室相候。”

“吉大夫特地交代，居大夫新就高迁，他还未曾到府恭贺，今日确巧，一饮敞怀，切请万勿推辞。”

“呃，吉大夫唱东，都有哪些尊位？”

“卫使牛大夫，弥生国使台宝大夫。”

曲少毫一愣，居游刃则是步履顿了下，复又跟上副使节奏。快到飨室门口，他对副使道：“这位曲大夫协从居某查案，阶位不足，有碍台面，还请费心招待其用膳。”

副使拱手：“切不敢怠慢，引完大夫，下臣便带曲大夫到公厨用膳。”

曲少毫这顿午膳吃得委实畅快：赤酱炖牛尾，氽烫的大八手君剁碎后拌上香葱和醋酒，切块后轻炙的蓝点串乌，大黄金鱼晒成的鲞干切丝，蒜头辣菜根，还有大碗精米饭——比居大夫家的伙食不知道好了多少倍。

当然，各国使臣在东扬的花销费度，均由司常衙府出资，这也是承继了卫朝的做法。曲少毫生平首次吃上这么好的官家饭食。

用完膳，又吃了些梅花饼和黄毫糕，喝了几盏素汤茶，府邸的管事来找，说居大夫要走了。曲少毫这才赶忙到门口，居游刃在副使的陪同下也到了，拜礼告别。

上了篷车，行出鼋头坊，居游刃问：“午膳可滋润？”

“粗茶糙饭，不堪一表。”

“小说裨糊戏与我了，你看你那红光满面的卖相！”

曲少毫还想辩解，却呜了个嗝。居游刃捂住嘴鼻："自卖了吧，唉，这顿饭你吃得可比我恣意。"

曲少毫却想，你自己一身酒气。

飨厅的饭桌上，吉宪贞主座，牛濬已在右，弥生使臣台宝鉴在左，居游刃和副使在下风左右。水菜满桌，多为上品鱼：海雾鱼子、湾口鲟豆块羹、酒漫蛤蟆灯的鱼肝、炖盅去皮海蛙、切片的海赤鲫生肉、酒焖朝天鱼……甚至有巨鲲的心切片后配上姜丝炝锅。

吉宪贞对居游刃解释，每月逢初，三国特使轮流唱东，在各自府邸设享水菜宴。

南卫使臣牛濬已，字公翮，年三十四，是出了名的舌精儿，尤爱食鱼。南卫盛产河鱼，东扬以海鱼著称，牛大夫三餐里两顿是鱼。台宝鉴入了天同教，不食有足脚的生物，自然也是吃鱼、贝居多。

但宴台正中，却是一道红兽肉。牛濬已介绍说，这道菜极为少见，名为狼顾肉。

狼有回头的习惯，称为狼回、狼顾。因经常回头警觉观察，后脖颈到脊背的肉最发达，最有嚼劲。今日宴席的主角菜正是略微炙烤的狼脊肉，配上以贝汁、海石榴（灰背头的鱼子）、苋菜根特制而成的蘸酱。就连吃狼肉的配酒，都是另置一杯，里面是玄米清酿再滴了几滴鹿血和狼血。

曲少毫道："嘶，这酒菜，真是极有深意……"

“北狼死，烹其肉，饮其血啊。”

“那明璃阁之事？”

居游刃刚问出口，牛濬已就截了话舌，说那晚吉宪贞和台宝鉴都在他那里，因为府邸新近到了一批新鲜冰镇的屈子鱼，那是汨罗江的名产，牛濬已就请二位去品鉴。讲到此处，吉宪贞、台宝鉴和勾丽副使均点头称是，为牛濬已的话做证。居游刃顿时没了追问的余地，只能答，了然，了然。

曲少毫道：“啊，三国使臣互为担保，这……”

居游刃皱眉：“铁索连环扣，无解。倘若三人对我瞒谎，只能去问守卫府邸的铁雨卫，可铁雨卫又在许青平麾下。”

“下臣方才倒听到些趣闻，愿为大夫分忧解疑。”

除了曲少毫，南卫和弥生特使的亲随也在公厨用膳，只言片语中他才知道，今日并非三位使臣原定的聚宴之日，按理该在明日才对。谁知今天上午敲过五遍鼓之后，牛濬已和台宝鉴临时起意要过来。公厨的掌灶也说，今日水菜，都是差不多的时点匆匆忙忙烹饪的，手慌脚忙，险些误了大夫们用午膳。

居游刃叹气：“这便是了，有人窃阅府文盒，提前通与了吉宪贞，才有三位使臣临时聚宴——否则，你我唐突拜访，下人一路通报，几位使臣商榷，需要时间，怎会这么迅捷就被请进去。”

“如此一看，勾丽使臣实有大嫌。”

“唉，未必，哈臣额狼和吉宪贞素来不睦，常因琐事斗赌，吉宪贞胜少负多，又性格冲烈，不易服输。若如秀龙多所书，当夜哈臣额狼和吉宪贞赛饮,想来是在明璃阁偶遇之后互出言语寻衅,临意相拼。翌日哈臣额狼暴毙,和他不睦的吉宪贞想要回避本案查情,也在情理。”

“那,现在怎么办?”

“回核监院,让车夫快赶,还能在公飨关烊之前吃点午膳。”

“大夫……不是刚用过?”

居游刃瞪眼:“可惜那桌水菜,我才吃了三两口,就被灌了不少酒,这些出使之人啊,辩功了得,我一人之口闹拗不过四位使臣四张嘴。唉,再不早点走,怕是要吐在这篷车上了。”

“呃,下臣奇心,生炙狼肉好吃吗……”

“腥膻冲天! 呕……莫要再提,叫车夫快赶快赶!”

居游刃今日运气不佳,到核监院,公飨业已关烊。正愁苦,打算派人去外面买些咸油子果腹,忽有听从进来通报说,国主府宫婧司司监米大夫到访。

居游刃一拍案头:“危矣……”

听从道:“司监吩咐,欲独面居大夫。”

居游刃沉沉点头道:“知道了,有请司监。”

听从刚出去,居游刃就让曲少亳躲到风板后面,还道:“唉,真不该去会田从容!”

未几,外面慢走进一人,肩狭颈细,面白少须,着上四阶末级的官服,但腰间缙带是浅红色而非皂黑,表明宫里人身份。

扬国承继卫朝宫里人制度，但国主府的规模比起仁阳城的帝丘宫小了好几倍，殿宇相近，行走拥挤，督检方便，宫里人的选拔就不再有严格要求，所以当初居游刃才能被选入皓房。而眼前的米大夫体态纤弱、气质阴柔，是传统意义上的宫里人。

米籍，字度庸，年过四十，身为宫婧司的次长官，当年从驻州节府邸跟随田正到今日，实在是左膀右臂。太统管要随时服侍国主和太夫人，轻易不出堂明山，米籍便在堂明山外代表田正。

宫婧司负责宫里人和婧官的录取、考绩、调任，米籍有过目不忘的本领。哪怕只是个在青松门负责通报的小小传名官，哪怕退隐十年，他还能记着那人的姓名、籍贯、长相、特征、家业出身，分毫不差。

据说，仅仅是据说，自小记忆超群的太司纠马明伦，和过目不忘的宫婧司司监米籍，曾私下斗赌过一次，就站在南城门口，一个时点，光凭看，记下出城的百姓行人面貌特征，录案局的三位抄官则在城门外一一用笔记录，作为裁判依据。

斗赌结果乱说纷纭，小说裨曲少毫只能听过且算。

居游刃俯身拜礼："司监大夫，未能门口驻候，切望海谅。"

米籍俯身回礼，嗓音尖细："无厚兄客气，嚯，老兄这身酒气何来？莫不是查办特使一案有了眉目，在沽酒相庆？"

"司监大夫请莫糊戏居某，唉，世情所迫，见笑。"

二人落座，居游刃要叫人看茗，米籍摆手道："不必麻烦，米某此番叨扰，只是替太统管带几句话头，片刻就走。"

居游刃连忙拱手,米籍按下他的手:“太统管吩咐,田从容此番医治渤都特使,回天乏力,实非本愿,乃是特使所中之毒虎狼至极,非华夏常见,田氏金方无从化解。田氏一脉,行医从政,世代效命,绝非负恩妄为之辈。还请理法大夫体察秋明。”

“太统管事繁多虑了,居某拜访大医士绝非质疑,只是例行流程,造此误会,还请太统管大海有谅。”

“嗯,米某也是如此跟他老人家论情的,我与他说,无厚兄早先在皓房履职兢业,众目有睹,米某就曾数下嘉令,后又调去核监院,如今升任大理法,定然深熟责任之重大。”

居游刃拜礼:“多谢司监美言,居某感涕!”

宫婧司司监笑笑,身体朝他倾斜道:“不瞒无厚兄说,太统管此前曾教诲我,握权如握拳。”米籍五指攥拢为拳:“握拳者,旁人终疑其力,质其诚,风语交加,帆斜舟摇,有翻覆之险,故而必定居心清正,巍然不移,方保前景。”

“了然,了然,居某受教,再感涕。”

“客气！另倒一说,米某这里却还有丝线索,想透与无厚兄。”

居游刃颇为意外:“但说,但说。”

“宫中玉露坊,无厚兄可深熟?”

国主府用酒,皆称金酒。玉露坊是宫里人酿造金酒的地方。米籍给的线索是,金酒库藏巨大,总有人把一些酒从国主府私运出去,卖与民间酒商,随之产生一条灰色利益链。到手买家多为高档酒肆、高级莺阁、富贾巨商,以及若干外国使臣。

哈臣额狼嗜饮北地烈酒，但宫中金酒到底来源珍贵，故而也会定期购买几坛，存于府邸。现下的关节在于，他到底是喝哪种酒中的毒？

米籍道："玉露坊曾有一精酿艺户，名唤博二丁，三年前请辞自退，于城南某巷开设酒坊，暗通前故，私贩金酒，售与渤都特使府邸，颇为可疑，因其家人多在宏州。"

宏州在莱东半岛以南，是东青国土。

居游刃皱眉问："居某有疑，既出宫中硕鼠，肃局何不收网打尽。"

"不瞒无厚兄，内中深情有二：其一，宫内根节盘错，利益攸关，太统管亦有周顾不足之处；其二，肃局若出，风传民间，委实有损国主府体面，故不可妄动。"

居游刃连连点头："了然，了然，这博二丁既然有家小在宏州，受东青要挟的可能极大，确实可疑。"

米籍起身拱手："诚望居大夫明辨秋毫，米某不再叨扰公办，告辞。"

居游刃也起身，恭送他到外厅门口。米籍想起什么，又转身道："我差点忘了，这脑仁，唉，太统管体察无厚兄查案劳苦，特命我带些牛羊肉过来，已让人置放在老兄的篷车上，还请勿要推辞。"

"啊呀，居某惶恐，感涕切急，还请司监大夫明示，这博二丁的酒坊具体何在？"

米籍哈哈一笑:“无须问我,内厅风板之后的可是曲少毫?他本乃城南小说裨,问他即可——无厚兄,告辞勿送。”

9

双牛篷车内,放着三个乌漆大长木盒,里面分别是熏制鹿排、白酱卤牛肉、蒸熟羊羔肩。还有个小瓦罐,里面是山雉干酱。曲少毫看得眼睛发热,居游刃却将这些肉食一一翻面查看,还用手摁压。

曲少毫问:“大夫,何为……”

居游刃又把手指伸进瓦罐,搅拌几下,松气道:“尚好,没别的硬货,真是单纯送了肉食。”

“大夫是怕下毒?”

居游刃用卷帕擦拭手指:“唉,是怕比毒物更要命的。”

“了然。那,我们现下如何?”

居游刃背靠车壁,瞑目思巡片刻,道:“倘若博二丁真是受了东青暗作的指使去毒害哈臣额狼,那必以死顽抗,委实危险,须调遣一队虎牢卫前往捉拿。这样,你我兵分二路,我率虎牢卫往南城酒坊,你到北羽坊再同秀龙多盘查一番,取私贩金酒来做核验。”

“如若秀龙多不肯呢?”

“唉,糊涂小说裨,较之私买金酒,哈臣额狼之死更为重大,如能查明是东青暗作所为，秀龙多一命可保，不会不与你。”

“了然，了然。”

“这驾篷车暂且供你调遣，切要保存好金酒证物。另外，这些肉食不要动它，我可是午膳都没进过！”

渤都特使府邸，众人正忙着在大院内搭建一个小木台。木台四周挂着八杆兽皮制成的长幡。曲少毫对皮货并不精通，只能大约辨认出有虎皮、斑鹿皮、银狐皮和熊罴皮。每杆长幡下分别摆着硬皮甲、铁牛弓、乌翎箭、三十步弩、圆皮盾、三刃斧等兵器。

下人们在木台上铺上粗帆布，再堆上半人高度的干柴，一个以树枝捆扎成的人形立于干柴堆之上。

曲少毫问：“敢问副使，这是？”

秀龙多道：“他们在筹备‘合乞搭丢目’，我曾以华夏文译过，可称为‘分尸聚魂礼’。”

渤都族人相信，假如一个人死于异乡，魂魄就会分散，四下游荡。如果可能，要想尽办法将尸体运回故里。运送前，以树枝捆扎成人形，当中放有死者一缕头发，焚于异乡，代表尸体的一部分留在死亡之地，这就叫“分尸”。

焚烧时，八杆长幡和八样生前最喜欢的物品会召唤分散的灵魂，将它们聚起，追随死者的真尸回到家乡，这就是“聚魂”。

真尸入土后，灵魂便会升上天去拜见祖先，和他们一同骑着双翅快马，在猎物无数的“烈火森林”当中狩猎。

这也就难怪，有一杆长幡下是一只硕大的马头，脖子创口以白布包裹，殷出鲜血。想来当是哈臣额狼生前最爱的坐骑。

曲少毫的好奇心胜过了生理上的恶心，问：“特使生前戎马征战，长幡下是武器和宝驹，那渤都女子一般放什么？”

“此礼只为成年男子举办，女子不配的，反倒是有些仪式，长幡下会摆有生前最宠爱的贴奴的头颅。特使祖父，上一任黄柱大长老的‘合乞搭丢目’，就摆着三个贴奴的头，最小的那个不过十三岁。”

曲少毫喉结一顶，轻咳两声。秀龙多不以为意：“曲大夫对此不适吗？华夏也有高间保血制度，区别只是渤都人行事粗放，一刀毙命。保血制下，恩客食人却不见血，以为自己无罪清正。”

“还是不同，‘保血’只是声色行业的恶行陋法。”

“‘合乞搭丢目’也只是渤都贵族的做派，大夫以为那些征战在外、横死异地的普通人能享受这殊遇？不过是连尸体带树枝一起草草焚烧而已。情况危难时，只能任他们去喂饱豺狗鼠鸦。曲大夫，你我之辩根，非渤都华夏，而是高阶低阶，有阶无阶——高阶者金食华衣，无阶者犬马无异。”

小说裨默然。

“曲大夫此番来，不只是为了考察渤都族的丧仪风俗吧？”

曲少毫说明来意，秀龙多答：“此线是死结头，无须再解。”

渤都特使府邸的确每月定期从博二丁处购买少量的玉露坊

金酒，但并非哈臣额狼自己喝，而是送上商船运往渤都国塔梁城，进献与武苏圣天大王。天大王除自己饮用，也会赏赐给一些有战功的重臣。

金酒上船前，哈臣额狼都要先开封，自己逐一品尝，确保无恙方才重新泥封，运到船上。

秀龙多道："特使虽在东扬城行事粗莽逾礼，但天大王不仅是他的主君，也是他从小一起长大的伙伴，故而十分尽责。"

曲少毫略微沉思，道："或许，金酒中的毒物为慢剂，待积少成多便会发作。"

"特使每次尝酒，下臣一并陪同，下臣却无事。"

"嗯……再敢问，特使尸身何日启程？"

"今早业已装瓮，明日有商船北上，我以重金委托，万般迅速，四日后可到北渤湾，再有四日可到塔梁城。"

曲少毫以为听错了："装……装瓮？"

"棺椁郭木是华夏传统，渤都族喜欢用大瓮，内灌北地烈酒，可保一月不腐，十日面容不移。落葬前舀出烈酒分给亲属仆臣同饮，便是亲骨酒。"

曲少毫嘴唇紧抿，片刻后问："副使也一同北上护送？"

"特使已死，副使自当留守，等待继任特使南下，届时我再回国复命。"

"唔，那便饮不了亲骨酒了啊。"

秀龙多看看小说裨，又看回木台："我是'答塞'出身，既无

‘合乞搭丢目’的殊遇，饮亲骨酒亦无资格，更不能面对祖先。”

渤都族传说中，王爷、贵族和战士死后上天拜见祖先，一起打猎，普通人和女人死后成为随行仆从，战俘和奴隶则化为“烈火森林”里的野兽，而混血的“答塞”会变成鹰犬。

曲少毫低下头：“出身、父母，人不能自决，不曾想死后在天上的位置也是定好了的。”

“华夏、渤都，处处皆如此……听曲大夫口音，是东扬本土人士？”

“副使大夫敏锐，自生在鄞州。”

“呵，看来你我还有更深的渊源。”

秀龙多的母亲柳氏是卫朝子民。柳家是嘉州望族，嘉州就在鄞州西北。柳氏的祖父出仕北方，到莱州的云城做官。智成皇帝时，大将军上官筀败失云城，上官筀身死，城中大量人口被掳往北地，其中包括尚未出嫁的柳氏。

故而秀龙多还有个名字，母亲偷偷给他起的——柳望。

曲少毫对他有了些好感，微拱手道：“难怪副使大夫语言精通，书法俊逸。”

秀龙多不为所动：“渤都国有不少北掳和投诚来的华夏书士在天大王麾下做官，受礼有加，唯独我这样的‘答塞’，终究是不伦不类的混血，驻外副使已是我能坐到的最高之位。”

曲少毫心生火花，一个看似荒谬的建议正要出口，忽有门仆来禀报：“外有核监院虎牢卫一人，寻呼录案局曲大夫。”

曲少毫急行到门口，一名穿靛色短衫、蹬白靴、挎明炎短刀的虎牢卫骑在花斑马上，问："可是小说裨曲少毫？我奉理法大夫之命，随护你前往城南水甘酒坊！"

曲少毫忙向副使告辞。秀龙多让门仆去唤双牛篷车，虎牢卫却道，事出紧急，居大夫吩咐了，你和我一并骑行！

曲少毫道："如此急切？博二丁说了什么？"

虎牢卫看了眼他身后的秀龙多："去看便知！"

曲少毫看了眼酝池，加上方才和虎牢卫一路疾马颠簸，还有酒坊里氤氲的谷物发酵气味，一时没忍住，在勾丽使臣府邸享用的那顿午膳倾吐了大半。

居游刃倒是镇定，鼻子也很灵锐："嗯，黄金鱼鲞，还有蒜头辣菜根。"

曲少毫连连摆手："大夫……勿再言之。"

酝池是酿酒用的谷物发酵的器具，形似深盘，以粗陶制成，但足有四张曲少毫的卧榻那么大。下面通了烧炭的底炉，可加热不断。此时炉火因无人看管早已熄灭，酝池里的谷浆凝结，博二丁的后脑和一只光脚就浮露在这凝结物上。

居游刃道："这酝池若不是多添了一味材料，想来会成就上好佳酿。——秀龙多怎么说？"

"大夫，能不能出去再谈……"

"唉，到底是头次见。"

二人出了酒坊，外面一队虎牢卫正维持秩序，不让里三层外三层的邻里进入窥探。曲少毫大吸几口新鲜气息，缓过思神，才把渤都特使府邸的见闻告知居游刃，除了秀龙多的身世。

居游刃道："啊，制酒贩酒的，买酒饮酒的，眼下都是泡在酒里了。"

"按秀龙多所言，博二丁应当并无嫌疑。"

"哦？并无嫌疑，为何身死酝池？天下有如此巧的意外？唉，居某不信，又不敢不信。"

"不敢？"

居游刃眼扫四周："这里人多眼杂，你我还是进去谈话。"

"大夫……"

"大丈夫当顶天立地，畏畏缩缩，成何话语？"

曲少毫闻言，只能捂着嘴鼻跟随他再度进入酒坊。居游刃让内中的虎牢卫出去，指着池中的博二丁：

"依你看，死于何因？"

"许是意外，也许是……"

居游刃轻抚短髯："看掌酝池，当以长竹在池中搅拌，并保持底炉不灭。我率虎牢卫赶到时，长竹却倚在北墙，末端并无谷浆痕迹。如若长竹未用，何故点燃底炉？"

"呃……"

"我当年在宫里皓房行值时，听玉露坊艺户说过，酝池底炉一起，便马上要以长竹搅动，保证流通。博二丁师承卫朝帝丘宫名匠琼浆老人一派，这些基本要领不可能不懂。”

“是有人将长竹置于墙边。”

“且擦净了长竹末端，因长竹是凶器——贼人胆虚，慌乱中多此一举。”

“凶器？”

“假设是你跌入酝池，必然奋力起身自救，但假使有人用长竹猛戳你后脑和脊背，叫你不得翻身，无从站起，最终也会落得博二丁一样下场。”

曲少毫握拳道，竟如此歹毒凶诈。

居游刃道：“歹毒是贼人，凶诈，恐另有其人，别忘了博二丁的线索是谁告知你我的。”

“宫婧司，米大夫。”

“小裨官蠢钝，米籍身为宫里人，出国主府，要谁许可？到访核监院，送来兽肉，又奉谁吩咐？”

“太统管……田正。”

“这肉菜厚礼，唉，真是收得不便宜……啊，篷车到了吗？上面的肉你没动过吧？”

“下臣岂敢。”

“嗯，几盒牛羊肉，就让我这大理法当了一回枪矛尖……小裨官还没明白？太统管早就想办理这博二丁了，只是苦于宫内根节盘错，利益复杂，无从下手——如今你我办渤都特使案，正好给他行了方便。”

博二丁一死,一则断了玉露坊的鼠链,二来核监院可借无言尸首一用,博二丁就算不是东青暗作,现下也有八九成必须是,特使也必须是他谋害的。

曲少毫默然,连嘴鼻也忘了遮捂。

居游刃道:“不过,他有一桩事疏漏了。”

“何事?”

居游刃提高声量,坚硬如钢:“居某身为居公元海的后人,主查本案,不是来当傀儡戏里的木将军的!”

10

是日傍晚,居游刃照旧回核监院向监正禀报案情进展,曲少毫自行归家。这次他委实没有心境再去酒肆消度了。白天所进午膳,是他在东扬城有史以来吃得最好的一餐,尽管在博二丁的酒坊里挥洒了大半,肚子却未感饥饿。

躺在床榻上,曲少毫思绪纷乱,特使府邸的“分尸聚魂礼”,长幡下的马头,酒瓮里的哈臣额狼,秀龙多的身世,宫婧司司监和太统管的借行方便,还有……还有居游刃收到的那些肉食,在勾丽使臣府邸的午膳,牛尾酥烂,八手君有嚼头,鱼鲞鲜咸,蓝点串乌肉质香甜……

忽然传来敲门声。曲少毫从床上翻下。或许是博二丁命丧酝池让他敏感过度,紧张地问:“谁?!”

本以为又是马明伦的仆从来找,门外却是一个比较熟悉的声音:“官家,是我,隔邻的李单。”

固中巷这一片均是矮房,门户拥挤,房租低廉,住户多是小买卖人和府衙里的下等从人。这李单就住他左边隔户,专贩粗布。

曲少毫起身开门。李单俯身,手托一盘,笑道:“官家,今日回来可早,本想着过了晚饭时点来打扰。”

平日里曲少毫和这隔户人家鲜少来往。李单偶尔遇见他,也从不招呼。毕竟,他此前身为小说禅,伏于民间,邻里多以为是普通的寒贫书士。

现下李单连称两次“官家”,想来,此前跟着官马去核监院报值,已经让邻里们明白这个小书士实则是官衙中人。

曲少毫问:“何事?”

李单道:“官家尊幸,小徒冒昧,今日敲七遍钟时有人找来您府上,不巧官家外出,那人就托与小徒的家婆子,说是务必交给官家。眼下天气当热,小徒专门打了井水来镇,当还新鲜,请官家收验。”

曲少毫纳闷:“何人来托?”

“嘿,小徒和家婆子都来自乡野,市井四饭,眼力薄浅,哪识里中奇妙,不过看这盒子……想是贵户大家吧。”

“哦哦,了然,多谢李大哥。”

李单再拜,近乎折腰:“官家客道!日后有哪些琐事杂务,官家公务在身脱办不开的,尽可差使小徒,嘿嘿。”

曲少亳诺然,李单又拜了拜,这才回隔户。曲少亳将托盘拿回屋中。托盘没什么特别,上面的白漆木盒倒是做工精巧,分量实在,盒盖上绘有仙鹤起舞,搭扣也由黄铜制成,而非市面上漆盒常用的白铁扣。

小心打开,里面既非珠宝也非文书,而是一方豆块。

豆块由豆子磨浆后点卤而成,价廉量足,为高门巨贾不屑,广受民间喜好,烹法多样。曲少亳在茗楼酒肆时常点此菜。但以如此精致的漆盒装如此廉价的食品,他不得其解。

李单应该没有那么大的胆量来戏耍一个官家。

想了又想,看了又看,才发现端倪。豆块虽朴素,却有南北之分。北地以黄豆为料,称为北块,色如白玉。南地多用黑豆,色略暗,叫南块。东扬立国后大量北人南下,南块和北块在东扬城市面上均为常见。

而这方豆块,不玉不暗,色泽微青。

弥生国人也喜食豆块,但原料多用绿豆,被称为青块、弥生块。弥生人食青块不像华夏人那样偏好嫩滑,而是浇上膳酒在日光下曝晒,令水分蒸发大半,豆块变老、不易碎,烹调后口感偏硬,却能富含汤汁,也别有滋味。

曲少亳拿手去捏豆块,边角未碎,确是青块无疑。他再将手腕一翻,豆块底部朝上,赫然写了两行细头微楷——

高阁赛饮，从容处之。

浊酒清底，日出见虹。

翌日清早，曲少毫照旧去核监院报值。值时官却告知，居大夫派了下人来请过假，正卧病在家休养。小说裨一惊，问生什么病？值时官冷言回道，上司私内，未知，未过问。

从核监院出来，曲少毫思索了两条街，还是先汇报上级更为妥帖，便往大理法的居所走去，路上还买了几个糖油子和醋渍鸡卵，作为问疾礼。

出乎意料，躺在床上的居游刃并无病容，声音照常："不瞒你，我这病是肠胃胀塞，昨晚上吃鹿肉和牛羊肉，吃太猛了。"

"啊……大夫究竟吃了多少？"

"清光。"

"呃，大夫好胃口。"

居游刃道："别学我叹气，唉，实则，昨日归家后，竟收到海老来信，读罢后心中更是愤懑，也是病因之一。"

海老即海顾，字回鹤，东扬国当今太司尉，年过七十，因身体长期有恙，始终在家休养，太司尉一职由他人代行。

当年先国主奉洪典帝之命派驻东扬州，受封平海侯，海顾便担任其行军参谋，辅佐左右。因长谋善断，又比先国主年长二十余岁，被先国主称为"海父"。智成帝末年，朝野动乱，青州驻州节孤鹿宝麒囚禁皇帝，各地驻州节、制军使纷纷欲动，自立为王，生在�也开始为属下所挟。

关节时刻,是海顾力谏得效,生在筠最终立国而不称帝,行使"后智成"年号,在一干军武门阀的混战中方得安存,也借此收纳无数北地南下的人才。

居连山当初惹怒水军高帅钱定坤,险下狱遭刑,也是海顾在先国主面前力保,说居元海名声赫赫,若其后人在您手下受刑,且罪名有疑,恐怕会损害国主的高节,不如将他放派外州,将来再论周旋。

东扬立国后,又是海顾出面举荐,将居连山调回国都,在核监院任职,也算承继先祖。所以居连山父子都对海顾万分感涕,视为皓月。

曲少毫拱手:"海老位高资重,深谋善断,来信写了什么?"

居游刃从枕下抽出信笺:"唉,自己看吧。"

笺纸质地坚硬,颤之,声骨透亮如霹雳,是上好的竹丝笺,一张的价钱抵过十本小说裨用的黄绵纸簿。普通毫笔在竹丝笺上写字会辗转不灵,墨迹易形,只有以野猪鬃和狼尾毛制成的"针密毫"才能在上面自如书写。

上好的笺纸,上好的毫笔,太司尉却没有谈渤都特使案,而是给大理法讲了个故事,典出燕朝法家名士文古子撰写的《幕说·中庭》:某日,文古子路过一个大鱼塘,见一名养鱼人正用竹竿将塘子搅浑。文古子问何故。养鱼人答,邻居家养了条狼犬,不爱吃肉却爱食鱼,每日须食半尾。塘中各种各样的鱼都是他细心喂养的，挑选谁来葬身狗肚都不忍心，索性把塘子搅浑，下到水里闭眼一捞，捞到哪条就送哪条给邻家。

文古子问，不送鱼给邻居又如何？养鱼人苦笑道，邻家狼犬吃不到鱼，每日狂吠，弄得我们睡不着觉，且狼犬虽只有一条，却爪牙凶猛，我养的鱼纵有几百尾，可终究只是鱼啊。

成语“鱼肥邻犬”和“一爪百尾”就是这么来的。

海老这封信笺的要核不是鱼也不是犬，是塘子水浑。

自哈臣额狼毙命那天起，已过去三日，不是缺少线索和嫌疑对象，反倒是太多了，如浑浊池水：铁雨卫后面的许青平，明璃阁后面的太司祀生巽，田从容背后的田正乃至聂太夫人，勾丽的吉宪贞乃至南卫的牛濬已……这些鱼和竹竿居游刃是碰不得的，唯一能碰的就是溺毙于酝池的前宫里人博二丁。

曲少毫点点头：“国主是养鱼人，天大王是狼犬，说到底就是需要一条扔给狼犬也不可惜的鱼，还要让狼犬吃饱。”

居游刃叹了口气：“不止如此，你看信笺落尾的日子时辰，是哈臣额狼毙命的当天夜里，比你我在核监院初会还要早——海老早就写好这封信了，他深熟国主从一开始要的就不是实情，而是交代。反倒是居某盲目冲动了，否则海老也不会昨晚才派人送信与我，提醒敲钟。”

“所以，我们白忙一场？”

“唉，也不白忙，你吃到了勾丽府邸的炖牛尾，我吃到了太统管送的兽肉。”

既然提到勾丽使臣府邸,曲少毫也将昨晚的豆块和上面的字说与了大理法。

“那,豆块呢?你没带?”

“下臣……下臣昨夜忽感腹中饥饿难耐,无法入睡,逢巧家中无食,就把豆块吃了……”

本以为会遭责骂,居游刃却长叹:“唉,空腹如燎,居某也体会过。早知如此,那些肉食当分与你一些,不该独吞,现下就遭了报劫。”

弥生豆块上的两行字比较好解。“高阁赛饮,从容处之”是指哈臣额狼之死。“浊酒清底,日出见虹”应是暗示天亮之后去盛虹巷,弥生使臣府邸就在那里。弥生特使台宝鉴入了天同教,三餐除去鱼贝,多食菜蔬素品,尤喜豆块,民间百姓称他为“豆块道人”。

“那日勾丽使臣府邸,台宝鉴也在,但少言寡语,不似牛濬已和吉宪贞百般劝酒与我,唔,现下又送豆块邀晤,不知是何企图。”

“可下臣有一事不明,台宝鉴这豆块为何不送到您府上,却送到我这里?”

居游刃闭目抚髯:“实非居某妄想,自升任大理法、受命查案以来,就有各方耳目跟随盯行——你一介小说裨,非其重点。台宝鉴出使东扬十余载,深熟国都风土和行事机理,所以先差人到固中巷找你。”

“了然。然则大夫今日有恙,不若等明日,再去拜会弥生国使?”

居游刃摆摆手:“台宝鉴既然写明今日,自当今日,居某病体未愈不便行动。唉,要烦你走一遭盛虹巷了。”

“下臣阶位微末,恐怕不合适……”

“事急从权,但去无碍……唉,少毫,你也不想一辈子就做个小说裨吧?”

从定心坊的居家出来,曲少毫先是到城中央的汇鲜集市逛了一遭。集市人多耳杂,鱼龙混游,应当可以摆脱些耳目。其后再往城东南走了三个坊口,左拐北上,往松安头港方向去。

弥生国使府邸门口挂圆形妃色灯笼。曲少毫禀明身份,值守的铁雨卫领旗官说,特使已作嘱咐,久候大夫多时。

遂唤出门仆,引他入内。

弥生国人尚白,府内亭廊多以白漆,并栽满梨树、白樱、丁香、杏树、广玉兰、刺槐,灌木也多为溲疏。据说每逢花期,豆块道人会广邀宾朋坐在树下品茗赏花,吟念弥生和调。

行到主邸二楼的茗堂,其陈设和华夏传统相异:弥生茗道,不设座椅,而是像在高间飨室那样盘腿而坐;也不设茗案,是在地上挖出一块凹陷,称为“茗凹”,茗具、煮壶、底炉、茗泡均在其中,寓意人比茗高。

可是,茗堂内的主人却非弥生特使。

台宝鉴四十岁来东扬,按理现下应该年近五十。曲少毫面前所坐之人却最多二十七八岁。而且,天同教徒均着紧袖灰衫,剃短发。对方却一袭宽袖白衣,长发披肩,头顶戴着琉璃束发,颇为贵气。

和其他外使不同,弥生国使臣及亲随均为贵族,弥生贵族自小要同时学习弥生语和华夏语,熟练掌握后方可出仕。是故,弥生使臣与华夏人士无须通译,即可自如交流。

曲少毫拜首:“下臣乃录案局小说裨曲少毫,协助核监院大理法清查渤都特使一案,敢问尊荣名目?”

“少毫兄请入座,我这玉片香刚煮好,先饮一盏。”

曲少毫心眉一皱。此人面目清雅,服饰高洁,坐姿翩翩,言行却轻佻至极,断无礼数。就连李单这样的四饭之辈、市井小徒都知道,与人初行交道应当先自报身名。

但既然请茗,他还是先喝了一口。弥生人饮茗,不以滚水沏叶,而是将茗叶和水在罐中同煎,味感略涩且苦。

放下茗盏,那人问:“少毫兄饮得习惯?”

“唔,别有风味,还请尊荣赐名。”

“此茶名为夜忘眠,闽土特产,色泽灿红,配牛乳更佳,可惜,现在府内没有牛乳。”

“呃……下臣敢问尊荣姓名。”

对方哈哈大笑:“少毫兄耿怀此事,是我礼数不周了。”说完拱手行礼,“我乃中太寺五观豆明,幸见曲大夫。”

曲少毫一惊，不是惊他姓名之长，而是姓氏。弥生人取名的规则是，姓在前，父名居中，本名殿后。若是贵族阶层，须在姓后加“院、寺、堂、庵、坊”之一，类似华夏的公、侯、伯、子、男。现任的弥生特使，台宝鉴只是其天同教的教号，原名德田庵先羽太一，先羽是父名，太一是本名。

眼前之人姓中太寺，说明出身高阶贵族，仅次于弥生太王一族的“院”级，比台宝鉴家族的“庵”还要高出两个等位。

但，观其行事做派，委实不像高族子弟。

中太寺见他神色，又笑：“少毫兄莫惊，我虽是中太家成员，却是群中劣马，管教不严……不，是严而无效！家父不愿我留在本国污家族之名，才派了我使节差务，在这府中任为闲僚。”

这贵族公子倒是实在，把自己的败坏由来直接吐露给头次见面的小说裨。

“中太寺大夫谦恭过度……下臣敢问，国使何在？”

“他昨日在勾丽国使府邸进膳，食了些鱼贝，回府之后马上入了瞑室。”

天同教定规，信徒虽然可以吃鱼类、贝类这些没脚的生物，但吃过之后须服通便药剂，排泄后沐浴更衣，进入狭小黑暗的瞑室，独自坐上两天两夜，不吃不喝，思考天地之变化、生死之旦夕，其后方可出室。这个过程叫“参瞑”。

曲少毫道：“啊，那方豆块……”

中太寺道：“是大夫参瞑之前吩咐我写的，并让我今日等候大理法,没想到,等来了少毫兄。"

"了然,那么中太寺大夫候我欲谈何事?"

"太客气,叫我中太寺就行,豆明兄也行。请你来,其实就为了品茗。"

曲少毫哑然,想,幸好居游刃没来,否则白跑一趟,被这弥生公子哥要弄一番。但碍于对方是弥生大贵族,又是外使,不好发作,只能隐忍,拿起茗盏欲饮。

中太寺又笑:"少毫兄不要急躁,品茗,也是有门道的,你可知方才那盏夜忘眠里被我下了几滴羫素乌?"

曲少毫一口茶喷到"茗凹"之内,继而大咳不止,等略微好转,再也忍不住:

"下臣和中太寺大夫……无怨无恨,咳咳,何故毒害我?!"

"羫素乌"是弥生国独有的毒药,世间稀少,成分众说纷纭,特点是毒性缓慢,饮后要一天一夜才会发作。据传,弥生国安久院时期的松后太王和苇羽院时期的天元太王就死于此毒。

"少毫兄不要慌,我这里还有解药。"

曲少毫擦拭嘴角:"少毫虽为一介裨官,阶级微末,但东扬出土,华夏血脉,五德充匀!既然效命国主,身魂属国,绝不受要挟,请中太寺大夫消散贼心!"

中太寺一愣,旋即仰天大笑:"少毫兄啊少毫兄,实在是多虑了,我要挟你做什么?论朝堂机密,小说裨能知多少?说查案内情,东扬衙府高层互交,窟漏百出,我为何要找你盘问?"

曲少毫一想也对:“……那是为何?”

中太寺从身后取出个小琉璃瓶,开盖,给小说禅的茗盏里滴了几滴黄色液体:“解羫素乌之毒,很多人不懂,只喝这解药,却不知必须将它和原毒混合再服下,是以毒攻毒之理。”

曲少毫半信半疑,但眼下也无他法,只能再度喝下茗盏里的液体,奇苦无比,还带着点腥味,令人眉目大皱。

中太寺击掌道:“好! 少毫兄性命得保,可喜可庆!”

曲少毫眉头还没完全舒缓,喘口气才道:“毒药已解,下臣告辞!”

中太寺连连摆手:“哎哎哎,莫走莫走,少毫兄就不想知道我为何下毒吗?”

曲少毫一条腿已经支于地面,冷言问,何故?

中太寺道:“方才过程你已看到,第一盏茶下毒,第二盏茶解毒。以酒代茶,便是第一杯酒下毒,第二杯酒解毒——细想之,世间是否有一类毒,分为阴阳二剂,单服阳剂或阴剂并无恙,二者一合却成剧毒? 若真是如此,哈臣额狼在唐泽驿坠马之前所饮之酒,含其中一剂,医士田从容所配金方则含第二剂?”

曲少毫把那条腿重又盘下:“果真有此毒药?”

“我也是胡乱猜想,但华夏地大物丰,历史悠长,难说没有此物。东扬又是滨土之国,交通方便,物资海样,百邦交流,奇技异术何其多也! 我在采香楼见过雌雄同体的秀人,在珠子间见过长相无二的罗奇国六胞胎姐妹,在孤穹阁闻过让人产生各类幻觉的

“纵神香”，在大忠酒肆尝过传说中深海六首龙的背肉，在国主府奇藏库拜访时看到弥生国流失上百年的《氿中书》……”

“中太寺大夫博闻广见。”

“所以，这种阴阳两剂的毒药是很可能存在的，哈臣额狼或许是在明璃阁和吉宪贞赛饮时中毒，或许是在唐泽驿中毒——更有可能在国主府就中了毒，最后田医士出手，确保死命。”

曲少毫连忙拱手：“中太寺大夫莫再言，若事涉国主金酒，你我二人谈话足以令下臣首级不保。”

“哈哈哈，理解你的难处，我也是随口一说。”

曲少毫顿顿，问：“我有一事未明，弥生国使和中太寺大夫为何要将这番猜测说与我听？”

“随便聊聊而已，哈臣额狼之死牵动千百利益，唯独我们弥生国却可置外。”

弥生是岛国，和渤都国之间还隔着勾丽半岛。天大王要想攻打弥生，且不说必须先占据半岛，还需建设水军，非其所长。弥生国物产贫乏，唯有海鱼贸易上，和莱东半岛、东扬国互相竞争。东扬若与渤都联手攻伐东青，华夏二国的贸易定然受损，弥生国反倒可借机扩大势力范围。

“所以，贵国并不想哈臣额狼遇难。”

“嗯，弥生国有自己的麻烦，”中太寺面色略沉，“北方的友塔日国久攻不下，中州和北州的各位府将拥兵自大，南州和内海二岛海贼未绝，京都中朝更是朝政废怠……说不定，如今在位的光和太王将会成为弥生国的智成皇帝呢？哈哈哈哈。”

曲少毫一惊，眼前这位弥生贵族公子，说起本国的悬崖危要居然还能笑得出来，委实是个怪人。

正思忖，有听从来报，说海船出港。中太寺起身，邀请曲少毫同上三楼。问何故，答曰，看景。

弥生国使府邸在盛虹巷的东侧末端，盛虹巷又位于松安头港的北侧尽头，登上三楼，凭窗可远眺港口景况。

天清气朗，目视良好，可以看到一艘沿船正在出港，舳首和中桅顶部挂着黑黄两色大旌，是渤都国的旗帜。沿船狭长，经不起大浪，但速度快，专走紧沿海岸的路线，多运鲜货。想来，这艘沿船上有个大瓮，瓮中灌满北地烈酒，泡着哈臣额狼的尸体。

曲少毫道：“渤都特使起行了。”

“不是带你看这艘船，你看它南面那艘。”

那是一艘中货舫，体型更宽，吃水更深，适合横渡大洋。想来比沿船出发得更早些，已经看不清中桅上的旗子。

“那是去往弥生的，如果风顺浪低，三日可达。”

“船上有谁？”

“水云暖。”

“明璃阁的秀人？”

“是个苦命女子罢了，但有一半弥生血统。”

曲少毫皱眉，怕他又在骗自己：“可明璃阁孟大姐儿说她是嗣保出身，如何能记得自己血统？”

“唉,你以为声色女闾之地,一切皆为真实?不过是鸨子们为招揽主顾所说的套辞罢了。”

水云暖的母亲是弥生国三目堂家族的后裔。三目堂在仁秀太王时期的“椿山之乱”中兵败失势,族系覆灭,成年男子自戮,子女和内眷皆为奴。水云暖的母亲被卖到大海另一侧的东扬,在一户盐商家里做婢女,怀上水云暖后遭到驱逐,之后难产而死,女儿被卖到明璃阁。

“也是苦人家。”

“遇及哈臣额狼这样的主顾就更苦了。那一晚他酗重如兽,殴伤桑灵儿,毁容水云暖,因为残破了相,明璃阁才肯将她贱价售出,最后被我买下。”

曲少毫诚心拱手:“中太寺大夫至善。”

“既有弥生血脉,前生命苦,我能帮且帮吧,只是上了这条船回到先母故国,后半生就爱莫能助了。唉,若非‘椿山之乱’中三目堂一族选边失算,她母亲应当还是深邸高姬,食服繁华,她也不必出生在这纷乱的世上。”

“大夫此番感慨至深,想是与她身意相通。”

“哈哈,岂止,男女之事,故国背景,我们都通过几通……不瞒你,据说,我生母有华夏血统,但永远无法查明真伪。”

中太家的先祖是首明太王的后裔,豆明之父又是京都中朝的理金府左相,主管财政,家势显贵,豆明本人却是个伎生子。

安久院时期的古武太王颁布《内清令》,贵族家庭男子不得娶妾。结果竟催生出“家伎”这个职业：出身寒贫的年轻貌美女子被伎馆招募，验明处身后并不接客，而是被送到贵族家，但名义上还是伎人。“家伎”若怀上主人孩子，子女就留在家族里，长大后可获得一定的身份地位。但“家伎”本人必须离开，被送到遥远地方的伎馆从事声色行业，称为“走馆”，终身不得复归，更不能见自己的骨肉。

曲少毫恶气感慨：“弥生家伎，华夏保血，荒唐可恶。”

“荒唐，但仍在流行，可恶，却无人革变。”

言谈间，载着水云暖的中货舫已经模糊为一个黑点。

中太寺轻拍窗栏：“水云暖已走，我便松口大气。少毫兄若不嫌弃，可留在此地用膳，今日府中新进了半尾上好的将军鱼。”

曲少毫笑道：“不敢，怕中太寺大夫又给我下毒。”

“少毫兄还耿怀此事？不瞒你，羥素乌在弥生国都难以找到，我怎么会有？下毒是糊戏之词，那解药实是黄连水，哈哈哈。”

曲少毫脸上青红，双手抽颤，难以出口。

“少毫兄海谅，豆明缺陷甚多，其中之一便是喜欢玩笑糊戏，特此赔礼！走，走，随我去飧厅少坐，将军鱼脍是当季鲜品，不可不尝！”

“若今日登门的是理法大夫，你也……？”

“当然！阶位越高，我越想看其狼狈模样！”

11

后智成二十四年,犬月十五日,核监院大理法居游刃病愈,随即向本院上司和四太司衙府提交了哈臣额狼案的结辨命牒:

东扬城西之高闾明璃阁,秀人水云暖、桑灵儿,长受渤都特使哈臣额狼·冬尔信之虐凌,至恨在心,遂于本月九日晚,待哈臣额狼来阁宴饮,于其随身携带之北地烈酒中下毒。毒药出于城南水甘酒坊艺户博二丁。博曾为玉露坊精酿艺户,东青移民,愤恨渤都国,兼私卖金酒与明璃阁,同二女熟识,故与之通谋此事。现凶人博二丁已于本月十二日在水甘酒坊中畏罪自尽,凶女桑灵儿因殴伤于本月十四日午间不治而亡,凶女水云暖于本月十三日逃遁出城,即请追缉。

监正和四太司衙府迅速批准,上报国主。之后,核监院会同安治都司下了罪画缉文,在全国范围内追拿水云暖。

居游刃这篇结辨命牒完成后,曲少毫有幸第一个阅览,看完感叹:“此案纷纭复杂,牵涉高深,唉,就如此结案了。”

“你怎么也学会叹气了,唉,因为高深,所以简单明了。居公元海的后人,就是最好的名誉证保,往后居某去地下拜祖,不知该如何面对元海公。”

“大夫不必自责,时势所难,已尽全力。”

“至少,你我的脑袋都保住了……你还吃到了将军鱼脍,啊,那可是一品鱼!”

已经死去的凶手桑灵儿和博二丁,依据东扬律法,不得落土为安,而是在焚罪炉里连烧两天,再锤为齑粉,最后洒于城外的无悔崖下。

至于明璃阁,只是被封停十日,其间重新装典内室,十日后开业,客流如旧,甚至比以往更好了。不少新客人都是想到渤都之狼中毒的地方庆贺一番。

哈臣额狼的尸体抵达塔梁城,随行的还有东扬国司尉衙府的特使,请天大王再派使臣南下,继续商议要务。但武苏圣天大王因哈臣额狼之死,对东扬国的合作诚意充满忧疑,迟迟没有指派继任者。

联合攻打东青的计划,就此搁置下来。

渤都国副使秀龙多,在哈臣额狼暴毙半个月后受诏北上,向天大王复命,并带回东扬国给出的结辨命牒。

他坐船回国前一日,曲少毫前往北羽坊拜访,并在其见闻记《遗神往摘》中做了详细描述。这是小说裨第一次见到额头没有血痕的副使,竟面目清秀。他问秀龙多是否和明璃阁的水云暖认识。秀龙多坦承,他和水云暖都是混血之人,两族不认,自幼受辱,苟且至今,故有互怜之情。

曲少毫道："下臣衷心一问，特使之死，可是副使所为？"

"问得好，实非我为，却望我所为，但，我有不为的理由。"

他的母亲柳氏刚被掳到渤都军营时，因姿色秀美，被若干渤都贵族轮番侮辱，之后怀了孕，生父未知。那些贵族里就有后来的黄柱大长老，当时是左锋军大王。理论上，秀龙多和哈臣额狼有可能是同父异母的兄弟。

正因如此，柳氏没像其他被掳女子那样被卖为营妓，其子也没成为奴隶，而是进入"养读院"接受教育，长大后做了幕僚。这背后，据说，都是黄柱大长老的意思。

秀龙多道："碍于手足，我不可为，但如果两国联兵海陆并进，届时蓟州关内，长江以北、莱东之土均遭兵灾，民生涂炭，又会有无数女子如家母一般。自特使与国主商谈联兵，我便无一日安眠。欲除之，又不忍。唯有佳人云暖，书信安抚，稍许释怀。"

"副使艰难……"

"我可以肯定，她绝非下毒凶杀之人。现下既然已去弥生，呵，隔海平安，算是最好的结局……"

"副使此番回国……恐怕凶险无度，不如远赴弥生，与其相会。"

秀龙多望向大海之北："家母尚在。"

曲少毫默然。

"我归国九死，尚可探母，世上至亲唯她一人。佳人云暖成了罪替，我也可能成为罪替，又如何？同病而通情者，一人得愈，即二人得愈，秀龙多死当其所。”

曲少毫拱手，折身礼拜：“柳望兄，少毫投地，望……望前途安好。”

渤都副使垂首片刻，亦以折身礼回拜：“此一去，多不再会，少毫兄保重，柳某别过……”

一个月后，秀龙多被斩于塔梁城郊外的望生岗。与此同时，临行大理法居游刃办案功伟，荣光先祖，正式定调核监院通案一职，上四阶末级。

录案局小说裨曲少毫，协助有劳，赏金饼一冠，绢五匹，特允配字，可自酌。

少毫遂取字，望柳。

“金酒案”发生后第二年，南卫靖安帝杨明珣病逝，上官古厚出任扶国大将军，拥立仅十一岁的杨道淦为孝武皇帝。

上官家族和聂太夫人是交好的远亲。上官古厚掌权后立刻加紧跟东扬国的联系。哈臣额狼的横死，让东扬国主生寒寺彻底断了和渤都国联兵攻打东青的企图。现下南卫更新，加之聂太夫人的影响，东扬国终于决定和南卫联手，北伐西青。

虎牢案

编者按

“虎牢案”发生于公元一三二五年，即后智成二十六年。

是年夏末，江南三国联伐西青。其中东扬国兵分二路：一路“靖忠军”，由水军加步军组成，配合南卫和长江上游的灵国同取江北汉州，是北伐主战场；另一路水军“震北军”，在长江中下游和东海沿岸牵制并防范东青借机南犯。

这就是著名的“长江大战”。有意思的是，民间俗语“北军不下水，南军不上岸”在这场战争中被演绎得淋漓尽致。南国联军在江面上绝无敌手，浩浩荡荡，帆橹连片，无奈军舰上不了岸。一到地面就和西青“冷风骑”“铁甲贲”“扫风中军”打得有来而无往，联军动不动就被迫撤回到兵船，还得提防东青的“赤悬铁”过来占便宜。

该年秋节马月[①]初，国主生寒寺鉴于战事胶着，决意亲征，由步军殿帅许青平随其前往长沙府，监督东扬水、步军作战。

原太司尉海顾此时已逝，继任的傅灼留守国都，负责后勤。聂太夫人仅剩的亲子生法宇和太司祀生巽奉命为联名监国，在东扬城执掌内政。

马月二十二日，长江大战终得突破，联军彻底占据江北的汉州和周边孝城、柑县等地。这是十几年前的"随州大战"以来，南朝军队首次击败北军，南卫一雪前耻，东扬国、灵国扬眉吐气。

长沙府为此举办了五日五夜的"欢节"，通宵不熄灯火，满城歌舞，昼夜不眠，庆贺这次成本颇高的北伐大捷。

鹤月[②]五日，正在长沙和孝武帝同席庆贺的生寒寺，忽然收到了东扬国都的疾马传信：关在虎牢的朝堂要犯高玄，于行刑前一晚暴亡，死因不明。

1

口衔刀，腰缚石，孤身海底捞，十有九回篓中空。

波浩渺，浪不止，巨鲲掀尾滔，珍物奇宝送深宫。

海珠富贵好，搏命唯贝佬。

---

① 马月等于农历八月，公历的九月。

② 即农历九月，公历的十月。

所换非金毫，不过四饭肴。

泣号，泣号，明珠非鲛泪，谁人眼中垂。

卫朝特有的诗体叫“卫韵”，相传由大文士陈鹿笳所创，分长短两类。短韵由十五到十七个短句组成，每句四字，颇有《诗经》风格——如“金酒案”中出现过的《闾豚韵》。

上面开篇的这首《海珠韵》则是长韵，为大南北朝时期东扬国的高玄所作。

海珠贸易是东扬一大支柱产业，那些下到深海的采珠人叫“贝佬”，相对应还有近海打鱼的“海佬”、远航行船的“帆佬”、开池养鱼的“塘佬”、种田栽树的“农佬”、走山行猎的“林佬”，合称“六佬”。

“四饭”并非是一天吃四顿饭，而是贫苦劳民四种常见的主食：鱼碎①蒸饭、黄酱②拌饭、豆块汤饭和醋渍菜饭——当然，用的都是糙米粗粮。在朝堂眼中，他们就是“四饭之辈”。故而底层人自称“市井四饭”“乡野四饭”。

这篇《海珠韵》因问民间疾苦，饱含了对“六佬四饭”阶层的体恤，被后世选入语文教材。在作者的学生时代，这篇课文是需要全文背诵的。

---

① 廉价小鱼切碎后做成的肉酱。

② 当时的豆酱等级由高到低分为白、红、黄三种。

不过，高玄最出名的身份并不是骚人，而是画师。我表妹在美术学院攻读时，古代艺术史常考到高玄这个人，他是著名的“黄玄画派”代表人物之一。艺术史里很少提到高玄之死，所以第二个案子我想写写高玄之死，正巧，和《遗神往摘》的作者曲少毫也是有关系的。

高玄去世，死亡地点是都城的虎牢。

著名文士、大画师高玄为何会被打入牢狱，坐等行刑呢？这和“长江大战”也脱不开关系。

南国联军正式誓师北伐后，太司纠马明伦联合太司尉傅灼，发起一场“典官清册”运动，旨在彻查东扬国大小官僚的籍贯故里，若发现有和西青仍保持联系者，或贬其官，或撤其职，若通信中涉及军机要政，还要使其坐牢或流放。

理论上说，这场内部清查运动算是合理。毕竟西青现在正和东扬交战，通敌在哪个朝代都是禁忌。但理论归理论，实操是实操。

高玄就是在“典官清册”刚开始的时候站了出来，上书国主表示，马明伦搞的这番运动，防敌是假，借机打压政敌、排除异己是真。理由是，东扬立国二十余载，很多官员、文士都生于外州，或独自，或随家族流迁至此，上数两代，多少都和西青、东青旧土有关联。按马明伦的标准去执行，那朝中半数以上官员都有点问题，到时候查谁，查多深，怎么明辨，如何定论（罪），都是马明伦一派说了算。

马明伦本人出身于段州马氏家族,世代都在东扬本土,他重用的、围在四周的官僚也多为本土人士,“典官清册”怎么也玩不到他们头上。这不是党同伐异是什么?

高玄除了作画,另一重身份是育才局的局左。该局管理各地书院,以及招募官员的“文考”。高玄这个局左算三把手,官级在中四阶的首位。

高玄针对“典官清册”的这番劾言,受到广大中下级官员的支持。马明伦到底想干什么,大家心里都清楚,但他身为国主自幼的同读,深受信任,谁也不敢当面唱对台戏。高玄不管不顾,和太司纠硬碰硬,众人内心无不称快。

国主生寒寺更关心前线战事,毕竟这是他继位以来第一次发起军事行动,为稳定内部,叫停了“典官清册”。但上劾言的高玄也没捞到好果子吃,因“妄思碍政”被停职三月,罚俸半年,居家留守不出,以观后效。

看到这里你可能会奇怪,高玄一个中阶官员,居然这么勇,敢跟上四阶的太司纠、国主发小马明伦公开叫板,是不是胆子比脑袋还大?

事实上,还真是。

高玄的官职,最高曾做到司祀衙府的府左,兼育才都使,上四阶第三级,属“二十八朝臣”行列,有资格上到堂明山的南贤殿和国主当面朝议。他能从这么高的官职一步步降阶落级,再到停职罚俸，完完全全是靠自己的“真本事”。

未久，因战事胶着，国主移驾长沙督战。负责纠劾百官的理察都使傅秋山站了出来，上书监国大夫，控告高玄“信通敌国，图叛谋逆”，并拿出相关证据。

高玄旋即被下入核监院的虎牢。

朝中纷议，怪不得此前高玄极力反对“典官清册”，搞了半天，是自己心虚？

其后，负责都城刑事案件的安治都司又查明，八年前高玄发妻罗氏之死，实为其下毒所致。

太司纠马明伦又给出最后一击，参劾高玄数年来结交国内各路文人书士，妄图操言纵舆，是为“寒党”。

再联系起他通敌叛国，其狼心昭然。

司纠衙府、核监院、安治都司三部门的首、次长官共六人联合审理此案，即“府院司联审”，阵仗颇大，最后判决高玄罪大恶极，七日问斩。

太司祀生巽和国少主生法宇联名监国，有做断之权，都在判牒文书上批了准，签了字。之后誊抄一份，疾马送报人在长沙的国主。生寒寺什么回信也没有，当是默许。

结果，罪臣高玄在行刑前一晚暴死虎牢，朝野瞠目结舌。

两位监国再度给国主送报死讯，同时禀明，已特命核监院居游刃再度为临行大理法，彻查此事，待国主班师，给予交代。

2

自两年前渤都特使案起，居游刃始终在通案的职位上。高玄被打入虎牢时，他正在南方的婺州，复核一起拜火教徒举家自焚案。婺州靠近丽州，公事办完后居游刃并不急于回都复命，编了个借口，转到丈人家待了三两日。

鹤月四日，核监院的疾马传报抵达丽州府衙，地方上的次长官衙正[①]亲自到关家，向居游刃毕恭毕敬递上特命书：高贺理法大夫，上委重任，景途通达。

居游刃的少年时代是跟随父亲在丽州度过的，和这位衙正同窗三四年，可以不拘于礼，表示，通达个屁，唉，回了国都，又要粗菜陋饭了……

衙正大笑："无厚兄勿虑，某已着人去采备兔雉和腌货，兄可满载回都。"

居游刃也笑了，拱手道："兄客气，居某感涕……最好，再来点烟笋。"

国主在长沙收到高玄死讯的翌日，一大清早，居游刃坐着单牛篷车晃晃悠悠回到东扬城，不顾家门，直接去核监院报值，获

① 州府的次长官，上四阶第四级，比大理法低一级。

知高玄尸身尚存于虎牢的冰房。

至于前任大理法魏镜风,已被革职留问。

东扬城内有两座监牢。一是安治都司的刑牢,只关押普通犯人和下阶罪官。二是核监院虎牢,专门关押犯罪的中高阶官僚或要案嫌疑人。其警备人员虎牢卫,同时也是核监院的武装力量。

魏镜风此前职责之一就是掌管虎牢。现下重要的罪臣高玄横死狱中,魏镜风难辞其咎,当受责罚,也被关在虎牢内,委实讽刺。

当然,虎牢的条件比起刑牢来犹如一天一地,毕竟,官民有别,不可失体面。刑牢的狱房数十人一间,拥挤不堪,地上是全泥,睡的是草席,阳光难见,下雨漏水,每日分发两顿稀粥和烂菜叶,分量还不足,溺桶里屎尿溢出,很少有人打理。如果不幸得病,全靠自愈。

虎牢的狱房叫禁室,独立单间,很像平民宿馆里中等价钱的房间,干燥明敞,床枕洁净,桌椅俱全,且笔墨常备,方便罪臣们写悔罪书。至于三餐,顿顿是糙饭和鲜蔬、腌肉,逢年过节还有鲜肉鲜鱼和半壶酒。

故而民间有谚,“宁为虎牢囚,不做刑牢吏”。还有一说,虎牢内外只有名字吓人,实则是休养清心之所。

关在虎牢的魏镜风也像居游刃一样学会了唉声叹气:“唉,魏某身为理法掌管虎牢,高玄刑前猝死,某责任难逃,但其中奥妙,实在想不明白。”

高玄自入狱以来,除有一次偶感风寒,身体向来健康。所食所饮都由虎牢卫把控,包括行刑前一晚的“谢罪膳”。

这顿最后的晚餐,常规是六个菜两壶酒,菜目由犯人自行决定,只要不是异常奢贵的都能办到。当晚高玄只点了五个菜:鲜瓜蒸斑,酒蒸黄金鱼鲞,海裙带炒贝,盐水阉鸡,炭烤长鳊段,还有两壶眠竹林——都是较便宜的食材,远不算奢华难为。高玄胃口还极佳,吃得啧啧有味,丝毫不像第二天要赴刑场的人。

“谢罪膳”吃完,高玄躺下休息,于凌晨时分死亡。彼时残羹剩菜还留在后厨,魏镜风专门叫人去取验过,并无异常。

居游刃问:“死状如何?”

“唉,凄惨,面色紫绀,身发冷汗,伴有紫斑,且四体抽搐,其后便不省耳闻,医士尚未赶到便呜呼去也。”

“嗯,似是中毒,又不似中毒。”

“医士也是如此判断,若毒物所致,酒菜既然平常,那便是其他源道,但自入狱之日起,虎牢卫遍搜其身,并无异察。”

“或许,真是突发恶疾?”

“倘若如此……那就是魏某命不该其位,遭受天罚。唉,无厚兄,此案蹊跷,切要慎之又慎……高玄虽性格激戾乖僻,毕竟是当世名士,交结甚广,又画名在外。关注此案的恐怕不止都城内,不光东扬国。”

居游刃拱手俯身:“谢过魏大夫提点。”

魏镜风回礼迟缓，早无心思："呵，我已非大夫了，不过是罪臣一位。"

出了虎牢，回到核监院新给他安排妥当的理法公厅，一名提调来报，录案局禅官曲少毫已在侧应厅等候多时。

前年查办渤都特使一案，居游刃从提调职务升迁为通案，曲少毫仍做小说禅，只是得了些赏赐。居游刃本以为之后曲少毫会常来探拜，保持交往。毕竟，都城内的下阶禅官多如江鲫，换作谁都会想跟位列上阶的通案大夫搞好关系，以图将来升保。这是人之常情，谁也不用自嫌。

曲少毫却是异类，结案之后仍伏于民间，只在大节重典时来到定心坊的居家，也不进门，只是将礼糕礼饼交与小听厮，留言几句转身便走。居游刃想，小说禅虽行事笨拙，却是清傲之人。于是不再打搅他的那份清傲。

但今时今日，又一件大案被派到了头上。居游刃左思右想，核监院内的其余通案、提调都不叫他放心安然，最佳的协助人选竟又是这小小禅官。从丽州出发前，他就修书一封差人送交东扬城的录案局，要再度临调曲少毫到自己手下。

两年未见，曲少毫嘴唇上长了层薄髭，下巴也有了短短的髯茬，看上去更成熟了些，只是……

居游刃抽动鼻翼："怎么一身酒气？"

曲少毫眼神黯淡："如实回禀大夫，下官无才，妄纵意气，自高大夫毙亡虎牢，便终日买醉，惶惶误事，已有三日未曾履小说禆之职……"

居游刃皱眉:"三日不假而休,录案局居然没斥责你?"

"呃……下官正被守值录官责骂,居大夫自丽州发来的临调函文就送到了。"

居游刃无奈摇头:"倒来得巧,唉,算罢也,高大夫在文家书士当中名位颇高,他暴卒虎牢,你惶惶买醉也在情理,但此刻还望振奋精气,居某此番调你来,就是为查虎牢毙案。"

曲少毫为之一振,旋即犹疑:"大夫,此番查案,不会又如同上次那样……"

居游刃以一指揉按左侧太阳穴:"唉,无非是又要借居公后人之名罢了,渤都特使案,你我保全自身,结辨亦合上意,才又有今日契机。此案前景明暗,居某也觉雾厚霾深。"

小说禆垂手默言一会儿,拱手道:"高大夫之死,下官及一众寒贫书士均心有不甘。纵是雾厚霾深,下官也愿意以身为芯,燃灯照途,还明真相,谢过理法大夫与下官这一契机!"

声调眼神,已和刚才截然不同。

居游刃拍案:"善! 居某没看错人!"

遂将方才和魏镜风的交谈内容告诉了曲少毫。小说禆沉思片刻,道:"既然饮食无毒,入狱时又遍搜其身,那极有可能毒物是外人探望高大夫时夹带给予的。"

居游刃也是这么想的,且认为重点嫌疑应该是在府院司六官联审判决后的六日之内。因为在正式宣布判决、监国大臣签字做断之前，外人是无法接近高玄的，为的是防止其毁证、串供。

从虎牢出来时，居游刃已经吩咐虎牢卫都领官将探访高玄者的名单报上来。

只消片刻，名单就送来了，打开一看，如下：

马月廿六　太司纠马明伦
　　　　　太司祀生巽
马月廿七　无人
马月廿八　高犯友　录官元碧
马月廿九　宫里人药房大医士田从容
马月卅　　高犯家妾鱼晚歌
鹤月朔　　理察都使傅秋山

前两个名字让二人的眼皮一跳，看到第四个名字更是面面相觑，神如便秘。看完最后一个名字，居游刃长"唉"道："这个案子……完了，完了，你我看来真要被拧成灯芯了。"

3

高玄，字净白，祖籍陇西怀河州，祖父曾是牧粮都司驻扎当地的官员。后世学者分析，其祖父应该认识独眼将军魏平敬。卫朝末年各地大乱，正在帝都仁阳城游学的高玄一路逃难，南渡后先到长沙府,后抵东扬城。

高玄年少时,被誉为“卫朝书画三杰”之一的黄琯游历到怀河州,因缘际会结识了他的祖父。黄琯是“玄黄画派”名宿,其画作气息恢宏,开合广阔,善勾苍凉雄壮意境。高玄少有画才,加受黄琯指点,技艺突进,在帝都游学时已颇有些名气。

流落至东扬后,无亲无故,走投无路,高玄投奔了宫里人机构,因才学不凡,得以在文修库任职。文修库是宫里人机构的内三库之一,保存文史典籍和字画,不像奇藏库那样珍宝缤纷,也不似天敬库涉及机密,是冷汤衙门。高玄反倒得以闲暇,静心阅览字画,加之自身苦修,终于在画工上得了道。

后智成十一年,某日,先国主生在�忽来兴致,到文修库开遣时光,发现一幅画,画风兼蓄“玄黄画派”和“仁阳画派”二者之所长,内中景致却为江南典造:残月、竹林、矮山、石桥、枯树、蓬舟、庙院,色韵悠然,线索绵细,近看细节,独藏机巧,远观全局,亦有苍凉恢宏格局。

先国主让人查遍典册,却不知画从何来,又细细考问,才知作者可能是当日轮休的高玄,立刻派人召见。高玄诚惶请罪,承认自己闲余时作画练笔。本以为要遭责罚,先国主却心颜大悦,问明其所学来历,当即决定将高玄调到育才局当差。

让先国主深感震撼的那幅画,就是著名的《乌江斜桥夜辉图》,被美术界认为是高玄的头号代表作,也是渺小的东扬国在历史长河中留下的唯一一件文化瑰宝。高玄被部分学者誉为后世“吴扬画派”鼻祖——当然，这点在学术界尚有争议。

因先国主赏识，高玄仕途一路通达，晋越飞速，一直做到了司祀衙府的府左兼育才都使，是全国书院管理和书士“文考”两大领域里举足轻重的人物。

对其不满者也随之增多，纷纷非议，高玄不过是画作受国主欣赏罢了，为官做事的本领却不大，德不配位。有恶毒者，背后称他为“高将军鱼”。

高玄倒也不负这个外号，如同将军鱼一般，官居高位之后尽显开弓挥剑的本事，对朝政国事素来不讳直言，明里暗中又开罪不少中高级同僚，却受低级官员的赞扬。

公务之外，高玄也是个浪头星，所作的骚韵很少像其他高官名士那样赏花修月、言之空高，倒是对准民间底层，比较典型的有《海珠韵》《寒门歌》。据说那首批判高闾“保血”制度的《闾豚韵》，背后作者也是他。

当初渤都特使哈臣额狼横死，很多官员都内心雀跃，但不敢明示，只写点含蓄暗讽的韵曲，在官场内部流传。唯有高玄，写了首朗朗上口的《北狼丧》以示庆祝，结果都城里坊头巷尾都会唱，“北狼呜呼哉，华都无人哀，若问何所憾，白素无人买”。

谁想短短两年后，同样是夏节，他自己先是获判七日问斩，之后又命丧虎牢，享年四十有三。

居游刃感慨：“高净白一生孤傲，画名远播，且生性风流不羁，万没想到虎牢竟是他最后的死地。唉，人生无常尽如是，只怕那幅《乌江斜桥夜辉图》,是要永存堂明山库内积灰了。”

曲少毫道:“高大夫关问民间疾苦,还常解囊救济寒士,这个案子下官定然尽心竭力。居大夫,您看这名单上,我们该先去访哪位为好?”

门外忽传来一人声音,在曲少毫耳中略为熟悉,甚至叫他一阵背寒:

“小小裨官不必犹疑,名单中人自会来找。”

居游刃惊起身,连同曲少毫从内厅赶到门口一看,外面站着十来人。为首二位,左边是核监院监正,一脸尴尬,右边的十分年轻,眉目凌人,着上阶首位制样的官服,腰间挂有青鱼衔尾玉佩——正是太司纠马明伦无疑。他们身后的一批面生官员,都是司纠衙府的人。

居、曲二人连忙俯身拱手,居游刃道:“下官……拜见太司纠大夫、监正大夫,恐失相迎,还请太司纠大夫宽罪。”

马明伦拱手回礼,转身对监正道:“马某叨扰行院,已实愧疚,还请庞大夫酌行繁务,我自与理法大夫走公便是。”

言辞虽谦虚,语调却颇为居高。太司纠只比监正的官阶高一级,二者都是部门首长官,监正还比他年长二十来岁,但马明伦的神情口气倒像是在打发一个中阶下官。

监正生就一张猫儿脸,现下如晒足了太阳,细目眯起,客套两句,转身便溜出公厅院落。马明伦对随行人等说了句“候”,便兀自走进理法公厅。居游刃紧随其后,伸手示意太司纠坐在案头后。

马明伦摆手："马某此来，非拜礼，非问暄，非视察，只为走公，协助理法查办高玄案，不必客套。"

居游刃拱手："上官访下，下官让座，乃朝堂礼仪，还请太司纠体察，不便难为下官。"

马明伦瞥了曲少毫一眼，"唔"了声，终于在大理法的椅子上落座："看茗就不必了，想来这核监院无甚醇茗，还是直接谈正事。马某听闻理法大夫今日回都，已去过虎牢向魏镜风质询，高玄生前之探访者名单当是也拿到了。"

"拿到了，拿到了。"

"高案本为司纠衙府和理察局合办，高犯横死狱中，马某身为首长官，知情之心切急，既已在名单内，理法又当走公流，索性自己送上门来，听候询问。"

居游刃再度拱手："不敢不敢，马大夫公务繁重，还能体恤下官，居某感涕备至！"

马明伦嘴角一牵："某深知理法查案不易，步履慎微，名单上第一人是生巽大夫，走公本当他为先——奈何此番特命乃生巽大夫与国少主联名签颁，他反倒成了理法的顶上官，轻易便可自剔，呵，这手顺风逆火、占据先强，马某自愧不及啊。"

身为少壮派领头羊的马明伦和身为保守派领袖的生巽，关系素来微妙，这番含沙射影倒也在居游刃意料之中。他只能干笑笑，嘱咐一旁的曲少毫打开黄绵纸簿，预备笔墨记录。

马明伦看看居游刃，又看看曲少毫，轻“呵”一声：“马某前往虎牢探见高犯，是马月廿六下午，七遍鼓点之后。”

“下官敢问何故？”

马明伦睨他一眼，从案上取下一支毫笔，轻轻捻转：

“居理法久为通案，专劳庶务，是有所不知。高案乃府院司联审，事关重大，高犯亦非普通文僚，东扬内外颇具廉誉，六官讨论数日终下结论，司祀和国少主签字做断。马某身为司纠衙府首长官，自当亲访罪囚，察其行色，留其言辞，问其是否认罪。”

居游刃明知故问：“那……高犯认罪否？”

“高玄冥顽，无一认可，反倒贼胆妄为，唾责马某。”

“呃……所责为何？”

马明伦手里的毫笔骤停：“居大夫。”

居游刃拱手：“核监院定规流程，下官只为查案……太司纠大夫，走公为上，走公为上啊。”

马明伦太阳穴一动，看向别处，缓言：“唾责马某结党排异，弹压非己，诬陷忠良。——理法大夫，可满意？”

负责记录的曲少毫左脚尖一动，马明伦看到了，居游刃听到了，又问：“时高犯面色、体态如何？”

马明伦眉头一松：“面色狰红，喉舌高昂，结结巴巴，有失体统。”

曲少毫脚尖又一动，这次是右脚。

“未曾有病色？”

马明伦重新捻转毫笔:“某非医士,不知者不言,面对高犯,知者尽言。”

“所言为何?”

太司纠将毫笔倒转,轻触毫锋:“高犯死不悔罪,执迷至深,马某感念其为先国主效劳日久,故特意开示,算他死有所得。”

马明伦当时在虎牢反责高玄,身为朝堂命官,曾位列上阶,却伪作清傲之态、皓月之形,实则沽名钓誉,解囊于寒士,结交四下,是为了组织“寒党”,待到声势勃发之时,便可借势要挟朝堂,以饱虚名私利。

“呃,太司纠所言,可有确凿证据?”

马明伦嗤笑:“高犯落狱之前,时常宅门洞开,大宴寒士。少则几人,多则数十,门庭不通,人言鼎沸,又时常不避高阶清贵,去往市井,探访文士,随行者、围观者甚众。此非结党,何为结党?”

居游刃刚要继续问,曲少毫却发话了:“下官一事不明,请太司纠明示。”

马明伦扬起眉毛:“小裨官终于开口,想必是忍了许久,早就椎尾奇痒?”

居游刃欲圆场,马明伦又道:“后智成二十一年,秋节,你初从老家鄞州来国都求谋,百敬不入,潦倒落寂之余常会同其他寒贫书士饮酒泄郁。羊月十六晚,你等在城西香樽酒肆大醉闹事,惊动巡扫的治安吏,幸有同伴认识高玄,托人请他到安治都司为你等结保，方免刑牢之遇——马某记得可准？”

曲少毫无言，居游刃大惊。

马明伦露齿：“彼时你未入录案局，否则，若司纠衙府履行职责，连小小裨官都做不成。呵，高玄于你有恩，你如今急愤满怀，也在情理，马某权且恕你冲撞上司之罪，小裨官方才想问什么，但说来？”

曲少毫抬头正视太司纠，不从居游刃的眼色，坦然道：“谢过太司纠仁恕——前如司纠所言，高玄结党营私，然其结交多为都城寒贫书士，无官无职，无权无势，无依无靠，平日衣食几与市井四饭无异。高玄如若结党为己所谋，缘何择寒士，而非结交富贾名流、有权有势有财之人？”

太司纠将毫笔轻丢于案，正身正视曲少毫：“小裨官终究是小裨官，无怪眼界甚浅。呵，今日幸哉，我便开导与你——其一，高犯非本土出身，东扬无基，富贾、名流、权贵、外使关系盘错，纷乱不堪，若触此道，近甲则远乙，亲丙则疏丁。高犯狡狯，另辟途径，专交寒士，则可一呼百应，本小而万利；其二，裨官虽小，也当多读史书，纵观前朝往故，秦之关汎，景之萧喆，庄之严清子，燕有韩丰翼，成有乔八郎，洛朝李城亢，卫朝陈念风①……此等逆党起兵谋叛，无一不是寒士出身，或得寒士参谋相助，谋害社稷，兵涂生灵！”

---

① 关汎、萧喆、严清子等人都是各朝代大规模农民起义的领袖。

曲少毫心里一颤。

马明伦起身,目光灼灼:“昔日高玄广交寒士,数目云云,结构复杂,小禘官可敢作保,内中无有此类反贼之心、逆徒之胆者?若马某鸦言成真,届时其谋乱朝堂、兵刃相往,为高犯侃侃激辩的小禘官,又该如何自辩?”

居游刃忙起身对曲少毫道:“速唤听从,给太司纠看茗。”

马明伦摆手:“不必了,话已至此,走公完成,理法当是有所收获,马某尚有衙府公务,告辞。”

说完一拱手,自出公厅大门,不理会身后居游刃俯身拜礼。

曲少毫呆坐原地。居游刃在门口目送马明伦和司纠衙府一干护随离开,悻然回到内厅,在案后坐下,椅子还是热的,更令他心烦。

“这个马大夫,果真是欲加之罪的好手,唉,太司纠的职务委实太适合他了。”

曲少毫闻言,起身拱手:“下官出言冲撞太司纠,又对居大夫有所隐瞒,干扰查案清明,罪不可恕,惭疚至极,还请大夫发落。若将下官排除于外,下官亦慷慨无恨。”

居游刃倒吸口气,皱眉道:“方才还信誓旦旦,说什么,纵是雾厚霾深也愿以身为芯,燃灯照途,马大夫来了不到半个时点,小禘官就畏首而折了?”

见曲少毫俯身不言,他又道:“这都城内,多少寒士曾得高玄恩庇,你那点事算不得什么。马大夫就是吓唬与你,别看他年少高位，出言冲傲，实则朝堂老手，深熟盘算。小禅官自然经不得那一吓，你坐下吧。”

曲少毫想叹气又不敢叹，只能闷头坐下。

居游刃拿起马明伦方才捻转的毫笔放回原位：“所谓‘寒党’之谋，依我看多是虚伪。君子群而不党，高大夫生前恩庇寒士，未谋回报，亦无争权之心，何来结党之说？唉，只能怪他曾经开罪过太司纠大夫了。”

高玄和马明伦的朝堂纠怨，曲少毫也听过，因为那件事关系到都城内所有寒贫书士。

那是后智成二十三年春节，先国主尚在，时任理察都使的马明伦上奏，欲发起“清都”——清扫国都内的人口积秽，例如浪户、乞人、流贩，以及无家无业的外来闲散书士。

自卫朝覆灭以来，先国主听从海顾建议，不称帝只立国，不轻易卷入华夏中土战事，东扬国经济稳中发展，文化亦繁，不少外州流民都逃难来此。尤其是都城，短短二十年人口翻了一倍，越显拥挤。马明伦认为东扬城既为国都，当有国都风貌，何况城内还有不少外邦来使，百类繁杂，教流混乱，有损华夏体面。

这个建议遭到高玄强烈反对。他以旧朝帝都仁阳城为例，都城既然是国之中心，自当有恩容天下士人之气魄，方能树立华夏风范。那些来到国都的寒贫书士，均为有意报国之人，读圣人书者，岂能被如此对待？

如果高玄只说到这里就止住，倒也算了。偏偏他更进一步暗讽,今日都城这么多寒士没有途径报效国主,为庙堂尽力,全因诸多高位之人:官位和职务成了遗产,子承其父,弟承其兄,侄承其叔,婿承其丈,徒承其师,垒为闭环。

这段话,直接把朝堂众人给炸了。马明伦的叔叔马成忠,病逝前做过几年理察都使。太司常萧天佐的儿子萧成风,正在甬州任衙正,是他老爹曾坐过的位子。水军高帅钱定坤的大女婿是负责监造兵船的船要都使,另一个女婿是千舵船总。太司祀生巽的几个儿子在卫末大乱中命丧博水城,但他很多徒生均在司祀府衙和各州府衙担任要职。

先国主当时已是晚年,身体抱恙,受不了朝堂上唇枪舌剑,表示"清都"之事再议。这一再议就没了结果。两个月后先国主病故,生寒寺继位,第一件事就是将马明伦升为太司纠,原太司纠傅灼被调去代行太司尉。

马明伦原本的职位理察都使,由傅秋山接任——傅秋山正是傅灼的次子,傅灼当年也当过两年的理察都使。

至于反对"清都"乃至炸言朝堂的高玄,被革去司祀衙府的职务,又在育才局被降为局左,连下两级,上阶变中阶。

东扬国定规,四大太司府的首、次长官,衙府下面各局首长官,水、步军的高帅和殿帅,四大院[①]和安治都司的首长官才有

---

① 核监院(司法)、造鲁院(港口建设、造船)、典金院(国家金库和造币厂)、宗能院(宗教事务)。

资格定期上到堂明山国主府,在南贤殿内和国主当面议政。这些人因此被称为“二十八朝臣”。

高玄一降职,自然没有资格上朝议政。可见,新国主很不想在堂明山上见到他。大家上朝见不到“高将军鱼”,自然都很开心。而民间寒贫书士知晓此事,都很不开心。

居游刃道:“如今看来,光降职下阶还不够,是铁心要高玄以罪囚之身彻底出局。”

曲少毫叹气:“朝堂险恶,确然不亚海上惊涛。”

二人沉默片刻,小说裨问:“大夫,接下去该如何?”

居游刃轻抚短髯:“马大夫有一句话讲对了,太司祀大夫和国少主联名监国,又下特命,你我暂时不去询问为妙。唉,看来又要去会一会堂明山上的田大医士了。”

“啊……此人性情古怪,上回已领教颇多。”

“唉,该办的案总要办,该走的公总要走。至少,田从容总不会比马大夫更能吓住你。”

“那下官让听从准备篷车。”

“午膳时点,先吃饭!听说今日公飧进了一批寒雪鱼,里面鱼肝都没去掉,拌上凉橘皮碎那可堪比上品!走走走!去晚了可就没好货了!”

4

堂明山国主府，东侧青松门。

居游刃眼睛睁大："居某耳拙，请宫人再言？"

那个左脸颊长着一颗黑毛痣的宫里人交还特命书，毕恭毕敬俯身再拜，把刚才的话复述一遍：

"米籍大夫早有吩咐，命下官在此恭候理法，如欲拜访田医士，就请大夫随下官先去宫婧司——下官早已在青松门恭候居大夫多时了。"

居游刃和曲少毫对视一眼，复问："米大夫何时吩咐？"

宫里人答："午膳时点。"

居游刃有点想抽自己一耳光，如果不是贪恋核监院公飨新进的寒雪鱼肝，在马明伦走后直接来堂明山，就能早于米籍去拜访田从容。这个宫婧司司监米籍可比田医士难纠缠得多，是个和马明伦不分上下的角色。

居游刃只能苦着脸，请宫人引路。

宫婧司负责宫里人和婧官的录取、考绩、调任，不属于宫里人机构的外六局、中六房和内三库。若比照宫外，和马明伦执掌的司纠衙府颇有几分相似。能任宫婧司司监一职的，自然是宫里人首长官、太统管田正的心腹。

宫婧司的公厅也比药房更靠外，随着引路的宫里人走上五十余步便是。和气味浓重的药房不同,宫婧司的公厅既无味道,面积也相对更小,占主要空间的都是文档库牍,想来是服务于国主的各色人等之案档。

公厅虽小,权力重大。居游刃曾对曲少毫如此评论宫婧司。

人在内厅的司监米籍已经备上香茗,起身迎接:“无厚兄,米某在此已候多时。呵呵,快请坐,这是咸州产的金猴山丝,别有风味,比核监院那些旧叶要好多了,品品?”

米司监嗓音尖细,让这番热情迎捧之词显得颇为失衡。

居游刃寒暄几句,举起茗盏细品。米籍坐回原位,问:“这位可是录案局曲少毫?当年米某拜访核监院,少毫始终在风板之后,今日得幸面睹,年少有为!”

站在一边的曲少毫俯身拜礼:“下官见过司监大夫。”

米籍压下右手,对居游刃道:“无厚兄无愧为居公后人,朝堂支柱,国之股肱。每有大案,都费兄操劳。”

居游刃放下茗盏:“度庸兄言过了,高玄一案,疑点纷呈,雾厚霾深,居某为国尽力自是应当。只是,本想问询田医士,走公之程,却不知度庸兄为何在此早早候我?”

米籍笑笑,对公厅内其他宫里人使了个眼色,众人皆出,最后一人反身关门,公厅内只剩三人。

“无厚兄今日来此,米某早已知晓缘故,本不该插手,但奉太统管大夫之命,特来助理法大夫一助。”

“何解?”

“自高玄身死虎牢,田医士已向太统管禀明内中由来。太统管心顾大局,又恐田医士金方之人不谙世事,恐言出有误,特命米某代为转达证词。”

居游刃拱手:“太统管繁忙于万机,尚留此心,居某感涕,那就请度庸兄转述。少毫,笔墨预备。”

曲少毫愣了下,虽觉不妥,还是取出黄绵纸簿和随行砚。

田从容是在判决下来的第四日,也就是马月廿六下午,向药房首长官告了假,前往虎牢探访高玄。因为前一日,也就是马月廿五,高玄身体有恙,当时探访他的是好友元碧。元碧自虎牢出来后,马上修信一封送到田从容府上,希望他第二天能去虎牢看望,对症出药。

居游刃道:“了然,那,高玄当时所患何疾?”

“依田医士所言,不过风寒体虚之症,较为寻常,是故,所出金方平实可查。”

说完,米籍递上一纸,是田从容当时所开药方,虎牢卫正是按吩咐去按方抓的药。

“此方说是治病,实则常见通用,虎牢卫当可做证。药铺乃城西南之妙手铺,无厚兄可前往查证,断无妄言。”

居游刃看完金方,点头道:“居某虽非医家,也能看出方内均是温和补剂,当是和高玄之死无关的……但敢问一事……”

“无厚兄但言。”

“田大医士乃宫里药房之人,盛名在外,专侍国主宗族,何故因元碧所求,便肯前往虎牢为高玄开方?"

米籍给居游刃添上茗茶:"无厚兄昔日在皓房当值,年份与高玄错开,无怪乎发此问——当年高玄效命于文修库,闲余与田医士有所交往,田医士酷爱提药炼丹,高玄同好此术,出宫后虽任育才都使,却未断此好,仍与田医士书信来往甚多。"

"了然,了然。"

"是故,田医士与高玄乃同好,所交甚笃。炼丹之术米某是外行,但人情结交,无厚兄自是懂得。昔日同好身陷虎牢,罪至问斩,又染疾病,田医士自当慰访,此非通罪,乃人之情理,望理法大夫体察。"

"啊,那是自然。"

"不瞒无厚兄,高玄平素喜好酒色,所靡甚重,仕途受贬,积郁内耗,加之虎牢苦境,判罪问斩,自是容易得病的。田医士此去问疾开方,实则安慰而已。人头都要落地了,还真在乎看病吗? 唉,不过是最后见故人一面罢了。"

居游刃点头:"居某本以为田大医士专心医药,不食烟火人情,未曾想,和高玄竟有如此深情厚谊,感慨! 感慨!"

米籍笑笑,看了眼曲少毫:"无厚兄,米某有几句话要私讲与你,可否……"

居游刃一怔,拱手称然,让曲少毫暂时到外候着。公厅外,宫婧司一干宫人、引官、宫郎卫垂手而立,绝不交头私语。宫宇之间的廊道上,不少幔房和青局、工局的宫里人来来往往,手提怀捧，布置打理，想来是要庆贺前不久的长江大捷。等到国主班师回都，堂明山上定然是一派欢庆气息。城内也会是酒香四溢，歌舞不止。那时，还有多少人记得《乌江斜桥夜辉图》的画师暴亡虎牢之内呢？

约莫四分之一个时点过后，居游刃从公厅出来，与米籍寒暄几句，会同曲少毫在引官和宫郎卫陪同下出青松门，上了双牛篷车，并让车夫先去二十步之外聋候。

大理法沉默不语，既不叹“完了完了”，也不捶车底板。曲少毫反倒担心起来：“米大夫所言何事，如此忧心？”

居游刃轻声道：“唉，只说与你，长江大战名为大捷，实则惨胜。”

长江大战，虽然联军取得汉州、孝城、柑县，但自身损失极惨重。且不说普通兵将死伤，南卫上官家族的后代当中唯一的希望——上官越死于沙场，灵国川安王的侄子也在被俘后咬舌自尽。东扬的许青平身先士卒，在围攻孝城时失去一手一眼，正在长沙府疗伤休养。

曲少毫声音颤抖：“许殿帅……他……盲射无双，失去手眼岂不是……”

“唔，如废虎之爪牙。”

除了这些战报真相，米籍还告诉居游刃，国主本打算十日之前就动身回都。曲少毫掐指一算，十日之前当是马月廿八，高玄被判七日问斩的第二天。

从长沙府到东扬城，驿马使者若换马不换人，昼夜兼程，只需要两天半。国主队仪虽比驿马庞大，但加快脚程，四日也可争取。如果这样，在高玄问斩之前国主就可以亲自过问。那么，借“长江大捷”的凯奏，高玄很可能恩受“国赦”，免于一死。

“那，国主为何没有在十日前启程?”

居游刃默言片刻:“当时聂太夫人向国主传话，欲前往长沙府，拜会孝武帝和上官古厚，并踏上江北故地。”

小说裨大惊。若是如此，国主自不能马上回都，必须留在长沙配合布置典仪，并和南卫商讨重游江北的细节，然后在长沙恭候太夫人一行。

“但下官未听闻太夫人出城。”

“哼，高玄毙亡翌日，太夫人又称身体抱恙，取消了计划……都年近六十，又是长途西进，又是渡江北上……这不是闹着玩嘛。”

“怕不是玩闹，是下棋……”

没敢说下去。

居游刃道:“确然，太夫人，看大不顺高玄，但你我不可无端猜测。米大夫给我指明这条暗线，是提醒，此案不比当年哈臣额狼简单哪。”

“可当年也是米监正和太统管，借了我们的手清除了博二丁，都是下棋高手。”

居游刃苦笑:“宫里人，若无下棋的本事，活不长久。”

“大夫，那现下该如何?”

“时间尚早，唔，去会会傅秋山。”

“啊，理察都使，那可是个难办的人。”

“你我承担的案子，哪次好办过？”

5

扬国朝堂上下都知道，太司尉傅灼在明哲保身、斡旋周转方面是顶尖高手。重臣海顾多年前就有评语，“攥泥鳅易，固嘉祁难”。嘉祁是傅灼的字。

傅灼今年五十有四，为官一生，未得罪一位上级或同僚，也未独自办成一件大事。庙堂朝议，傅灼只赞成多数派意见。如果两边持平不相上下，便顾左右言它，甚或拖延时间，称病在家。

官场同级遂私下给他起外号“中病”，意为中庸久病。

傅灼生有三子，长子傅环在水军高殿府任水军副使，三子傅茹在武备局（步军武器局）任职——水步军之间两头下注。此二子深得父亲真传，少言寡语，唯长官命是从。

次子傅秋山，字光言，和父亲的行事风格截然相反。傅灼不爱表态，怕得罪人，傅秋山从小到大就把周围人得罪个遍，其光辉事迹在《东扬志补》和曲少毫的《遗神往摘》里都能找到：

其年幼时在智明书院学习，揭发同窗笔试舞弊，那同窗是太司常手下户案都使的儿子。还直面呵斥书院师士行为不端,不应中午喝了酒下午来教书,有失五德。

步入官场后更是刺猬进鸡窝。一日下班后和同僚去酒肆,谈及时下政局,同僚说勿谈勿谈,但饮酒做欢。傅秋山勃然变色,呵斥道,你我身为府官,领取薪俸,为国效力,不谈国政,难道让四饭之辈谈国政?!弄得别人很下不来台,后来下班喝酒都不带他了。

东扬官场固例,官员升职调走要办一席“海门宴”,感谢旧部门的同仁。傅秋山每办此宴,请十个来两个,连傅灼的面子大家都不想给了。

就连自己老子傅灼,傅秋山也没放过。他不入女闾,也不让父亲入,还常苦谏,您身为四大太司之一,国之命臣,却常年出入声色女闾,拥艳怀香,不成体统。傅灼早年丧妻,傅秋山既不让他续弦也不让他纳妾,连高间莺阁也不许去,简直要把老父亲活活憋死。

故而在后世的《东扬志补》里,作者评价傅秋山是“道德完人,复古顽人”。

居游刃和曲少毫却在傅府门口碰了壁。门仆回报说二少爷今日病恙,未上朝堂,亦无法会客,请二位改日再来。

居游刃问:“啊,如此突然,可请过医士?”

门仆答:“谢过大夫关照,已请过,静养几日便可。”

“那就好,那就好,请替我传达慰告,告辞。”

回到篷车内，曲少毫说，着实不巧。居游刃却说："着实古怪，理察都使从未因恙废业，据说多次带病上朝，国主还赐座与之。这次若是静养几日的病，怎会朝堂都不上？"

"那，就是故意不见？"

"古怪。"

"现下当何往？"

居游刃拿出名单，指出一个名字："城西进平坊，离此地不远，可去会会元碧。"

元碧，字清波，是录案局的录官，中阶第二级。按理，居游刃可以派跑员去进平坊，让元碧到核监院受询。但同在录案局的曲少毫知道，元碧不仅是高玄生前好友，另一重身份是宫里人的丹聘，即外聘的画官。

高玄善绘山水，元碧则长于人像，曾先后为先国主生在筠、重臣海顾、聂太夫人和太司祀等人绘像，另有国主出行、群臣春猎等群像画作。官阶不大，却能见到权贵顶层，就连部门首长官录案都使都要对他礼遇有加，大理法自然也不敢轻怠。

牛车悠行，居游刃冥思片刻，忽问道："少毫，你的德元正学，师从哪一家？"

曲少毫一愣，没想到会问这个："少时从阴阳之说，后来改学法家。"

居游刃轻抚短髯："阴阳啊，为何改学易道？"

"唔，下官年少时顽劣，常逃课野游，观天地四节，夏虫秋叶，春鸟冬霜，日月相替，其中变化奥不可言，遂学阴阳。及至年龄增长，感悟人世多有苦衷，便觉法家可治世而为。”

“有志气，你可知傅家父子所学何说？”

“下官，不知。”

傅灼学从阴阳家，傅秋山青睐的却是韩非之法家。这点也和马明伦一致。故而举遍官场，只有太司纠马明伦能和傅秋山聊到一起去，政务上也一唱一和。理察都使掌管的理察院隶属司纠衙府，专司纠劾百官，这一职位对傅秋山来说无疑是榫契卯合。

“你看，你和马明伦、傅秋山均是法家之徒，品质性格却相背甚远。高玄学儒，和我一般，我和他却行事巨异，可知为何？”

“大夫明指。”

“诸子学说，终究是白纸黑字，字死而人活，皆为活用，犹如地草。牛马需草，造纸需草，揉绳需草，制鞋需草，盖房建顶需草，引火起灶需草，寒民铺卧亦需草——草有异需，人有异性，重点不在学说，在人。活人要比万字学说复杂得多。你的法家和马大夫的法家，不是一派；我的儒家和高玄的儒家，不是一类，他的儒家更像儒家。”

小说裨怔怔，撑地俯身相拜：“大夫一席话，胜读卷五车。”

居游刃轻叹。

未几，到了进平坊，寻到元碧家门口。应门的小门仆却说主人休差回家没多久，半个时点前又被宫里人请上堂明山，给太夫人作画去了。

曲少毫感慨:“今日不顺,无缘两位重要见证。”

居游刃道:“今日只是办案首日,不必着急,我看时间不早,一同随我回家用饭吧。”

“下官昧德,岂敢叨扰大夫家私。”

“扯淡。查案走公,你是下官,现下天色放晚,公务中结,你就是一个晚生后辈,吃顿便饭有何不可?”

大理法想了想,说:“不对,你是不是嫌弃我家伙食? 哈哈,不用担心。”说着,拍拍篷车角落里三个素木盒:“丽州故人送的肉食,还有烟笋,今晚可以佳肴随心!”

自从渤都特使案了结,两年来曲少毫还是第一次走进定心坊居家的门。一切看上去和昔日几无差异,二进二落,摆设朴素,听断还是那小听断,侍娘还是那老奶奶,就是腰背更佝偻了。

不同的是,他第一次见到了大理法的妻女。其妻关雎窈,小居游刃四岁,出自丽州大家,却看不出大家闺秀的气质,倒是平易亲和,有点像曲少毫在老家鄞州的书院师士的夫人。

后来居游刃悄悄告诉小说裨,关夫人的平易亲和是装点出来的,私下对夫君可不是这样。另则,关夫人虽是丽州大户出身,但生母是侧妾,自小受主母管压,不得宠爱。居连山当初在丽州时职衔不算高,又是外贬的官。居游刃到婚娶之岁,关老爷有意结亲,但舍不得正妻之女,就选了关雎窈。没想到居连山被调回国都,居游刃从提调做到通案,两度临行大理法。关老爷乐得梦里开花,正妻气得要命。

至于其女居乐叶,则吓到了曲少毫。

居乐叶年满十八,却未婚嫁,发型不是代表成年的吊鬟,而是垂鬟。曲少毫初一眼看她面容,姿色并不出挑,却让他想到一种水果,老家产的杀蜂桃——能让蜂蜜无味,故得此名。再一眼看去,只想到月亮,她眼神里尽是满月的月光。

居乐叶见到父亲并不问安,见到小说裨亦不行礼,不避入后房,而是站在原地,一开口,音如山泉行水:

“你就是曲少毫?用泥巴扔国主的那个小裨官?”

曲少毫连忙俯身拜礼:“正,正是在下……”

居乐叶大笑:“敢用泥巴扔国主,不敢正眼看小女,该说你胆子大还是胆子小?还是做了官胆子都要变小?胆子越小官越大?”

居游刃喝止:“勿要玩闹,荒唐妄言,快进内房去。”

居乐叶行了个礼,刚要进去,忽又转身道:“今日午后诸事不顺,龙潜未见,月行天令,温错寒差。父亲放心,明日自有贵人来找,不可外出,公厅静候便是。”

曲少毫一脸惶惑:“居大夫,令爱这是……”

“小孩子胡言乱语,嬉闹妄言,不必在意。——夫人,今日有客,佳肴丰富些,我带了丽州土产回来,嘿嘿。”

当日晚膳确比上次丰富:滚油黄金鱼,山雉肉片,腌肉炒烟笋,炖兔头,还有两样素菜。关夫人对曲少毫寒暄几句,叮嘱居游刃勿要贪杯,便自避于内房。居游刃还开了一坛翠步摇,尽情招呼。酒过五巡,菜余小半,居游刃道:“少毫今年年岁几何?”

“回大夫,虚有二十。”

居游刃一摆手:“别叫大夫,可称我无厚兄。啊,二十岁,尚孑然一人?妻室无着?”

“业未立,则家不存。”

居游刃举杯邀碰:“古人著书立言,时常自相矛盾,成家而后立业是为一说,又写,壮志未休,家室何顾。唉,左右话都说尽了,扔送后人去为难。”

曲少毫碰杯:“大夫见教如是。”

居游刃喝完杯中酒,面目赤红:“说了别叫我大夫……居某今日借酒,也与你说些肺腑之言。自前年办渤都特使一案,你我机缘巧故,被推到幕前。居某当时确然灼急,恐家小不保,然则遇到你,虽为一介裨官却深熟大义,嗝,马明伦命你监督于我,你却翌日告与居某,和盘托出,禀明所思所决,居某佩服!”

曲少毫拱手,却被居游刃用力按下:“换作他人,怎会告与我?司纠之命,若暗下执行,前途可期,你却明言,妙哉!壮哉!某在宫内、官场混度多年,耳听目见,百中九十有九,无人堪与少毫相衡!”

曲少毫欲再拜,居游刃还是按住,力道无穷:“某乃居公元海之后,实则毫无所长,混沌于世,唯有一事,放心不下。”

“大夫……无——无厚兄尽言。”

居游刃拍拍小说裨右手背：“便是吾女乐叶，生性顽劣，少未经事，方才老弟所闻所见，自不多述。我与内家苦之久也，但愁托付何人，嗝……少毫年二十而未婚娶，居某特请，与我女喜连姻缘……”

曲少毫一口翠步摇险些全喷出去，一根筷子也掉落下桌，咳嗽许久，捶胸方已，才道：“大夫，此事甚大！”

居游刃摆手：“大个屁！古人云，父母之命，媒妁之词。昔年我在丽州，对关家女儿一无所知，先父同我丈人交好，考察洞探一番，告与我，关家正妻之女刁蛮任性，倒是侧妾之女知情晓理，自有主见，可为互靠——这才双方通达，定下亲事。”

小说裨不言，为居游刃斟酒，自己也斟满，一口干了。

居游刃见此，又道：“少毫，非我妄言，居某深熟你所思所想。寒窗苦读，诗书饱腹，从阴阳换为法家，自鄞州入国都，望凭才学出仕腾达，为苍生谋温饱，为社稷图安定。然五年已过，仍是小说裨，伏于民间汇报野闻，每月面交录官，文字未必见于上层。可惜可哀，居某委实不忍。”

“大夫……”

“我乃元海公后人，恩受祖荫，但说实情，祖上英明断案，与我何干？与先父连山何干？元海公断卫朝四大案，众人皆知——如今卫朝不再，什么居元海，什么居公盛名，都是扯淡。哈臣额狼案也好，高玄案也罢，都是借我先祖名号，出一个众人信服之结论。若将我换作少毫，断案探真，自比我更为高明！”

小说禅放下杯盏，欲自伏于地，被居游刃拦住。

“今日我欲托小女，一是为解决婚娶姻缘，了断我与夫人心愿。二来，往后你便是元海公后系之人，众人必不看轻于你，则可脱离小禅官之职，更上一层，得展才能。”

说完居游刃俯身下去，曲少毫以为他要拜礼，惊惶挽留，大理法却只是下身去捡地上那根筷子。

筷子放回桌上，居游刃又道：“居某老矣，但求晚年安心垂钓海江。今日之事，杯盏之言，只说与少毫，并不强求。少毫可自行判断，居某绝不怀仇。”

“大夫，此事重大，少毫必定多为思忖……大夫，大夫……可要呕酒？”

居游刃刚摆摆手，却又忽然俯身：“呕……呕……快——快去叫侍娘！熬一碗……镇酒汤……呕——呕！”

6

翌日，四遍鼓点过后，曲少毫才黑着眼圈到核监院报值。居游刃早已经到了，只是面色虚白，为宿醉所致。小说禅慰问了长官几句，居游刃解释，平时在家，夫人不太允许喝酒，尤其翠步摇后劲足，自己亏折其中，让少毫见笑。

转谈公事，居游刃从案上拿起一封信笺，说司祀大夫来信。

曲少毫惊讶,问何内容。居游刃道:“尚未看过,且等你。”

曲少毫明白,这是居游刃对他表达信任。自昨夜对酒,他和这位大理法的关系已经发生了微妙的变化,但他并没有想好怎么应对这件重大的私事。

生巽来信,内容倒也简单。他知道昨天太司祀马明伦已亲临核监院走公。他自己也是马月廿六去探访高玄的人。鉴于临行大理法的特命书是他和国少主一起签颁,怕居游刃瞻顾,贻误进程,故主动来信禀明。

马月廿六当日,他是上午去到虎牢,亲自向高玄宣读七日问斩的判决。一来,高案涉及通敌、结党等多项重罪,高玄又是东扬名流高士,由他这位监国亲自颁读,较为庄严合理。二者,高玄此前在司祀衙府曾担任过生巽的副手,作为昔日的首长官和顶头上司,他要劝诫高玄一番,此为恩威合情。

生巽劝高玄,如若现场服罪、动笔悔过,那看在曾为东扬效力多年、受先国主恩宠的面子上,可免他斩首之刑,只需吊缢。尸骨也不必被灼焦锤灰、纷撒海上,而是全尸下葬,留给后人凭慰,保存体面。

高玄未从,还谢过朝堂恩典,居然留他七日,可以享受虎牢待遇。生巽话已说尽,无奈离开。可能正因为死不认悔,当日下午,主持六官联审的马明伦也去了虎牢,和高玄对质。

曲少毫道:“如此看来,太司祀大夫并无疑点。”

居游刃喝口茗茶,缓神半天:“非也,少毫来国都不过四年余，不知七年前有过一番革考大争。”

和很多制度、律法一样，扬国的文官招聘方式也传自卫朝，分两部分。第一部分叫“文考”，全国各地书士到了年龄均可参加，一共考三轮，淘汰制。

“文考”通过后，还需找到现职官员进行“保荐”。保荐的官员级别越高（即大保荐），书士就越受重视，能谋求的官职也就越大。如果找不到愿保荐的现职官，能请到退休的高阶大官也可以。得到“保荐”的书士才能进入司纠衙府的人才库，排队等候任命。

大部分书士都是在保荐这一关隘受折，终生未得重用。但在认清这个残酷现实之前，大部分书士，尤其年轻书士，总是愿意努力一次又一次。如此循环往复，就出现一大批既无官职又雄心勃勃、不事生产的闲散书士，即“散士”——他们一般跟“寒士”高度重合，因为家门寒贫者往往接触不到上阶高官。

七年前，太司祀生巽和太司尉海顾联名上奏先国主，改革这一制度，即“革考”。具体做法是把“保荐”和“文考”的先后顺序对换：书士必须先得到保荐，才能参加文考。且同时要缩减各地书院规模，提高教费，不再是谁家略微有点条件就能送孩子读书，或者书院的师士看谁家孩子伶俐，愿意免费教学——都不行，一定要从一开始就保证，书院就读的孩童到了年龄，基本上都有人保荐。

如此，不但节省了大量人力财力，还从根源上解决“散士”

“寒士”积堆成群却不事生产的局面，于社会安定也有裨益。

曲少毫眉毛大皱：“若是如此，寒贫子弟永无出头之日……高玄大夫断然不会同意。”

“自然。其时高玄任育才都使，也是府左，但坠马骨折无法行走，卧养在家，久未上堂明山。生巽大夫和海老就是趁此时机在朝堂议政时奏请。唉，有些不讲五德了。”

对文士而言，忠孝仁义礼为五德；对军武而言，忠孝信勇智为五德。育才都使是育才局的首长官，在卫朝又称“五德都使”或“文德都使”。

高玄听闻“革考”奏请，再也顾不得伤情，起身穿上官袍，既不坐车也不让人护随，就架着一副拐杖，硬从家门口一路瘸拐着走到堂明山的崇天门。沿途百姓热闹围观，那些治安吏均不敢管束。高玄是上阶三级，安治都司的首长官也就只比他高一级而已。

上阶高官拄着拐杖，穿市过街，去找君主议事——别说东扬国，就算在大卫朝也是百年未有之奇景。生巽和海顾估计是看得目瞪口呆。

生巽学从刑名，海顾奉阴阳家，而高玄学的是儒家。他得见先国主，无须多言，一句孔夫子的“有教无类”，一句自创的“水流不疏，池塘发臭”。先国主本就对“革考”疑虑颇多，加上高玄这么大张旗鼓一闹，此事便作罢，且下了“禁修令”，十年内不得再商议此事。

居游刃道:“生巽大夫自然对高玄怀恨,海老更不必说,自追随先国主以来,海老的奏请鲜有被先国主驳回的。”

曲少毫不解:“生大夫出身世家豪族,与寒门相背,提奏革考尚合情理。海顾大夫父辈是木匠,当与寒族同立,怎会……”

居游刃轻抚短髯:“唉,家父连山曾与我讲,海老自习阴阳学术,目光明睿,计划超群,但……久居峰顶,以名士达官为棋子,视劳民底层为刍狗。”

若“革考”得以进行,散士、寒士将大大减少,事于生产的农人、工匠、军士、水手即会增多,可强国力。只是这些生产阶层的绝大多数后人将永远是生产阶层——海顾就是要牺牲他们出贵的机会,换取朝堂权贵的富强和安定。

曲少毫皱眉:“那当初海大夫曾救助大夫和连山公……”

“全因元海公盛名而已——东扬人食海鱼,都要细分上品、一品、二品、三品直至末品,海老深研世事,人即如鱼,便有不同待遇……唔,如今海老已故,尊讳为上,不谈这些了。”

“无怪乎,高玄大夫在寒士间有如此高名。”

“他的高名,累于平常。力阻‘革考’,高玄从未居功自耀,只在官场内传,也算为生巽大夫和海老在民间保住了脸面。”

“可生巽大夫……未必会感念及此。”

居游刃苦笑:“至少整个高案,他都抽身事外,已然难得。”

“那,大夫现下欲何为?再访元碧?还是鱼晚歌?”

“唔……今日体虚,不宜出移,且在公厅久候,元碧自会拜访。”他拿起茗盏喝了口，特意补充道，“此乃居某预感，和小女昨日胡言并无关联。”

午膳后，足过了三个时点，果然有提调来报，录案局元碧求见大理法。在公厅里几要睡着的居游刃与曲少毫商量片刻，便让小说禅出去，带元碧前往郝家茗楼稍候。

不在公厅询问，一是元碧乃高玄好友，关联甚多，防止厅外有人窃听。二来元碧阶位不高，却是宫里丹聘、文场雅士，在核监院公事公办，略嫌僵硬，不如借应酬之名，行询察之实。

曲少毫便领着元碧出了核监院，往东南走八十步，街口即是郝家茗楼。小说禅在三楼最里面找了一间雅间，留出上座等候居游刃。因接近晚饭时点，茗楼客人不多，三楼较为安静，且雅间外墙以篾条制成，留有缝隙，外面是否有人，可以马上察觉。

虽然同在录案局做事，但两人此前并无公私来往。曲少毫是小说禅，负责写汇报，专司城南。元碧是高他几级的录官，负责摘取小说禅汇报的精华，专司业务在南部各外州。即便如此，元碧待他还是很客气。其今年三十有五，体高清瘦，面色枯灰，但勉力振奋，以茗代酒，先与小说禅饮了一盏，道：“此前一直听闻录案局有位曲少毫，昔年曾助理法彻查渤都特使案，未曾想此次得见，少毫果然英年俊才也……如今尚为小说禅？”

见曲少毫点点头，元碧大叹：“可惜啊！少毫此等英才，竟两年不得升迁，唔，可是从未走动总录、都使等人？”

“少毫徒一禆官，只求兢业，呃，无做他想。”

“谦虚了。如未记错，城南录官可曾是叶老？”

“然也。”

“唔，那是个怪人……”

岂止是怪人啊，曲少毫心想。叶老名立华，因眉毛均白，外号“白眉老怪”。这老头早在卫朝末年就是小说禆，为避战祸逃至东扬，续操本行，干了一辈子总算混到个录官。曲少毫当年刚做小说禆，上级就让叶老头当他师傅。老头在东扬无家无室，孤身一人，平时就喝酒一项爱好。曲少毫那时常去他家求教，老头抠门，给小说禆喝望海潮，自己喝眠竹林。

彼时曲少毫心怀雄志，埋头工作，小说汇报总是字数超额，交上去却无波澜。那天他到录案局面交，正好遇到总录官大夫，就忍不住问有什么反馈，被一顿臭骂：小说禆只管上报，后面什么反应轮不到他操心——什么阶位，居然还想上级给小禆官一个交代？

曲少毫遂对自己的职责产生怀疑，晚上提着一壶眠竹林去见官歇的白眉老怪，问，小说禆的存在，对国家、劳民、主君的意义到底是什么？叶老头大笑，回他，小说禆的存在，只是为了养活小说禆自己——养活你，养活我，养活总录、都使这些官员，这就是意义。

见曲少毫震惊，叶老头不疾不徐点化他。小说禆的前身小说家源自春秋时期，彼时天下的国家又多又小，国君权力未收拢于一手，可听民间舆论。且小说家多为文宦世袭，无衣食忧虑。别看今天小说裨低微，最早的小说家堪比谏官，谏官提的是大夫阶层的想法，小说裨提的是民间的想法，都构成了国家的支柱。正所谓“谏官不藏言，史官不篡言，小说家不造言”。

秦朝以后，国土越来越大，需要官吏的越来越多，小说家又多为寒士出身，就有了升迁的需求，就要学会自保、自荐，慢慢演化为朝堂一部分人的工具。交来的汇报被上官篡改，成为可被自己利用的“民意”。故而从前有些朝代的有些君王，甚至已经不看小说家所谓的报告了。

曲少毫听得心惊，问既然如此，缘何保留小说裨制度？老头饮下一大口酒，道，蠢材，高官大夫不便自己凭空编造民意，需有专人上呈素材，被其所用，是为担保。故而只要有每日伏于民间的活人小说裨在，便有他们需要的“民意”来源。

老头还点拨他，做了小说裨，出路甚少，曲少毫若是真想出力报国，当力争保荐，另调别处。否则，就必须写一点朝堂中人爱听的、有用的，万一被谁赏识，就会被提拔。

比如曲少毫老家鄞州的州正，上阶第三级的大官，当初就是个小说裨，叶老头的同级同事。生在�自立扬国之前，就是这人编造民间传言：某日，州节府邸一口井忽放霞光，同时一个出海打鱼的海佬看见天上有一龙，徐徐入海。不久，听到海下传来龙吟，不少海鱼主动跳上渔船，大大丰收一番。——以上都是祥瑞，促使生在�立国。

曲少毫自是做不得如此虚构的汇报，这个小说稗就一直当到现在。至于白眉叶老头，后来有一年喝多了酒，掉到井里死了。

元碧再敬一盏茗茶：“少毫勿忧，待来日有缘，元某自当向聂太夫人保举英才。”

正说着，换了一身便服的居游刃到了。元碧起身，向大理法拜礼寒暄。居游刃回礼，禀明昨日上门来意。

元碧“唉”一声道：“理法大夫明鉴，净白妄受罪责，身入虎牢，下判之后因罪名横大，好友亲故难得一见。下官面求聂太夫人，太夫人又着太统管田正大夫往来疏通，下官方能入虎牢探访。”

“清波兄高义，居某佩服，彼时高大夫状况如何？”

“净白虽险深牢，不日问斩，却面色坦然、视死如常，无损名士雅范，倒是下官……哭哭凄凄，如弱女啼墙，唉。”

居游刃拱手：“过言。清波兄乃君子相交，情到深处，并不为过。东扬文场，谁不知道高、元二士深情厚谊，高大夫能再见净白兄一面，想必是乐怀的。”

元碧眼眶红润：“下官与净白在虎牢所言，均为追怀故往，初逢如昨日，笑饮似今宵，并托嘱家务后事。然其身体微恙，下官欲虎牢卫代为请医，虎牢卫却答，魏镜风大夫早已有令，曰不允。净白也说不必，几日之后问斩，可一了百了。下官出虎牢，左思右虑，还是修书一封，亲自送田医士府上，不知……？”

“田医士已去过，清波兄宽心。”

元碧点头：“甚好，甚好。下官虽因务往来堂明山，却与药房无甚交往。田医士平素离群，鲜少交际，下官还是从净白处获悉二人关系。净白兄遭祸前有田医士问疾，想必亦为欣慰。”

居游刃抬手请茗，二人喝了茶。放下茗盏，居游刃问：“高大夫身落数罪，居某想听清波兄见解。——少毫，停笔勿记。”

小说稗依言放下笔，合上黄绵纸簿。元碧沉思片许，道：“理法大夫乃居公后人，英明查断，下官放纵，孟浪定言——府院司联审，罪名皆不实。所谓通敌实乃构陷，净白自仁阳避难，流落多地，终入我东扬，与其叔兄失散多年，得一契机重拾联络，家人通信乃世间常情，何来通敌一说？其兄高满义虽为西青效力，实则是地方上区区一个典录户籍的文书录，阶卑薪微，孤身未婚，却被理察都使污为封疆都校、执掌兵马，荒唐至极！”

“竟有此事？”

“所谓结交营党，更为谬误，净白只是接济寒贫书士，散尽薪俸，还常与我贷借。下官虽为录官，薪俸有限，但为太夫人等画像，常得金饼、丝绢赏赐，小臣尽与净白。”

居游刃拱手：“居某常闻，高大夫作画只赠不售，那些巨贾富商出价千金都未得其索，为名士之风。今日才知清波兄亦是不吝金帛、心怀大德之人，居某佩服！”

元碧回礼：“大夫过赞，只是微薄之力。——至于谋杀发妻，更是颠倒青红不分皂白。其妻罗氏本就体弱多病，耗费药资甚巨。事发当年当日,下官就在净白府上,前厅品茗,下人忽然惊报,下官与净白一同冲入内房。罗氏已自缢,留书一封,禀明是为不累夫君,望其轻身而行,高志早成。”

居游刃问:“这番言语,清波兄可曾说与联审六官?”

元碧锤了下桌面:“说了,都说了!他们却判定元某或为净白兄所惑,或出于友谊在造言帮护。唉,若非下官常可得见聂太夫人,遭其忌惮,恐怕早已被拉入虎牢,与净白做伴。”

“清波兄,善行必有善果,高大夫在天有灵,亦当欣慰。”

元碧抬袖掩面,抹了下眼眶:“倘若联审六官之中有居大夫秉公,事亦不至如此。偏巧,当今四大太司,无一未与净白兄纠葛过。朝堂中毫无支柱,任人欺凌,落到如此惨地。”

居游刃皱皱眉毛,发现曲少毫也眉目疑惑。高玄因反对“革考”得罪了前太司尉海顾和太司祀生巽,因反对“清都”和“典官清册”开罪了太司纠马明伦。

那太司常萧天佐呢?

元碧见二人不解,便为之释疑。先国主时,“革考”未成,高玄还连续上书,认为应将司常衙府属下盐铁局之专营利润分出一块,在全国各地加强书院建设,且在并无书院的小村落开立国办书堂,作为书院之预备和补充。

太司常萧天佐素来把钱袋子看得死紧,百般理由推延,一直推到先国主病逝,当今国主把高玄降职,踢出“二十八朝臣”,此事才算告一段落。

居游刃长出一口气:“高玄大夫真是不畏上官,不顾身家。”

把东扬四大太司得罪个遍,遭国主排斥,做官一路降级,还能在“典官清册”时高声反对的,也就这个高玄了。

询问结束,元碧自相告辞。大理法和小说裨还在原位坐了会儿。曲少毫问:“下官不解,元碧既能常见聂太夫人,何故不为高玄大夫脱罪?”

居游刃拿起茗盏:“元碧五德充丰,但并不傻,太夫人并不比国主更看好高玄。”

书士文官奉从五家诸子学说,民间和女性还信奉各类宗教。最重要的当然是祭天时的昊天上帝,其他较重要的包括佛陀教、三圣教、海龙王教、天同教、五莲教等等。聂太夫人归信的是佛陀教。当年先国主欲在堂明山新建国主府,山上原本的佛陀小院就是经太夫人劝说才留在原地,被宫宇包围。自从连丧二子,太夫人便三餐唯素,赴院更加频繁,有时彻夜修念。

高玄对宗教的态度却颇为异类。他并非无神论,也相信天上肯定是有神的,但究竟神明是一个还是好几个,如何名称,如何威力,希望人间是何种状态,很多事情到底是不是神明的意愿和影响,还有人死后神明管不管……这些都不确定。

至于世间各种宗教,那些教义、仪式、典籍,高玄认为都是希望、恐惧、安慰、忍耐等各类心理需求的综合集成。凡人所为都有限,就希望天上能力超凡的神明帮助自己、开导自己,但谁见过神明本尊呢?大家又没上过天宫、下过龙宫,反倒孔子、孟子、庄子、老子、墨子、韩非子这些先贤,他们和他们的学生是实实在在存在过的,有各类史书记载,叫人信服。他们的理论和思想也是后世一代代书士、学者进行研究和发展的,这不比无法证实也无法证伪的各类宗教学说更实在一点?

居游刃叹了口气:“太夫人听到高玄这番论调,会喜欢?能为元碧游说,让他见高玄最后一面,已然恩典至极了。”

曲少毫道:“但下官若是元清波,定为高玄请命,同入虎牢亦不畏惧。”

居游刃放下茗盏:“元碧有元碧的难处,少毫久伏民间,你这位上司官的背景怕是无从得知吧?”

元碧之父元谋,曾是司常衙府下属的典粮局局右,上四阶末级。十三年前府库清查,发现大量米粮亏虚,账目不符。先国主震怒,元谋获罪,在虎牢关了五年,出狱后未几便逝。元碧因父亲之罪,自己被定为“连渎”,终身不能官至上阶,也不能担任任何部门的长官。他这个中阶二级的录官怕是要做一辈子。好在他有一手丹青技艺,便为宫廷画像。聂太夫人对生儒庭、生道陵二子思念备至,元碧能将两位国子画得惟妙惟肖,故而深得赏识。

曲少毫道:“啊,颇为奥趣,先国主重高玄而罪元碧,太夫人恶高玄而赏元碧。”

此时茗楼三楼来了几位客人,选择的雅间靠近他们。居游刃举手示意他勿再言:“今日我身体不适,就不回核监院了,少毫亦早休,明日再行公务。”

小说裨别过大理法,慢悠悠往家走去。他昨日喝得也不少,同样打算早早休息。顺路买了点素油子和菜干,就当晚饭了。到了家门口,却见隔壁贩布的李单家,门扇大开,并传来熟悉的声音:

“红鸽飞!云凤落枝!大牌起!我神利通!”

曲少毫疑惑,到邻居门口探看,里中一人着弥生国服饰,朝坐在对面的李单道:“我又赢了,哈哈哈,李兄手气不佳啊!”

说完往门口一扫,又道:“哈!望柳老弟!你若再不回来,可怜李兄要把卖布的摊位都输与我啦!”

自两年前渤都特使一案后,这位弥生国公子哥几乎每一两个月要来找他一次,饮酒吟曲,听些街巷野闻。曲少毫分外不解,中太寺身为贵族子弟,何故对民间传言如此感兴趣。中太寺答,使馆沉闷,公务无趣,应酬交结累人,风月女间乏味,来小说裨这里听听底层野间之趣事,才是真正的消遣。

曲少毫得赐配字后,中太寺也给自己取了字,叫“无字”。曲少毫觉得世上哪能这般取字,认定又是糊戏。

今日中太寺来得甚早,在门口等得无聊,就到隔壁敲门,跟李单坐谈,得知李单也有玩红鸽集票的爱好,便来了几把。可怜了布贩,虽长年乐于此道,技艺却不及这个弥生国人,亏了不少钱。

曲少毫既到,中太寺向李单拱手告辞,并说赌资不必结清,只是玩笑而已。不来钱,不刺激,来了钱,伤和气。李单赶忙俯身拜谢。

曲少毫将中太寺引进家门,责怪他身为高级贵族,居然和布贩子坐桌斗赌,挽袖架腿大呼小喝,实在不成体面。李单知他是外国使节,豪庭贵门,定然是暗中漏气,让中太寺连胜。中太寺一拍脑门:"呜呀,竟有此事?下次当与他说好,他赢我出钱,我赢则不得钱,试试真水平。"

曲少毫连连摇头:"不成体面。今日为何提这么多吃食?"

中太寺将食盒和小酒坛摆到桌上:"望柳老弟忙于公务,难道忘了今日是鹤行节?"

自洛朝开始,每年十二个月份均以兽禽命名,豕燕牛兔猴犬虎马鹤羊蛇龟。鹤月即原先的十月。十月北鹤南飞,鹤又通常代表文人雅士,故而十月第七天定为"鹤行节",文士们在这一天要吃荷粉饼和禽肉,饮眠竹林酒——竹鹤最为相配。

中太寺打开一个盒盖,禽体硕大,油光通亮。"鹤行节"的禽肉寓意鹤肉,有钱的高官名士会用鹅肉,因其体型更接近鹤。次之为鸡鸭,最末只能鸽子鹌鹑。至于寒酸又穷讲究的书士,会问市场商贩索要一根白羽毛,拿回家洗清后放在餐盘中,就算吃过禽肉了。故而后世有"一羽抵鹤"的成语。

曲少毫吃肉少,对禽类不懂行,猜测:"此乃鹅肉?"

"更佳!是大雁!南卫使臣牛濬已今日来府邸赴宴,送来十多只。”

曲少毫疑惑:“弥生国也过鹤行节,豆明兄为何不在府邸会宴,反跑到我这里?”

中太寺坐下,打开其他食盒:“不瞒老弟,故国的益生堂次门大夫前几日渡海来东扬,名为视察使臣绩效,实则替我父亲考察我在国外的言行和修学。唉,着实烦恼,就跟台宝鉴大夫告请辞假,逃到老弟这里了。来来,速取酒盏来!”

曲少毫心想,不知今晚居游刃是不是还要过此节。

一坛眠竹林饮掉三分之一,中太寺右手攥着根雁膀道:“高净白如此性格,落到这步惨地,无怪!昔日弥生国亦有同类,乃高宕太王时期的名儒,雅部坊一唐,屡番上谏,认为应和北方友塔日国议和,停息兵戈,结果呢?嘿,身分五处,妻女为奴,头颅被扔进熔铁,冷却后深埋山林,不得合体,何其惨……对了,高净白尸骨已焚?”

曲少毫摇头:“若被问斩,自当如此,但高大夫是狱中毙亡,遗体尚在虎牢卫冰房,待案情查明,国主回都,再行发落。”

中太寺道:“唉,可惜了,老兄我有幸在堂明山一睹《乌江斜桥夜辉图》真容,实乃神作,死亦难忘。可惜可惜,从此后世上再无高净白,亦无自超之作了。”

曲少毫举杯:“丹青绘画只是虚技,东扬朝堂、天下寒散之士失去高大夫,才是真正的巨亏浩损。”

中太寺咬了口荷粉饼:“老弟真是古板……生老病故,朝国盛衰,均有规期,唯有艺能之美,方为永恒。对了,你可听过高净白的宠妾之奇闻?”

曲少毫摇头。中太寺“啧”一声:“亏你是录案局小说裨,这些妙趣野闻,居然无从听获。”

高玄自发妻罗氏死后,尚未及一年“丧思”期满,便出入声色女间,结识了素一阁的秀人鱼晚歌。情愫双生,春意翩翩,如胶如漆,竟至于高玄不顾友人反对,欲赎身纳妾,顿时在朝堂上下、官墙内外引起大波。

素一阁虽非高间,但鱼晚歌其时年姿尚在,又是西域和西南流族之混血,五官独好,善歌善舞,赎身价格不菲。蹊跷的是,平时将薪俸尽散寒士的高玄,居然真的凑足数目,将鱼晚歌带回家中。

有传闻,这笔钱是先国主悄悄给他的。

如果说高玄生前有何污点的话,就只有鱼晚歌了。东扬立国以来,没见过上阶高官把秀人娶进门的,何况还不是华夏族血,而是来历未明的异族女子。东扬城不少寒散之士,每谈及高玄大夫的内房私事都面露尴尬之色,敷衍搪塞。

中太寺却不讳言,反倒绘声绘色:“据说,这个鱼晚歌不仅姿色异于华夏女子,另有绝技,曰红绳悬。啊呀呀,那是美人空中悬,可正可倒,旋转腾挪,妙极也……还有传言,其肤白若凝乳,质地吹弹可破,高净白曾在其背上作画一幅,只供自己赏玩。哈哈,真想知道画的是山水,还是风云,还是……春景?”

鱼晚歌和高玄的蜚语，曲少毫并非不曾听过，比如鱼晚歌脚趾灵活如手指，竟可穿针引线，分毫不差，以及高玄在她手臂上写韵，写一句，舔一口手臂——这些自是不会进入他的汇报中的。

但中太寺说的这些，全是新货。

小说裨停箸，正色道："豆明兄，勿要再言污秽，此等声色浪段均是市野劳民的凭虚妄想，下作淫艳，非我等书士文人该信的。"

中太寺摆手放下酒盏，摇摇头："望柳老弟勿怒，我不再说就行，但有一点你讲错了，此非劳民所传，恰恰来自达官名臣时常聚集的明璃阁。"

曲少毫大惊。一惊，这些浪段居然是高官所传。二惊，是想起两年前查哈臣额狼一案时曾经造访该地，居游刃判断，明璃阁背后的股方之一，鸨子孟大姐儿的靠主，正是太司祀生巽。

"豆明兄……莫要胡言。"

中太寺饮下一盏："骗你欲何为？老兄我也是各高间常客，哈哈，相等于声色行业之小说裨。这些风言浪段，从谁那里出，经过谁，在哪里言传，如何添色加油，十之七八均在我胸——此类蜚语，多半出自司祀三局之高官，趣否？"

司祀三局，分别是掌管各大仪式的祭礼局，负责番邦外交的邦梳局，以及高玄任职的育才局。三局的总首长，也是太司祀生巽！

中太寺又斟饮下一盏:“唉,私以为,高净白虽为命臣,但亦是艺能巨匠。艺高才丰者往往不拘常规,有惊世逆俗之举,举例则不胜数也。景朝之汤胜,日夜与牛群为伴,甚至和牛结义兄弟;庄朝之汪虎,常住江舫,十二年不曾上岸一次;洛朝之尤汶,与发妻三娶三休,折闹往复;卫朝柴宣意,微盗成癖……哈哈,就连老兄我,也有私癖,爱写艳谈。”

曲少毫惊而哑然。

中太寺举盏邀碰:“望柳老弟不必惊讶,此业我已深入经年,坊间著名的艳谈家明纱,即是我也!”

小说禅更惊讶了。“明纱”是近几年颇为流行的艳谈作者,和其他艳谈家专门写点市井乡野民间的私房秽事不同,“明纱”专以史上的将相王侯为主角,如齐襄公和妹妹文姜,陈灵公与夏姬和臣子们,智成帝和两个妹妹,等等。

这些艳谈,大部分都没什么问题,就是涉及智成帝和两个妹妹广平公主、长寰公主,较为不妥。毕竟东扬现在还是奉大卫朝为正朔。

“豆明兄就不怕朝堂追查?”

“查到又如何?我乃弥生国中太寺家族中人,亦非正使,大不了把我送上船赶回家。若如此,我便去勾丽国驻外,继续写我的艳谈,哈哈哈。”

曲少毫摇头直叹,未几,又道:“方才豆明兄所说,关于高大夫的蜚语出自明璃阁,少毫倒是被开点了。”

“哦？何如？”

小说裨望一眼门窗，又回首：“少毫此前以为，生巽大夫念及高玄乃昔日属下，未曾借机落石，现下看来，非也——府院司六官联审，以马明伦和傅秋山为首，判处七日问斩，是要高净白大夫的命，而生巽居于幕后，四散蜚语浪段，是要高大夫的名节再毁一成。此举虽不致命，却着眼往后，如此反复添增，直至高大夫的艳闻浪段深入民心，留传后世。待我辈均死，无人佐证辩护，则高玄和鱼晚歌艳名恒久，无以破除，是为真魂消散，伪魄留史，唉……又高又毒！”

中太寺沉默良久，道：“我也纳闷过，高净白既死，缘何又新增这些内容，编排如真，原来是此谋图……啧啧，论权谋高计，弥生国仍是学徒耳。不过，老兄我也甚为欣慰。”

“何故？”

“当年初见望柳老弟，尚是年轻峥嵘，血气用事，如今却能避除私情，冷观分析。哈哈，可喜，可贺，来，再饮一盏！”

“豆明兄又糊戏与我。”

中太寺摆手：“非也非也，敢问明日可是去探访高府，询问那鱼晚歌？唉，倘若我也协助查办就好啦，其美色盛名，我还未得真见，老弟回来后断然要告与我呀！”

曲少毫举起酒盏：“唔，老兄妄想。”

7

城西南英采坊，高府门口，曲少毫左右为难。

今日上午他到核监院报值，并将昨夜与中太寺讨论的高玄绯闻、生巽之深远图谋告知大理法。

鉴于傅秋山仍在卧病，高玄死前的探访名单里只剩下宠妾鱼晚歌。但居游刃尴尬表示，自己不方便去高府询问鱼晚歌，将她召来核监院亦不合适，只能曲少毫单独跑一趟。

曲少毫疑惑："理法大夫查案走公，何故不便？"

居游刃道："唉，不瞒少毫，鱼晚歌艳名在外，民间皆知，我内家不允我去……"

"呃，不告知夫人便是。"

居游刃摆手："怎可有如此想法，居某与夫人濡沫经年，从未互相欺瞒。夫人此前亦不过问公干，唯此一次。"

"了然，了然。"

居游刃轻咳两声，道："鱼氏乃高玄出资赎身，脱救于高间水火，按理当是不会行凶亲夫。且我问过当日虎牢卫值人，鱼晚歌探访，虎牢卫全程在侧，鱼氏必须立于十步开外，不得近前，难有玄机暗通。少毫此去一为走公询查，二为慰问……居某自是不便，有劳少毫！"

说完俯身拜礼，已然超乎上官对下官的寻常礼节。看来的确是十分为难。

曲少毫回忆至此，叹气摇首，终于敲了高府大门。未几有人来应，不是门仆，却是年轻侍女。曲少毫一惊，旋即禀明来意。侍女并不问过主家，直接将他引进门。高玄住所与居游刃的家几乎无异，二进二落，极为朴素。不同的是，会客外厅的墙上挂着不少书画，一时分不清是友人所赠，还是高玄自作。

初入高府的人可能都会惊讶，画名远扬的高净白就住在这样的宅子里，但旋即一想，其薪俸大都拿去接济寒士，又不喜将画卖与商贾，常靠好友元碧接济，生活居所自然不会奢贵。

曲少毫现在基本断定，当年高玄重金为鱼晚歌赎身，确然是先国主暗中相助。否则，就算卖了这座二进二落的宅子，恐怕也难筹到赎金的一半。

高玄无后，当年孤身流落到东扬，无近戚远亲，身死虎牢后想来并无亲人前来吊慰。至于门仆为何让侍女来做，估计是遗孀遣散其他仆人，或者高玄生前清洁质朴，并没多少仆从。

片刻后，侍女扶一人自内房出，当是鱼晚歌。鱼氏理当年近三十，此女素容憔悴，服装质朴。但再静观细看，确然姿色斐然，如若施粉黛，想必一飞冲天。

到底是被高玄一眼看中的女子啊！小说裨心念如此。

双方寒暄礼拜，曲少毫再禀来意，不忘表达慰问。鱼晚歌音色虽有些哑，仍不失天资：“谢过曲大夫了，元大夫昨日傍晚也才来过，尽表问候。”

“昨晚下官亦会晤元碧大夫，所谈甚久。”

“是也，元大夫、林书士等人与夫家交好经年，交谊甚笃。若非元大夫致力，贱下旧日秀人，又閰中出身，断是无从得入虎牢见夫家最后一面。”

曲少毫一惊，原来鱼晚歌竟是閰中①，说明她有过孩子，但不知身在何处，样貌几何。小说裨拱手道：“下官窃问，鱼夫人在虎牢中与高玄大夫，所言为何？”

本想加句“若涉私房情深，可不必相告”，但转念想，如此反倒显得突兀无端，好像坊间那些艳闻秽言全是真的一样，还不如不加。

“彼时虎牢卫在侧，贱下不得靠前，只是哭泣。夫家宽慰与我，并请虎牢卫报问长官，谢罪膳可否让贱下来烹饪。虎牢卫却言，魏大夫早有吩咐，不可……”

说到此处，鱼晚歌泪眼润目，两道而下。

“便只得作罢……夫家寻常餐食都价廉清淡，尤喜以粗菜根腌制之咸榨，每日必进，然则此点微癖无法实现，贱下，贱下为夫家苦也。若当日进我所烹，未必毙命虎牢……”

曲少毫连忙澄清：“鱼夫人，谬矣。高大夫当晚所食均已查验过，并无毒物。”

鱼晚歌擦拭眼珠：“那便好。贱下也知，谢罪膳岂可随便烹

① 即高閰用来配种的男女，见上一章《金酒案》第五部分。

制,均有定规,也是贱下胡闹了,魏大夫只是依令行事……夫家自行在狱中与我说,害我者,我也。”

“害我者,我也?”

“夫家为寒士直言,得罪朝堂甚多。他亦自知,新国主继位必不容他,然则……夫家罪不至死啊。所谓通敌、弑妻、结党均为妄言,贱下求大夫明察!还夫家清白!”

鱼氏说完,跪了下来。曲少毫连忙同侍女将她扶起,自惭不已,只想赶紧逃脱,安慰几句,表示自会尽心查案,便仓皇告辞。

回核监院的双牛篷车上,曲少毫边感慨边怀疑,居游刃是不是早知道会有此番景象,所以才假托关夫人名义,让小说裨自己走这一趟公呢?

牛车悠悠,前晚和居游刃喝多了翠步摇,昨夜又跟中太寺喝了不少眠竹林,再被鱼晚歌方才一哭,曲少毫脑中略有昏沉。

昏沉之中,却也神藏暗波,一丝疑惑徘徊其中。那是许久之前就知道的信息,方才被鱼晚歌无意中点了一句,但现下一时沉入深渊。

直到抵达核监院,他从篷车上跳下来那一刻,双脚触地,膝盖一紧,脑子豁然清醒,疾步进了核监院,去到居游刃的公厅。大理法正坐在案后,皱眉轻抚短髯,见他进来,道:“少毫,我有新线索。”

“我也有。”

“我官大,我先说,嘿。”

小说裨去往高府时,居游刃也没闲着,一直在端详那份探访名单,总觉哪里隐隐不对,最终想清楚了——不是该看的名单上有谁,而是名单上没有谁。

名单中人分为两类,一是高玄的政敌,马明伦,生巽,以及傅秋山。二是高玄的亲故,元碧,田从容,鱼晚歌。

曲少毫插嘴:“亲故之中少了一人,林上杉!”

方才在高府,鱼晚歌所言,“元大夫、林书士等人与夫家交好经年,交谊甚笃”——这就是他在篷车上苦苦思索的暗线,在跳下车的一刻跃入脑海。

“少毫好思维! 与我不谋而合,居某没看错!”

林上杉,江北贾州人士,因家出寒贫,不曾配字,但寒士都称他为“双西兄”——因贾州双西峰为著名景色,林上杉索性以景代字。此人岁年二十有二,是东扬城内诸多寒士的表率之一,除了元碧,数他与高玄最为亲近,甚至称高玄为“玄父”。

然则高玄下狱虎牢后,民间寒士牢骚甚多,却未闻林上杉之声。居游刃端详名单,最不该少的就是他了。

元碧既然能说通聂太夫人为其行便,连鱼晚歌这样闾中出身的都能入虎牢……林上杉若是愿意,完全可随元碧一同探访高玄,然其并未前往,颇为蹊跷。

居游刃道:“唉,少毫虽英明觉察,但为时晚矣。方才我已差跑员和提调各一名,前往其住所宣召,得知其半月前已搬走,再问其邻,答,被官家篷车接走,不知何往。”

“半月前……正是高大夫受六官联审之时!”

“不错,府院司三家办案,篷车所属必是其中之一。核监院我已查问,并无,剩下便是司纠衙府和安治都司了。”

“大夫是认为,林书士被关押起来,受迫不能发声?”

居游刃“唉”一声:“少毫还是年轻。我问你,林上杉无官无职无权势,他发不发声有何差异?城内寒士颇多,林上杉只是表率之一,绝非领袖,关他何用?”

“那是……”

“查案,是把人往坏处想,再用证据证明其善。居某判断,林上杉并非被押,而是与那两家之一同流了,助其证词。”

“断无可能,林书士在民间亦有名节,怎会……”

“是也,民间有名节,其后呢?朝堂之上呢?官墙之内呢?林上杉无从所有。高大夫虽纳秀人为妾,行公却极清正,寒士拥爱。然则何为寒士?不得志之书士也,少毫可敢参保,此中之人,无有野心者、沽名者?”

曲少毫不语。

“马明伦前次来此,虽言出尖锐,亦有个中道理。高玄所庇寒士大片,未必有谋逆者,但为一己之私欲而背道者,居某断不信无有。人降于世,贫富不均,性格迥异,理念有差,唯同苦可凝之,而异甘可崩之。少毫既从法家,当知此乃洛朝法家名士司马若虚所言。”

小说稗继续沉默。

“府院司六官联审，档案内封不传，核监院前任理法魏镜风参与其中，眼下却身入虎牢，为求自保，必不会告与我。但居某可下八分断言，其中必有林上杉证言，为马明伦劾击高玄第三罪——结党营私——提供力量。”

林上杉既与高玄交好经年，又为寒士表率，如果是他供言高玄结党、密谋反上，则分量极大。

居游刃道：“至于马明伦对林书士是威逼还是利诱，你我不得而知，想来，他已被司纠衙府保护周全。即便国主班师回都，短时间内，你我都见不到他了。”

许久，曲少毫自己也想通了，长叹一声，拱手拜礼：“大夫所言确有道理，下官无以为辩，下一步该何往？名单中人六已见五，唯傅秋山傅都使不得相会。”

“太司尉之子，强勉不得。我们该去会一会安治都司了，问问高玄大夫发妻一案，究竟何情。”

曲少毫惊道：“我等受命，本应调查高大夫之死，当无涉另案。”

“另个屁案。此案越为深查，居某越不忿。自古文臣当谏，武将当战，核监当察。身为居公元海后人，居某就是要蹚一蹚这深水，看看这六官联审，到底有何暗涌！”

8

城西武靖坊,安治都司。居游刃一脸苦笑,问当值吏官:"安治都校当真不在?"

吏官对大理法拜了又拜:"当真不在。都校上堂明山国主府去了,已告知今日不回;都尉昨日因公去宁州出办,须得五六日才回。"

居游刃别无办法,问:"都校明日当前来?"

吏官也笑了:"大夫莫不忘了,明日乃五休官歇。"

东扬国从卫制,除特殊情况和特殊岗位,中高层官员每工作四日休一天(五休),低级官员每工作九日休一天(十休),称为官歇。

居游刃还不死心:"都校府邸住所,望请告知。"

吏官俯身:"此乃上官之私,下官未知。"

"你这……"

居游刃想发火,又自己摁下去了。安治都校是安治都司首长官,位列上四阶第二级,比他这个理法大一级。次长官安治都尉与他同阶平级,互不畏惧。

按照官场潜规,甲部门的官员至少要比乙部门的官员大出两级,后者才会毕恭毕敬,给个面子。核监院的首长官是监正,本就参与了马明伦主导的六官联审,此时断不会为居游刃强出头,让安治都司配合查案。

僵持不下,居游刃只能选择退走,气呼呼地和曲少亳上了双牛篷车。行出武靖坊,居游刃还在车中骂骂咧咧,篷车忽停,车夫喊道:“大夫……”

二人疑惑不解。车帘忽被掀开一角,有人沉声道:

“安城尉特邀理法大夫一会,今夜四遍鼓点,城东文佑巷海龙王庙,只一人前往,切记!”

说完放下车帘,兀自离去。曲少亳掀起车帘出头四探,周围一切如常。倒是篷车车夫倒于驾座,不见血迹,像是被人砍颈而昏厥。

回车内,居游刃反倒笑了,笑得很诚恳:“安城尉欲见我?有趣。”

“传信之人未现面目,下官恐有……”

居游刃却摆手:“能有如此身手,又敢在武靖坊几步之外行事,平常小贼何有此能?当确是安城尉的属下,少亳不必惊恐,今夜我当自去。明日官歇,你早晨且来我家即可。”

“居大夫……”

“先父所习的玄武破敌长矛术,居某亦通大半,性命无忧。倒是赶紧唤醒车夫,你我要停留在此用晚饭不成?”

曲少亳早早归了家,无心吃晚饭,满脑子想的是林上杉。如若居游刃所言成真,确然令人寒心。

遥想当年刚到都城,除了四下找人“保荐”,闲暇时他也和那班散士、寒士交结。他们年岁相近,出身亦同阶,在各自老家的书院寒窗埋头,不问秋夏,为的便是有朝一日幸逢伯乐,得展才华。虽偶尔也会起些学说、政论上的争执,本质也不过是交流探讨,和而不同。

若说条件寒酸,也确然寒酸。大家聚会,或饮粗酒,或品陋茗,或徒步出城登丘赏景,总之花销无几。众人资金,或来自家乡父母,或为市井四饭之辈做信代(替人写信)、题门(帮写门联、贺词)所得,甚或教一些小商贩基本的数字写法,方便其记账所得。至于住宿,几人合力出资,拥挤陋室,更是常规。

曲少毫当年就是合租之人。室友卢某,寻求“保荐”却百般无着,如今已回浣州老家,在当地书堂执教。另一室友谈某,和卢某相类,有年患病无钱请医,却奇迹般熬过,之后也回慈州老家,在叔父家的小酒肆里当记账。

犹记某年“鹤行节”,几人合资买了只卤鸡,以水代酒,请另外几位交好寒士来过节。其中一人分到鸡腿,忽就泪横满面,号啕大哭。原来因生活窘迫,他已经唯素一年多了。

曲少毫想到这里,更无胃口,倒在床上昏昏睡去,等醒来时外面天色已放暗。他连忙起身,想着赶去定心坊居家等候。若居大夫安然归家,大善。若迟迟不归,他定要去海龙王庙查探。

刚准备用冷水洗把脸,忽听外面李单大喊:

“走水!走水!隔壁喜茶巷走水啦!”

曲少毫大惊，冲出门外，但见西面的喜茶巷火光大起，烈焰冲天。固中巷的居民纷纷出门，大喊走水，一边拿出自家的盆桶器物挤到几口井前打水，再往喜茶巷冲去。

隔壁巷起火，固中巷自主动员扑火，并非二巷居民相亲相爱，形同家人。东扬城平民区都是木质建筑，一巷起火，若风势不巧，火烧连片。固中巷去救喜茶巷的火，实则为求自保。

后智成二十六年鹤月八日的这场夜火，根据《东扬国志》记载，自城西南的乐明坊而起，火势因风壮大，一路向东，接连扫到相邻的白头巷和城南的春开、糖子、喜茶三巷，“焰龙四卷，焚倒连片……若非诡风忽停，则损失更烈”。最后总计房屋损毁二百余，死五十有八，伤者无计，乐明坊的名建筑“指雁楼”，基座因是砖石构造，损失较小。

固中巷在这场火灾中得以保全，参与救火的居民各个衣衫污熏，力气虚脱。曲少毫本就体弱，已经无力去火灾过后的废墟上救助，更不必说到居家静候，一回自己床上，不顾洗漱，倒头又沉睡去。

翌日醒来，关于昨夜大火的起因猜测已传遍坊巷头尾。曲少毫去打水时听了不少，有说是龙王倒炎，有说是惨死虎牢的高玄点起冥火，表达冤屈，还有人说是藏匿城中的“三头火”教徒所为。放在往日，这是小说裨的工作内容，但此刻曲少毫只想赶紧洗漱完毕，赶去居家。今日官歇，核监院不当值。

一路小跑到定心坊，居府门大开，曲少毫在门外自禀一声，无有回应,兀自走入。不见门仆身影,倒是居乐叶站在院内,逗引一只停留在梨树树梢上的灰鸽。

“小鸽儿,小鸽儿,你飞过了高府院落,可曾见过那鱼晚歌?当真容艳妆媚、沉鱼落雁?”

那只鸽子“咕咕”两声,居乐叶道:“你说飞得太快,没有亲睹,你要我问身后的小说裨?”

遂转身向他道:“曲大夫,昨夜劳顿了。”

曲少毫回礼:“见过小姐。”

“我家门仆今日告病卧床,算到你这个时点来,我自替你开门在前。裨官大夫,鱼晚歌容色几何,快快告与我。”

小说裨再度俯身拜礼:“下官请见大理法大夫,他昨日可安好归来?”

“无趣无趣,光念家父安危。多少人欲睹鱼晚歌芳颜,小说裨却幸而不自知。”

“呃,当日心思全在案情走公,无暇观察。”

居乐叶笑声如泉:“哈哈,撒谎。算了,不为难你,家父昨夜全身归来,现下当已起了,我去唤他。”

片刻,居游刃来到外厅,先问昨夜火情,欣慰道:“少毫无事则好,来,随我一同用饭,并说昨夜观闻。”

居游刃遵照时间,准点到了城东文佑巷的海龙王庙。海龙王是东扬国沿海民众特有的信仰,毕竟以海为业,渔获丰寡、行船安全都要仰仗龙王。海龙王教讲究“夜不拜”,因为打鱼、近海行船多在白天,到了晚上船只纷纷回港,龙王也就下班了。故而晚上的海龙王庙虽然开门,但没什么信众,只有三两个庙守在清扫庭院,洗拭神坛。

居游刃在庙里逛了一圈,灵机一动走到茅房,果然有一人,虽着便服却身高魁硕,四肢孔武,当是约见之人。对方拜礼,禀明身份,正是安城尉,但不便说明姓名。

安城尉,是安治都司里阶位仅次于都校和都尉的业务官僚,上四阶之末,共有三位,分掌捕盗、命案、缉私。眼前这位匿名的安城尉正是负责命案的。居游刃在核监院负责复核的案子,多在外州,鲜少跟都城的安城尉打交道,所以实在认不出对方。

安城尉表示,他知道今日理法大夫来安治都司所为何事,迫于官长压力,不能明示,只能暗中约见。

府院司六官联审,安治都司主查高玄杀妻案。七年前的事情经过,居游刃已听元碧陈述,安城尉的复述也与之吻合。高玄发妻罗氏久病不愈,为不拖累,于内房自缢。但元碧作为证人,有一点是无法保证的:他到高家见到高玄之前,罗氏是不是已经死亡。假设高玄伙同侍女将罗氏套上白绫吊死,然后自己出去接待元碧,待时机准好,侍女再出来禀报罗氏自缢,那么元碧的证词就无效了。

曲少毫道:"那,关键在于侍女。"

居游刃摆手:"不,关键在于侍女当年隐瞒,如今却翻供。"

安治都司重新查杀妻案,正是因为这位侍女忽然自首,证实了上述猜测。至于动机,侍女说高玄垂涎其姿色,欲娶之为正妻,故而合谋害死罗氏。谁知高玄后来却纳鱼晚歌为妾,给了侍女一笔金财,打发她回老家了。

曲少毫皱眉:“这……逻辑不通。”

“嗯,若高玄当初果真行凶,如此做法固然不通;但若高玄清白,被人刻意诬陷,那就通了。”

这个侍女早不自首,晚不自首,偏在高玄因通敌嫌疑下入虎牢之时自首,时机蹊跷。未知名的安城尉曾向上司点明疑情,却遭驳回,并被调出此案。其后案情进展,全然未知。但有一件事他却打听到了:七年前,这位侍女离开高家后并未回老家,而是在萧天佑的府上觅得新差。

萧天佑的兄弟,即是当今的太司常萧天佐。

曲少毫想起元碧所言,当年高玄上奏,建议从盐铁专卖一项中划拨经费用于书院建设,和太司常在朝堂内外拉锯了很久。

七日问斩判决后,那名侍女未知所踪,安治都司案档亦不公开,安城尉能透露的也就这些了。至于林上杉的下落,居游刃也问了,安城尉思索良久,未有印象。刑牢中人多为市井四饭,普通劳民,若是林上杉这样有一定影响力的书士入狱,不可能不察觉。

“下官一事未明,这位安城尉,何故暗助大夫?”

居游刃答:“这我也问了,也是前辈渊源,其高祖昔年在仁阳城核监院任提调,曾在居公元海麾下行事,对元海公钦佩至极，常述于后辈，代代为传。”

“啊，元海公盛名，冥中相助。”

居游刃一笑：“少毫日后可细细体会。”

小说裨一怔，转换话题：“大夫，现今名单上六人，已走公五人，林上杉、萧府侍女未得下落，只剩下理察都使了。”

居游刃抚髯：“怕是见不到了。”

多日称病不朝，绝非傅秋山寻常作风。为避免核监院大理法走公，伪称有疾，更不是他的性格。居游刃的判断是，傅秋山被父亲傅灼关在家里了。

曲少毫诧异：“傅秋山乃理察都使，堂堂上四阶高官，‘二十八朝臣’，非村野顽童，怎会被其父关禁闭？”

“再大的官，老子终是老子，儿子总是儿子。五德分文武，但忠孝打头不变，忠后便是孝。何况，傅灼虽圆滑善变，却并不软弱。”

傅灼之父傅瀚，曾出任卫朝典税都使，掌管全国税收。那可是疆域辽阔的大卫朝，绝非沿海一隅的东扬可比拟，是实打实的重臣，颇有才干。但后因上奏立储之事，触怒洪典皇帝，又遭政敌落井下石，被贬官东扬，举家搬离繁华无比的帝都仁阳城。

傅瀚没被贬时，曾提拔过一位年轻人，此人后来外放到莱东的胶州任州正，历练多年后调回仁阳城，出任司尉府衙的府左，再后来，被智成帝任命为驻州节，派往东扬平定海寇。

“莫非是……先国主。”

“是也。先国主奉命来东扬时，傅瀚已郁郁而故，便提拔其子傅灼。”

傅瀚生前百般嘱咐其子，往后为官，自己便是教训。傅灼年少离都，千里搬徙，举目所见所思已然深刻，立誓绝不重现其父之结局，亦力保子孙同道。

曲少毫道：“傅秋山行事刚烈，本就令傅灼苦恼不已。现下高玄既判问斩，傅秋山目的已达，傅灼绝不希望他再卷入虎牢横死风波，平添是非。”

居游刃点头：“见不到理察都使，这案子总有些许遗憾，唉，看来又需要你我来对上圆说了。”

忽然横里传出声音：“父亲勿躁，昨夜炎蟒袭城，武火明耀，风起又止，波静浪平，理察都使或有转机，耐心安候即可。”

居游刃训道：“乐叶又在妄言。傅府门厚墙高，宅院深深，听从仆侍不知几何，且傅环、傅茹二子军武中人，傅秋山纵有千头百臂，如何能出？”

居乐叶一笑：“敢问父亲，傅府位于城中何处？”

曲少毫先反应过来：“城西南，勇康坊……啊！”

昨夜大火，起处为乐明坊，勇康坊正位于其东北处。火势因风向东蔓延，想来勇康坊内一众豪门家府都无比紧张，手忙脚乱预备御火。傅秋山若是有心，慌乱中自可寻机逃逸。

居乐叶见二人明白个中机理，又道：“再问父亲，傅灼身为太司尉，昨夜城中大火，财命所伤俱巨。今日虽官歇，然则行政走公为上，监国大夫是否理当召集其余太司于堂明山会晤，商议应策?"

曲少毫忍不住又插嘴赞道:"是也!如此一来,即便傅秋山逃遁,傅灼一时无法从心追索。"

居乐叶鼓掌:"小裨官并不愚鲁,那请问,鱼晚歌究竟容色如何?"

曲少毫又被噎住。好在居游刃打断道:"去去去,速速回内房去,我与少毫官家议事,莫再叨扰。——少毫,勿要在意,唉,我也是管束不了她。"

曲少毫拱手:"非也。大夫之女聪慧明断,且似善卜易,实非常人。"

居游刃摆手:"什么卜易,周公所著《易经》何其深奥,小女年幼,不过乱读乱猜,少毫勿信。不过从世情常理而言,都使确然可借昨夜大火,孤身遁走。"

"可前日……生巽大夫来信,元碧来访,令爱均已言中。"

居游刃不以为然:"那皆是因为马明伦曾来核监院走公,你我也拜访过元家——生巽大夫顾惮马明伦,暗中角力,元碧又急于禀明情况,为好友清澄。哈哈,少毫年轻,勿信妄言。"

"了然,了然。"

侍娘上前撤走碗筷,二人静候饭后茗茶。曲少毫却忽地来了便意,虽觉不合适,但还是想跟居游刃说明。正要开口,大门外传来一声:

"核监院理法可在?"

居游刃和曲少毫对视一眼，居游刃答："居某端在，敢问来客何人？"

门外进来一人，行至院中，拱手道："理察院都使傅秋山，恭见理法大夫！"

曲少毫一惊，倒不是惊傅秋山会来，毕竟此前居乐叶已经预算过了。他惊的是，这个傅秋山丝毫没有文人书士的彬礼之气，反倒体形魁梧，身高惊人，腰杆挺直。自从跟随居游刃办渤都特使案以来，小说裨也算见过不少高官名士，无一有如此体格气质。与其说傅秋山是上阶文臣，倒不如说更像沙场武将。但想来其兄弟均投身军武，倒也合理。

居游刃起身回礼："都使大夫，病体安好？"

傅秋山却是实在："某并未从疾，实乃家父逼迫，无从外出。幸而昨夜乐明坊火起，府内慌乱，机会大好，方能越墙遁走。"

曲少毫想，于你而言是幸运，于那五十多条性命和无家可归之人，实乃大不幸。

居游刃道："都使大夫坎坷劳顿，居某感涕。敢问大夫越墙而来，何为？"

"自然是与理法大夫走公，秋山亦曾入虎牢，同高犯交言有互。"

"甚好！谢傅大夫体察。"

傅秋山伸手一止："勿急，走公之前，秋山素有一愿，望居大夫成全！"

“何愿?”

“秋山自幼修习文人拳,自认勤勉,又闻居大夫练得一手玄武破敌矛术,学自连山公。秋山技痒,欲与大夫交流若干。”

居游刃面露难色:“呃,都使是想与我斗拳?”

傅秋山走到院子一端,将衣服下摆扎入腰带:“居大夫,请赐技。”

文人拳创自卫太祖时,到卫末时几乎已经无人修炼。理察都使傅秋山属于少见的复古派,居游刃也有所耳闻,但没想到他会在这个时点提出斗拳。

居游刃站到庭院另一端:“都使大夫,某自幼习玄武破敌矛术,主用兵刃,大夫所习为何流派?”

“十指流。”

居游刃苦笑:“如何比得?”

“秋山武技,师承衍州天雷拳硬气宗龙铁大师。师有云,玄武矛术,亦有相通拳法,称玄武破敌拳。令尊居公连山当是师从白州皋氏之正统,奉行先拳后器,无拳则无器。理法大夫,不必推说。”

见对方已将来龙去脉都深熟了,居游刃无奈,只能下摆入腰,与之斗拳。一旁的曲少毫早已全无便意,急观过程。

傅秋山前后步开立,右臂曲肘高举,左手前探。居游刃看出是天雷拳的起手式“虚实双立”,自己也摆了个玄武破敌拳的起式,上身一摇,双臂曲折,双拳拢于颌下,双脚相近,跟傅秋山的架势风格截然相异。

玄武矛术,含义特色均在“玄武”二字。玄武是天四像之一,主北方,具体形象是一条蛇缠绕一只乌龟。创此矛术者,以龟壳坚硬比为盾牌,以蛇首突击比为尖矛,一守一攻,攻守兼备,是战场上分外实用的技艺。化为拳法,则一手曲肘,以为盾,另手内缩,待时机准好,一出致命,中对手要害。

二人缓步推前,在院子正当中,几乎脚尖相吻,居游刃忽然右手如闪电钻出,又作毒蛇出击之势。傅秋山断喝一声,前探左手欲截击对方右手,同时右臂蓄力完成,将一击而下。

天雷拳,力如其名,分为高低手,低手负责试探、格挡,高手当如天上劈下雷电,迅速猛烈。高低手互换,一击连着一击,犹如连环雷,力度无穷,极为刚猛——对手若中一下,余后将步步弱势。

但是居游刃的右拳行到一半,忽然撤回。傅秋山一惊,无奈右拳已然尽力劈下,不足回撤。居游刃原本曲而为盾的左臂却伸出,在傅秋山眼前一晃,傅秋山连忙以左拳应对,却发现对方左臂也是虚招,反倒是撤回的右拳再度蓄力。居游刃整个身子一拧一转,右臂伸直,横着一扫。

傅秋山心喊不妙,劈下去的右拳欲回收抵挡,身法却无从施展。终究是慢了时刻,居游刃的右掌下沿已经横砍到他的右侧脖颈。

然后猛地收力,定在远处。

二人僵立片刻,傅秋山先收回双拳,立于体侧。居游刃才回收,拱手道:“都使大夫谦让。”

傅秋山回礼:“玄武破敌拳,果非虚名,秋山领教。”

“若用兵器,左手盾右手矛,无从互换。然转为拳术,可切换顺畅。长矛难退,出拳易收,返身横扫,自如便捷,实乃居某取巧。”

“非也。玄武破敌乃沙场经验而炼,以血命为师。秋山所习终究是文人拳,花样拳脚,确然比不得,心服口服。”

“都使大夫谦让,请上座,看茗。”

“不必。秋山心愿已了,现下当为理法大夫走公行方便——八天前,鹤月朔,秋山确然前往虎牢,见得高犯,然其死与秋山无涉。”

“都使与高玄所言内容为何?”

傅秋山放下上衣下摆,道:“敢为理法耻笑,高玄将于翌日问斩,秋山却仍欲见之,非为嘲讽,实乃内心不言不快。”

他在虎牢对高玄说了三件事。第一是痛斥他平日不守士风,纳秀人鱼晚歌为妾,倍加宠爱,有损天下书士脸面。第二是蒙受先国主恩宠,从一介文修库宫里人调入育才局,一路做到“二十八朝臣”,却因兄弟故情,敌通西青,有负先国主之灵。

“第三是……高犯精通绘艺,曾得黄琯指点,作《乌江斜桥夜辉图》此类惊世之作,却无报天恩,冒为忠良,非议朝政,扰破大计,实为脑头昏庸——倘若专心画作,不问外事,自能善终,且名作迭出,流传后世,实乃我扬之荣,华夏之幸……唉,何苦为之……”

居游刃大惊：“啊，莫非都使……”

傅秋山笑笑：“不瞒理法，论画艺，秋山可谓是高犯拥趸。国主府内之《乌江斜桥夜辉图》，早年曾随家父在堂明山上得赐观赏，回家后痛哭流涕，感叹我扬有运，画作于我国，作于我辈时代，何足幸哉！”

居游刃沉默。

傅秋山语气慨然：“然则，秋山既为理察都使，与父兄世受国主、先国主恩典，自有使命。高犯通敌，罪凿明确，秋山获悉后亦是大惊，旋即大哭，却不得已而为之。‘清官典册’实为东扬着计，高犯反对，可视为朝堂争议。然通敌之罪，秋山不可不查，不可不究！”

居游刃拱手：“都使大夫职责所在，自是当然，那狱中高玄作何辩解？”

“高犯一言不发，闭目垂神。”

“了然……敢问，高玄通敌罪证，可否与我一看？若大夫为难，则不勉强。”

傅秋山不加思忖，从怀中掏出一封信笺：“秋山昨日夜遁，灵机所到，携在身上，若今日斗拳居大夫输与秋山，自不得见。此乃高犯家中搜出，确为罪证，大夫详勘。”

居游刃打开一览，人在外厅的曲少毫伸长脖子，但离院子中心太远，什么也看不清。居游刃看完，问：“傅大夫，此证确然重大，虽非居某查案核要，但求可留下，许居某稍后细看。”

傅秋山脸色沉重：“高犯既亡于虎牢，人死案销，此信可留与理法，待来日复还。”

居游刃拜谢。傅秋山摆手：“高犯死后，秋山夜不能寐，时时张目妄想，若其从未晋升，只是普通丹聘，潜心作画，何其胜美！后世之人亦有幸饱览高玄诸多画作精髓！唉！”

“都使勿受扰，世人既有百姓，自有百命、千命、万命，高玄善绘不善政，都使善政不善绘，非友即敌，权当自然。”

傅秋山吸气自稳，问：“居大夫所学何从？阴阳？”

“非也，从儒家。”

“某从法家，法家重理，不重命情，呵，或许此事之后，我当随家父学从阴阳之说了……”

居游刃拜首无言。

傅秋山目光一扫，看向外厅，忽然俯身一拜，把曲少毫吓了一跳，不知如何是好。自己一个下阶的小说裨，竟然能被上阶的理察都使行如此重礼。

“居小姐见安！”

曲少毫一扭头，才发现居乐叶不知道什么时候也出来了，就站在自己身后三两步远，正笑盈盈看向院落中央。

“都使大夫康健，方才斗拳，谁胜？”

“理法大夫胜我。”

“哈哈，小女未猜错，家父不胜而胜，都使不得不败。”

居游刃道:“乐叶,勿要非礼。”

傅秋山却道:“居小姐明睿,秋山惭愧。”

居游刃提高音量:“乐叶,女家要回避。”

居乐叶嘻嘻一笑,左移两步,站到小说裨的身后,似是隐身:“父亲勿恼,小女以人为屏,不见外人了。”

傅秋山对着人肉屏风朗声问道:“这位可是录案局,曲望柳?”

曲少毫连忙拜礼。

傅秋山莫名一笑,旋即消逝,转对大理法:“居大夫,秋山今日叨扰,还望海谅,请勿对家父相漏。”

“啊,那是自然。”

“昨日听家父说,国主明日回都,理法大夫如何向国主禀报案情结辨,望请深思,秋山告辞!”

9

鹤月十日,下午,东扬国主生寒寺班师回都,东扬城内张灯结彩,人潮涌动。按理,国主进城当走南门。但因鹤月八日晚的火灾,城南一带沿途疮痍,特此改道西门。那些在大火里失去住所的劳民都被限制在城东南临时搭建的“恩施棚”内,不得观瞻班师庆贺巡礼,以防劣效。

《东扬国志》和《东扬志补》都记载了这次胜利庆典,也都提到了步军殿帅许青平与国主错马而骑(“落后国主一马身”)。

这位“盲射无双”的神箭手虽在长江大战里失去一眼一手，但仍不失英武飒姿，目颚坚毅，铁盔洒金，蛇甲鳞鳞，右眼遮以铜罩，左手已接上特制的钢手，固定为握弓状态。

坊间有早年从北地逃难来的老人，曾目睹过西青金锤大将军魏平敬的风采。魏平敬也是独眼，独的是左眼，老人认为二位武将颇有类处。闻者皆止之，勿要祸言罪己。

当夜三遍鼓点时，车马劳顿的国主不及休憩，于堂明山水相殿召集群臣密会，只限于四大太司、安治都司和核监院首长官，以及受命查案的大理法居游刃。

居游刃禀奏：

“高犯玄，原司祀衙府下属育才局局左，于今年马月廿六因数罪被判七日问斩，监国做断签署。高犯于牢中彻夜思过，自知罪深，惧怕面对正法，无颜面对先国主和国主恩荣，于斩刑前夜心疾暴发，死于虎牢。”

禀报完毕，国主在金殿上沉默良久，目光侧扫下面众臣。太司祀生巽，太司纠马明伦，太司尉傅灼，太司常萧天佐，以及核监院监正、安治都校等人，全都垂目拱手，屏气恭立。

若有针坠地，当如轰雷。

国主终于开口：“‘长江大捷’在前，高玄不斩而毙在后，均是天意行道，祖佑吾扬……此案可了。”

居游刃松口气，随同其他高官一同深拜谢礼。国主生寒寺沉息缓解，又道：“尔卿乃居元海后人，吾扬难得英断之才，幸哉！”

居游刃跪地拜首，其余众臣侧目。

与此同时，城西进平坊，小说裨曲少毫敲响了元家大门。门仆记得这个曾随大理法来过的裨官，直引入内，表示，主人正为高大夫做九祭。

华夏祭礼，以三日为周期。死者故去后第三天称“三祭”，家人友朋聚在一起焚烧祭纸，慰告亡魂；第六天为“六祭”，单独由家人血亲供奉果品淡酒，让亡者在去往幽都的路上食用；第九天为“九祭”，由朋友焚烧冥金，亡者可以拿来买通看守幽都城门的鬼卫。

院落内，已用白粉撒出了一个方形图案，又以一个圆形包裹方形，寓意天圆地方。方形中心有一铜盆，盆中燃火，元碧跪于盆前，将一沓沓冥金纸挨张分开，放入铜盆，边道：“净白尽收，解囊有亢，鬼卫开张，幽都安乐。”

曲少毫拜礼：“下官参见元大夫。”

元碧连忙起身：“望柳老弟，何故深夜前来……这位是？”

小说裨同行之人拱手：“我乃弥生国中太寺五观豆明，亦是望柳知交，贪乐不才，对丹青艺能略微知晓，久仰元大夫画名。”

元碧拱手：“原来如此，望柳老弟，中太寺大夫，委实不巧，今夜乃净白九祭，若要谈绘论画，可请易日再会？”

曲少毫道：“元大夫误会，我二人此来，非谈画作……可否请旁人避退，守秘深谈？”

元碧拒绝不了,只能将二人引入中厅画室。家仆点起四盏笼灯,元碧欲遣其看茗,曲少毫摆手称不必。家仆退出,元碧问:“望柳老弟所来何为?”

曲少毫取出信笺一封:“元大夫,此乃当日理察局罪控高玄大夫通敌卖国之证物,系其兄高满义自西青盘凉州寄出,日期为今年燕月[①]十四。——大夫可知此物?”

“元某非联审六官,岂可知?”

“此信前之大半,并无可疑,无非冷暖家常,里亲琐事,故人消息,和寻常家书无异。”

但是在信末有这么一句:

弟前书已转上僚,战事若开,切自安存,勿涉阋墙。

这最后一句的信息量巨大,说明高玄写给高满义的上一封信已被高满义转给上级。家书上呈公官,极为蹊跷。信写于燕月,其时东扬、南卫等三国尚未和西青开战,仍在暗中准备,高满义却说“战事若开”。他如果不是预言家,那就只有一种可能:高玄提早把三国欲联军北进的消息透露给了对方。

元碧连连摇头:“元某不信,净白绝非此类国贼。”

“元大夫勿躁,下官亦不认信。”

---

① 农历二月,公历三月。

长江大战开始前，江北江南尚残留书信渠道：西青和灵国的对接口岸是宜州，东青和东扬的对接口岸是镇州，南卫位于江南两国当中，以长沙府为双向邮路之中转。

西青的高满义要给东扬的高玄来信，信要经过灵国宜州和南卫长沙府。所走书信，按理当由专司专局典监，若高玄果真通敌，为何会选择这种最易暴露的文字内容。

元碧点头："是也，不通常理，此信定系伪作。"

"元大夫只说中一半，另一半，交由弥生友人来解。"

中太寺拱手，接过信笺："豆明不善才艺，仅略通丹青墨文之末枝小技，反复细看最后几句，发现些许机巧。"

高满义来信所用纸张，是华夏南北都极为常见的正清纸，由绣州工匠严建发明。其工造方便，价格低廉，但有个缺点——只能用低价粗墨去书写。若是精品好墨，字写上去会晕染极重，笔画变形，既丑陋又妨碍速读。故而正清纸又称"贱命纸"，规格只比小说裨们用的黄绵纸略好一些，常被低级官吏使用。

不过，有一种高级墨可破此纸贱命规律，便是浴晶墨。

浴晶墨是曲少毫老家鄞州的特产。此墨鲜用于书写，多为绘画之用。华夏画作多用雪映纸，与浴晶墨是绝配，俗称"雪晶"。

中太寺继续解释："浴晶墨内含铜质较重，写于正清纸，与粗墨效果无异。若要检验，倒也简单，只需寻一暗室，独明一笼灯，将纸贴于笼前细观，粗墨所写之字黝黑，而浴晶墨所写之字的边缘会幽幽显出青蓝。"

曲少毫道:“昨日下官已与豆明兄试过此法,无出所料,信笺最后几句,均为浴晶墨所写,其余都是粗墨。”

元碧不语。

“浴晶墨”为作画用墨,价格不菲。高玄善绘山水,家中有此墨当是自然。但他为什么要平添这几句,为自己招来大祸,无论如何都叫人想不明白。能讲通的就一种可能:这几句并非高玄所书,另有他人。

“下官以为,作伪者先窃得此信,观摩笔迹,细细模仿,再添上生死攸关之字句,复又悄然归于高玄画室书房,再暗中向理察局检举揭发,声势闹大不可收也。——元大夫为高府常客,出入自便,可有相关之线索、疑点,告与下官?”

元碧沉思许久:“并无,某虽与净白交好,却未曾询其兄情况,其家书乃私文内务,某不便多问。”

曲少毫对他的回答早有准备,翻出黄绵纸簿,读道:“三日前,鹤月七,郝家茗楼,下官同理法大夫、元大夫雅间询问。元大夫所言如下,其兄高满义虽为西青效力,实则为地方典录户籍的文书录,阶卑薪微,孤身未婚。元大夫难道当日妄言乎?”

元碧怔怔:“那是净白兄身陷虎牢后,元某听旁人所言。”

“下官敢问,旁人为何?”

元碧思忖:“林上杉,双西老弟,亦是净白挚友,你自可去问他。”

林上杉自高玄入狱后已被官家篷车接走,未知所在。元碧这个说法，曲少毫无以核正。

曲少毫只能道：“了然。”

元碧反问：“曲大夫此番告与、询问元某，可是将元某视为诬构净白兄之嫌人？”

“下臣岂敢，只是将案情通与元大夫，请大夫协助而已。”

“呵，如你所述，元某敢问，浴晶墨与正清纸之细节，理察都使固然未必了解，然则两边通信要经多层审核，傅秋山不该不知——所谓通敌罪证如此明显，其竟不曾起疑？”

“理察都使与高大夫乃朝堂对手，罪证颇疑，却仍可以为投石。若疑点开释，自是奸人构陷，都使一时眼拙。若疑点未解，则可将高大夫顺势拿下。”

元碧沉默片刻：“今日国主班师，理法大夫现下当是在堂明山，上呈查案结辨——若是如此，曲大夫缘何又与我纠诘？如未猜错，理法大夫此番承接特命，只当查明净白兄横死原因，唯此尔！”

“确然，但，大夫不想知晓通敌罪证真相？”

“无证无据，真相何来？小小裨官妄自猜测，诬良为奸，与净白朝堂政敌何异？元某与净白知交多年，情如手足，缘何构陷于他？”

曲少毫不语。

中太寺却直言：“那自是简单，元清波大夫垂涎鱼晚歌美色久矣。”

元碧瞠目：“你……你再说一遍？”

“再说百遍都可以，鱼氏之美艳，众所周知，然自从纳为高妾，深门不出，少有人得见——元大夫却有幸啊。”

元碧拍案：“荒谬！”

中太寺摆手：“非也非也，凡人行世皆有欲求，无非权位、金财、盛名、珍馐、美色。元大夫因尊父故，权位非想；又愿广疏金财，于寒士中亦颇具声名；若图珍馐，当不至于构陷……我思来想去，唯有美色一项了，哈哈哈哈。”

曲少毫诧异这时候中太寺还笑得出来。

元碧再拍案：“曲少毫，身为录案局小说裨，区区下阶，岂敢在上官面前出言放肆诋毁，不怕被追究？”

中太寺道：“元大夫，美色之论分明是我说的，与望柳老弟何干？大夫为录官，中阶二级，我乃弥生国使臣府邸文史特官，若通变等算，当与你同阶平级，最多算糊戏调侃，不算诋毁。元大夫若不忿，可到司祀衙府邦梳局劾举我便是。”

元碧对这个弥生国人是说也说不过，官阶也的确同等，只能闷坐，恼怒道：“既已如此，二位请回，元某不送。”

中太寺“哈哈”两声，转身和曲少毫往外走，小说裨行到门口，复转身道：“元大夫，下官尚有最后一言。”

元碧自不理会。

不理会，曲少毫也照旧要说：

“高玄大夫落得如此惨地，自与生性理念相关，然府院司六官联审，纠其初始，便是这信笺——因此信，高大夫疑似卖国，落入虎牢；因此信，安治都司重查七年前其妻命案，疑点颇多仍定为谋杀;因此信,司纠衙府以结党为患纠其重罪,而一众寒士无从辩解。一人坠井,众敌落石,然使其绊脚坠井之石,断不可脱罪。下官协居大夫查此案数日,略得感悟,报与大夫,下官告退。"

转身和中太寺走出画室、外厅。院落里,铜盆火势已然小了很多,忽有一阵风刮过,火灭烟起,随风西逝。

出了元家,残月当空。二人行走街上。中太寺问:"你说,那天元碧去虎牢探访高玄,高大夫究竟是如何面对他的?我不信高大夫会不知道后院中的暗鼠是谁。"

曲少毫也抬头望月:"既入虎牢,七日问斩,高大夫想必是凡间皆无所谓,只求一事——其所恋所眷之人往后该如何活于尘世。如果本想托付给林上杉,则林不现身。若依你所言,元碧对鱼晚歌有所贪图,不如索性就托付给元碧,女家还可尚存。"

中太寺感慨:"高大夫……终究是情种!"

"错!高大夫……终究是服输了。"

"啊,也是……人之一生,最难面对两件事,挚友的背叛,死敌的投降。"

10

鹤月十一日,高玄案正式在核监院的司法文库里结档封存。国主下旨,念及高玄乃著名画师,曾为东扬增色,特许不必焚尸锤灰,撒于海上,而是得以全尸葬于城西南的乱头岗。

落葬现场除了运尸的虎牢卫、挖土的雇工,全无官家代表,更无隆重仪式。曲少毫身为小说裨,是唯一的官员,但阶级微末到可以忽略,纯以私人身份参加。其余人等,自有胆大的寒贫书士,以及遗孀鱼晚歌。

高玄生前好友元碧并未出现,曲少毫对众人的解释是,元大夫身为中阶官员,又常出入国主府,是聂太夫人的眼前人,情势微妙,不便到场。

众书士表示理解,主要火力全集中在林上杉身上。此人半个多月前被官家篷车接走的消息,已传遍城内寒士群体,大家都认定林上杉肯定是投奔了高玄的政敌,不为书卷饱腹之士所齿。

在场比较突兀的人是居游刃的女儿居乐叶,她为一睹鱼晚歌芳容,从家里逃了出来。

鱼晚歌全身缟素,头缠白巾,面容更为憔衰,却未减容韵,如雪中寒梅。高玄遗体入土,雇工盖上厚土,载上石碑,其只书"高玄墓"三字,别无其他,是朝堂下令为之。

九拜过后,众人纷纷散去。鱼晚歌请曲少毫留步,问:"曲大夫,夫家此去,可留有牢中遗物?"

曲少毫拱手赔礼:"均已焚销,乃官家定规,望夫人海谅。"

鱼晚歌一愣,叹道:"也好,夫家生前不恋财物,所遗画作,贱下也都托给了元大夫。"

曲少毫暗惊,表面如常:"元大夫高义,夫人所托为善,可惜元大夫碍于宫内丹聘之职,又常在太夫人眼前走动,此次未能前来，还望夫人海谅。”

在他身边久不发言的居乐叶却开口了：“都说高、元情深，互为手足，现下友人落葬却不现身，有悖盛名，畏首畏尾，哪像挚友？倒像买卖商贾，趋利避险。”

曲少毫道：“居小姐，勿妄言，人都有难处。”

鱼晚歌对居乐叶微一行礼：“小姐有所不知，元大夫所为已然情重，昔日他闻得贱下在高闾遭遇，特作《闾豚韵》，广为传递，为闾中秀人诉苦哀歌，实乃重情讲义之士。”

曲少毫大惊：“作此韵者竟是……元大夫？”

鱼晚歌颔首：“是也，然则元大夫不愿具名，托夫家和贱下勿要点明，也请曲大夫、居家小姐替为保密。”

曲少毫拱手应下，心中却耸动不已。

居乐叶却道：“小女可以答应夫人，但有一事不解，请夫人解答与我。”

“居家小姐便问。”

“商贾巨富为秀人赎身，纳为侧妾，东扬城内多见，但脱身为良之后，往往弃去秀号，另起姓名——鱼晚歌本是夫人秀号，缘何不弃？”

鱼晚歌释然：“原是此问，唉，内情倒也简易。夫家以为，闾中女子多被迫从业，无奈谋生，即便换名，人还是那人，从前过往不会一笔勾销，不如保留。且夫家钟爱此名：晚歌，意寓贱下善歌曲之技；鱼姓，因夫家不食鱼，自嘲整日有鱼为伴，亦是别样乐趣。”

曲少毫头皮一激："高大夫不食鱼？"

"倒也不绝对，可食江河之鱼，不食海鱼海物。夫家生于陇西怀河州，自小未见海鱼，并不知患有拗症[①]，流至东扬后遭祸一次，才知患有此疾——若贪味食之，轻则瘫坐气短，重则卧床不起。大夫缘何深问？"

"呃……只是下官好奇罢了。唔，东扬盛产海鱼水货，高大夫患此拗症，委实可惜。"

目送夫人离去后，居乐叶问："小说裨，是否有所察悟？"

曲少毫看向天边："高大夫行刑前晚可自点谢罪膳，其明知有拗症，却尽点海鱼海物，看来是有意为之。如其曾对鱼晚歌所言，害我者，我也。恐怕被判问斩之日，他就想好了这个办法。"

"生前不得食，死前也算饱腹一顿。"

曲少毫看向她："居小姐灵感何来，让鱼夫人供出此言？"

居乐叶眨眨眼睛："什么灵感？小女只是好奇未改名之事，小说裨勿要想偏，哈哈。"

见她不愿透露，曲少毫也不勉强，转身望向高玄墓碑，感慨道："高大夫一生为民请命，终究身葬乱岗，碑仅三字，唉。"

"小说裨真是越发像家父，成日唉声叹气，说为民请命，小女认为过誉。"

曲少毫不忿："居小姐何出此言？！"

---

① 现代名称就是过敏症。

“哈哈哈,小说稗也有凶愤面目,有趣！小女敢问,为民请命,高大夫为的是哪些民?”

“自是当世寒贫书士,有文无字之散客,身怀壮志却……”

居乐叶打断他:“好了好了,无非身怀壮志,未得保荐,仕途受阻。那再敢问,天下民众,便只有这些寒贫书士吗?莫忘了寒士之外还有寒民劳苦。出海冒风浪之险的海佬、贝佬,可算民众?市井小贩、乡野农户、手艺匠民、搬人车夫、铺店快手,可算民众?还有那些徙民流乞、四肢残缺者、沿街耍艺者,还有每日为官府富家四下劳累却收入微薄的跑员、门仆、听从、小厮、侍人呢?那些卖入高闾莺阁的秀人呢?综之总和,比天下寒士多出何止百倍?高玄大夫可曾为此中之任一而与朝堂政敌对抗?”

曲少毫愣住。

遥说当年马明伦提议“清都”,对象包括饥民流乞、四肢残缺者、卖艺杂手、寒散书士,高玄却只为寒散书士竭力争取。其所作《海珠韵》虽为贝佬诉苦哀歌,也仅限于此。身为朝堂重臣,分明可以谏言先国主,却并无实际举动。难得一个鱼晚歌,也只是情爱相投,为之赎身。

居乐叶又道:“小说稗虽官级低微,寒散之士纵然贫苦,终也是经年苦读,书卷饱腹,实则和朝堂高官一脉同出。高玄大夫厚待寒士,自然感恩于怀。其余民众大字不识,日夜勤产,但求四饭温饱,闲余只闻高玄义名,未得其实惠,却随寒士舆论盛赞之,可怜可恨——民众赞之何用?高玄死又何哀?”

长久沉默。

“小说禅无话可驳？哈哈，小女也只是诡辩，曲大夫勿要上心耿怀。”

曲少毫却对她拱手深拜：“非也，居小姐虽居闺阁，堂堂所言却不亚名士大夫之高见策论，彻醒吾心，少毫惭愧至极！”

居乐叶嫣然一笑：“小禅官，看似愚钝，倒还有救。你是不是还有一件事很想问我？”

曲少毫怔怔，觉得有那么一瞬间，他在这个女子面前宛如琉璃制品，通透彻底，无以隐瞒。自己也不知该喜悦还是恐惧。

“呃，那日在府上，我见傅秋山傅都使所行所言，似与居小姐早就认识？”

“岂止认识，一年前，他曾托人欲与我父亲说亲。”

“了然，了……啊？！”

“‘了啊’是什么词？”

“等下，等下，傅都使乃上阶高官，其父又贵为太司……为何……”

“为何看上我这个通案之女？哈哈，家父当时也大为惊讶。”

当时傅秋山的发妻身故已满两年，傅灼始终想为儿子续弦，费尽心思罗织了一张名单，连太司祀生巽那个脑子有点小问题的独生女也在其中。傅秋山却百样都看不上，表示，要再娶，只有一个人选，核监院居游刃的女儿居乐叶。

傅灼没办法，可堂堂太司尉又拉不下面子，只能托人曲折出面,打探居游刃对此事的想法。居游刃婉拒这个试探,说傅家是豪门贵府,而居家卑寒,不可高攀。来人惊讶问,你不怕得罪太司尉?居游刃回,小女自幼生性顽劣,难以管束,若高攀入府,荒唐非礼,照样会得罪太司尉——既然反正都要得罪,至少小女可以多在父母身边陪伴一阵子。

“这个理由,委实牵强。”

“牵强,但至少给太司尉和都使一个交代,太司尉本也不希望我这居家小姐入府,反倒心宽,并未刁难家父。”

“少毫敢问,傅都使缘何非居小姐不娶?”

“小女也不知,那日斗拳之前,与都使只有一面之缘。”

那是一年前的初秋,南卫的孝武皇帝刚继位,东扬作为奉卫朝为正朔的国家,也象征性地进行了一些庆典活动。东扬城北的燕灵巷,一匹拉花车的马驹忽然发了疯,甩开套头和背架,在路上又咬又踢,伤了三人。连赶来的安城吏都不敢近前,只能去唤铁雨卫用弓箭射杀。

居乐叶那天也逃出家门上街游玩,目睹马驹发疯。居乐叶一点不怕,抽缝上去,每近前一步,那匹疯马就动作越小一些。一直走了八九步,等到跟前,那匹马居然安立不动了。居乐叶用手安抚马驹眉心,道:“勿恼勿恼,再闹,他们便要取你性命了。”

马驹闻言,打个响鼻,低头,似是认错,然后居然跪下。居乐叶笑道:“是邀我上去?”说完,便真的骑上去。那马一动不动,如同训练有素的狗。直到铁雨卫赶来,居乐叶表明自己身份,说马驹已经归静，不必射杀。

也巧，那日傅秋山就在燕灵巷的一家茶馆会友，茶馆就在疯马闹事的地段正上方，将下面发生的一切尽收眼底，便记住了这个年轻女子，以及她的身家。

这件事虽然发生在城北，但传闻飞快，作为城南小说裨的曲少毫也在酒肆里听说了，只是不知道是居乐叶。因为传闻容易变形，到城南时女主角已经从核监院通案的女儿变成了西南异族流民酋长的女儿，还说马驹发疯时已经踢死了六个人，还啃食了一名婴儿。因过于离谱，曲少毫都没记录到汇报中去。

“原来竟是你……”

居乐叶一笑，行礼道：“正是小女。”

“力弱而怀勇，威以德施，又是一年轻女子，难怪，傅都使对你如此倾心。”

居乐叶没接受赞美：“然则，小女却对都使有相反观感。”

傅秋山自幼习拳，身手胜于常人，且贵为都使，上街可配长剑利刃，又位于事发地点正上方，马驹发疯时分明可出手制止。但他就是以看热闹的心态，目睹下面的劳民被疯马踢伤，目睹安城吏束手无策，估计还等着目睹铁雨卫赶来射马。

居游刃从女儿口中知晓此事，也说，救大危而遗小祸，此人眼中心中，有大国而无小民，和“以民为棋”的前任太司尉海顾无异。

“家父还说，同样此事，如若那裨官在场，即便自知被疯马踢伤，也会照旧上前勇为，比傅都使高出不知几何也……咦，你为何脸红了？家父可没说那裨官就是你啊。”

“居小姐糊戏我也。少毫体弱手羸,无以抗衡疯马。”

“哈,马疯不可怕,人疯才是。人疯,不踢不咬,却自以为正道,道义为齿,利害为蹄。林书士,元画师,傅都使,还有朝堂上几位太司,却比当年燕灵巷的疯驹更疯也。”

这话放以前,曲少毫是要严词喝止的,但唯独眼前女子,他却无论如何也无法开口辩驳,只是摆手行礼,认之为导师之言。居乐叶却不理会拜礼,转身看那块新落成的墓碑,自顾自道:

“高玄已死,高玄未死,高玄——不死。”

一阵风自西刮过,不烈,也不弱。

居乐叶转身对曲少毫道:“风起,听到了,曲大夫,我们该回去了。”

高玄落葬后,民间仍有传言,说高玄实则未死,乃朝堂中有人保护,借他人尸体掩盖。其本人逃遁到了定闽军的地盘,在清虚山上入了三圣教,不问尘间世事了。

国主生寒寺论功行赏,定调居游刃为核监院大理法,原大理法放去外州任州正。录案局小说裨曲少毫,协助功伟,又获居游刃力荐,特许官升三级,调入核监院,任提调一职,中阶次级。

这以后,的确可以称他为曲大夫了。

还有一人也奇迹般地官运交好,便是失踪许久的寒士表率林上杉。他也获得高官保荐,进入司尉衙府下属的船要局,出任中阶三级的职务,并允许配字,字"双西"。

坊间寒士一度作歌《杉下犬》,以为讥讽。

是年末,元碧发妻去世。翌年,元碧纳高玄遗孀鱼晚歌为侧妾,易名"乌夜娘"。三个月后,元碧暴疾而逝,鱼晚歌在城外无悔崖蹈海。但也有一说,认为其逃亡海外。

高玄生前名作《乌江斜桥夜辉图》,自从落葬后一直被封存在国主府的奇藏库。三年后,聂太夫人去世。某日,国主生寒寺欲观此画,宫里人却遍寻不着。

这是严重的渎职事件,理当严查。生寒寺却只将奇藏库库右降职,太统管田正罚俸半年,就此作罢,往后不再提及。

《乌江斜桥夜辉图》自此销迹,后世猜测,是毁于后来的堂明山大火。但在高玄死去的五十多年后,这幅画忽然出现于弥生国,被视为国宝。其间几度险些毁于战乱,又奇迹般被救出。

之后华夏历代王朝曾多次遣使去往弥生国,谈判该画归属,全都未能达成协议。

又过了三百多年,华夏大地已无王朝,有匿名买家在罗马城的拍卖会上以一千九百万高价买下此画,创了当年艺术品拍卖纪录。买家的现场委托人接受采访,表示,买家为告慰高玄在天之灵,将会让该画重回华夏故土,受众人观摩。

皇族案

编者按

长江大战，西青落败，独眼老将军魏平敬咽不下这口气，于该年末病逝。

其三子魏武，继承大司马、国柱公等职，却把战败原因反推到皇帝头上，“天怒降责，先胜而后败，（凡人）无以抗”。

兴德帝遂下《天责诏》自谴，并被护送上紫官山去苦修悔罪。他十三岁的儿子继位，是为同仁皇帝。魏武不顾反对，将死去大哥的女儿许配给小皇帝——这位十七岁的小魏后，入宫前一直跟三叔有点说不清道不明的传闻。

一三二六年夏，洛王、梁王、丹西王、河夏王等皇族宗室合谋，欲在帝都的文庆寺举行“炎祭”典礼时诛杀魏武，即“文庆寺之变”，未成功。涉事的大部分皇族宗室遭“亲观刑”，所余无几。

三年后，东青王响去世。两月后，平昌帝驾崩，无嗣。王响之孙王前选中先帝十七岁的侄子，立为元雍帝。

一三三〇年秋，元雍帝下旨，命王前率军西征。开战理由一是为收复故土，二是要为“文庆寺之变”中丧命的亲族宗室复仇。

战事呈一边倒局面，双方最终在珀州的五欢亭迎来决战，西青大败。魏武逃回都城放火焚宫，携同仁帝、小魏后一路向西逃亡。

东青虽占据仁阳城，但魏武在西陇地区尚有残余力量。加之东青长驱用兵，粮草成问题，开始陷入磨牙战。

同样是一三三〇年，初冬某夜，南卫的长沙将军朱猛华以城东大火为号、率部起事，斩杀上官古厚一族三十余口，废孝武帝为庶人，改国号为“景”，史称南景，朱猛华为开国的昭光帝。

因这场内乱，长江大战里好不容易夺得的江北土地，除汉州仅存外，其他如孝城、柑县等地尽数丢失。

消息传到东扬，朝野大震。好在，聂太夫人已在两年前过世，没看到自己的权贵远亲落得如此下场。

除了如何面对新邻居的问题，还有个法礼上的大难题摆在扬国面前：南卫是大卫朝的遗脉，如今南卫不再，东扬国的“后智成”年号还要继续用吗？且，既然没了奉为正朔的对象，国主是不是能自立为帝了？

就在这种反复犹疑的局面里，东扬国度过了一三三〇年的冬节,迎来了一三三一年的春天……以及,一个身份极为特殊的人。

1

后智成三十二年春,豕月[1]廿八,核监院虎牢。

当年高玄殒命的那间禁室的隔壁房间,新来一位"住客"。此人身量不高,骨体精瘦,皮肤黝黑,粗衣陋衫,走近些还能闻到鱼腥汗臭。但最奇异的是他的左脚,竟是木制的伪肢,上面布满划痕,足跟处布满细微开裂,更像一只老牛蹄。

虎牢素来只关押中高阶位的官员,此前进来的无不是文士气派的白净高雅之人。这位新"住客"一看便知是靠海生活的四饭之人,不是海佬就是贝佬、帆佬,按理该关在安治都司的刑狱,那里污浊、拥挤、臭气熏天,和眼前人"相得益彰"。

负责典名押册的虎牢卫值官一开始还纳闷,监正大夫莫非是抽了疯,把这么个货色关进来。虎牢可是全国最高级的监狱,关这么个东西,丢脸丢到家了。监厨要是知道自己烹饪的饭菜给这种人吃下肚,估计要气死。

更诡异的是,押送这名囚犯过来的正是安治都司的人。为首的竟是身为二把手的安治都尉,出面迎接的是核监院二把手的大理法居游刃!

---

① 即农历一月,公历二月。

最离谱的还在后面：又脏又臭的囚犯进来不到半日，虎牢门口便停了几辆双牛篷车、四牛篷车乃至双驹篷车，还有若干铁雨卫和宫郎卫随行。

外面值守的虎牢卫悄悄进来汇报说，司纠、司祀、司尉三所衙府还有宫里人机构的长官都来了！居大夫正在前堂接待一众高官，等会儿就要把新“住客”提到审堂去。大夫还特意关照叮嘱，其他人等皆不得入内，审堂门外，直接由米籍大夫带来的肃局宫郎卫把守。

虎牢卫值官歪着脖子，捂着鼻子，靠近禁室的门。新人正盘坐在墙根角落，身陷阴影，安静如鸡，看不清表情，但有种诡怪的淡然，和那些被关进监狱的底层劳民大不相同——这位值官调来虎牢前曾在刑牢当差五六年，对四饭之辈身上那种瑟瑟惶恐的病鸡气息再熟悉不过。

他对囚犯百般打量，猜测一个接一个冒出来，一个接一个被砍掉。说此人是东青或西青派来的暗作吧，一个臭海佬能刺探什么重要情报？江北现在正打仗，自顾不暇，抓到一个暗作又能如何？就算是暗作，那也该由司尉衙府负责审讯，关押地点是水军或者步军的高殿司，来什么虎牢呢？

真是想破脑袋也想不出。值官只能摇摇头，高阶大夫的国务大事，他实在搞不懂，也不敢搞懂，知道太多不是好事。

值官背着手转身走开，去看提人的上官来了没有。禁室角落里，那黑乎乎的人形仍一动不动，闭着双眼，甚至很难听到他呼吸的声音。

虎牢迎来这么阶层低下的囚犯，前因还要从当日早些时候说起。

东扬城外，北郊沿海，有个小码头名唤黑汉口。都城内有不少好码头，但能停泊进去的都是大商船、外邦使船和水军战船，打鱼、采珠的船只是没资格使用的，海佬、贝佬们平日里都是从南北郊外这些小码头进出海。久而久之，每个小码头就形成了小村落，居民都以海为生。

虽然用不了都城内的大码头，但“出海纳”“码头缴”这些税费是不能少出的，负责缉私的安城郎①和盐铁吏还时常来检查，看看这些贫苦海民的小破船上是否夹带私盐、未申报的外货和其他贵重金属。

豕月廿八凌晨，安城郎和盐铁吏带领一队安治吏突击检查黑汉口，照旧翻箱倒柜，弄得鸡飞狗跳。也是运气好，在摸排船底时有了发现：共计三艘小渔船的船底绑着油布包。包里是大块的巨鲲脂或其他鱼类脂肪，切开脂肪，里面是一个麻布包，包着一方方盐砖。

这是沿海一带运输私盐的常用办法。通常是由南方海盐场

① 安城郎，职务在安治都校、安治都尉、安城尉之下，但比基层的安治吏高两级，比安城佐高一级。

的工匠私下留存，制作后卖给中人，中人在海上和海佬、贝佬交割，后者带回东扬，悄悄卖给商贩或者自用，比官价低出很多。

依扬国律法，贩私盐者，数量在一方以下的，责杖二十，外加罚款；两方以下，责杖四十，服苦役三年；三方以下，充军七年；三方以上，问斩无赦，直亲为奴。

眼下缴获的私盐共有八方，平摊到三艘渔船上，每艘船两方有余，应当充军。安城郎下令将涉案海佬带走，一时间呼喊四起，大呼冤枉。要被带走的海佬中有一人，录册上名唤焦旺，左脚残缺，安了木脚。他的家婆子叫郑珠，情绪尤为激动，一手拉住自己男人，一手推搡安治吏。

那安治吏也久经战阵，一脚踢在郑珠肚子上，妇人坠地，面目痛苦却不发声。原来她是哑人，旋即昏了过去。

焦旺见状，也不出声，看似随意曲肘一捣，正中司吏胸口。后者也一声未出，直直倒地，双眼翻白。其他安治吏彻底炸起了兴。贩卖私盐不超三方，花钱打点尚可轻饶，但袭击缉私官吏是不赦的重罪，往大了说，可与谋逆并论。

一众差吏不等上官下令，纷纷要上前捉拿焦旺。他竟也不逃遁，立于原地，侧身让过一人手锋，斜出一肘，中其左肋，近者可闻折骨脆响。再一退步，旋身避开第二人的当胸一拳，曲肘，扭腰平挥，中对方耳廓——莫说身体，连脑袋上的赤霄盔都飞出十几步远。

第三名安治吏身形魁梧，出手却快极，趁焦旺还没回肘，便近得身来,用尽力气箍住他的双臂,使其臂肘不得发力。焦旺并不和他蛮角,反而更贴近对手,双脚抬起,瞬间便屈膝绕住了对方的腿根。安治吏正疑惑,焦旺双腿发力,如蟒蛇缠树,身体又上进了些许,和安治吏脑袋平齐,头前一槌,安治吏满脸开花,天昏地暗。焦旺顺势解脱双臂,落地,屈膝上顶,击中裆部。

只几眼工夫,左右回转,膝肘并用,无人帮助,这个叫焦旺的海佬就已击倒六七名安治吏。

安城郎大叫不妙,急中生智抽出直刀走到昏厥的郑珠边上,以刃贴颈,大喝。焦旺方才停手,转眼就被其他司吏拿住。

安城郎放开妇人,走到他面前,刀尖对鼻:

“下流蛮勇之人,何其有幸,做我刀下第十三颗贼头。”

焦旺抬首,看着安城郎直刀高举,道:“平州卷风刃,你的祖上当过凉魏军。”

安城郎眉毛一拧:“贱微海民,竟认得此刀?先祖父确然出任过凉魏军的旗头官。”

焦旺竟笑了,谈吐丝毫不似海佬劳民:“我的祖上,在定松原大败凉魏军,活捉铜虎大将军廖旋。这样的刀,幼时家中至少四五柄,都被先父用来试自己的曲天九浑刃。”

直刀慢慢放下。

“你……到底什么来历?”

海佬看了眼地上的家婆子,低下头:

“我乃天威皇帝三世孙,夏河王孤鹿与非之子,孤鹿圭,族名……阿针台。这个女人是我胞妹，波帘公主孤鹿渊云。”

北青皇室的祖上并非华夏族，而是来自西北的漠昌族。开国的天威皇帝，其高祖父名叫太牙爬多，是漠昌族首领；其祖父与陇西金氏联姻，投身军武，因行猎护驾有功，被皇帝赐姓孤鹿；天威帝之父孤鹿敖，最后当上金州制军使，加封勇恩伯。

即便有了华夏风格的姓名，北青皇族成员还是会有个较短的漠昌语的族名，以示不忘祖先。皇族内部非正式场合，都以族名相称呼。天威帝的华夏名字是孤鹿宝麒，族名阿衣阔。

天威帝有三个儿子：长子明化帝孤鹿觉一支，出了东逃的平昌帝和旁系的元雍帝（在位）；次子武节王一支，出了“飞天紫官山”的西青兴德帝，和被魏武扶立的同仁帝（在位）。

第三子河夏王这支，虽然没人当上皇帝，但出了不少军武人才，比如第二代河夏王孤鹿与非和几个儿子。可惜孤鹿与非和长子、三子连同梁王、洛王（两位皆是天威帝兄弟的后代）等旁系家族参与了“文庆寺之变”，不是当场被杀就是被判“亲观刑”，均已不在人世。

不过，河夏王的次子孤鹿圭当时正好不在都城。“文庆寺之变”的半年前，他被派到陇西的镐州。该地是孤鹿家族的兴旺起始之地，葬有自天威帝高祖以来的每位家族成员。按北青皇族传统，每个王爷的家族要轮流派一位王子或公主到镐州拜守祖陵，一年为期。当时和阿针台同守祖陵的，还有洛王家族的波帘公主孤鹿渊云,族名黑疾马。

“文庆寺之变”发生后,魏武可没忘了河夏王的二儿子,曾派人前往镐州诛杀。至于是否成功,江南各国就不得而知了。

这是五年前的事情。

五年后的今日,自称北青皇族后代的海佬夫妇现身东扬城北这不起眼的小码头,自然惊动了城内高官贵臣。这个自称阿针台的木脚男人,当然不能像普通劳民那样关在安治都司的刑狱,便押送到核监院虎牢。

太司祀生巽、太司纠马明伦、司尉府右傅秋山、核监院监正、大理法居游刃、宫里人统管兼肃局局右米籍,六官联审,阵容强大,但对此人身份,多半是不信的。

不信的第一个原因是来东扬的路线。长江大战之后,江南江北的巡防更为严密,原先断断续续的通信渠道都已切断,更别说大活人渡江南下。加上“文庆寺之变”后,西青各地戒严,阿针台就算没在镐州被杀,想要南下则极为危险,可能连长江都还没看见就已经被抓了。

自称阿针台的焦旺解释,他们出逃,并未南下,而是一路往西。大臣闻言,面面相觑,马明伦甚至忍不住要笑出声。镐州往西逃生确然是有一线生机,但这就意味着,阿针台要绕过天柱山脉和高耸的不周原,西往东来的外邦商队常走此路。

傅秋山问:“往西躲,固然可避杀机,但你等又是如何回头南下、渡江往东?莫非经灵国?是何人助你?”

焦旺摇头:“不回头。绕不周原而行,向西直到紫沙国,转向南,到佛邦之土,再往东南,穿越虎葱半岛,便是海域。沿海岸折向东北,半海半陆,半舟半步,一直到成国和定闽军辖域,再沿岸北上……”

生巽摆手打断他:“糊戏也!依你所述,一路少则万里,分明乃痴梦狂语,消遣我等。”

坐他左边的马明伦却不给生巽面子:“司祀大夫此言有差。当年燕朝有海明笙西探广域,行万里而还;景朝之伯旬,耗三年游历佛邦,自海路归。”

焦旺顺着马明伦的话道:“另有成朝刘千汉,洛朝霍丹命,均绕行过不周原,可惜刘千汉坐船归国时病死海上,霍丹命失踪于虎葱半岛……早年卫朝天和帝时,也曾派宣恩使高琅自海路前往虎葱,后改陆路西北而行,一路经三十余国,再向东与外邦商队同行,翻山越沙,抵达陇州,其路线与我恰恰相反——若未记错,高琅出发之地,便是这东扬州。”

生巽“哼”了一声:“虽为海佬,却背了不少故事。”

“我自幼顽劣,除舞弄钩戈,只爱读此类历险游记。大夫若备笔墨,我可写下前番记载。”

生巽抚须不语。

傅秋山又问:“若真是万里逃命,历时四载有余,何故又于半年前来我扬国?”

焦旺沉默片刻:“故土难归,但求近前。”

“非为暗作?”

“区区海佬,网鱼为业,但求四饭温饱。”

审问了快一个时点,自称阿针台的男人对答如流,包括北青皇族若干重要成员的族名、长相特点、癖好,以及都城布局、皇宫内的殿阁名状。东扬国掌握的那些信息,基本都和他所述无甚偏差,焦旺反倒纠正了几个细节错误。

派人将焦旺押回禁室后,六位高官闭门合议。不出居游刃所料,此前在改年号、称帝问题上纠斗许久的恩怨又被他们带到了审堂上。生巽和监正都认为所谓阿针台不过是个骗子,很可能是皇室哪个近身侍卫,或者廷臣的后代,流落到此。那些信息是他耳濡目染得来的。

马明伦和傅秋山却认为多半是真的,虽然万里之行有点超乎想象,但并不排除可行性。

唯有米籍,之前审问时不出一言,高官争论时也沉默不语,直到居游刃问他,统管大夫意下何如?

米籍笑,向各位大臣颔首微礼,才开口:“若此人为假冒,倒也简单,斩了便是。但如若是真,切问诸位大夫,该如何处置?斩之?囚之?由之?厚之?”

这倒难住了他们。斩了,名声不好听,毕竟阿针台是逃命到东扬,并未做歹(除了贩运几方私盐);囚着,是烫煤块——南景的朱猛华跟北青也是有血仇的;由之,就是当普通人放了,那可就热闹了,肯定不行;厚养他,又有悖于道义,毕竟卫朝是被孤鹿家族篡了国的。

见众人不语,米籍道:“下官有一策,无须我等辨认真伪,无须我等决定生死。”

傅秋山问:“何为?”

“手足奉还。”

监正眼睛一亮:“……送回江北!”

送回江北,自然是交到快要统一北方的王前和元雍帝手上,他们确然更能分辨此人身份——西青、东青还有些皇族宗室,可做旁证。其次,辨别下来如果是假的,那么是杀是囚,都是江北朝堂自己的内务,东扬手上不必沾血。若是真的,则算帮了元雍帝一个小忙,奉还手足,往后两国如有交流,这是个不错的话由和道德先手。

生巽道:“米大夫高见!明日我便上奏国主,陈明理由利害。——马大夫以为如何啊?”

马明伦看看米籍再看看生巽,未置一言。米籍要么不说话,一开口就是最合乎东扬国切身利益的策划,他很难在国主面前驳倒这个提议。

生巽睨了太司纠一眼:“马大夫是默许了,呵……”

还没等他笑出声,门外忽然有人来报,说有要事。居游刃亲自去开门,外面站着押送焦旺回禁室的宫郎卫,心里一惊,怕那人出了什么意外。

米籍问:“何事?”

“报米统管、各位大夫，焦犯刚回抵禁室……便忽出狂言，事关切急，下官不得不报。”

生巽皱眉：“何言？”

“焦犯称，若不将其遣返青国……自当献上，献上重宝……”

米籍道：“莫再拖塞，直言无妨。”

马明伦上前一步：“落为一介海佬，能献何宝？”

宫郎卫眼睛只敢看地面：“回大夫，是，是卫……卫玺。”

审堂内静若坟地。

未几，太司纠马明伦转过身，双手紧握于腹前，额中轻吊，慢悠悠问：“生大夫，米大夫，这奉还手足，该定何日启程啊？”

2

秦朝始皇帝以和氏璧为材料，制作传国玉玺一方，刻着“受命于天，既寿永昌”。秦亡后，经景、燕两朝，在燕末流失于战乱。其后庄太祖制作一方传国玺，又经小南北朝、成朝、洛朝，到十四国时期又丢失了。

卫太祖杨守恩开国时，又制作一方传国天子玺，刻有“仁治天下，忠孝服广”八字。为和秦玺、庄玺区别，称为卫玺。天威帝孤鹿宝麒以青代卫，另制青玺。卫玺并未被摧毁，而是送到镐州祖陵，作为祭祀镇礼之用。

理论上，卫玺的合法归属应当是南卫的郝光帝、靖安帝、孝武帝这一支。但，现下南卫已经没了，长沙府的政权是南景，昭光帝朱猛华对卫玺并无合法权利。

反倒是东扬，立国却未称帝，仍奉卫朝为正朔，年号“后智成”用了三十多年也没改，于情于理，都该得到这方传说中的卫玺——反正，太司纠马明伦是这么解释的。至于拿到卫玺后是否要称帝，那是将来需要考虑的事情，先拿到再说。

堂明山上的那个人点了头。

取回卫玺之前，波帘公主被关押在虎牢内，好生保护。

五日后，燕月初三，一艘其貌不扬的商船缓缓驶出东扬城的泉港码头。

按照自称阿针台的焦旺所说，五年前，魏武派人到镐州去杀他，幸而祖陵的护卫队心向孤鹿氏，和魏氏人马拼死搏杀。既知西青已无法容身，索性携宝出逃。祖陵高庙里有不少金银财物，但重中之重是卫玺。其后一路西逃，护卫、财物不断折损。最危急关头，不得不在骆驼的驼峰上割开口子，将卫玺藏匿其中，盖上粗麻布料。

卫玺跟着他走了上万里路途。在那些异域番邦，反倒安全。当地人酷爱各种颜色的透明宝石，对华夏的黄玉并无太大兴趣。后来往回走时，越靠近后成、定闽军地界，越是要小心。进入扬国之前，此人留了心眼，连夜在东扬和定闽军地盘交汇处的一座潮汐暗屿埋下卫玺，以备今后要急情况。

因涉及定闽军势力范围，这次寻玺之旅由司尉衙府负责。

三年前,原太司尉傅灼病逝。步军大将许青平因长江大战功勋卓著,升调继任,兼步军高帅。东扬立国以来,首次由军武中人担任太司尉一职。但这头衔是虚的,否则水军那边不会满意。

司尉衙府里,执掌实权的是傅灼次子、原理察都使傅秋山。傅秋山的大哥傅环在水军,三弟傅茹在步军,正好平衡。傅灼生前虽然拖延决断,在儿子们的官职布局上倒是下了一步妙棋。

因涉及海上,水军高殿司具体负责行动策划和执行。水军高帅钱定坤的计划是,出海找卫玺,利害攸关,绝不能高调。一高调,闹得民间沸扬、引起定闽军注意不说,万一这个阿针台是骗子呢?或者不是骗子,但水情复杂、卫玺就是找不到呢?那整个水军乃至东扬朝堂,岂不成了天下的笑话?

故而他专门选了一艘载着货物的普通商船,船上水手均由水军军士充任,加上自称青国皇族宗室的男人,以及负责监督的核监院、司祀衙府官员,淡定出港,一路缓行,以掩耳目。

傅秋山的大哥傅环,时任水军都使,此次亲自压阵,冒充商船的船总。而核监院派出的官员,正是《遗神往摘》的作者,曲少毫。

当初高玄案后,曲少毫从录案局调到核监院,做提调。两年前他刚升一级,任通案左①。

① 中阶首级,比通案低一级,比大理法低两级。

遥想最早协助居游刃办理渤都特使案时,他不过是个末阶的小说裨,饮酒只能饮最便宜的望海潮,整日伏于民间酒肆茶楼,一个月才去录案局述职一次。八年过去,居然已成为中阶首位的官员。

更大的变化是,高玄案后的第二年,他和居游刃独女居乐叶成了亲。大理法贤婿,居公元海后代成员,在核监院自然是该高升的,这是同僚们的普遍看法。此时居游刃四十有三,很可能会在现任监正调走后接任。届时,贤婿曲少毫自会水涨船高,继续升阶晋级。是故,不少同僚和下属都在背后称曲少毫"小理法",和小说裨一样,都是小字当头。

曲少毫无法发作,只能咬牙听任。

此次出海寻玺,要靠近定闽军领辖,加之海贼出没,有一定危险。监正和居游刃本来想找位高一级的通案去随船监督。从岳父这里知晓行动内情的曲少毫却踊跃自荐。居游刃没法当着上官的面阻拦女婿,那样袒护过于明显,只能首肯。监正则做个顺水人情,并对居游刃道,通案左年轻勇义,前途光耀啊,无厚兄,家门好福气。

居游刃笑得外甜内苦。

回到家,居游刃说:"唉,何苦!早知你去,不如我去,至少我还懂点拳脚。"

"岳丈折煞我,少毫只是想,出海看看。"

"勇气可嘉,但终究是年轻啊……此番出海若成功归来,将华夏震动——届时,背后议论你的人绝不会想到此行何其危险,只会想,如此光耀重任,我居某到底是没交与外人,而是给了自己贤婿,天大便宜都让我们一家人给占了。”

曲少毫这才悟过来:“啊……倒是确然没想到这层。”

“唉,算罢也,此事既已定,这几日你就请假在家,和乐叶多聚聚吧——尽量给居家留个火种。”

“可……她说,我此行有惊无恙。”

居游刃摆手:“她懂什么,又在糊戏乱言。”

本以为这件差事就这样定了下来。谁知启程当日,曲少毫告别妻子,背着行囊上到船上,却发现大理法也一身帆佬打扮,等候他许久了。曲少毫一度以为自己眼花。

居游刃两天前上书国主,表示,此番出海寻玺,事关我扬国脉,自荐随同前往。为了让国主同意,他还不惜脸面,去请托宫里人米大夫。

“岳丈这是何苦……”

居游刃摆摆手,拉近他袖子,轻声道:“非我轻视贤婿,主要是……我信不过水军高殿司。”

居游刃之父居连山,曾为水军典枪使,被当今水军高帅钱定坤诬害过,差点下入水牢等死。现如今,他已贵为上阶第三级的核监院大理法,一同上船,钱定坤就是想给曲少毫安排什么花样也要忌惮几分。

“那……岳母大人不阻拦?”

居游刃一笑："拦什么？我是来帮贤婿。你若出甚意外，乐叶是绝不肯再嫁他人的。你回不去家，我身为你的上官，责任难逃，也断然回不去那个家了。"

如此，装载着货物、水军和东扬国远大希望的商船出了都城港口，沿海岸往南驶去。这个季节刮东北向风，船速本来就慢。行出一日夜，不过刚到怀州以北，相当于走了四分之一的路程。

其实如果以步军为保护，先走陆路，潜入东扬和定闽军的交界地区，到海边找到暗屿，寻回卫玺，交给水军操控的船只，水军便可顺风顺水，快速返回东扬城。——但，这样就需要步军和水军密切合作。

这是不可能的。

货船不比客船，没有舒适的舱间。水军军士早已习惯海上颠簸的艰苦生活；焦旺落为海佬，这艘船反而比他平日用的小渔船要安稳且"豪华"。受苦的就只有大理法居游刃和两名文士出身的中阶官员，尤其是大理法。

居游刃的海晕症，遗传自其父居连山。居连山当初为了在水军行伍里立足，总算克服了这症。但居游刃从未打算在水军里承业，这是人生中第一次出海，船出港仅半日，就吐得稀里哗啦，然后躺在舱房里呜呼漫天，也实在难为了他。

如果他知道两名中阶官员里另一人是谁，定要跳起来去揍那人一顿，就算揍不了，也要以上阶高官的威风去刁难下。

因为,司祀衙府派来的不是别人,正是高玄案中失踪的林上杉。

当年林上杉被司纠衙府的人接走,后来进了司尉衙府的船要局,不知为何,如今又在司祀衙府做了初撰[①]。此人虽然文质和蔼,曲少毫却不愿跟他打交道,只是淡漠寒暄,之后在船上尽量回避,除了照看岳父,就是去和焦旺交谈。

因身份特殊,焦旺在船上有一个独立单间,但也极为狭小。他毫不拘礼,盘腿坐床,曲少毫坐在床边一个倒置的木桶上。从货船离港开始,曲少毫就常去探访,聊的多是焦旺一路出逃的异域见闻。

焦旺一开始问道:“望柳兄可是来试探我的?”

曲少毫答:“非也,孤鹿兄审堂上所述,岳丈已悉数告知与我。少毫斗胆,认定孤鹿兄身份为实——兄之武技、见解、眼界、胆识、计谋,绝非民间常人,更出普通权贵子弟之右。”

对方笑道:“叫我阿针台即可,族名,类似你们的字。”

“啊,贵国皇族才可以族名相称。”

“哈哈,我已非皇族宗室,不过一四饭海佬。西青也已覆去大半,王前不日便可尽灭魏氏,代青自立儿在眼前——一如我先祖父昔年所为,呵呵。”

“呃……阿针台,兄,今日不谈政事,只听你的异域见闻。”

---

① 负责初撰祭礼文章和其他官方通告文案的官员。

“哦？为何？”

“不瞒兄，我本是小说稗出身，数年朝夕伏于民间，搜集市井野闻，早已成为痼习。即便当了通案左，遇到神奇难见之事，也要听一听，记一记。”

阿针台一拍膝盖：“雅！兄但问，欲知何方？”

曲少毫问：“路途凶险否？”

“何止凶险！镐州出发时，随行心腹二十余人，至今只剩我和黑疾马。一路上万里，陷沙、洪流、山火、焰岭、泥流、沼泽、瘟瘴、猛兽、蚊蛇、山贼、海寇、散兵……”

说着他拍拍自己的木脚：“老兄方才一直悄悄打量这脚，我不妨直言相告，是在闽海捞珠时被海刑天咬去的。初时丝毫无觉，待我浮上水面，方知已成残疾，幸而黑疾马在海舟上接应，才不至命丧汪洋。”

“啊……”

阿针台摸着木脚：“这些均非最凶险。人有奇能，遇险可勃发斗志，毛发激昂，耳目敏锐，手足便捷，若发挥到极致，凡上种种均可度过。——一路上，其实最凶险的只有一件事。”

“何为？”

“吃。”

“吃？”

“吃。”

禽兽进食，只为苟活。人非禽兽，进食讲求五味，即便四饭之人亦注重调味平衡,尽可能化平庸为美味。但身处绝境时,不得不将自己从人类降为禽兽,本是享受之事,却成为磨砺。

阿针台道:“此一路,危急成百,凶险上千,常无果腹。故而腐肉坏鱼,蛆蛇蚯蛹,但有则食,不食则亡。当年越王勾践尝胆,饿极时我以野豕胆为食;吴王夫差尝粪断疾,渴极时我自骆驼粪便挤出汁液。蜂蝎蛛蚣,八脚百足,华夏视为毒物,于我险境时,实为救命美味。饮血止渴,嚼皮饱腹,我都得一遇。——唔,你还好吧?”

“可能是……晕海。”

“把木桶倒过来就能用……望柳兄看来初次出海,不过,已然比理法大夫强出许多。”

过怀州,又耗费两日有余,终于抵达汶头岛。此岛甚小,上面既无植被亦无人烟,却是东扬国和定闽军势力交汇处的明显标志。两国巡航的水军舰船到了这里,就会折返,否则再往前就会被认为是军事行动。故而该岛又名舰回岛。

阿针台立于艏头,对“船总”傅环道:“再往前半日左右,在不到澳角湾之处,有一无名小汊,我选的潮汐暗屿就在小汊口东南方向二十涟处。”

傅环睨他道:“澳角湾一带,海寇频出。”

阿针台答:“确然,此处是两国水军返回之地,间隙空余,便给了海寇便宜。若遭定闽军追赶,则逃亡东扬水域,反之亦然。”

傅环盯着阿针台:“你很会选地方。两国水军外加海寇,别人看来是万般凶险之地,谁也不会料到藏着如此重要之物。”

“过奖。”

傅环眯起眼睛:“但同样,你若是骗子,或有意戏耍,只消一跃入海,潜游三涟,便无迹可寻,或入海寇,或投定闽军。”

阿针台拱手:“都使多虑,波帘公主尚在贵国虎牢内,我岂敢自行逃走。”

傅环“哼”道:“谁知这位哑人公主是真是假。青人狡狯,难保你为自己安生弃之而去。下水时,你要戴上脚链。”

阿针台叹气:“都使决断便是。”

直到无名小汊,均平安无事。往东南又行约二十涟,下锚,商船放下左右两侧的柳叶舠和艉部的扁艖。柳叶舠上各有三名军士。更大的扁艖上除了三名军士,还有傅环、阿针台和曲少毫。本来傅环要林上杉也上艖,林推说晕海严重,退避了。一路躺过来的居游刃倒是挣扎着出了舱房,但也坐不得漂浮剧烈的扁艖,只能在大船船头遥遥望着。

此时风平浪静,潮汐未到时,暗屿低于海面。两艘柳叶舠一南一北,将扁艖夹在当中。舠上的军士虽是普通水手装扮,却都带着小锻刀和三十步短弩。

傅环亲自给阿针台的右脚戴上铁铐。铁铐连着一截三人身高长度的细铁链,铁链再接着粗麻绳,绳上有浮标。

水军都使将一柄小锻刀交到阿针台手中:“若要上浮,拽铁链即可。你有半支香时间,时间一到,我们会拉起你,起来后还可再次下潜。但若不出,他们就会下去,格杀勿论。”

阿针台将刀插在腰带间。曲少毫叮嘱:“千万小心,勿作他想,少毫还等着孤鹿兄回来继续诉说,著书立传。”

阿针台笑道,好说。言罢翻身入水,几乎与此同时,除了拽着麻绳的军士,其他人都举起短弩,对准水面。傅环则点燃了线香。

曲少毫不解:“都使若不信他,何不遣军士同往?”

傅环道:“通案左有所不知,勿看这海面波浪平静,此一带暗流汹涌,水情复杂,暗屿礁石如林,别说我手上这十来个军汉,就是三十个、五十个,也难以排摸清察。”

“那这些短弩,这线香……”

“兵不厌诈。”傅环说着,取出一个布包,扔到海面上的粗麻绳浮标处,布包沉下去。

“这是?”

“带血豕肉。海刑天嗜血,自会循血腥而来,他在水里若想逃跑或拖塞,就会喂了刑天巨口。通案左若是真心想为他写书立传,就祈望他在下面手脚利落些吧。”

曲少毫喉结紧了一下,看着海面,不知下面凶险几何。

海刑天是当仁不让的海中霸王,品类诸多,体态形状各异,但无一例外生性凶猛。其巨口中布满锐齿,即便将头砍下来,放置很久，这头都能咬人，令人想到古代传说中失去头颅仍能舞干戚的刑天，故得此名。海刑天鱼皮无鳞，却坚韧无比，海民常以其制成简陋房屋的屋顶，品质更好的则会被水军高殿司收购，制成轻巧耐用的“刑天盾”，可挡近身刀剑之伤。

傅环不理会曲少毫畏惧的目光。扁艖上两名军士则抓着粗麻绳，其中一人将麻绳往外放，另一人报着长度：“五浔①，五浔半……六浔，六浔半……七浔……报都使，他停下了。”

傅环只盯着线香：“可还吃劲？”

外放麻绳的军士回报：“仍吃劲，绳未断。”

“雅，勿要松气。”

不远处商船上忽有军士高声道：“报都使！东北一涟半，刑天旗一枚！”

海刑天背上长着三角鳍，贴着水面游动时如旗帜。

曲少毫往东北方向看去，却什么也看不见。这些军士都是水军当中精选的好手，眼尖耳锐，是他这样的文士远无法比拟的。

“报都使！正南一涟，刑天旗一枚！”

“再报！正东二涟，刑天旗二枚！”

这就是至少四头海刑天了。曲少毫手心早已是汗。他之前听人说过，海刑天不仅凶猛，且智慧过人，若攻击水面猎物，会自

① 古代航海距离单位，每三十浔为一涟，三十涟为一漓，三十漓为一津。

水深处从下往上游;要攻击深海猎物,则先靠水面游行,然后再往下猛扑——总之很讲究出其不意。

这些条海刑天既然贴着海面,自然是打算攻击较深水域的目标了。商船上负责瞭望的军士自不会顾及这个通案左的心情,不断冷静汇报:

“东北刑天旗,至半涟!”

“正南刑天旗,入水!”

“正东刑天旗,至半涟! 入水!”

军士们报的虽是急情,声音也很响亮,但却并不慌乱,似乎就算这些海刑天快游到他们跟前了,他们也会这样向上官报告。

曲少毫终于听到了扁艖上军士的汇报:

“拉绳! 他在拉绳!”

傅环看眼线香,只剩指甲盖那么长一段了:“拔。”

瞭望军士汇报:“东北向刑天旗! 入水!”

两名军士飞快将麻绳往后拉,第三名军士将拉上来的绳子拢好,防止绊人。南北两侧的柳叶舠也向扁艖靠拢,持弩的军士丝毫没有松懈精神和动作。

直到铁链出水,丁零作响,曲少毫刚要叫好,忽然两艘柳叶舠上的军士各射出四枝弩箭。曲少毫起身大喊:“勿杀! 勿杀!”

傅环一把将他拽回原位:“通案左休要干扰!”

一阵血红自水下浮上海面,紧接着阿针台的脑袋冒了出来,口中叼着一个布包，双目血红，如恶鬼还世。柳叶舠上又是两支弩箭射出，却不是射向阿针台，而是他身后的水域。曲少毫这才反应过来，军士们瞄准的是水下紧追阿针台不舍的海刑天。

傅环亲自伸出手抓住阿针台的左臂，却未再拉，只是取下他口中的布包，小心解开。布包如人头大小，内中又是一层油布，油布内却是一团灰泥。傅环抽出随身的小锻刀，削去外层，又是一层油布，再揭开，不由深吸一口气。

被军士拉上扁艖的阿针台趴在船底，喘着大气："没有骗傅都使。"

傅环沉默片刻，包起内层油布："真伪与否，还需回到国都请专人鉴定，勿言之急早。——与你的锻刀呢？"

阿针台艰难笑道："留在海刑天身上了。"

曲少毫拍拍阿针台的肩膀，刚要说什么，又被商船上的瞭望军士打断了：

"东南三涟！海寇！快舴四艘！不……五艘！五艘！"

东扬国人将海寇分为南北两派，以怀州东部海域为界。

北海寇多为华夏、弥生、勾丽、渤都等地的失地农民、逃兵、罪犯、破产商人组成，成分较杂，组织松散，若能找到其他活路，往往就会改行图良。他们以抢货船货物为主，很少打劫客船，更不以杀人为目的，有时甚至会给货船留下四分之一到五分之一的"底金"。东扬国以北的沿海各地，黑市上的低价货物基本就来源于北海寇。

南海寇的成分就没那么杂，要么是历史悠久的海寇世家，要么是整个村子的人活不下去了，集体改行，故而组织更严密，休想轻易退出。他们不仅要货船上的货，也要客船客人的财物，还经常将水手、客人绑走为奴，卖到更南面的群岛上，——如果遇到轻微抵抗，便会痛下杀手。

所以扬国商船往北走的，要缴的财物险金额很高，往南走的还要加上人命险。

北海寇的船相对较大，因为要货不要船。南海寇的船只都是速度很快但体积相对较小的舴船，因为他们连对方的船都要。

眼下五艘快舴，每艘上一般会有十来人，合计近六十。而这艘货船上只有十三名既无甲胄也无远程武器的水军，外加一个装木脚的海佬，两名毫无武力的文士官员。

跑是跑不掉的。傅环判断，只需一炷香多点的时间，这帮南海寇就能追上他们，然后实行狼围，从各处爬上船舷。

只能拼死一搏。

水军都使下令预备接敌，同时将那个油布包塞进一个倒空的溺桶。如果是客船，海寇知道客人会把昂贵的东西想办法到处藏匿，也就会四下翻找。好在这艘是货船，最贵重的是货。海寇不大会指望在一个溺桶里找到什么。

这条货舫上会武的人都必须出力抗贼，连受海晕症折磨多日的居游刃也抄起一杆制式长矛。至于两位手弱无力的中阶文官,保护溺桶的任务就交给了他俩。

"二位大夫谁会水?"傅环问曲少毫和林上杉。曲少毫摇摇头,林上杉苍白道:"我会,但不擅长……"

傅环瞪他一眼:"不擅长也要试试了。二位大夫请躲在底舱内,倘若上舺不保,贼寇攻陷,自会有人将火把通过舺口扔下来为信号,二位大夫可从底舱尾部小榥口逃出。届时货舱起火,贼人自顾不暇,或忙于救火,你等便尽力往岸上游去。"

林上杉声音颤抖:"这里离岸上还有十多涟……海中还有海刑天……我……"

傅环喝道:"此次出海本就凶险万分,林初撰早该去思亡念!"

林上杉看向曲少毫:"望柳兄,我……我本就是个文士,浅水游几下尚可……司祀衙府都没人愿意来,我才被选上……这可如何是好?"

傅环看向通案左。曲少毫看了眼溺桶,再看看林上杉,目光转回水军都使:"都使交与下官即可,下官虽不谙水性,但愿携玺沉海,即便葬身刑天巨口,总好过卫玺落入海寇污手。"

傅环扬眉,但并不迟疑,将溺桶交给曲少毫,又塞与他一支三十步短弩,拱手拜道:"若杀退贼寇,得以安返,傅某自当上呈曲通案今日之勇义。"

曲少毫回礼,又问:"敢问都使如何布置理法大夫和孤鹿兄?"

“贼寇当前,曲通案尚念及此人?呵,他已领取兵刃,在上舺备武了,通案能否再见于他,且看天命。——曲大夫,保重,但祈你我还能再会!”

林上杉跪拜:“傅都使……保重!”

傅环却只对曲少毫再拱手行礼,转身,上梯而去。

3

三日后,货船在两艘水军船只的护随下缓缓驶入东扬城的松安头港。

和出发时相比,船上多了一枚有待鉴定的玉玺,少了七名水军军士,和一名水军都使。剩余的六名军士,三人重伤,四人轻伤。核监院理法居游刃,左腿受伤,也一并急送医治。

玉玺,以及阿针台,在三十名宫郎卫和四十名铁雨卫的护卫下被送往堂明山。陪同前往的还有司祀衙府的林上杉。至于通案左曲少毫,则独自前往核监院向监正复命。

监正听完前段,问:“海寇来袭,其后如何?”

“上舺……上舺喊杀震天……”

上舺不止喊杀,还有叫骂,哭号,兵器相撞,人体倒地的扑通声,乃至什么东西坠海的响动。一片混乱中,曲少毫听到有人大喊,此类非常!

接着傅环怒吼:“吾乃扬国水军都使傅环!功簿里尚缺寇首

一百，谁来与我？！”

更多的杀喊声，更多的哀号，如海浪翻卷，一拨叠一拨。但傅环说过的火把始终没有扔下来。不知过了多久，终于，海浪声开始减弱。忽而有人喊：

“定闽军！正南，五涟！正南！”

又是一阵混乱，很多脚步声，之前曲少毫就没听到那么多脚步声，还有落水声。又不知过了多久，但他能感觉到商船在调转艏头方向。

上舺传来熟悉的声音，是阿针台：“望柳兄，上来吧。”

他连喊三次，曲少毫才敢回应：“我在，但不知你是否为贼寇所虏，在诈我！”

阿针台大笑：“若被贼虏，何须诈你，他们自会提刀来找你。”

曲少毫一想也对，阿针台并不知道火把的设计，也不知道傅环叮嘱过的小榥口通道。

接着居游刃的声音也传来了，有点嘶哑：“海寇已退，少毫可安心上来！”

曲少毫这才扔掉短弩，鼓起勇气往楼梯走，边问：“上舺可好？”

上舺一点都不好。曲少毫和林上杉楼梯走到一半，就开始脚下打滑，那是上舺流下来的人血。最后二人不得不四肢并用才能勉强上到上舺，曲少毫还要费心提着那个溺桶。

上舺像下过血雨,四处尸横,有海寇的,也有军士的。有的尸体还在动,还在出声。尚能走动的军士,不是在掌舵就是用仅剩的力气操帆。向舷外望去,五艘海寇的快舴只有三艘在往东面逃遁,剩下两艘根本没有人,停在原地。艉部方向,可以看到两艘大船的轮廓,想来是定闽军的舰只。

阿针台像刚用人血洗过澡,还没来得及擦干,右手是一柄宽刃刀,左手竟提着一颗人头,上面一只眼半睁,一只眼怒瞪。曲少毫犯起翻江的恶心。阿针台便扔了头,头如球般滚开。

至于居游刃,身上并不比阿针台干净多少,原先那杆长矛,矛杆上尽是刀痕。大理法的左腿也被什么利器割伤了,草草用布带扎起止血,整个人只能依仗长矛而立。

曲少毫见岳父伤势不大,又问:“傅都使呢?”

阿针台答:“快死了。”

水军都使傅环双目闭起,背靠中桅根基而坐,两手空空,浑身也像以人血沐浴。曲少毫看出那血和阿针台的不同,来自都使自己:光肩膀、腹部、侧腰、左大腿就有很深的伤口,更不必猜测后背后腰了。

曲少毫跪下:“傅都使。”

傅环睁眼:“……你我,还是再会了……玉玺,尚在?”

“尚在。”

“雅,雅……环,未辱,未辱使命……”

水军都使看向居游刃,想拱手拜礼,却只能做到一半:“理法无愧水军，水军典枪使，之子……”

居游刃眼神带光，勉力只以两腿站立片刻，双手握矛轻举，回道：“家父所传，终究是杀了，真海寇。”

傅环艰难一笑，转向阿针台：“你，你好武……技，身盾，术，从前，只闻未，见……妙，妙也……”

“都使见笑。”

傅环不笑：“早知，当……与你比合，几回，呵，啊……天惜我，也，死前得见……”

“即投水军，血战殇于海上，也算天偿与你。”

傅环闻言，闭目，点了一下头，又点了一下头。最后那一下点得很重，再也没有抬起。

阿针台单膝跪地，将手中长刀横摆在傅环膝盖上，双掌逆合，平置胸前，沉而长吟：“奔流向海。”

监正听到此处，扬眉打断问：“奔流向海？”

曲少毫道：“是，当时他念的就是‘奔流向海’。”

监正叹气，颔首：“曲通左，此行苦也，但终究完成目的，可喜可贺。”

曲少毫拱手：“取回卫玺只是其一，还看鉴别何如。”

“曲通左未辱使命，安然归来，自当贺喜。你且在家休养几日，养思蓄神，——鉴别卫玺之事，国主府文修库已派顶尖人才谨行鉴别，不必担忧，何况，此亦非核监院之职责。”

“文修库？莫非……”

“呵,文修库,自然是以中太寺大夫为首。”

早在景朝文泰皇帝时,就有外国人在华夏出仕为官的先例。其后的庄、成、洛等朝代也不鲜见,到卫朝更是规模巨大。

四年前,豆块道人台宝鉴任满归国,新上任的弥生国特使和中太寺很不合。中太寺索性挂服①,参加该年文考,获得元字第五的佳绩,又得邦梳局高官的保荐,入了堂明山国主府,在文修库当记辨官。

记辨官位列中阶次级,和曲少毫当时的提调职务平对。曲少毫酒后常笑他,到底贵族世家子,初做官就比普通人高。中太寺举杯反笑,望柳老弟可不是普通人,大理法贤婿,居公元海的家族后代,以后还要高升呢!

醉笑归醉笑,中太寺才学过人,博识广记,虽有赌集票和流连女间的顽习,仍在宫里人机构屡获提升,半年前更是升为代行库左,乃至被称为“库中寺”。

此次鉴定卫玺,以中太寺为首,不是因为宫里人机构没有其他高眼慧目,而是众人都怕出差池纰漏,到时候可就不是一般的遭殃了。中太寺一个外国人,在东扬无家无室,真要出现什么问题,丢官去职,拍拍屁股滚回弥生国,还能继续当贵族子弟,是最合适的人选。

---

① 辞职。

是故，中太寺带着文修库、天敬库、司祀衙府的一帮文家和专官，翻遍手头的史料记载，对着焦旺取回的玉玺百般细察，耗时足足三天四夜，最终向国主上报裁定：七成把握是真的。

其实中太寺的个人论断是，百分百为真。卫玺不像秦玺、庄玺那样年代久远——卫太祖命令著名的珠宝匠人石金白造制国玺，距今不过三百年，其间记载极为翔实，尤其几次损毁，录官都写了下来：

（一）盈德帝九年，著名的“仁阳城大爆炸之谜”，死伤过千，帝丘宫长禄殿屋倒房塌，玺遭火蚀，后以精匠缮饰，但细观之，尚见些许灰斑。

（二）天和帝六年，帝丘宫因“鬼校尉案”陷入混乱，太统管保年发了疯，火烧长明殿，刀砍传国玺，在玉玺上留下一道印迹。最后是大理法居元海破了案。保年砍玺，自然罪无赦，先判裂刑，后念其疯状行错，改为枭刑，其家人举族流徙极北寒地。

（三）洪典帝三十三年，因屡征渤都国失利，对着神骁将军和勇英侯这两个不成器的手下，手握玉玺的皇帝“怒掷于地”，磕坏顶部龙兽的小角——还没来得及找人修补，翌日洪典帝就心疾发作去世了。

最近一次，是洪典的侄子智成帝继位的第四年，他和两个妖治的妹妹嬉戏玩乐时“以玺为鞠”——当成球抛来抛去,看谁接住,结果长寰公主没接住,玉玺的东北之方[①]开了道小缝……也难怪他当了卫朝末帝,一点不冤。

贵为国玺却命运坎坷,刀砍火燎,两次砸在地上,且据说高隆皇帝“大酩”时喜欢喝一口酒舔一下玉玺,这种下酒菜也真是稀奇。搞不好,这玉玺还真沾过皇帝的龙涎。

阿针台献上的玉玺,除大小、材质、重量、造型、刻字都正确外,几处破损也都符合以上记载。但利害攸关,参与鉴定的文家专官岂敢托大,一开始想说九成,不妥,改为八成,似乎还是太过自信,于是落锤为七成。再低,就有点“假”了,还不如说五五开,让国主自己决定。

鉴定结果报上去,过了足足五日,国主才表示,负责鉴定的各位臣家躬辛至甚,此番幸得卫玺,乃我扬福瑞,生氏之恩荫。

生寒寺把漂亮话都说完了,剩下的就需要重臣们商议,既得卫玺,该如何交接。国玺乃一朝最贵重的物品,自然不能随随便便让阿针台往国主手上一放就算完事。肯定需要一场盛大仪式,阿针台以皇族之身,代表篡卫的青国跪在先国主牌灵前,歉述自己祖先的篡国之罪,然后将卫玺上献当今国主,表明卫朝乃至华夏大地上历代江山的国器重归正确的人手中。

仪式自然是需要选择良日吉时,不能说办就办。司祀衙府

---

① 卫玺采取天圆地方的理念,顶端圆,下面方。

的礼天吏给出的最好选择是一个多月后的兔月十三。在此期间，虽然还没有公布正式的国主诏，但朝堂中人基本上都知道，国主得了卫玺，说不定……称帝就在今年了。

奉玺大典之前，要给北青皇族成员提供住处。无奈东扬城这些年比以往更拥挤更繁华，合适的府院太少了。将阿针台和黑疾马置于城外，又不甚放心……

邦梳局的官员思来想去，总算选中一处地址：松安头港北羽坊，原渤都国特使哈臣额狼的宅邸。——另派一同出海寻玺的核监院曲少毫、司祀衙府林上杉为阿针台的“宿伴”。

曲少毫站在宅邸大门前，颇为感慨。哈臣额狼暴亡一案，已经是八年前的事了。八年里，这座宅邸久候新任特使不至，空置一段时间，被大盐商杜圆六以低价赎走，其后两度易手，最终被汪谦买下。

汪谦的弟弟汪诚，是现任太司常。汪谦的正房，是前太司常萧天佐的老婆的堂姐。

扬国商界有“六小家、四大家”之说。萧、汪、杜、徐是四大家，分占丝绸、茗叶、海珠、木料贸易巨头。其中汪家以海珠发达，在城内自是不缺府宅。这座规模不大的宅邸，汪谦也是极偶尔使用，便被邦梳局借来暂时安置阿针台和黑疾马。留守府中的汪家佣仆虽只三五人，现下倒也够用。

曲少毫和林上杉说是宿伴，实则监视看管。阿针台和黑疾马只能在府中行走，不得外出。宅院门外还有一队铁雨卫守护，似乎又回到了当年特使入驻的岁月，只是门口不再悬挂着青色的长条灯笼。

林上杉凑过前来："望柳兄，何故感慨？"

曲少毫脚步碾动："无事矣，林初撰费心。"

"啊，想起来了，此府邸昔日为哈臣额狼所驻，望柳兄可是回想往故？"

曲少毫无意与他交谈，故不作答，又听身后脚步声，回转，行礼道："谒见阿针台兄，谒见波帘公主。"

虽说贵为北青公主，眼前这女子无论如何也谈不上贵气，分明还是个普通的海边渔妇，和阿针台一般皮肤黝黑粗糙，眉角多皱，梳起流云髻的头发夹杂不少银丝，尚未变白的发丝也枯如乌草。如果不是在北羽坊，而是在城内市集街头，这样一个妇人穿着这么一身华服，定要引来巡街安治吏的盘问，觉得很可能是偷来的衣物。

东扬女子服饰均为低领，她脖子上却围了一条绢巾，遮住喉咙上的伤口——那是逃亡途中被虎葱半岛上邝山蛮族的流矢所伤，导致她变为哑人。

阿针台拱手，黑疾马屈膝，向两位宿伴的官员拜过礼。

这是他们从核监院虎牢搬来北羽坊住下的第四天。昨晚司尉衙府传来牒函，府右傅秋山将于今日登访。

上午敲过四遍鼓点，傅秋山果然来了，官服的腰间系了一条黑白夹色的薄棉布带，代表家中有亲属新故未几。

据说傅秋山得知傅环死讯后，先放笑三次，声震瓦雀——因大哥一生致力效国，此番出海力战不降，未辱国命，死得其所，故以臣子身份笑。旋即又凄号三次，声可穿云——因兄长亡故，骨肉新失，阴阳相隔，是以兄弟家人的身份在哭。

着实怪人。

傅秋山和两位皇族成员拜过礼，转对宿伴官员和自己的护随人员道："我与孤鹿尊下、曲通案有事要说，其余人等权且退侯外厅。"

林上杉欲言说不妥，毕竟作为宿伴，他应当始终在侧监视。

傅秋山却横他道："林初撰文采傲茂，民间多有赞誉，后为多府提用，今日在此宿伴委实费材，且当磨砺。"

说完，不顾林上杉面色何如，自己和曲少毫、阿针台往内厅去了。傅秋山带来的两个护随官员悄然站到厅甬入口处，彻底断了林上杉跟过去窃闻的念头。

入得内厅，三人落座，以傅秋山、阿针台分居左右首，曲少毫在右下风。傅秋山表示不必看茗，对阿针台道："傅某此来为三件事，皆为重大，利害攸关，还请悄下纳之。"

"傅大夫但讲。"

傅秋山反倒先沉默了片刻，一反平素的盎然：

"唔，第一件事是，昨日司尉衙府接到来自江北暗作的密报，四日前，王前大军攻下了鹿祡城……"

鹿祡城是镐州的西部重镇，离北青皇陵只半日快马的路程。

阿针台和黑疾马昔年拜守祖陵时，每隔五日便去休养消遣个一两天。魏武逃离帝都后一路向西，辗转来到鹿柴城。王前大军将其重重围住，城中粮食紧缺。三日前，守城校尉主动开门出降。魏武知道这就是自己的死地，不甘被俘，选择自戮。

阿针台皱眉："那帝上……"

傅秋山道："暗作汇报，魏武自尽前饮酒一坛，杀性大起，一连砍杀小魏后等多人，并命左右亲卫以弓弦勒杀孤鹿挽真①。"

厅内沉寂。自从搬到北羽坊宅邸，阿针台和曲少毫都未曾出过门，信息闭塞。这外界消息不来则已，一来就惊人十足。若以辈分论，被勒杀的同仁帝是阿针台的远侄。

阿针台闭目沉气良久，道："我孤鹿一族……大劫不复。"

傅秋山道："战事纷乱，消息错杂频叠，未必全真，须待些时日再有探报。"

阿针台垂首，摇头："帝上幼弱，魏武暴虐，我愿信此事有七八分确然。唉，文庆寺事败，我青江山便已注定今日局面。"

言罢起身面北，退三步，长叩九次，以额撞地之声锵然。傅秋山未动，曲少毫将之扶起，回座。

傅秋山道："尊下缅节，孤鹿挽真虽薨，东边仍有孤鹿回。"

孤鹿回就是东青元雍帝。站在扬国朝堂的法理角度，当年孤鹿宝麒是篡国自立，无论东青皇帝还是西青皇帝，都是伪君，

---

① 即西青同仁皇帝。

都是伪朝。故而傅秋山不能像阿针台那样唤之为某某帝，只能直呼其名。

“呵，焉知王前非魏武？兵权非掌，如坐无驭之乘，驹往何处，自往何处……罢了，现下我只是一介囚人，江北事，与我无涉。”

“唔，这第二件事，和尊下息息相关。”

卫玺献给国主之后，两名北青皇族成员该如何处置，成了朝堂上争议的另一个焦点。

虽然在扬国的法理上，这两个皇族不是皇族，往大了说最多是贵族子女（天威帝在卫朝的爵位是西臬公）。但跨过长江，这两位就是实打实的皇族宗室。阿针台身为天威帝的世孙，又世袭河夏王头衔，理论上对皇位是有继承权的。

波帘公主黑疾马则是天威帝的亲大哥——洛王的直系后代，其母碧浣公主更是明化帝的女儿、平昌帝的亲妹、元雍帝的亲姑姑。和她婚配，夫家是没得什么权利，生下的孩子就不同了，大大地与众不同。

也巧，东扬这边，国主生寒寺的异母弟生法宇今年十九，尚未婚娶。国主叔叔、太司祀生巽有个女儿生绿，今年十七岁，还没出嫁。虽说此女颇有些“痴儿”病状，但终究是太司祀亲女，那便是天下最最高贵的“痴儿”了。

太司纠马明伦于是上奏，提议生氏和孤鹿氏进行双联姻。于东扬而言，是国主家族和西臬公家族通婚。于江北而言，是青国皇族和平海侯的家族结合。正说反说,都说得过去。

生巽自然反对。其女生绿,是他来东扬之后和侧妾生下的唯一后代。朝堂内外都知道,这姑娘天生脑子不太好,反应慢,唯一爱好是放风筝。生巽反对联姻,并非舍不得女儿出嫁,而是不愿将她嫁给青国人,哪怕皇族成员。

生巽在朝堂上也是被马明伦的建议气昏了头,说阿针台和黑疾马四饭之相,劳民异味,各有缺残,市井商人都看不入眼的外来口子,岂能和生氏通婚!

马明伦立刻反驳,人家连卫玺都献出来了,于扬国而言是大功臣。其次,什么叫四饭之相,劳民异味?捕鱼海佬只是二人落魄谋生之策,血管里流可的是贵(皇)族血液。否则,照生巽的说法,难道在奉玺大典上,国主将从一个臭打鱼的瘸子手里接过国玺?这不是辱骂国主吗?阿针台和黑疾马确然黑了点,粗了点,丑了点,还有残疾,但无碍大局。什么是大局?血脉、法统、社稷,才是大局。

生巽气得差点胡子掉光。马明伦又回转一枪,表示,国主生氏一族,往上追溯,十一代之前是琉州的微生家族。微生氏乃周文王后代。卫太祖杨守恩打天下时,局势纷乱,琉州的微生世家分谱开枝,其中一支改复姓为单姓“生”,东迁到先国主的祖籍地郸州。

而北青天威帝的生母,微生皇后,正来自琉州。所以,阿针台、黑疾马,和生法宇、生绿一样,体内都流着琉州微生世家的血液,乃至周文王的血液!

马明伦这一番前古后今、上天入地的考论,别说生巽,连国主生寒寺都给说傻眼了。

阿针台道:“太司纠,真乃……神人也。”

傅秋山道:“马大夫博闻广记,朝堂内鲜有匹敌。”

曲少毫问:“此事已然定论?”

“非也,涉关国少主和太司祀之女,岂能如此轻率,想来今后几日朝堂上纷争仍盛,且看孰轻孰强罢也……孤鹿家这二位,可要做好准备。”

曲少毫问阿针台,兄以为何如?

阿针台苦笑:“身入扬国,寻回卫玺,不过求个安稳宁生,望柳兄,我与黑疾马可有自己做主之权?且看国主和列位重臣大夫决议吧。”

傅秋山道:“唔,孤鹿尊下看得清透。”

“第三件事,当才是府右此番登访的真意吧?我猜,大夫是想问傅都使。”

傅秋山一怔,旋即拱手道:“雅!本以为当初虎牢审堂内抛出卫玺以求自保,只是你神来之思,现下看来尊下料事神机,洞谙人情根性。”

阿针台拱手:“谬赞了,若无如此点滴急智,何以亡命五载、活至今日今时。”

傅秋山声音下沉:“兄长虽为水军都使,却因先父为太司尉，始终耿怀，芥蒂于仕蒙祖荫……军武技击实非其所精长，此番却坚请亲往，落得身死血海，却还有人暗讽其为贪功而亡，呵，——秋山想问，兄长临断前，可留疑难之言？”

阿针台和曲少亳相看一眼，答：“有。”

水军都使傅环当时背靠桅基而坐，四肢难动，说完未辱使命那番话，又断断续续道：“太，太多了……不对……”

南海寇行劫是抢船又抢人，每次出动快舴不过三两艘，每艘十来人，足够对付一艘体量较大的商船，然后捆绑水手，自行驾驶商船去往窝巢。此次出海寻玺，却遇到五艘快舴、六十多人，阵容未免过大。

此外，傅环和十多名水军精锐出于低调装扮成商船水手，高帅钱定坤却下令不能带甲胄和远程军器，这实在过于冒险。甲胄和军器分明可以先藏于货舱，有需要时拿出来就行。

以上疑点，包括傅环那句话，曲少亳在回核监院复命时并未报与监正。

阿针台道：“我在定闽军领地上做海佬时曾听闻，部分水军官长和海寇、私贩定有暗约，过往商船之信息、追捕贼寇私贩之时刻，乃至奴口赎身、私盐输运等等，皆可私商协作，互行便利，事后分财……定闽军如此，不知扬国何如。”

换作以往，傅秋山定然拍案骂起。但今时今日，兄长傅环身死海疆，前后疑点诸多，傅秋山只是沉默。虽为司尉衙府府右，会几下文人拳，他到底不过一介文士官僚，真正执锐披坚、纵马航船于海陆疆域的，还是许青平、钱定坤这些高帅的人马。正如阿针台所言，兵权非掌，如坐无驭之乘，驹往何处，自往何处。

良久，傅秋山才道："了然……此事，不得泄。"

"定然，请府右大夫宽心。"

傅秋山眼神略散："或许，先父昔日教训实为金言，呵，孤鹿尊下、曲通案……大典前、大典后，均切勿松神，海疆风浪险，朝堂水更深。"

阿针台拱手："自从携带卫玺逃离祖陵那日起，至今未有一刻松神……朝堂上的那些海刑天，断不会单要我一只脚的。"

谈话完毕，傅秋山告辞。曲少毫送他去外厅，走至廊道半路上，四下无旁人，傅秋山忽然停步，却不回头，问："理法大夫伤势如何？"

曲少毫一怔，回："岳丈已康复，多谢府右大夫关慰。"

"嗯，居大夫贵为理法，却出海寻玺，颇为费心了。"

曲少毫拜礼："为国效命，自当尽责。"

傅秋山还是没回头："通案左家有贤妻，又仕途通畅，本不该如此孟浪，自荐出海，连害岳丈为你得伤。"

这话，委实不像傅秋山平日作风里会说出口的。曲少毫一时不知道该怎么回复。

"家中夫人可焦灼？"

"倒是没有，她，素来万事不惊。"

傅秋山居然笑了，只笑了一声："确然是她风度。"

二人之间又无话，足足过了五六次呼吸之后，傅秋山才沉声叹气道："扬国上下，天地之间，傅某只羡慕望柳兄一人。"

"呃，缘何？"

"通案左明知故问了。"傅秋山这才回头看他一眼，"吾女今年满岁，他日如若通案左喜得麟儿，秋山愿结幼亲之好。"

曲少毫和居乐叶合婚一年后，傅秋山终于续弦再娶，并在去年诞下一女。听了对方的话，曲少毫一惊。

"府右大夫，你我贵贱之别，只怕……"

"呵，此事当不得你做断，"傅秋山转回头，"你家中夫人才能下判定。通案左，且留步，吾自告辞。"

4

傅秋山登访后第三日，曲少毫轮逢十休官歇，北羽坊由林上杉暂时独自担任宿伴。他坐着司祀衙府借与的单牛敞车，慢悠悠去往定心坊的居家。

当初和居乐叶成亲时，他搬离住了好几年的城南固中巷。原本租住的房子，房东转租给他的邻居、布贩李单。李单有外州亲戚投奔都城，正需落脚。

居游刃在甜井巷为女儿和女婿租了一座二进二落的宅子。曲少毫当宿伴的这些时日，居乐叶便回了定心坊的娘家居住。

甜井巷和定心坊都在城中心。自先国主到东扬城以来，历经四十年发展,城内布局已经十分明晰：城北是堂明山国主府和司纠衙府、典金局;城西北、正西、西南都是各衙府和富商、权贵的宅邸;城东南是军港和水军高殿府;城东北的松安头港是各国使臣聚集区;城南、城东是底层劳民的生活区,拥挤不堪。

至于城中心,比较复杂,既有几大集市,也是普通商人、底层官吏的住宅区,房价并不昂贵。

曲少毫婚前一度疑惑,以居游刃的职位和薪俸,本可搬到城西或城西南居住,何苦要一直住在定心坊,且三餐质朴。居乐叶透露玄机：居游刃的收入都被关夫人积攒起来,在外州置地购田了。现下居家究竟多少田产,居乐叶从不过问,居游刃也满不在意,曲少毫自然也不便深究。

刚下牛车,还没进门,就听到院落里叽叽喳喳的声音。不用猜,是居乐叶在里面喂鸟。

成亲三年,曲少毫对内家的种种出奇举动早已见怪不怪,其中之一便是喂鸟。东扬城近海,港口有海鸟盘桓也算正常。但水鸟和旱鸟也时常会飞到他家院子,一声不吭,直到居乐叶出来,捧着一碗黍米或者豆子,众鸟像见了亲人纷纷鼓噪起来。居乐叶走近,它们丝毫不怕,还能说话谈心。换成曲少毫照样学样,就不同了,一瞬间众翅飞扬,顷刻飞走。

但要说居乐叶善待禽类,也不尽然,餐桌上有烧鹅烤鸡,她也照吃不误。着实奇怪。更奇怪的是,无论来多少鸟类,无论是在甜井巷还是定心坊，它们都从不在他家院子和屋顶上落屎。

听斯开门，将曲少毫迎进家。果不其然，地上、树梢上、屋檐上，零零落落停了快十来只鸟，有曲少毫大约辨认出品类的，也有完全脸生的，甚至有一只谁家见了都嫌晦气的海乌佬。

海乌佬对曲少毫"呀"一声，居乐叶回头道："夫家回来了！"然后把碗中剩余的黍米往天一洒，朗声道，"吃完就走吧，明日晚些来。"

群鸟都应了一声，宫商角徵羽，什么调门什么嗓喉都有。曲少毫不禁揉揉左耳朵，拱手拜过："夫人安好？"

居乐叶笑："夫人每夜床冷被寒，难以入梦，委实好得很。"

"呃，夫人劳苦，少毫愧疚……"

"算罢也。夫家每日与那皇族公子谈山论海，搜集奇闻，不亦乐乎，哈哈，哪想得到家中尚有弱妻一位，每日子里只得和禽鸟聊欢嚼舌。"

曲少毫和她打嘴绊从未赢过，只能握住居乐叶的左手："夫人，夫人……哈，今日定当偿债……呃，岳丈岳母呢？怎得你一个在家？"

居乐叶掏出丝帕去擦他额头的汗："家父一早便去了外州走公，家母去到城西柳家婆那里玩红鸽集票。"

听闻二老不在家，曲少毫牵着居乐叶连步往内房去了。

过了约莫半个时点，二人整理完毕，曲少毫正要去到外厅唤来侍娘备菜造饭，居乐叶却拉住他臂弯："莫急，家父昨日临走前嘱咐与我，有话要同你交代。"

"夫人但讲。"

此次出海寻玺，水军都使傅环身死殉国，功绩甚伟，被追封握节水军殿帅①、镇南伯，以上阶次级的待遇下葬，抚恤遗孀。力战负伤的居游刃，得赐金饼十五冠。

至于随同出海的两位中阶文官，司祀衙府的林上杉，拟加提一级为本撰②，正在司纠衙府的理察局走公程，——唯独曲少毫这个核监院通案左，并无加提升调的消息。

居游刃向监正质询。后者为难表示，此番出海曲少毫虽尽到职责，但其间与阿针台过从甚密，二人常在舱房彻夜长谈，内容不为外所知。这点，林上杉和水军军士都可做证。曲少毫出海，身上并无刺探阿针台身份真伪的使命，这种过密的交往只能说明他发自内心。

出海期间，魏武尚未覆灭，西青政权还存在，依旧是东扬的敌国。曲少毫和疑似是敌国的领袖家族的成员如此亲近，确然是容易被人抓住话柄的，至少会在理察局的档案里落下一笔"罔念进退，有失屏理"。

女婿冒着性命之忧完成任务，本可升调为通案，从中阶变为

---

① 即名誉水军殿帅。

② 阶位从低到高分别为：初撰、本撰、总撰。

上阶官员,增薪加俸不说,平时出入亦有牛车随为调遣。这下全毁了。居游刃对着女儿一唉三叹。

居乐叶道:“家父说早知如此,当早早告诫你,与那西青公子固守距离,切勿相近。可惜他当时犯了海晕症,无以劝说。”

曲少毫默言几许,道:“少毫从仕非图薪俸车乘,升也好,降也罢,我自为我也,倒是让夫人、岳丈羞笑了。”

居乐叶笑道:“这话说与别人听,自是不信的,可我是你的家婆子,夫家为人品质我自晓知,何来羞笑?倒是朝堂里,上阶之士皇皇如鲫,中下官僚不知几何,能有几人如夫家这般我自为我?夫家奇于西青公子遭遇,为之著书,自要传于后人,其涵金贵,断非高禄车乘可价。”

曲少毫以士礼拱手拜之:“夫人明理,少毫感涕。对了,岳丈还留说什么?”

傅秋山上次提的联姻通婚之争,确然为真。不过傅秋山没点明的是,生巽竭力反对将女儿嫁给阿针台的真实缘故,居游刃等重臣心里却明白:生巽本是想让生绿和国少主生法宇通婚。

自生寒寺继国主位以来,虽有徐国后、谢国妃床榻为伴,却始终未得子嗣,连个女儿都没有。他的弟弟、国少主生法宇小他足足十二岁。倘若国主安恙有变,顺礼继位的自是生法宇。届时,生巽之女将成国后,他自己就是国丈。

自己的贤婿当国主,终究比自己侄子当国主要更亲便。

曲少毫道:“无怪也,太司纠如此力促阿针台、生绿之亲事……马明伦为国主亲腹，素来同生巽不睦。多年前长江战事，国少主与生巽共为监国，马大夫便惴而不安，乃至低放身槛亲往核监院向我和岳丈述案，现下思之，实为试探。”

“家父还说，朝堂四大太司，生、马二人素为角抵，太司尉许青平自顾于外，傅秋山偏向马，新旧二位太司常却与生巽交好诸多，总之水深流激，阿针台都是焦点。另有生巽下属林上杉与夫家同为宿伴，定要万般留心。”

“了然，了然……”

居游刃留言的便是这些信息。除此之外，居乐叶倒是说了不少坊头巷尾的传言。

西青魏武覆灭、同仁帝被杀之事已经四散传布开来。但也有人说，同仁帝未死，已被王前俘获，暗中关押。亦有说，同仁帝携小魏后逃脱魏武屠刀，往北逃去了。

反正，每有政权覆灭、领袖被杀的消息，都会出现某某某实则未死未囚、已然远逃的说法。从早先被囚于广安寺、未几病亡的智成皇帝，到最近南卫的上官古厚和孝武帝杨道淦。市野劳民无权无势不涉朝堂，故观政如看戏，台上热闹，台下兴骚。劳民们不希望一场大戏就如此落幕，总会自己编排剧情，台上人物既死如生，生生不灭，以为下饭。

民间流传的另一件事，比西青同仁帝要重大得多：据闻，二日前，堂明山国主府内一口深井忽放光彩，如日月坠于内。宫里人下去一看，竟是被北青掳走多年的卫朝国玺！文修库的专人都已考据，确然为真！可见，魏武覆亡之时，卫玺从遥远的镐州走地下通道，一直到堂明山国主府的井中——此乃天佑我扬，得大卫正朔，国主称帝，乃百之一万也！

曲少毫听居乐叶说完这道野闻，感慨："定然是堂明山深谋之计，为奉玺大典四下透风。唉，朝堂中人编排起野闻来，丝毫不输酒肆茶楼常客。"

正说朝堂，忽然房外有听厮来报，说门口来了个人，请见通案左，却未报自身家明。曲少毫连忙再整理了衣装，到得门口探看。一看就觉得面熟。

那人拜礼，不卑不亢道："通案左大夫见安，可曾记得，昔年城南固中巷，卑下也曾在门口久候曲大夫，到得巷尾牛车中见我家贵主。"

曲少毫一激灵，想起了这段往故，那是八年前哈臣额狼一案时的事情了。便问，往昔复昔？

那人答："然也，曲大夫请与我来。"

曲少毫无法拒绝，只能跟着他。出门往东走百来步，又是似曾相识的场面：巷尾角落，一辆牛篷车，四周有不商不农不士的若干人守候，车夫亦然。

曲少毫掀帘而入，俯身拜礼："谒见太司纠大夫。"

马明伦放下茗盏："惊扰通案左与夫人官歇圆聚，还请曲大夫海谅。"

"不敢不敢，太司纠大夫今日召下官于此地，必有要事。国务当先，下官未敢腹濆。”

马明伦轻哼一声：“通案左这套官面话头确是越发熟稔了，岳丈教诲有方啊……算罢也。我且问你，这几日在北羽坊做宿伴，可曾发现异动诡闻？”

“无也，孤鹿氏兄妹终日未出，除却邦梳局务官及司尉衙府的傅大夫来过，其他未见会客。”

“傅秋山？想必是问他兄长之事吧？你不回答我也晓知。孤鹿圭的奇闻野遇，都说与你了？”

“下官……下官……”

“呵，虽为通案左，这小说裨的脾性还是未曾改善，这一聊一书，可把上好的官途都写慢了，唔，有趣。我再问你，除却这孤鹿圭，那波帘公主你可曾细细留意？”

曲少毫还真没留意过。波帘公主和阿针台并非夫妻，而是兄妹，自然异房而卧，未见诡常。且北羽坊宅邸留有汪家的侍女二人，负责伺候黑疾马，也不必他和林上杉操心。

马明伦举起茗盏：“你对北青皇族不甚了解，波帘公主之母孤鹿定笙，乃平昌伪帝之妹——伪帝嗜笛，这孤鹿定笙也是音律高人，精通多种丝弦，并传之于波帘公主。这北羽坊宅院本就是供汪谦玩乐之用，内设乐房，你在其中几日，可见过她抚弄过任一乐器？”

曲少毫语塞。黑疾马每日除却向宿伴官员“请礼”三次，平素深居内房，别说奏乐自娱，连餐食也是侍女送进去。若是一个自小受熏爱乐之人,委实异样。毕竟,她现在已然不是在海边四饭为生的海佬之妻,而是东扬奉为贵宾的贵族女性,理当分外怀念乐律之物。

“这缺脚的海佬既然献上卫玺,端不是真皇族,现下也是了。他说此人是波帘公主,不是便也是了。呵,大趣也,世间真伪,几分复杂。”

“那,婚配之事……”

马明伦自顾添茗,又答非所问:“这对兄妹,做兄长的那个最重要,你切记留心,不可出漏。府中所食,可有保障?”

“饭食水酒,下官与林初撰都尝过在先。”

马明伦“唔”了声:“你二人倒也兼了回式人①,呵。”

说完,拿起一直摆在篷车角落里的一根木杖,交与曲少毫:“孤鹿圭腿脚不便,此物可利其方便。”

曲少毫一怔。阿针台虽装了一只木脚,但走动自如,上次大战海寇也未有拖累。太司纠素来不是体贴关慰之人,何故送此物与他?但马明伦既然下令,他不得不接过去,一接,双臂直直往下坠。木杖太沉了。

阿针台和黑疾马住在北羽坊汪家宅院,府内是不许有任何兵刃的,可府外守护的铁雨卫也不是那么叫人完全放心……

曲少毫拜首谢礼。马明伦俯身看他:“何以谢?太司祀的金

---

① 宫里人机构当中负责为君主餐饮试毒的职务。

枝总不能嫁给一个死人——他若遭变故,你这通案左的官途可就不是慢下来那么简单了。”

5

阿针台双手握住木杖,反向用力,木杖纹丝不动。

曲少毫皱眉:“来的路上我也拔过,拔不动,可这木头断不该如此沉的。”

阿针台闻言,上下轻抚木杖,再握住,双腕以相反的方向拧动,“咔嗒”一声,木杖从一头的四分之三处松开道缝隙。阿针台顺势拔出,昏暗的内室有了明月映照铁器的光泽。

不是剑,不是刀,似锏非锏,像鞭又不是鞭。普通刀剑要么单面开刃,要么双面开刃。这柄器物却是三角的横截面,开有三道刃。

普通的锏或鞭都以整铁条烧锻成钢,浑然一体粗壮刚猛。而眼前这件器物,除去手柄,三刃处却分为七段,顶上如矛尖的那段固定不动,其余六段都宛如一圈转节,看来内中有整条钢芯。

“嘶,此物甚怪。”阿针台道,“三棱七浮屠,以前在兵器谱中见过,未曾想世间还存有实物,大杀器也。”

开三刃是用于刺击,一旦刺中,伤口难以缝合痊愈。分七段转节是为防御。敌手的兵器或砍或刺,转节接触后自动旋转,卸开敌兵的力量方向。

结构复杂,设计精妙,这件兵刃对原材料、制造者、使用者都有极高要求。成朝时的著名武将文立疆就擅此兵刃,乃传奇般的刀剑匠人祖庚胥所制。据说文立疆以手静握之,仅以腕、肘、肩连为一体的暗力就能让六段转节刃自行旋转。

“兄可也一试?”

“无为也,望柳兄莫笑于我。太司纠赠此物,不为防身。”

若只为防身,马明伦没必要找出如此复杂难用的兵器,直接弄把直刀伪装成木杖就行。太司纠通过这三棱七浮屠传递的意思很明白——兵器复杂,用得好是杀器,用得不好就伤到自己,甚至送命。生或死,看阿针台自己在朝堂上下的本事了。

“了然,唔,上回说到兄和波帝公主躲过喷天山火,在空台国的行栈里遇到西来旅人,碧瞳朱髯,目深鼻阔,以念珠为信,口颂高德,与兄谈及西土上古大帝之死,其后续如何?”

曲少毫边说边翻开簿子。虽然在核监院当了中阶官员,他还是习惯用黄绵纸簿,这种小说裨们才用的廉价文具。

阿针台端坐直背,道:“西天上古大帝,帝号雅珊德,国名马赛多尼,功绩傲斐,疆土辽远,其时与华夏之始皇帝相错百年。雅帝英年早图,三十未满而征泼砂国,攻下其都城八波楞,力推异族通姻。后东征薄拉未果,回兵西进碧蓝海,先灭海北之娄母①国,后克海南之卡塔奇国,以碧蓝海为内湖也,并易国名为

① 现名罗马。

缇拉帝国,化七十族为一脉,武勋盖世。"

雅珊德年五十而崩,幼主堪弱,诸侯分土。缇拉帝国先裂四国,复裂为七,如此循环往复,可谓西土的战国群雄时代。诸国以海为界,以漠为疆,以山为墙,经四十余年征战,定下十七国格局。其后千年,今日你称帝,明朝我开国,王侯将相你来我往,功勋贵胄自立朝堂,时有极北之海寇侵扰十年,时有黄草漠之游骑涂炭百月,好不热闹。却终究再未出现雅珊德这般盖世人物,一统西土天下格局。

曲少毫听完,问:"雅珊德既如此高伟,何以国祚衰续?"

阿针台道:"旅人所述仅此,我妄言猜测,雅珊德虽力推异族通婚,然则国土浩大,其所谓异族,不过邻山隔河之民罢也。帝国至东,至西,至北,至南,相距不知几千里,何以通婚联姻?雅帝武略盖世,却疏于一事尔。"

"可是未收敛兵权,致诸将做大?"

"非也。军武兵权,势小势大,东西通病,我以为雅帝疏漏不在军武,在文治——雅珊德仅以推通婚政,妄想天下大同一脉,实大误也。"

同样是统治大片疆域,始皇帝将货币、文字、度量衡、车轨间距乃至社会风俗等都进行了统一化,更强化了"天下"的概念,弱化先前诸侯各国城邦概念。自此,秦、景、燕、庄、成、洛、卫诸代,子民不再自称某国子民,而称某朝子民,是所谓有朝而无国。国有界,而朝无垠。从此天下即地上,双脚立地者,即为天下之人，一统天下成为华夏主流思潮。

"了然。雅珊德军武卓然，却只思拓土和近邻通姻混血，未及想到人心之一统。"

"是也。事从人心，是故自始皇起，诸朝开皇太祖无不思河山一统，端是有十四国、南北朝[1]，亦非主流。"

"那，兄以为，东西二脉，何以高下？"

阿针台笑道："望柳兄休笑，我虽万里逃亡朝不保夕，闲暇时亦不免有此思虑，终有结论——时逝如流水，水中泥石累积铸为山脉，则何以撼山？雅珊德若有始皇帝之谋思，又或始皇帝未及一统便命丧博浪沙，今之华夏又是如何光景？既往矣，南橘北枳，旱麦水稻，各有其途，无分高下。"

曲少毫默言片刻："可惜你我身处之现代，天下未统，终有一番磨砺。"

阿针台也叹："唔，我年少时心怀雄志，愿随父兄为孤鹿氏开疆扩土。届时江山一统，得封亲王，驻守江南，于晨暮时观潮起浪涌，或随船出海看尽天方……如今却，唉，算罢也，算罢也。时势非我可改，终究也是出过海，居于江南了，呵。"

曲少毫拱手宽慰他："兄莫要自屈，相比我等，你可算得上是万中无一了。对了，那日你曾对傅环念颂'奔流向海'，为何意？"

---

① 即历史上在庄朝和成朝之间的"小南北朝"时期。

“此乃故土西陇武家习艺之心念诀。甘陇远海，大多数人世代未曾得见，不见反倒奇也，以心念为海，心海便甚于真海。——武家出击，招数为外，心念为内，咏记‘奔流向海’，招数便如溪、如河、如江、如瀑，奔流不止、无以抗之，直至百汇入海，海平如镜，敌手身故，方止。”

“了然，了然。”

“倒为讽也，我自幼习武，每日咏念此句，未曾想有一日真得见大海，还一度出海捕鱼为业，更被要去一只脚……呵，生世多幻。”

曲少毫道：“兄不必自讽，世间如你所奇遇者，寥中又寥也……咦?!”

先是桌案上的绣灯晃了起来，接着是桌案本身、椅子，人也跟着打晃，双膝摇曳，再细一体会，地面和顶梁也在摇晃。曲少毫想扶着桌案边沿勉力站起，被阿针台一把巨力拉到地上，“扑通”跪下。

“地裂！勿动！”

说着，他把曲少毫拉近桌案。四周架子上文具、摆件像有了生命，在架子上舞蹈，最后一一落下，或碎裂，或纷乱，或翻滚。曲少毫根本来不及惧怕，脑海中只有一个念头：居乐叶。

阿针台看出他的思维，道：“勿要慌乱，我已默念十数，只摇晃到如此程度，可见这拨地裂并不厉害，片刻便去！”

听了这话，曲少毫也只能暂且相信。大约四五次呼吸之后，地面果真恢复了平静,若无一地狼藉,难信方才的劫难。阿针台起身,持着马明伦送与的木杖,疾步向波帘公主所住的内房走去,正遇到黑疾马和两名侍女出来。曲少毫庆幸公主无恙,黑疾马却和阿针台一同往院落中走去。

阿针台道:“地裂之后往往有二次地裂,必须小心,留在空旷之地最为稳妥……望柳兄去找下林初撰,也叫他到院中稍留。”

曲少毫虽不乐意,但还是去了。林上杉正团在自己床榻上,抖如湿犬。他听了曲少毫的话,顾不上穿鞋套履,光足跟着通案左去往院中,边走边叨道:“地龙! 地龙翻身也……”

曲少毫皱眉:“谬谈! 林初撰书卷饱腹,历读诸家经典,怎能苟信鬼神胡言?”

“不是地龙……那便是海龙了,海龙王在海底翻身也!”

曲少毫叹口气,想着定心坊中的居乐叶。又转一念,她平素入眠之后便深坠梦中,摇也摇不醒。这次地裂确然没那么激烈,只是他以前从未遭遇。或许,夫人尚在酣睡吧。

即便如此,他还是从汪府仆佣里找了一名厨人,塞与两枚银毫,遣他去往定心坊查探安危,并托言,请夫人今夜务必在院中树下休息,勿要回房。

阿针台道:“望柳兄勿忧,东扬城建筑多为砖瓦而成,这点地裂不碍事。唉,倒是城外劳民所宿土木之所,就……”

“兄以为,这地裂根源何在?”

“未解,但求根源在陆。”

“何为?”

“若根在近海,便是海龙王翻身,引出海吼,那真不知要出人命几何了。”

后智成三十二年,燕月十一,东扬国南部,浣州以东的海底发生了一场地震。后世专家认为这场地震至少在七级以上,连都城都有明显震感,“砖瓦摇而土草塌”,幸而没有人员伤亡。

但浣州和其北面的段州、其南面的波州受灾严重,因为地震引发了巨大海啸。《东扬国志》记载:“三州并计……房塌五百,人亡贰仟余,另有匿口不知几何……全尸横于道者,步难行……民生哀寥。”

《谈海录》更是写道,浣州州府汤博城外,本来有三四个贝佬、海佬聚集的小村落,海吼过后,这些小村落全部消失,就好像从来没有存在过。波州沿海当时有一艘水军的舰船,发现海啸时正拼命往港口逃去,终究没有逃过,整艘船被海啸推着撞上了港口北面的邑子崖,粉身碎骨,船上军士无一幸存。

太司纠马明伦的家族就出自段州,在当地有粮庄、田地、物仓、酒坊等若干产业,也在这次海啸当中损失惨重。马明伦的一个族叔、两个族侄、七八名女眷其时住在段州州府甬城外一处近海的春憩苑内,全都在海啸中丧生。

海啸发生后第二日,国主生寒寺在叔叔生巽的建议下,急调太司纠马明伦、太司常汪诚为赈抚特命大夫，南下三州，主持救灾事宜。另着水军高殿府派舰船疾驰去往该地沿海，防止南方定闽军乘虚进占。又着司尉衙府傅秋山前往浣州的南兵司坐阵，防止灾民因情急生变，引发其他波澜。

海啸发生后第三日，上午，北羽坊汪家宅院的大门被叩响。听断开门一看，叩门的不是别人，正是平时负责守卫宅院外围的铁雨卫的带队领羽官。

“请报府内曲通案、林初撰，太司尉、步军高帅欲谒见孤鹿圭。”

听断一愣，怀疑听错了。东扬第一勇将许青平为何这个时候来谒见？但一看领羽官身后那人的威严和那只著名的独眼，知道是骗不得人的，赶紧称然，一路慌跑去禀报。

茗厅里，曲少毫正与阿针台对弈黑白棋，林上杉虽然不会，但也一直在旁边观督，时而打个哈欠。听断禀报来人，阿针台将手中白棋放回碗里：“终于来了，请许高帅在外厅稍候。”

曲少毫问：“何解？”

阿针台笑了，却眼中带雾：“文人，以棋子、韵歌交流；武人，自当以技击相会……何况我与许高帅素有渊源。”

说完进到内室，未几出来，已然换了一身短打衣衫，像个在外做苦的劳民。曲、林二人随他去到外厅。

许青平没有坐候，站在厅中央，如劲松立岭。蹊跷的是，这位太司尉兼步军高帅并未穿官服，也未穿铁雨卫的蛇鳞甲，而是和阿针台一样一身粗布短打。

许青平示以双腕交叠的武人礼节："铁雨卫，亘州许青平。"

阿针台回以同样礼节："扫刃军，镐州孤鹿圭。"

许青平又以文士的拱手礼拜过曲、林二人，旋即转向阿针台道："六年前，江北汉州一战，镇守孝城的有乃兄孤鹿基，曾于城头连斩我五名铁枪营精锐，并与我阵前喊话。其后孝城虽下，孤鹿基却已然撤走，原是诱我分兵之计，拿到了孝城，却没拿到廉州。"

阿针台道："长兄确然精于步战。"

"其后在柑县离夫原，乃弟孤鹿坚，率四十余冷风骑冲我军阵，杀铁雨卫总旗官张要、金刀营副帐统刘五松、司尉门领王萧、疆西左尉谭至方等，最后只余五骑，攒首而还。"

"三弟确然善骑杀。"

"再二十年前，随州大战，乃父孤鹿与非一箭射中素吉城城东守将咽喉，军心立时散乱，素吉城因东门失守。"

"先父确然善射。"

许青平面不改色："被射中之大将冷阶，可知乃何人？"

"既姓冷，想必是名将冷铁裘后人，冷老将军是许高帅外祖父，冷阶当是高帅表亲。"

"冷阶乃我表叔，也教了我冷氏连斩刀。"

阿针台拱手："幸哉，那今日便可领教了。"

许青平一挥手："挑下器件吧。"

院落西角早有两名铁雨卫铺开一地兵刃，足足二十来件，长短兵皆有，还有弓箭和护盾。曲少毫欲拦阿针台，阿针台却道，这是宿怨，总要会一会的，请勿告知波帘公主。

曲少毫低声道："太司尉不请自来，以兵刃相向，堂明山不会坐视不管，待我……"

阿针台笑："这内外皆是铁雨卫，望柳兄走不出去的，不若待我分出个胜负再说。——许高帅，此地狭窄，前后左右尽是高屋贵邸，弓箭就不用比了吧？"

许青平曾以"盲射无双"享誉，此刻应道："既然狭窄，这长兵亦算罢也。"

"高帅既舍弓法，我自是不用长兵，唔，就这两柄。"

阿针台选的第一柄武器是接近半人高的寒铁钩。春秋时期，吴国以青铜钩为著名，形式剑而曲，故称吴钩。到战国时，这种武器逐渐没落。洛朝时，靖武将军王爽师从古法，以铁钩武装组建"勾魄狼营"，大杀四方。其后经历十四国时期的战乱，铁钩又成了主流武器之一。钩的技法演化为南北两派，南派称为南钩，北派的叫曲刃。阿针台的父亲河夏王孤鹿与非所习便是北派，其所用武器亦称曲天九浑刃。

他选的第二件兵器，却是一柄很短的蛇匕，以右手反持。

许青平在长江大战中失去左手后，便安装了假手，设计别致，平时就是半握拳状，可嵌入弓腹或者刀柄，几与常人无异。他左手反持一柄平平无奇的铁雨卫常用的吊刀，因刀背乌青，民间也称乌背刀。倒是右手,握着一柄雪映突铍。

铍是战国出现的长兵器,与矛类似,但铍头比矛头要更长更扁,两侧开刃,形似短剑,又比短剑要厚实很多。突铍,即铍头装上手柄,用于近身刺击,力强者可以突铍破敌盾。

许青平道:“某出入战阵多,竞技演武少。今日难得与孤鹿与非后人对刃,只在平地相搏不免寡白,可允许某平添难度?”

阿针台做了请的手势。

两名军士拔出各自的吊刀,走到院落东面。那里一小片地上栽有盏口粗细的景竹二十余棵。军士将竹子悉数砍倒,将竹竿抱走。在远处观望的汪府佣仆无一敢言。军士下刀时都是纵斜砍,地上留下的这二十多棵高至膝处的竹基就成了二十多根矛尖,迎天而刺。

许青平也做了个请的手势。

二人分走到竹地两侧,互又行礼一次,缓步挪入竹地中央。阿针台正敌而立,双手执钩平举胸口,右手反持的蛇匕紧贴钩柄末端,形成左侧钩、右侧匕的“刃势”。许青平则以侧身立,右手突铍在上,斜朝阿针台,左手反握的乌背刀在下,几与突铍平行,只是刃尖相背。

二人碾步至彼此只有五步之遥,停止运动,其后便是长时间静止。曲少毫紧攥双拳,欲观不忍。目光一偏,却见波帘公主黑疾马不知何时已悄然站在自己身后,也看着竹林——原本是竹林的那块地方。她却很平静,仿佛那里的二人不过是在聊天。

“当”一声，曲少毫猛然转头，却见原本站在竹地北侧的阿针台现下站在西南处，许青平站在阿针台原来的位置。不光位置变了，身姿也迥异于方才：阿针台的曲刃向后跨过左肩，蛇匕尖朝前，如同欲要向前下方劈砍去；许青平双臂向两侧伸直，右手突铍指天，左手乌背刀尖点地。

曲少毫全然看不出门路：“发生了什么？”

林上杉轻摇头：“孤鹿危矣。”

见曲少毫犹疑地看向他，林上杉解释：“曲通案有所不知，我在船要局任事时听闻，军武之人竞技交会有‘三式’之说，第一式叫‘听’，先快速过一招，试探对方成色，如若感觉功力彼此相近，就入第二式‘缠’，即多个招式的缠斗。”

“斗”字未出口，竹地上二人身形一错，再一错，又一错。曲少毫想起儿时见过的野猫互斗，身步敏捷到令人眼花，仿佛随时会像鸟一样飞入空中。眼下阿针台就宛如要飞天的野猫，每一次错身都高高跃起，单足先落地，紧接另一只脚刚着地，身体却已经移动到另一个方位。可他分明是装着木脚的人啊，不该如此灵动才是。更何况每出一二步，地上便有竹基伺候。

许青平不像他的对手，不轻易跃起，却似退潮后海滩上的青蜞蟹。这种海蟹不但个头小，横向跑起来一般人根本追不上，只能想尽办法一脚踩上去，只有经验最丰富的海佬才能伸手捞住。许青平的蟹步不但速度快，转身腾挪也快，换成曲少毫这样移动然后转向继续高速移动，只会有一个后果：惯性让他倒下去，被如矛尖的竹基扎上三四个窟窿。

这还只是二人的身法步法,手上动作曲少毫根本看不清楚。蹊跷的是,也听不到刚才那种"当"的金属撞击,只传来高频度的"嘶嘶"声,宛如毒蛇吐信。

曲少毫再度问:"嘶声何来?呼气?"

林上杉答:"曲通案言笑,此乃刃与刃斜向摩擦而过之音,兵刃正面相交,其声如第一式——此类'嘶嘶'斜擦,说明每一击和每一挡,二位对兵器的掌握都精至细微,甚于毫厘之间,实乃高手相会,不过……"

"不过什么?"

林上杉此刻倒叠起了袖拢,故意拖延片刻才道:"越是有此类声响,越说明二位在以命出招。兵刃斜擦,是守中带攻,乃至不守之守,但求击杀,尤其是……许高帅。"

曲少毫不再听他说下去,又偷看波帘公主。她却还是那番模样,呼吸丝毫不乱,仿佛竹地上的斗技和自己亲人毫无关系。

阿针台跃起,落地,忽然不再移动。许青平刺出一铍,并不停下,蟹步前送,身体一旋,不知何时半身已经蹲下,左手乌云电闪,朝阿针台膝盖而去。

阿针台的曲刃由下而上,如龙头出水般正面迎击乌背刀。金断石裂,曲少毫觉得耳膜震鸣。他捂住耳朵,眼睛却不肯放松,两下呼吸之后,铁雨卫的乌背刀自天而降,插入院子中央花圃的泥中,激起三两片桃丝蕊的花瓣。

再且看竹地上,阿针台的曲刃早已断裂,仅剩握柄,以及柄末端紧贴的蛇匕。许青平也只余下右手的突铍。

许青平问:“方才那一招,名唤?”

“曲天九浑刃千变万化,亦只有一招,奔流向海。”

“雅,此行未虚!”

说完,左身为前,侧立,右手将突铍反持,右臂前伸,铍尖反倒朝向了他自己腋下。许青平左手轻轻护住右拳:“此招,无我。”

阿针台将曲刃的柄扔到一边,蛇匕亦反持在手,却看不清到底在哪只手上,因为蛇匕短小,他以双拳拳背示以对方,处于许青平的视线盲区。同时放低身姿,脊柱弓起,如扑食前的猛虎,双臂弯曲前垂,又似欲要撩牙的野猪。

阿针台道:“此招,奔流向海。”

林上杉道:“呃,这当是第三式了,‘念’,双方最后各出一杀招,如某方伤重而亡,则至少记得杀死自己的是什么招式……”

曲少毫喉头阻塞。

“许高帅尚有一柄善于刺击的突铍,比蛇匕长太多,无论出何招,孤鹿都怕是要命交在此了……”

曲少毫转向波帘公主:“切请公主中断竞技!”

黑疾马闻言,却不走动,而是拔下头发上的两枝顶花。这是卫朝中期开始才有的贵族女性礼节,意为家中亲人新故。

曲少毫气一急,索性自己踏出厅门,朝院中走去,丝毫不理会身后林上杉的阻拦。刚走出三五步,他一只手被林上杉拽住。曲少毫奋力欲脱,却听得大门被人锤响。连锤三下后,传来曲少毫熟悉的声音:

"核监院理法居游刃,有要事谒见孤鹿尊下!"

瑟缩在厅旁的汪府佣仆这才放开胆子,前去开门。但见居游刃一身朴装,急急走进来,到竹地旁对许青平和阿针台拜礼:"叨扰二位会武,米大夫……米大夫?"

宫里人统管米籍慢步走入宅邸,近到前来,缓缓对许青平和阿针台也行了礼:"许高帅,国主有令,欲召孤鹿圭明日入国主府相见,——还请二位收了凶兵,孤鹿尊下回室更衣,再入外厅,聆听询召。"

许青平胸气起伏三两下,突铍落地插泥,对两位高官和阿针台行了礼,兀自朝外走去。曲少毫这才看清,他小腿处的裤管上满是划痕,那是竹基矛头所致。背上更破了长长一道口,这是对手给他留下的纪念。

阿针台将手中蛇匕恭敬递给了居游刃,曲少毫也才看清,他左臂上布满一道又一道血口,左腿亦不知受了什么伤,血从上流下,染红木脚。这回轮到曲少毫拽着林上杉走入竹地了,一左一右架扶着阿针台往内室去。

居游刃把玩着那柄蛇匕,匕首的刀刃上布满缺口和裂纹,遂对米籍感慨:"真……凶险哪。"

米籍笑道:"米某不懂军武之技,倒是这一方嵊州进口的金斑景竹,可惜了。”

6

国主宣召阿针台入堂明山拜见,具体事由,米籍并未透露。他宣读完国主旨意,收起金书,问:“孤鹿尊下伤情可重?若需疾医,我可上奏太统管,请田医士前来医治。”

居游刃截住曲少毫话头,抢道:“米大夫费心,我观其伤势只留于皮毛,想来休养半日即可。”

“那便好,拜见国主,事关重切,有劳诸位。”

然后便自顾走了,未邀居游刃同行。居游刃让林上杉搀扶阿针台回去休憩,又唤来汪府佣仆,着其去往城西方兴池的切闻所,请一位民间的高德医士过来为阿针台疗病。

外厅便只剩下他和曲少毫二人。

曲少毫问:“岳丈,我观阿针台伤情不轻,何以谢绝田从容医士出诊?”

“唉,你以为这许青平何以今日拜会磋武?他就是望准了东扬城内,马、傅二位大夫均不在,方可造次。”

阿针台献出卫玺,是扬国贵宾,又是马明伦破坏生绿和生法宇婚事的重要棋子。南方地裂加上海吼之灾,马明伦、傅秋山离开都城,东扬城里没了保护阿针台的高官。此时许青平上门,以往昔过节提出切磋技击,谁也拦不住。倘若交手中“误伤”阿针台,谁也奈何不了这位战功赫赫的大将。

也因为如此,人在外州的居游刃听闻马、傅因公务出都城,料想会有这么一出戏,紧赶慢赶跑回都城。他一个核监院理法自然是挡不住许青平的,唯有堂明山的指令可以。

“岳丈……说服了国主?!”

“我何来这天大面子?是马明伦出城前劝过国主,自卫玺失而复得,国主尚未召见孤鹿圭,略有不当。我今日托着米大夫得见国主,国主虽有迟疑,仍应下了,我才与米统管带着金书赶来北羽坊。”

“岳丈深虑,少毫替孤鹿圭感涕!”

“勿要以为我是替他着想,实乃为你,乐叶当是已递话与你了吧?你和此人走太近了,唉,孤鹿圭虽献卫玺,仍是朝堂中水深火斗的重心,你已然牵连进去,——其若完好安然,顺从安顿,你自是沾喜的。他若出甚子意外……唉,不说了,不说了,但求安好吧。”

“那……依岳丈所见,明日国主召见,所意何为?”

居游刃捋了捋胡子:“七分把握,事关婚配,唔,这孤鹿圭能否破坏生巽大人当上国丈的好梦,就看明日了。——好在你阶位够低,不必亲入殿去,那里面的水火风雨不必落你头上。总之记我一言,与这孤鹿圭能疏离时则疏离,勿要再近。”

曲少毫未言,只是躬身拜礼。

作别居游刃,曲少毫赶紧入到内室,欲查看阿针台伤势。却在门口遇到了林上杉。林表示,波帘公主黑疾马和两个侍女正在照看孤鹿圭,你我不必入内添乱。

技击理论方面,林上杉毕竟在司尉衙府供职过,比曲少毫这个两手沾墨的纯粹文官要略强些。眼下只能厚着脸皮请教他。

“依林初撰看,阿针台伤情可重?会否影响明日朝见?”

林上杉道:“曲通案勿要担忧。今日许高帅虽然重手出击,但毕竟只是磋武,而非斗武,以孤鹿圭连年逃亡搏斗之力,当是没有大碍的,只需医药休养即可。”

“磋武、斗武,所异何为?”

林上杉面露傲色,开讲起来:“磋者,切磋比试也,有其不成文之规章,例如‘三式’‘五休’‘长短别’‘高低手’之分,虽可出杀招,终究有规矩、有进退的,高级武家、军武将领多行此类。”

说到此处,他晃晃脑袋:“而斗者,犹如山林虎狼以命搏,不比高下只取性命,乃战场杀阵、兵匪剿突、江湖仇杀之道,绝无旁人劝阻、中止之说,兵刃既出,必有殒命。磋武耗时长,而斗武,呵呵,一二招式之间,便已有生死之别!”

“是故,若无米大夫等人赶到,许高帅未必得胜?”

林上杉一愣,理了下袖口,笑道:“曲通案勿要糊戏与我,其中道理摆于明案也——倘若孤鹿圭全力以搏,且不说取命,就是伤了许高帅,今后如何在扬国立足?”

曲少毫一想,确然。许青平可不是什么普通武将,是步军高帅、司尉衙府名义上的头号首脑,长江大战扬国第一功臣。他之前的问题委实幼稚了,难怪林上杉要笑侃他。

这场磋武,阿针台定然是一开始就知道要败,关键是如何去败,又能保存性命。而许青平丝毫不必有所顾忌,可全力出招,倘若伤了对手,治疗便是。如失手杀了阿针台,堂明山也无法严苛追究其责任。毕竟,他和阿针台的父兄有着军武深仇。

此前马明伦的提醒,绝非杞人忧天。

过了约半个时点,切闻所的医士赶到,为阿针台治疗。医士出来后表示腿伤不算严重,疗养几日便可。遂开药方。曲少毫欲到病榻前探望,侍女却道,孤鹿尊下已吩咐,今日除波帘公主之外不再见人,有话明日再谈。

曲少毫悻悻,心想,黑疾马在你危急时刻可是未做任何补救啊,都预备好亲人新丧了。这份郁闷他却无从诉说,尤其不能和林上杉说,而居乐叶又在娘家,只能作罢。

翌日上午刚敲三遍鼓点,曲少毫便已起床。阿针台入堂明山国主府受召,他虽不必入殿,但要候侍殿外,故而衣冠必须洁净工整。换上核监院通案左的中阶一级的制式官服,便出了房门去阿针台的内室。不料屋内无人,去到外厅,却见阿针台和林上杉已在此攀谈许久。

林上杉身着司祀衙府祭礼局的正式官服,阿针台却一身布衣。想来,后者是故意自降身格,以平民之名觐见,日后国主可以再行册封赏赐。

林上杉起身迎迓曲少毫,阿针台却未起,当是腿伤的缘故。

拜过礼后林上杉解释，他正和孤鹿圭聊昨日磋武细节，许青平不愧东扬武技第一人，冷氏连斩刃的连手、变手、退手已经练入化境。

曲少毫不懂技击，只是点头称然，又问起阿针台伤势。对方只淡淡表示医士手段高明，行走虽有不便但无大碍。接着，又与林上杉聊起许青平的传神箭法。

曲少毫坐于此地，自觉像个外人。

用过早饭后，离四遍鼓点还有些时候，邦梳局派来的双牛篷车已早早在汪府外候备。篷车是给阿针台一个人坐的，曲、林二人只能骑铁雨卫的军马而行。这有点为难二位文官了，他俩都出身寒门，从小并无骑术训练。曲少毫主动提出自己不必骑马，步行于车后即可。林上杉却表示，国主召入堂明山，不比平素前往府衙办公，到底还是要讲究仪礼的。

正讨论，守门听斯来报，国主府派来两位宫里人。三人面面相觑。按照仪礼，外人入召国主府，宫里人机构是不必特别派人来随行的，只需在崇天门等候即可。

宫里人进到外厅，表明身份，乃太统管田大夫所遣，宣读国主最新诏意。三人跪地聆听，得知国主前夜忽染风寒之疾，恙祸政务，遂取消今日召见之事，延待日后。

宫里人离开后，曲少毫想，挺好，这下彻底不必纠结是骑马还是步行。正欲对阿针台宽慰几句，阿针台却拜礼表示，既然今日不召见，他自回房间休养愈伤，其间清养宁神不再会客，请二位大夫海谅。说完,便自当自回去了。

林上杉低声问:“曲通案,今日变故,以为何如?”

曲少毫怔怔,回:“我等臣官,自是切盼国主金体安康,早日病愈。”说完,也拜礼告辞,回房去了。

之后两日,北羽坊的宅邸陷入了诡异的寂静。阿针台闭门不出,也不会客,每日由黑疾马和侍女照看三餐和上药。曲少毫终日在屋内阅读早先记录的阿针台的历险。林上杉倒是雅兴颇足,观看汪府佣仆挖开院落里那些如矛的竹基,栽下新运到的景竹,或是撒一把米粒在院落中央,等着鸟儿下来吃。

国主府的新诏一直没有来。

第三日,这种沉寂终于被打破。听厮来报,文修库的中太寺大夫请见曲通案。

曲少毫重见故友,喜不自胜,就差与其拥抱。

“望柳老弟海谅!两日前收到来信,然则文修库请歇制度颇严,今日方能出来。哈哈,我看你在这里陪着当囚犯,都要憋坏了吧?”

中太寺非空手而来——四小坛眠竹林,还有四个食盒,鲜鱼、良禽、牛羊肉、山珍均有。二人就在曲少毫的房间内摆酒宴。中太寺还打趣问:“不得请林初撰同饮?我倒想亲眼看看这个当初出卖高玄的小吏。”

“豆明兄勿要糊戏,林初撰非小吏也,马上就要升一级为本撰官了。”

中太寺鼓掌:“可庆！可贺！我自当隔空为林本撰喜饮一盏,哈哈。惜乎,望柳老弟不得升调,还是通案左。”

“就为我这不得升调,也自当再喜饮一盏。”

酒过三巡,曲少毫才问起最关心的问题:中太寺在堂明山当值,可知国主何时再召阿针台觐见?中太寺摇摇酒盏:“望柳老弟真以为国主身染风寒?”

“唉,我也想到过,又不敢再深想。”

“朝堂四太司,如今马、汪、傅均不在国都,唯有生巽大夫近于国主,加之……徐国后和生巽一派近来关系密切,风头是变得极快,今早种下的花,明早可能就连根拔去了。”

众所周知,谢国妃受国主宠爱,徐国后遭受冷落。当年聂太夫人还在时,徐国后尚可以为靠山。如今太夫人已去,徐国后势必要在庙堂内寻找新的倚重。

“生巽大夫如今和徐国后一派?可是,谢国妃的表亲许高帅前几日来磋武,险些取了阿针台性命。”

中太寺笑道:“国妃不傻,徐国后旗投生巽,谢国妃自然也要与之相竞——如若她这位表亲果真手刃孤鹿圭,自然会比徐国后更受生巽重视。”

“了然,了然……”

中太寺饮下一盏:“倒是可怜了国少主,对和波帘公主的婚事提议大为不满……唉,端端一个少年贵胄,却婚事堪忧,要么娶个粗黑哑妇,要么娶个只爱放风筝的痴儿堂妹。哈哈,我若是他，自当一学那孤鹿圭，逃也逃也。”

“你当是醉酒戏言，勿要如此。”

“休怕休怕，均是我糊戏之语，和望柳兄无关，哈哈哈，大不了我丢官弃职逃回弥生国去也。自从家父因‘通京之变’失去官职，成为抚金闲人，我自当不必怕他了，哈哈。”

“通京之变”发生于两年多前，通应太王在北州军阀的拥戴下平定中州，废黜其叔光和太王，征伐南州海寇，并在京都中朝实行新政改革。光和太王旧治下的一批重臣不是流放就是罢官，其中包括中太寺的父亲，原先的理金府左相。

曲少毫皱眉：“家父变故，家道中落，豆明兄居然还能举盏笑侃，唉，实非常人也。”

“非常人，却为常理也。正所谓猎者以山为神，渔者以海为神，农者以天为神。——山、海、天可定人之生死，人却无可改山、改海、改天。为政亦如行猎、捕鱼、耕作，政者以大势为神，顺势可为，逆势则灭，何来呜呼哀哉之叹？家父留得人头在，已是大幸！”

曲少毫不语。

中太寺为自己斟满酒：“望柳老弟，我白吐一句要斩刑的实心话，就当作酒后妄言吧——国主前几日要召见孤鹿圭，翌日又以寒疾为由取消，如此优柔寡断，易从人言，实非人君之资也，即便日后以帝冕冠之，终有浪急船倾之忧。”

曲少毫欲言，被中太寺伸手阻断：

“且不谈过往贤君明主，即便那荒唐不羁的伪青平昌帝，亦有果决之思，在盂池决心东奔，并未回头犹豫。如今弥生国通应太王，本是宗室侧脉，为保生计、为求权位，不惜以妻女为质扣留中朝，出仕北州，经营数年后又挟北州军阀南下‘讨京’，丝毫不顾妻女安危……试问当今国主可有此胆识魄力？朝堂内外虎狼四布，若为羔羊，岂有长乐之日？”

曲少毫倒扣空盏：“豆明兄，勿要再胡言！”

中太寺却不动怒：“早知老弟会如此反应，哈哈，雅，雅！我不再言此，唉，倒是还有个坊间野闻，与你相干，听否？”

“端不是非议国主，即可。”

中太寺把他的酒盏正过来，倒上酒。这次南方地裂海吼，灾情严重，劳民备苦，不少人往北逃难，如今东扬城外便住着不少逃灾的。前些日子起，坊间巷尾妖言四布，说地裂海吼之原因无他，正因国主收纳两名伪青皇族于城内！其中一人从海中捞起卫玺，引得海龙王不满意。

“谬言！这卫玺藏入海中又非经年累月，至多不过一年尔，按妖言所述，卫玺入海之前龙王缘何不动怒？”

中太寺拍拍曲少毫的膝盖：“老弟啊老弟，妖言虽谬，但你并不懂得信众心态。底层劳民未读书经、不识典故，以海为生、以海为神，其自有理论。如你所言，卫玺藏海不过一年，但以其而言，当初卫玺入海，便等同献与海龙王。——如今孤鹿圭将其捞回，十足不讲信义、不畏其威，有糊戏耍弄之意，海龙王焉能不怒?”

曲少毫豁然,叹道:“原来竟能如此说理!”

“呵,实则,岂止海龙王信众?天同、五莲等教派亦在四下草木暗薪,谣传暗涌。自立国以来,从未有此等严重大灾,吃苦劳民自是要归咎于某人某事。”

曲少毫喃喃:“苦的终究是劳民百业。”

“不尽然!丧命的也有马大夫的豪门亲族,哈,海吼面前,一众平等!”

“豆明兄,又妄言。”

及至夜深,四瓶眠竹林喝了三瓶半,中太寺也不回去,索性在曲少毫房里同榻而眠。中太寺有打鼾的坏毛病,曲少毫在他边上迷迷糊糊,挨了半个时点,终于艰难入睡,不久便梦到了居乐叶:她正站在居游刃家的院子里,虽然背对他抬头看树,树上却一只鸟也没。居乐叶问,鸟儿鸟儿,何故离我而去?鱼儿鱼儿,何故离水上岸?

曲少毫想开口喊她,发现自己根本无法发声,想上前去拍她肩膀,却无法迈步。反倒他自己被人从边上摇了摇肩膀。曲少毫一转头,光明消失,只留昏暗。他和中太寺睡觉的房间里,一身黑影立于榻前,正是黑影摇醒了他。

“谁?!”

黑影答:“阿针台。”

曲少毫连忙坐起,欲下榻去点灯,阿针台却阻止道:“就要暗中,切勿照灯。”

“何事也?”

阿针台让曲少毫下到地上,悄悄打开房门。外面月光洒下,曲少毫能看到果真是阿针台,且右手拿着一把裁布用的交刀,刀尖尽是血迹。阿针台却不理会曲少毫的询问,将他引到外廊,指着南边的天空,可见火光,当是远处某坊巷走水。

阿针台道:“南面火势怕只是搅水之计,我这交刀上的血,来自汪府佣仆。”

阿针台夜眠易醒,十分警觉,双耳如猫。他在自己房内听到外面有轻碎脚步声,悄然下榻探查,发现一名听厮和一名门仆正以油浇其窗下,遂以交刀袭之,俱殒。

“竟如此诡异?我去唤醒林初撰。”

“我查过他的房间,还有汪府管事、侍女,都已人去屋空。”

幸而,波帘公主尚在自己房内。

曲少毫一怔,阿针台又补充:“马大夫所赠的‘木杖’,亦不知所在。”

曲少毫大惊,道:“我速去唤铁雨卫。”

阿针台不语,引通案左到院正中,其行走步态虽不如之前敏捷熟练,但也算得干练。他捡起一枚石子奋力往院门外扔去,石子坠地,声音清亮。按理铁雨卫在外日夜值守,这石子足以引起他们的警觉和行动,至少该敲门进来查问。

宅邸大门外却无任何动静。

曲少毫摸不到头脑，准备上前去开门查探，被阿针台一把拉回，疾步回到内厅。

“事出蹊跷，恐今夜有变。”他把沾血的交刀塞与曲少毫手中，“去叫醒你的朋友。”

身后却传来中太寺的声音：“不必叫，朋友已醒。中太寺五观豆明，文修库代行库左，弥生国人，谒见孤鹿圭尊下。”

阿针台扫他一眼，简单拜礼：“中太寺大夫，想来是会些技击的。”

中太寺大笑：“尊下好眼色！只是豆明经年未习，不知退至几何，今日倒要考验一番了。”

曲少毫与中太寺相识八年，头次知道他居然会武技。中太寺撩起上衫下摆，解开腹扣，抽出腰带往空中一甩，——但听“嗖”的一声，腰带在月光下泛出银斑。

阿针台道：“孔雀鞭刃①！久闻大名，终得一见，原来已传入弥生国。”

曲少毫问：“你平素就带着兵刃上堂明山？”

中太寺晃了晃鞭刃：“我这件并未开刃，勿要惊怪，哈哈，还不如你手上的交刀锋利。——孤鹿尊下，现下当何如？”

阿针台思虑片刻，带二人往内室走去。路经曲少毫房间时，他进去找到两只小酒坛，一手提着，又到波帘公主门前，禀明变

---

① 源于南亚孔雀王朝（约公元前三二四年到约公元前一八七年）的一种武器。

故,让她疾速穿上外衫罩裙。

阿针台道:“公主由望柳兄看护,中太寺大夫当与我挡住来袭之人。”

黑疾马点点头,毫无犹豫惊惶之态,看来早已习惯突发事件。倒是曲少毫问,你这腿伤,可行否?不若我出去喊巡夜的治安吏。

阿针台苦笑:“我敢担保方圆几里内绝无半个官家军武。这腿伤,呵,不行也要行了。”

北羽坊汪府这座宅子,四进四出。主建筑前两进的外厅、内厅、茗堂和飨厅连为一栋,后两进的六间内室连为一栋。主建筑西南面是餮厨和仓室。厨子在餮厨内烹饪,屋顶要开烟道。阿针台从仓室内找来搬梯,让曲少毫和波帘公主顺烟道爬上了餮厨屋顶,并交代曲少毫切勿出声,切勿下来。旋即将搬梯藏于屋后,便带着中太寺往后二进去了。

未几,曲少毫看到后二进的建筑里冒出了四五处火光,阿针台和中太寺却不见踪影。火势渐旺,开始沿着漆柱往上攀爬。曲少毫听到模模糊糊的一声“内室起火啦!”,似乎是中太寺。

曲少毫趴在餮厨屋顶,胸口激烈起伏,还要顾看波帘公主,以防她不小心跌下去。只三五下呼吸功夫,但见东南面的院墙上翻下来四五条身影,落入新栽的景竹林当中,紧接着摸出竹林,疾步到院门后,搬起横挡木,拉开大门。

曲少毫在屋顶上看真切,门外根本没有鳞甲坚弓的铁雨卫,反倒乌压压好多人，其中几个举着火把。正是靠着火把，曲少毫发现他们全是四饭劳民的衣着。不过和平素迥异的是，这些人各个手持铁锤、切鱼刀、剔肉刀、镰头、锄子乃至挑水桶用的尖头竹扁。

先前翻墙进来的几人并未用这些日常寻生活的器具，而是从背后抽出了直刃长刀。其中一人挥刀一指，众人便跟他冲进前二进的外厅，另几个持长刀的则又分领两小股劳民，左右包抄去往后二进的主建筑。

曲少毫直起上身往后二进的方向望去，看不出什么所以然。他只能对身边的波帘公主低声宽慰道，阿针台武技超群，当是无事。话虽如此，他自己也不曾信。文士曲少毫未经战阵，只能依稀估算，冲进来的约有五六十人。就凭腿伤未愈、手无寸铁的阿针台和兵器不开刃的中太寺，能抵挡住？

一个大胆的念头在他心里浮起。方才这群人往主建筑去了，院门大开却无人看守，曲少毫完全可以趁机跑出去搬救兵。他深吸两口气，再三望向大门，确认无人，一鼓作气便跳下了屋顶。黑疾马被他的举动吓了一跳，喉咙发出“呜呜”声，似在劝阻。曲少毫朝她挥挥手，压声道：“切勿下来，我去求救。”

这一跳，好在没伤到骨头和脚踝。曲少毫起身也不顾及衣服上的尘土，连步往门口跑去。离大门还有五六步，门梁上忽地跃下一人，全身黑衣，面蒙玄布，从背后缓缓抽出直刃长刀，锋指曲少毫。

曲少毫大惊,旋即自表:“我乃核监院通案左曲少毫,居公元海后系族人……速速放下兵刃就擒,可保你性命……啊!”

还没“啊”完,他转身就往回跑。对方单手握住刀柄末端,长臂挥出。刀锋过处,将曲少毫脖根的发基切断,分寸之间险些就砍中后颈。

未及跑出五六步,他就被地上什么东西绊了一跤,狼狈摔滚于地。黑衣人快步赶上,换成双手持柄,当空劈下。

曲少毫还没来得及闭上眼等待死期,就听“咣”的一下,一些酒坛的碎瓷片溅了一脸,一股眠竹林的气息。

黑衣人收回被击中的刀锋,往东看,竹林中走出一人。这让他困惑不已。方才黑衣人的同伙便是从东南院墙翻入,于竹林中出来,竟然没发现当中一直另藏着别人。

曲少毫也纳闷,此前他和黑疾马就伏藏在屋顶上,丝毫没发现阿针台从后二进又回到院中,潜于这片竹林。

黑衣人发现对方左脚是木脚,手上除了一个小酒坛再无他物,眉毛一拧,自怀中掏出一枚响炮,掷于地上。“啪”一声,余音尚在耳鼓,黑衣人腰身已经拧起,手中直刃长刀一如笋尖破土,直朝阿针台刺去。

二人相距仅三步时,阿针台手中酒坛一挥,曲少毫和中太寺喝剩的半坛眠竹林悉数泼上黑衣人面目。

黑衣人进攻气息被打乱,却仍能变刺为斩,向前攻去。但阿针台在半步之遥一转身,盘到他身后,酒坛正中其后脑。瓷坛稀碎，黑衣人未及出声便倒在地上。

但刚才一声响炮已经引起其他人注意。阿针台捡起长刀，扶起曲少毫道，来不及上房顶了，到饔厨躲避。

曲少毫此时还想着跑去外面喊救兵，往大门一看，已有五六个持械劳民站在那里。想来他们之前在墙外守候，也是被响炮引了进来。

时不可待，曲少毫只能往饔厨跑去。阿针台殿于其后，八步之后一转身，以刀背挡开冲在最前面的劳民挥来的锄子，手腕轻翻，刀刃顺着锄杆无声横劈回去，将对方胸膛切开个大口子。曲少毫躲入门内，半脸外探，阿针台已经一个滚地而起，让开另一人袭来的草耙，以长刀砍断其右腿，再戳破其腹。

火起电闪，取人性命，这便是林上杉说过的斗武与磋武的区别。可恨林上杉不在此，否则，曲少毫断是想看阿针台如何取其性命。

剩下的三五劳民将阿针台围住，并不急于为难饔厨内的曲少毫。正对峙，主建筑里出来一大群人，最前面的是中太寺。但见他衣袍破损，身沾血污，手中鞭刃疾舞如龙，边舞边退入正院。凡有近身者，均被他的鞭刃击中面部或者手腕，呜呼喊痛。

阿针台见状高喊："我乃青国河夏王之子孤鹿圭，万苦流落扬国，亦曾为四饭海佬，与诸位断无仇怨！今日冲突并非本意，请安好而还，我绝不追究！"

一名右手持菜刀、左手举火把的劳民，额头青筋暴起，咒骂道:“蛮青野儿!污我故土,触怒龙王,搅地裂、掀海吼,定当诛杀!命祭龙王!息定海疆!”

其他人跟着喊:“命祭龙王!息定海疆!”

阿针台喘息两次:“若如此,请诸位放饶二位扬国臣官,其只奉命监视与我,同天灾无涉。”

青筋暴起的劳民又骂道:“野儿糊戏!龙王有启,与蛮青朝夕甚密者,定当诛杀!共祭龙王!息定海疆!”

众人又跟着喊:“共祭龙王!息定海疆!”

有人喊:“还有一蛮青野娼,同为灾源,亦当杀之祭海!”

众人再喊:“亦当杀之!息定海疆!”

青筋劳民一挥火把,齐喊一声“杀!”,便如潮水般朝阿针台和中太寺涌去,二人如同两滴水,化入潮流之中。曲少毫躲在饕厨门后,只见得外面人影跃动,火光四闪,喊杀不断,金铁相碰,夹杂惨号,一时分不出是否来自中太寺或阿针台。

终于,他看到中太寺挥舞着鞭刃从一团人当中冲出,只是鞭刃不再如同方才那样雷厉刚猛,颇有力断气衰之相。几个劳民也学聪明了,不轻易近得身前,而是用草耙、锄子之类的长柄农具四方袭扰。此人擦中一下他的大腿,那人又挠伤一下他的肩膀,中太寺的鞭刃终究只有一条,无法全面顾及。

眼看中太寺行将不支,忽听一声怒吼,阿针台朝这边冲来,且不光他一人——一个身形矮小的黑衣人双手捂腹,腹部正中插入一柄长刀,阿针台双手握着刀柄,就这样顶着对方一路激进,冲散了围住中太寺的人。

黑衣人怒吼。阿针台亦怒吼,旋即刀柄一拧,切断了对方把住刀刃的手指,断指撒落一地。黑衣人无力阻挡,长刀又进去了很多,穿透其背,冒出足有一掌长的刀尖。

阿针台又急进三四步,刀尖硬是又刺中了黑衣人身后一名闪避不及的持耙劳民。阿针台刚想抽刀回去,黑衣人却用剩余的几根手指再度把住刀身,震天一吼,腰身以蛮力一拧,竟堪堪将那柄砍出不少缺口的直刃长刀崩断了。

黑衣人和身后劳民丧命倒地时,阿针台手中只剩一掌长的断刀了。他只分神片刻,旋身右手猛挥,断刀飞入一名本打算背袭的劳民咽喉。

阿针台一个滚身,蹲跪到那人身边,左手抓其顶髻,右手握住刀柄,一旋又一割,生生将对方头颅取下,又扔掉断刀,捡起那人的镰子。

一时竟无人敢近。

中太寺见此情状,不由喊道:“身盾术!”

曲少毫闻言一惊,脑海里浮现出血流遍地的商船上舺,傅环背靠桅基而坐,赞道:“身盾术,从前只闻未见,妙也……”

那时阿针台也是左手提着一颗人头。

他脑中画面未消,已有两人举刀分左右冲向阿针台。阿针台一步横移到左侧,镰子切挡下一把肉贩用的剃肉刀,左手人头已然挥出,正中对方额头。

人头坚硬,平素两个急行者不当心以头相撞一下都要脑昏眼花片刻,更不必说奋力一击。肉贩一声未出便已倒下,眼白上翻。紧接着阿针台左手举起,迎向另一人刺来的切鱼刀。

刀自人头底部而入,却因头骨坚硬,根本刺不穿。对方这一愣神,阿针台右手镰子却已在其喉咙横划出一道深深的口子。

此人捂住喉咙,双膝刚跪地,阿针台已连退三步,闪过又一名黑衣人的长刀攻击,并举起左手,以嘴咬柄,拔出人头里的切鱼刀,刀尖朝前。同时右手镰子向外滑挡长刀直刺,左手人头抽击黑衣人右肘上端的穴点。

黑衣人吃痛,松开右手,正欲以左手持刀返身回砍,阿针台却已经冲贴到他侧面,口中的切鱼刀刺入左颈。

这一连串攻击,将一众敌手着实吓住了。阿针台连杀数人至此,上半身几乎已被人血淋透,只剩鼻子和眼睛周围的皮肤还裸露在外。

方才从门外进来的劳民尚有人活着,此时大喊:“餮厨内也有蛮青同党,杀!”便分出一股人朝曲少毫所在的餮厨而来。

曲少毫连退几步,幸而中太寺已经挡在餮厨门口。阿针台此前的杀阵之技震惊敌手,让他获得片刻喘息休养,现下又有餮厨为背后依托,不用四面环敌,那条鞭刃又舞出了杀机和神采。

曲少毫正感庆幸,忽而又听有人大喊:“房顶,房顶上有人!”另有人回应:“女的,蛮青野娼!蛮青野娼在房顶!杀!”

头上有瓦片响动,想来是黑疾马也在慌乱。曲少毫对门外中太寺喊:“豆明兄勿管我,快救公主!”

中太寺此时居然还能笑出来:“望柳老弟勿要痴儿！我能自保已属神迹也!”

袭击者看得明白,院内阿针台以一当十,但不能分身。饔厨门口的中太寺只能保住门户和门后之人。饔厨边上的仓室和饔厨是共用一个屋顶的,只需要从仓室外墙攀爬上去即可。立刻就有三两人跑到仓室墙下,又远离中太寺鞭刃的攻击范围。

此时阿针台正和一名铁匠缠斗。铁匠足足高过他一头,双臂粗长,两边各持一把短铁锤,舞得风声呼啸,似乎蛮力无尽。阿针台左手人头屡次闪挡铁锤,已然面目模糊,眼鼻不分,右手镰子也被铁锤击打得变形弯曲。

眼瞥见有一人就要爬上仓室屋顶,阿针台无心缠斗,左脚踢中铁匠裆部,获得一个呼吸的空档,扔掉人头和镰子,双手攀上铁匠双肩,对着他的喉咙就是一咬。

铁匠惨叫,震彻四方。

阿针台跳回地面,吐出块红肉,飞速捡起铁匠掉落的两柄短铁锤,左手以锤挥击其太阳穴,再一拧身,右手铁锤呼啸飞出,划破夜空,准确砸中刚登上仓室屋顶的劳民后背。

跟在他身后的袭击者听到前人脊骨咔嚓裂声,不由心神一慌,脚下打滑,从屋檐跌落于地,压到了其他人,一片混乱。

趁此漏隙,阿针台左手挥锤杀向饔厨门口,喊道:“中太寺!”

中太寺心机会意,喝道:“来!”

阿针台杀到他身边,中太寺停止舞刃,双手相叠于腹前。阿针台右脚踩上其手,中太寺一个力抬,阿针台半空而起,右手抓住屋檐,一卷身,上到屋顶。

此时还剩三十多个袭击者,包括一名黑衣人。尽管未讨到明显便宜,他们还是喝骂着“诛杀蛮青!命祭龙王!息定海疆!”,然后再度围拢过来。

这些口号反倒给了餮厨内的曲少毫一丝灵机,他清清嗓子开始大喊:“蛮青已诛!共祭龙王!海疆已定!蛮青已诛!共祭龙王!海疆已定!”

屋顶上阿针台起初一愣,旋即明白曲少毫的用意,连同中太寺也懂了,三人一起大喊:“蛮青已诛!共祭龙王!海疆已定!蛮青已诛!共祭龙王!海疆已定!”

“蛮青已诛!共祭龙王!海疆已定!”

三句口号在夜空中回响。

袭击者们不知其意,只恼怒不已,仿佛这三个男人在嘲笑自己,纷纷怒吼起来,紧着就围逼近前。反倒那居中的黑衣人,不再上前,而是留于原地,任由其他人从身边经过,上前攻杀。

阿针台看在眼里,更肯定了曲少毫危急关头的计策有效,越发用力呼喊:“蛮青已诛!共祭龙王!海疆已定!”

中太寺不得不再度舞起鞭刃,击退来犯者。屋顶上,阿针台将黑疾马挡在身后,铁锤换到右手,立于屋檐,上来一个便击杀一个。

终于,过了大概四分之一炷香时间,门外传来齐整的脚步声和鳞甲铁片相碰的金属之鸣。阿针台对下面的中太寺招呼:“进屋避退!”

中太寺连忙闪身进入飨厨,手中鞭刃舞动更激,封住了门。阿针台一脚踢下一人,转身抱起黑疾马,一起往飨厨另一侧翻滚下去。

两个呼吸之后,空中传来异响,如一大群寒鸦惨鸣。那是铁雨卫标志性的武器“朝天翎”在天上飞行的呼啸。

顷刻间箭雨袭下,落地有声,也有很多箭没发出声音,但中箭者均在呼号。第一轮箭雨下来不到一个呼吸,第二轮箭雨又来了,紧接着是第三轮,第四轮。曲少毫听到门外是中箭者的惨叫,头顶上是箭镞击碎瓦片的响动,不由担心两个皇族的安危。但又一想,以阿针台的百战之智,定有办法躲避。

四轮箭雨过后,铁雨卫冲杀入内。院子里那些中箭倒地的、幸运躲过箭雨的、此前已经被阿针台和中太寺杀死或重伤的,无一例外都遭到乌背刀砍杀,包括那个被阿针台砍下首级的。

带队的领羽官朗声命令:“凡所邪党逆寇,诛无赦!”

说完分出两队人又往四进建筑里清剿。中太寺未弃鞭刃,走出飨厨,高声道:“国主府文修库代行库左,中太寺豆明在此!来将何人?”

那领羽官一怔:“宫里人?缘何在此?”

中太寺举起腰间的文修库玉佐牌,道:“我今日探访宿伴之核监院通案左曲大夫,惨遭贼攻! 曲大夫亦在屋内避祸。”

领羽官见到玉佐牌,连忙拜礼:“下官安护来迟,望库左大夫海谅,切问,二位孤鹿氏可亦安好?”

中太寺长叹一声:“孤鹿尊下与其族妹……唉,已被邪党逆寇均诛于内室矣!”

领羽官并不自责,反过来宽慰他:“大夫不必神伤,待下臣捉拿余匪残寇,为孤鹿尊下行仇。”

“唔,雅,雅。今日邪党进袭,利害攸关,死伤甚重,幸而我自幼习武,方能自保。若他日清匪荡贼,我自当于堂明山为诸将士进言请功!”

领羽官拜谢:“还请库左大夫稍歇,下臣立刻唤军医前来疗伤。”

中太寺摆摆手:“我不要紧。倒是屋内曲大夫,文墨书士出身,哪见过如此血海杀阵,早已混糊失神。他又偏是核监院理法居大夫贤婿,啊,快着人去禀报居大夫,另着人速报安治都司!”

领羽官略有迟疑,还是领命。毕竟,眼前这位大夫的官职位列上阶,又是堂明山宫里人,不敢怠慢。中太寺见领羽官已派人去通报核监院和安治都司,便放下鞭刀,进屋搀扶曲少毫出来。

但见这位通案左脸上几大块锅灰污渍,没污渍的地方则惨白如雪,手足俱颤,还口出糊言:“杀,杀……杀……杀光他们……杀光他们……孤鹿兄……杀啊……杀……”

出门未行三步,见到眼前惨景,曲少毫两腿一软,登时倒下,全靠领羽官和中太寺一左一右将其搀扶到外厅,又有铁雨卫打来凉水给他饮下。

那些入到主建筑清缴的铁雨卫回来汇报,后二进多间内室起火,正在扑灭。中太寺一听,恨道:“二位孤鹿氏,定然烧得不成形名也！至惨,至惨！”

“烧,烧……烧……烧死他们……烧啊……烧！”曲少毫仍在念叨,几欲挣扎起身,被铁雨卫和中太寺生生按住。领羽官感慨:“通案左这,恐怕难以立刻治愈……”

“望柳老弟至惨！早知就不该来此地做甚宿伴！现下命剩半条,魂丢大半,家中尚有娇妻苦守,往后可该何如啊！”

过了半个时点,内室火灭,铁雨卫入内探查,只发现两具全焦男尸,无一人有木头左脚。领羽官恼怒而起,转问中太寺:“大夫此前所述,二位孤鹿氏俱被诛杀于内室,可是妄言?”

中太寺正要开口,院门外一阵喧哗,但见核监院大理法居游刃带着一队虎牢卫走进来,紧跟着两队安治吏,领衔的是次长官安治都尉。

中太寺往地上一坐,长出一口气:“可算来了,娘秃的。”

领羽官还没反应过来,方才还在椅子上神神道道的曲少毫猛弹起身,一路疾步到居游刃面前,俯身拜礼:“核监院通案左曲少毫,拜见理法大夫！拜见都尉大夫！”

居游刃扶起贤婿:“少毫安好！甚幸！甚幸！”

曲少毫擦掉脸上的污渍，回道："不单下臣安好，二位孤鹿氏亦安好无恙。——孤鹿尊下，当得出来也！"

外厅里，领羽官一掌拍在旁案上，旋即怒视地上的中太寺。中太寺朝他笑笑，无力出言。

但听得餮厨后面传出阿针台的声音："曲大夫，非我二人不愿出来，委实……被这排水狭沟卡死也！"

7

是夜袭击北羽坊汪府宅邸的海龙王信众之中，有一人得以侥幸逃脱。

此人原为住在都城南郊的海佬，袭击时冲入后二进建筑，为中太寺鞭刃所伤，一时昏厥。待他醒来，杀阵已然转移到前院之中。他暗中窥视片刻，认定绝非中太寺和阿针台的对手，不愿贸然送死，是故从后二进东边墙头翻了出去。因流血颇多，勉强行出了四个巷口，被一队赶往南城火灾现场的安治吏发现，当即拿下，却不肯吐露北羽坊内的血光之祸。

直到北羽坊事件惊动了核监院和安治都司的次长官，其可疑行迹才受到关注。

翌日清早，核监院大理法居游刃携通案左曲少毫，会同安治都尉在刑牢审问。按其供述，他全家、全村都以海为生，笃信海龙王教，平素便常去城南的海龙王庙祭拜祈福。

海龙王教内部派系诸多,他信的这支叫作“南定派”,信众多为百行里的底层劳民——农夫、海佬、小贩,尤其是家中有重病残疾者。他们认为海龙王动怒时需生命献祭,方可保众人平安。此次南方地裂、海吼在他们看来全然是两个北青皇族所致,必须将其根除,否则将来还会不断有新的灾难。

至于袭击事件的主导者,这人自己也不清楚。他是被同为海佬的邻居说动的,据说事成后每人可得银毫三枚,这对底层劳民而言可是一大笔钱。结果那位邻居在大院里被“朝天翎”射成刺猬,头上和胸口又各挨一刀,再也说不了话。

阿针台听到此处,问:“那些黑衣人,他如何解释?”

曲少毫道:“只说是领头者自民间觅得的技击高手,身世与青国有深仇,特来助力信众。”

安治都司和虎牢卫在清扫北羽坊宅邸时,除了海龙王信众尸首,并未发现什么黑衣人。问及最先赶到现场的铁雨卫诸军士,后者亦回复说,未见所谓的黑衣人尸首,更没有直刃长刀这类兵器遗留下来。

阿针台凝眉道:“唔,与我缠斗的黑衣人之中,有一人身形矮小,被我以长刀戳穿,此人以身断刀,死前怒吼,其蒙面黑巾掉落,方被我认出……”

“何人?”

阿针台深吸气:“昔日出海寻玺,船上有一矮小军士,其前牙有豁,右颊有痦,与海寇相斗时以左手主使直刃长刀……昨晚黑巾落地，全然无错。”

曲少毫已不诧异：“水军高帅钱定坤，祖上便是沿海劳民，世代信奉海龙王教，常出资襄助龙王庙。”

也正是这位水军钱高帅，当初制定了一个万分凶险的出海计划，让阿针台和曲少毫险些命丧海寇之手，更是让傅秋山的兄长傅环以身殉国。

此外，当晚负责守护宅邸的铁雨卫离奇失职，听闻“蛮青已诛”的呼喊后又整齐地杀回来，未留活口，也极端蹊跷。

至于提前失踪的林上杉和汪府几个管事、侍女，几人均辩称自家临时有事，不得不暂时离开，幸而躲过一劫。试图在阿针台窗外纵火的听厮和门仆，已然死无对证。

阿针台掰着手指：“水军钱高帅，步军许高帅，太司祀生巽，太司常汪诚和兄弟汪谦……除了太司纠，我真是触怒了大半的扬国朝堂，呵呵呵。”

曲少毫道：“水步军能联手合谋，实乃我扬旷世奇观……只是不解，太司常汪大夫何故搅浑与我们？”

“汪家以海珠业发达，自与水军交往甚密，官商之间盘根节错，早非异闻。我以海佬身份伏于民间时，亦曾耳闻水军与富商勾结，贩私、奴口、藏税、瞒报珠获者，无所不有。”

“是故，钱高帅自当不容于你……”

“非也，实乃扬国不容于我，其时当走。”

二人此番对话，是在核监院虎牢内进行的。北羽坊袭击事件的风语在民间被弹压下去，城南失火之事转而成为焦点。但汪府宅邸已然不能再住，一时又无后备，居游刃便提出可在虎牢暂避。

虎牢虽不如汪府豪丽宽敞，但终究是为中高阶官员预备的，整洁不说，十分安全。阿针台和黑疾马便一人一间“上房”。堂堂青国皇族贵胄，有献玺之功，在东扬城只能如此安居，委实讽刺，也无怪乎阿针台说出“其时当走”的话来。

昨夜一番搏杀，阿针台和许青平磋武时受伤的左腿更是直转危急。国主特遣大医士田从容来问诊，结论是，废也，以后要终身拄拐而行。至于波帘公主黑疾马，在随阿针台从屋顶滚落到狭沟时摔伤手肘，也需要正骨疗伤。

曲少毫道：“当走不当走……后日，马大夫和傅大夫当自南方回都城，届时觐见国主，再可定夺。”

阿针台摆手：“望柳老弟纯真。即若二位大夫还都，我亦无从得见国主。”

“何故？”

“此番南方天灾，惨烈空前，焉知国主如何看待龙王翻身之说？”

这话倒是真的。自古往今，天有异象，地有大灾，掌国为君者无不重视，必要倾听解析，以图后安。东扬国南方的灾害，国主自然是关切的，也必然是心有疑问的。北羽坊夜袭，民间虽然弹压，国主却要以为重大。种种蹊跷，均可伪装偶然，但一群底层劳民信众举着生计家什来要青国皇族性命,不能不说是一种激烈的“民意”。再加上朝堂内,视阿针台为钉者甚众,这一上下联手,以国主“犹移不决”的作风,就算马明伦回来,可能也很难让阿针台、黑疾马在东扬稳定落脚,享受安稳日子。

如果不能让阿针台落脚东扬,国主自然没有召见他的必要,否则只会平添政舆风险。预备中的奉玺大典,重点在卫朝和扬国本身的法理关系,届时有无这个青国皇族子弟,其实并没有那么重要。

阿针台道:“北羽坊夜袭,我若死,万事尽可云散;我若存,则可假挟民意吓阻国主,驱我出尔——幕后有高人。”

曲少毫不语。

“望柳老弟不必消落。人生一世,无非来去二字,无非见别二礼,得以缘会岁月,便已万幸。只可惜西行游记,无以笔成,呵呵,憾也,命也。倒是在北羽坊时有几日疏离老弟,实非我本愿,深知与我交密会耽误老弟前程,不得已而为,还望海谅。”

曲少毫俯身拜礼:“非怪,非怪,望柳自是深晓。”

阿针台坐着还礼:“老弟昨夜惊魂,今日又奔忙公务,所累不值,当早些回去歇息,夫人在家自当切待已久……唔,他日遇得中太寺大夫,代我恩谢与他,有劳。”

曲少毫和阿针台在虎牢相谈之后第三日,马明伦、傅秋山和太司常汪诚一并回到东扬城。朝堂上的事态变化也如阿针台所料想，尽管马明伦一再坚持，国主还是偏向生巽和汪诚的意见，认为奉玺大典上再由两位孤鹿氏出面，于东扬政局安稳不利，有伤民心，有悖民意。

至于如何处置二位皇族，反正这东扬城内是断然不能留的。若发到东扬外州，亦不知会有何等变故。底层劳民也不是瞎子、聋子，南方的天灾、海龙王翻身的传说早就传遍各州。唯一想留下阿针台再图生事的马明伦，其家族势力在段州，偏是这次受灾最重的三州之一，更不可能容纳青国皇族成员。

关节点上，司尉衙府的傅秋山进言，可将孤鹿氏兄妹祸水东流，送到弥生国，其生活资费由扬国承担。如此，扬国没了灾星，生巽大夫亦不必担心女儿嫁给蛮青后裔。北方将来要是再生新变，可将二位孤鹿氏接回来，灵活无比。

最关键的是，扬国民心可稳，奉玺大典能按时举办——这才是现下东扬的头等大事。

国主深以为意，复又思忖二日，终下定论。

弥生国是东扬友国，大卫朝还在时又是卫朝属国。该国共分四大岛，其中北大岛常年为友塔日一族所占，时有兵戈相向；居中的本中岛面积最大，中京就在该岛；西大岛和南大岛是弥生与华夏的海上航路的终端，曾经派阀妖乱，军武割据，视中京政令为无物，如今已被通应太王征于麾下。

经过十多天里两国追急特使的一去一往，事情终于落定：两位青国皇族坐船渡海，在弥生国本中岛的南州港口登陆，乘车马到中京参拜通应太王。太王已在北州的金松郡选择了一座小城作为“锢地”，二人可安心生活。

此时正值燕月末、牛月头，每年此时海上大抵风顺浪静，利于向东行船。自东扬城松安头港升帆，到弥生国西大岛一般只需要三四日。若风向正利，船工卖苦，短则二日半也绝非不可能。

陪同二位孤鹿氏东渡的，有弥生国追急特使和邦梳局官员。此外，还有两位扬国文官自荐随行，分别是文修库代行库左中太寺豆明，核监院通案左曲少毫。

但国主府以文修库事务繁重为由，未批准中太寺的请求。核监院大理法居游刃也驳回了贤婿的申请，原因是私下的：此前出海寻玺、汪府宿伴，已足够担当，——阿针台既为东扬弃子，就勿再接近与他。大理法今年四十有三，已近老迈，希望于任内将贤婿再升调一级，他日若能继过理法一职更是上佳。此时此点，切勿再生枝节蔓绊。

至于国主生寒寺，终究没有召阿针台上堂明山。

牛月初三，阿针台、黑疾马在松安头港登上一艘邦梳局租用的客舫。现场除弥生特使、邦梳局局左、曲少毫之外，再无其他官员。堂堂北青河夏王和洛王的后裔，落个如此冷落的排场，委实令人唏嘘。

上船前，拄着拐杖的阿针台与曲少毫作别。二人四手攥握，衣袖交织。曲少毫感慨：“遥想昔年，我亦在此送别一位故人北上渤都，然其途凶险，终未生善，大憾也。望兄此去波平浪缓，神佑仙顾。”

阿针台道：“拜谢望柳善恩！此番东扬起伏安危，全亏老弟相助相携，阿针台感激不尽，待来世尽报！”

曲少毫松开双手，对二位皇族拜道：“奔流向海。”

黑疾马俯身拜谢，阿针台也拱手回礼：“奔流向海。”

就此别过。客舫起锚升帆，二人又远隔近水相拜三次，最终货舫成了海上的一个小黑点。

八天后，客舫自弥生国归，却带来不幸的消息：二位北青皇族在快到弥生国西大岛的南野港时，忽然双双坠海，船工水手立时下去救人，却无所得。其后又联络港口的弥生国水军所属快舴四下搜寻，终二日未果，只得败职而返。

此事蹊跷又尴尬，随行的邦梳局官员遭到贬职罚俸，客舫船总和船工各被鞭挞十余下，入刑牢一月。此外也没什么可以处理的了。傅秋山曾提议为二位孤鹿氏低调举办祭奠，被太司祀和太司常驳回，马明伦却没有表态支持傅秋山。此事遂作罢。

通案左曲少毫听闻噩耗，号啕不已，其后告假三日，昼夜宿醉，复又再歇三日，方回核监院履职。因其岳丈官阶，同僚无可澽议。也有人向理察局暗中弹劾曲少毫的表现，始终未得回复。

这是牛月里发生的变故。

到第二个月，兔月十三，筹备已久的奉玺大典终于举办。国主生寒寺在文武百官礼侍之下，在先国主和生氏列位先祖的灵牌之前，将卫朝的国玺奉于双手之上，四拜天地。其后礼乐声声，一十一头牛、二十二头羊、三十三口猪被奉献在祀坛周围。众臣拜服于地，高呼万岁。

扬国用了三十多年的年号“后智成”在下一年也将被新年号“庆玺”取代。生寒寺从此便是庆玺皇帝，其父生在錡被追为明海皇帝，祖父、曾祖、高祖亦逐一追谥。

举国大庆七日之后，细细追究，除了官方文书里对国主一家子的称呼改变之外，扬国似乎又什么都没变化。

又过一个月，夏节的猴月十五日，居府告喜：居游刃之女居乐叶怀上了身孕。曲少毫在鄞州的老父母得到喜报，正在赶来都城的路上。

翌日傍晚，中太寺提着酒食来到甜井巷曲少毫府上，贺过新喜的年轻夫妇。随后居乐叶回内室休息，留下中太寺与将为人父的通案左在内厅对饮。

两盏过后，曲少毫忧问：“可有南方消息？”

中太寺摇头：“无也，阿摩国非海贸常往之地，若遇极端，三两个月才有一艘船过来亦有可能。”

阿摩国为群岛之国，位于弥生国以南。从扬国航行到阿摩的距离其实比去弥生还近一些。但，阿摩国群岛细碎，物产不丰，人口稀少，实在没什么贸易实力。若作为长途远航的停休点，其海港条件、物资储备、地理位置的便利性又远不如闽海以东的大夷州。故而，尽管阿摩国与华夏经年交好，却从未有使臣常驻东扬城，只是每过一两年才遣使朝贡进书。

当初曲少毫在松安头港和阿针台道别，四攥而握，衣袖交叠时，曲少毫便悄然将一小卷黄绵纸送入对方袖内。阿针台声色不变，淡然纳之。

黄绵纸卷内是中太寺主谋的计策：艉部悬挂着扬国红蓝二色旗的客舫快到南野港时，二人假装落海，以阿针台水性，可携黑疾马潜泅至西侧小屿。与此同时，会有一艘弥生国小型货舫候于港口，一旦看到悬挂扬国旗帜的客舫停船搜救，便立时出港，绕行至西侧小屿接应二人。其后小货舫一路南行，抵达阿摩国北部岛屿，放下阿针台和黑疾马，留在当地生活，仍以海佬为业。

邦梳局租用的那艘客舫败职而归的四日后，这艘弥生国小货舫也驶进松安头港。船总向中太寺回报："虽经波折，二人已经安然抵达阿摩。"

当时，曲少毫正在家中成日大醉，演戏与别人观看。个中内情，除中太寺外，唯有居乐叶知晓。

中太寺想到这个主意，全托福于自身的倒霉经历：多年前他第一次准备从弥生到东扬来时，就是从西大岛南野港上船。无奈彼时是冬节，海上常有风暴，便在港口逗留数日，闲极无聊四处瞎逛，掌握了港口周围的地理海貌特征，包括西侧一些时有时无的小屿。后来好不容易上了船，行到第二日，风浪又来，中太寺脏腑都似吐出不说，两度险些被掀进海中为龙鱼添菜。这阵大风浪把他坐的船一路刮到阿摩国。在阿摩国又逗留数日,复西行,一路颠簸总算到了东扬的波州。此行前后耗费十余日,中太寺抱着木桶吐了一路,下船时已然瘦了一大圈。

此次偷运北青皇族去往阿摩国的那条货舫的船总,正是当年载他来东扬的那位船总之子,子承父业。

曲少毫举盏敬道:"此番逃遁,尽倚仗豆明兄,我自替阿针台和波帘公主谢过。"

"啊哈,你怎的还唤他作阿针台?"

"唉,无从知其真名,只能如此。"

当日港口相送,曲少毫往阿针台衣袖内送纸卷。可巧,阿针台也往他衣袖里送了一卷纸,犹如心意相通。回家之后,曲少毫取出纸卷展开细阅,才读了两行字,便双手剧颤。

阿针台在信中实言坦诚,自己并非真正的孤鹿圭,而是河夏王府的金翅卫军士。他父伯那辈也曾为金翅卫效力。因自幼习武且与孤鹿圭年龄相仿,很早便入河夏王府中,与孤鹿圭结为"武伴",日累月长便深熟王府乃至皇家的内故。真的孤鹿圭奉命到镐州拜守祖陵时,他一同随往。之后"文庆寺之变",他是保护孤鹿圭和波帘公主西逃的护卫之一。

逃到第三年,孤鹿圭因重疾在佛邦之土去世,死前身边除他外已无可靠之人,便将卫玺和喉咙受伤的波帘公主托付于这名一起长大的"武伴",并希望如若可能,将妹妹带回华夏之地。其后一路向东,向北,终于完成孤鹿圭嘱托,但不可能再越长江。

若非安治都司那次“缉私”，他和波帘公主自是不愿暴露，只求以劳民身份安稳度日的。

“阿针台”另坦白，波帘公主与自己是假兄妹、真夫妻，结喜于百难之中，但在逃亡路上经历艰难险境，受尽千百折磨，她在一次流产之后失去了生育能力。

“历经万苦，只求一存。”假阿针台在信尾写道，“吾自幼心气高强，现下却求安稳，与妻同尽余生。亦曾于梦中魂还故土，于黄河之畔击筑而歌，及至梦醒而泣……诓骗望柳实非所愿，如有一日灵会于天，吾自叩首赔罪。若望柳待到华夏归一之日，尚有顺境，且替吾去往镐州祖陵，代真孤鹿圭拜首，此为其生前唯一遗愿，吾当无复感涕！”

读完此信，曲少毫伏案痛哭，这次是真哭。

中太寺自斟自饮：“那份手书说了半天，也不知道他到底姓甚名谁，唉，憾也。”

曲少毫转着手中酒盏：“或许，他不想以旧名相告，是起于羞愧。啊，人间多憾事，足累高天楼。我既不知其真名，西行险记亦无以完成，腰断之痛，何人能解？”

中太寺不语。

“虽如此，我却存疑，以当日马大夫所言，若真是波帘公主，何故不再兴弄乐律？”

中太寺道：“唔，老弟，你出于鄞州田乡良绅之家，一落生便是扬国人，手捧书卷无忧衣食，及至今日为中阶臣官，有妻有子，四下安稳——未经国间战祸，未遇家道断落，自难懂那家覆族灭、城破国亡之心理。”

曲少亳默然。

中太寺的父亲五观，弥生国顶级贵室，家学深远，写得一手好书帖，又喜歌韵诗曲，在王公贵族中素有盛名，且严于律己，少沾酒水。但，自从被通应太王去官赔地之后，自行将家中文墨之物尽数焚毁，终日饮酒沉醉，与乐伎相狎，半年里白尽发丝。

“是故，让波帘公主再接触乐律之物，委实残忍。马大夫出自段州马氏豪族，年少有为，意气超绝，也自是不懂其中辛酸滋味的。”

“……令尊五观大夫，往后断无复职再兴之可能？”

中太寺轻哼一声：“通应太王异于往昔数任太王，其用兵如虎，辨人如鹰，表戏如蛇，勾害如狼，而心可吞象……通京之变，不顾妻女安危、无视劳民生死，要挟火焚京城，逼开城门疯杀穷掠，累及无辜上千，又血洗朝堂，却于东扬外交国书中卑称王弟……二位孤鹿氏若真在弥生国落脚，断无宁日，待华夏局势有变，他定会将二位绑送西还，谋夺实利，——就看是送往江北还是江南了。”

曲少亳感慨：“是故，豆明兄与台宝鉴大夫暗通，坚决要让他二人远离华夏和弥生，隐匿阿摩国。”

“唔，弥生现下尚有北大岛友塔日一族可以牵制太王，只怕有朝一日友塔日兵败臣服，太王极可能兵出海外，届时就未知是北之勾丽，或南之阿摩也。”

这话题极为沉重。曲少毫读过史书，往前历代华夏王朝，始终肩负维持属国之间秩序的重任。若在卫朝，通应太王攻打勾丽或者阿摩，华夏定会出兵协助抗击。然而统一华夏的卫王朝已经灭亡多年，如今南有五国，北有东青，四分五裂，无暇顾及海外。这便是通应太王看准的机会。

中太寺饮下一盏酒：“若要阻止太王野心，哈哈，唯有华夏一统。只是不知，今后是北风往南刮，还是南风向北吹。”

“豆明兄醉也……勿再妖言。”

及至中太寺离去后，曲少毫差侍娘烧水端盆，洗完脸回到内房，却发现居乐叶尚未入睡，星目月瞳，卧候已久。

“夫人睡不着？”

“为自己，且当睡，为夫家，睡不着。”

曲少毫纳闷：“缘何？”

居乐叶缓缓坐起身：“夫家与那阿针台情谊如何？”

“夫人何出此问？我与阿针台自然交好为深，曾在北羽坊生死相依。”

“夫家与那中太寺大夫亦然。”

曲少毫更纳闷了：“不错。”

“那我且问你，如有一日，阿针台与中太寺同时落难，只可救助一人，夫家何选？”

“呃……”曲少毫一下卡住，“夫人难题与我也。”

居乐叶笑道："这就难住夫家了，我再问你，如若阿针台与中太寺中任意一人，和家父同时落难，夫家又何选？"

"这……"

"抑或，夫家挚友中任意一人，和我同时落难，又何选？"

曲少毫喝了酒，脑门上汗珠泌出："夫人缘何诘问连连，少毫都难以一时作答。"

居乐叶见状，举起袖子为他擦汗："乐叶非是刁难，只为通明情世。我深熟夫家为人，为国效忠无遗，却又重义，重信，重情，可谓万重缚于一身。然则，孤舟渡海，终有力所不逮之时。此次夫家失阿针台一友，焉知明日又是何等磨砺劫难，所失又为何？"

曲少毫想起朝堂上的那些人形海刑天，只能点了点头："夫人所言，甚是。夫人方才所问，少毫亦难作答，救谁，都会对不起另外一方。"

居乐叶轻轻抱住他道："夫家宽心，乐叶只想与你知道，未能救谁，都非夫家之过，只求不愧对初心，自可安然渡海。"

"唉，夫人……"曲少毫抚摸娇妻的脸，犹豫再三，还是告诉她，"时局叵测，江北……当是变天矣。"

之前中太寺临走时向他透露，今日堂明山已有传闻，驻守盘州江防的水军武哨收到江北飘来竹筒，内有北方宣书：王前昨日已受元雍帝禅让，自立为帝。

此事真伪尚不知情，且待后几日验核。

“这王前,我也听晓几分,文武双全的人物,其心不小。——那,北风似将南吹?”

她把脑袋靠在男人的肩膀上,声音如线香微烟:“你我的孩子,可将生逢乱世?”

曲少毫未作回答,只是轻轻摸着居乐叶的腹肚,良久才道:“万物有道,奔流向海。”

焚宫案

编者按

公元一三三一年兔月，扬国生寒寺登基，帝号庆玺。同年夏节中季，统一北方的王前受元雍皇帝禅让大宝，被立为武承帝，改国号为冀，将首都迁回大卫朝的帝都仁阳城。元雍帝则在森严护卫下被送至东海之滨的卯山，终生修道。

刚登基的王前立刻整顿军武，除原有的重步兵“赤悬铁”，另组“吞虎”“奋麟”“从龙”三支大军。此外，莱东沿海的船坊日夜赶工，炉火不息。

此时的江南五国里，长江中游的南景，朱猛华忙着搞俏丽的侄媳妇。上游的灵国国主沉迷斗鸡，监国的姐夫忙于受贿卖官。西南的后成很把王前当回事，应对措施却异想天开，准备远征更西南的瘴气肆虐、雨林密布的虎葱半岛。东南的定闽军，几位掌权的军头只做三件事：内斗，贩私盐，进口奴隶。

至于长江下游的扬国,好像没有比海珠产业和远洋商贸更重要的事了。

南五国如此太平,东北渤都国的拔图烈天大王却狼心显露,想趁王前统一北方未久之际南下占便宜。两万多人跋山涉水,花半个月翻过月寒岭,好不容易绕开蓟州关,想来个出其不意。谁知渤都军队竟在望秦原大败,两名主将一个被杀一个被俘,拔图烈天大王就此收了南下的心。

望秦原一役,打醒了朱猛华。这位南景皇帝的祖辈在卫朝跟渤都人交过手,知道不好惹。朱猛华分别向扬国和灵国遣使,表示想再组联军、再创北伐辉煌的意愿。

灵国不搭理他。东扬朝堂倒是相对认真考虑过,但朱猛华毕竟是灭门上官家族、诛杀南卫末帝的凶臣逆徒,搞了自己侄媳妇弄得艳名远扬不说,当初听闻扬国获得卫玺,还大言不惭来信希望将玉玺讨去。

生寒寺最后回复,东扬国力衰微,不足堪此重任。

到了一三三三年春季牛月,王前终于派兵南下,号称三十万,正式迈开统一大业的步伐。

大军南下,战略步骤却一反常态。纵观华夏过往战史,江北攻江南多从中游开始,也有从下游入手的,却鲜少像冀军这样从长江上游开始,把灵国作为突破口。

王前却认为,灵冀之间的长江水域固然湍急,可一旦打到对岸就胜利了大半。原因无他,灵国国政衰败腐烂,军心无定。战争的核心是和人打。即便有天堑,有险山,只要对方无心硬战,己方坚定顽强,必能制胜。

攻打灵国前,王前让赤悬铁和从龙军在中游北岸的汉州(南景在江北仅存的地盘)一带连营结寨、灯马不休,作为佯动,吸引南方沿江三国的注意力。

当冀朝吞虎军先头部队的三千人马在夜晚分批分次渡过凶险的上游江段、如鬼魅杀神般出现在灵国守军面前时,后者一触即溃,根本没有硬战的可能。

整个灵国以一种难以想象的速度失去领土,守军逃得比难民快,将领逃得比军士快,各地政官降得比什么都快。

回过神来的朱猛华总算明白了王前的战略重点,急调一部分主力往西去扼守关隘。

王前的后手也跟着来了:之前佯动的从龙军和赤悬铁对汉州开始动真格,用计谋在三日后拿下汉州。这座南方在长江大战里好不容易夺来的重要城市,八年后重归北地。

一三三三年末,冀军已占领整个灵国,江北重兵如云,汉州成了南渡大战的大本营。朱猛华再次恳请扬国出兵相助,结果东扬水军根本没有在长江流域策应,只在莱东沿海地区进行了几次不痛不痒的袭扰战,号称大胜。

一三三四年,春节刚到第二个月,朱猛华最担心的事终于发生:镇守和灵国之间要道关隘的大将牛窦率部归降冀军,西疆门户大开,冀军可畅通无阻地进入南景腹地,会同江北冀军一起给长沙府来个南北夹击。

朱猛华毕竟是沙场上的过来人，后面的战事趋势如同明月烈日。他倒也爽快，一刀砍下心爱的侄媳妇的脑袋，提着它直接投江。朱猛华的独子成为新皇帝，继位两天后，忽然带着唐太妃①和财宝连夜逃出长沙，剩下文武臣官一脸错愕。

按这个趋势，南景以东的扬国就该是下个目标了。不过历史的发展毕竟没有朱猛华那么爽气，总要螺旋式前进，螺旋式上升。

身在仁阳城的武承帝听到朱猛华投江的喜讯没多久，就有两个坏消息传来：

一是归降的灵国前巴州州正郭先，复又叛变，勾结旧部残兵自立为灵武王，在巴州、穹州和肆州一带占山而踞，袭扰冀军后方。

二是，后成的正通皇帝终于不再做远征虎葱半岛的迷梦，兵出魁山关，攻入南景的西南疆域，占了大便宜，同时也对冀军未来的东进路线形成巨大的侧翼威胁。

冀军先占南景、再攻东扬的战略就此停滞下来。这个滨海的小朝廷意外得到了喘息的机会。

① 唐太妃是朱猛华的妃子，新皇帝的母辈。新皇帝逃难不带老婆却带后妈，世人对他家的伦理关系感到很困惑。

1

庆玺四年,夏节猴月[1]六日。

慈州北部最出名的土产是茗叶,“寒月香”“天母望”“玉楼金叶”均是都城内贵价之物,达官富贾方消费得起。眼下,曲少毫看着老友将煮好的“天母望”缓缓汇入半壶眠竹林陈酒内,酒香和茶香一起随着热气被吸入鼻孔,芬芳不可言表。上等茗茶和陈酒相交,是慈州特有的饮法,被称为“融饮”,也叫“茗酌”。

夏节时如此饮酒,只消一盏,腹内温热,头顶冒汗,却畅快不已。曲少毫抹了抹脑门,道:“谈兄,名不虚传。”

坐在对面的谈庆微微一笑,将桌上的腌拌凉苦叶和寒雪鱼脍往曲少毫面前推了推:“夏节饮此物,须以凉苦叶和海鱼为伴,寒热相抵,否则烧心闹胃,望柳兄快尝尝。”

曲少毫夹起一块鱼脍,又用几根凉苦叶搭配,送入口中咀嚼片刻,眉头舒展,喉结耸动,随后又不免叹了口气。

谈庆道:“望柳兄品味美食美酒,也不忘忧国啊。”

曲少毫放下筷子,尴尬一笑:“谈兄懂我。”

谈庆是曲少毫还在都城当闲散书士时结交的友人,昔年都衣食拮据,希望能被高官保荐。后来曲少毫在录案局当小说裨,

---

① 即农历五月,公历六月。

谈庆则回到老家慈州，在叔父的酒肆里做记账。过了几年，叔父的亲生子病故，叔父将他过继为子，还花了不少银毫，托人将谈庆荐入州府，做了本地的一名仓査。

仓査，负责定期清点官仓存货的小吏，没阶位，难升迁，薪俸低，但总比在酒肆里记账要好些。谈庆当上仓査，正是曲少毫迎娶居乐叶那年，满打满算距今已有七载。

自年少时东扬城一别之后，曲少毫和谈庆几乎断了往来。直到四日前，他以核监院通案左的身份来慈州复核一起案子，正好就遇到这位故友。

这起案子，说简单也简单：慈州西南部的牙子镇，镇北建有官仓两座，粮房三栋。这种国家仓库在东扬有不少，平日有专门的"粮兵"看守，典粮局和地方州府会定期进行抽验。

七天前的晚上，牙子镇的官仓和粮房同时失火，烈焰冲天，当地劳民和官吏花了大半天才扑灭火情。清点损失，粮房全毁，颗粒无救，官仓只剩一间半。

出了这种重大责任事故，负责看守的"粮兵"肯定是要吃灾的，重则斩刑，轻则流徙，由地方首长官直接判罚即可。

但这次案情复杂在，牙子镇的"粮兵"四人连带家属七口，都在这场火灾里丧生，化为十一具焦炭。

"粮兵"虽有个"兵"字，但非军事武装，而是归典粮局管辖，成员多是伤残退伍的军士、地方官衙裁汰的老迈吏人。他们和家眷一起住在官仓、粮房边的小屋里，领一份勉强饱腹的国家薪俸，好处是不纳税、不缴租，平日里除了看管物资没什么工作压力，还可以在附近城镇兼一些季节性的活计。

以往遇到官仓粮房失火，“粮兵”在抢救过程中虽有伤亡，绝不至于全军覆灭。且十一人丧命的位置都是在粮房、官仓的正中央，丝毫没有求生逃跑的迹象——包括一个四岁的孩童。

谁会让一个四岁孩子冲进火场灭火呢？

地方上初步勘察案情的按巡尉和典粮守得出结论，这场火灾并非意外，纵火者不是别人，正是“粮兵”和其家眷。假设他们被敌国暗作收买，想搞破坏，没必要纵火之后把自己全家性命都搭进去，应该溜走才是。

那么就剩一种明显可能：他们是邪教“三头火”的信徒。既然涉及“三头火”，就必须上报国都的核监院。

曲少毫在核监院任职已有十年，接手过外州三四宗和“三头火”相关的案件。他明白，要及时抓住“三头火”信徒是很难的，他们很善于隐藏自己的邪教信仰。当你发现此人真实身份时，他和教友（往往还有家人）基本已是焦炭了。

此番和他一同到慈州公办的还有典粮局官吏，当地迎迓陪同的包括县正、按巡尉和典粮守等等。在一众官员里，仓查是最不起眼的小吏，但曲少毫一眼便认出了故友谈庆。

两日里走公完毕，认定确是“三头火”作案，以此结辨。典粮局官员先行回东扬，曲少毫则多留一日，与故友交盏而谈。

谈庆是小吏，不能配字，曲少毫只能以“谈兄”相称。二人聊起十多年来的生涯变迁和个人近况：曲少毫双亲两年前相继病逝，留下的老家田产由叔父典理；儿子曲幻海今年三岁；他自己这个通案左多年未升；岳丈居游刃去年冬节时以健康为由，提前退官了，国主念其曾主查数起重案，特予以上阶次级的荣休待遇。

当年在国都做寒散之士，和曲少毫、谈庆同住的还有来自浣州的卢某。此时，曲少毫才从谈庆嘴里得知，卢某回老家后在书堂教书，四年前南部三州遭遇海吼天灾，卢某与家人共四口失踪，下落不明，想来当是身故。

曲少毫沉默良久，转动酒盏："唉，世事无常，卢兄本是我们中才华最佳的。"

"唔，虽如此，亦非如此。昔年我等诗书饱腹，意气冲天，然数年不仕，志消念散，去者众。唯独望柳兄你留守都城，自小说禅始步，砥砺经年终得眷顾，某替兄甚慰。"

曲少毫拱手："运气巧佳，非才。"

"诗书固有卷，气运却无形，亦不分贵贱朝野。——兄在国都纵观山风易向，浪涌潮退，当比某清晰。"

曲少毫怔怔，知道这位老友并非故弄玄虚，一味夸赞。放在十多年前，即便在都城酒肆茶坊内，二人也敢直抒胸臆、提名道姓地议论政策国事。十多年后，二人都到中年，为官为吏，切知轻重。谈庆所言，"山风易向，浪涌潮退"，看似比拟，实则暗中有指。

“浪涌潮退”,指扬国水军三年前的高层变动。

当时眼见江北的王前一直整组三军,扬国水军高帅钱定坤建议派水军主力北上,重创王前实力尚弱的沿海水军,以拖住冀军南下的步伐,却被庆玺帝驳回。背后根本原因,是扬国步军不希望水军功大,抢了风貌。

钱定坤自军武底层磨砺,不拘小节,在朝堂上辱骂许青平。贵为水军高帅却鲁莽无理,帝上严词呵斥。钱高帅气昏了头,对生寒寺冲了一句“宋襄仁夫”。

这是老钱知晓的为数不多的文化典故。三日后,被革职务,封昌武伯,在远离海洋的姚州西北部安享晚年。水军高帅由六十多岁的海宁王生巽暂时接手。

不到半年,钱定坤在姚州去世。死因百版,有说中毒,有说恶疾。堂明山未让核监院彻查,只以患疾病死为公言。

谈庆后半句“山风易向”,山便是堂明山,昔日国主府(如今叫东幸宫)所在地。

生寒寺一直无后,成为心病。两年前奇迹到来,并不得宠的徐皇后诞下一子,帝上大喜,取名生璐,立为皇子。其族亲徐汾更是接替汪诚出任太司常一职。

去年秋节马月初,皇子暴病夭亡。帝上五日不朝,徐皇后卧床不起,最终恸深入疾,半个月后也去世。

其时还任大理法的居游刃,一听皇子夭亡,立刻差家仆去鲜市买了块鼓鱼的鱼肝回来。此种河鱼受激会身体鼓胀,故得名。

鼓鱼之肝鲜美却有毒,令人望而却步,只有胆子最大的舌精儿才有勇气尝试。居游刃不顾家人阻拦,吃下指甲盖大小的一块鱼肝,立刻叫人去请医士。医士还在路上,他已毒发。翌日城内传开,大理法贪恋美味,食鱼肝中毒,幸而救治及时,保住性命。

坊间风传,皇子早夭未必是意外——这一死,谢皇妃能重得恩宠,宽王生法宇又成了帝位唯一的继承人,海宁王生巽则可以放心地把女儿嫁给宽王,坐享其成。

堂明山上一阵折腾,居游刃始终不能下床,全靠女儿和贤婿照顾——其妻子关夫人已于一年前病故。

折腾完的处理结果是,医士田从容其心有二,故意没治好皇子,判下虎牢,七日问斩。原太统管、其叔田正,渎职亡责,瞒庇亲近,念在侍奉先帝和先皇后劳苦有加,被判抄没家产,全家流放到段州以东的嵊山岛。

这场著名的"马月宫变",也是谈庆所说的"山风易向":初时往东,复又往西。贵为皇后、皇子、高帅、太统管、大医士之人,今朝富贵尊荣,明日便可能衰败落亡。风向叵测,常要人命。

曲少毫举盏:"唉,朝堂要闻不谈也可,兄但饮酒。"

谈庆亦举盏:"唔,饮酒,不谈朝堂贵人,可聊民间邪景?"

曲少毫知道他要聊什么。说来蹊跷,生寒寺称帝之后,全国各州的邪宗淫教就盛行起来,核监院常收到各地理判监①的报

① 地方司法判案机构。

告，粗粗一数，竟不下五六种。“三头火”是最悠久、最出名的，其他还有海龙王教的分支深定派、杀神教、天同教的分支天养派、五莲教的分支黑莲宗等等。

除却这些较大的邪宗淫教，还有不少单干户，比如号称能与亡者对话的灵言子、什么都能预测的神算师、帮你诅咒仇人的咒名匠等。另有“破土帮”，收人钱财，专挖仇家祖坟。还有“绝命乞”，都是些得了重病的破产劳民，做了廉价杀手，为残存的亲人赚几顿饭钱。

谈庆逐一讲完上述这些，有的是外州传来，有的是自己亲眼目见。说完摇首不已：“国之兴衰，一观其盛，二查其疮，三探其龋。盛表，疮明，而龋内。龋各有异，微者补之，剧者去之，无补无去，则危……”

和曲少毫先师阴阳后从法家不同，谈庆自始至终学阴阳家，引用的是成朝学者盘瑕《平效》里的内容。盘瑕认为国家的缺点和优点一样重要，缺点因何而患，如何补治，是国家兴衰安危的关键。

谈庆边摇头，边慢节奏拍着膝盖。只有像曲少毫这样的故友才知道，那是他酒喝多了的征兆。谈庆酒量并不差，至少当年并不差，此时此刻如此拍膝，或是年纪大了酒力衰退，或许是故友久别重逢，情绪上脑，也或许是话题涉及当下国势。身为曾经诗书饱腹、欲成大业的寒散书士，今天区区一仓查，言直自酿。

谈庆继续拍着膝盖：“邪教为疮，实则苛捐为龋，望柳兄可知两年前至今,堂明山派给各地的捐税新增几何?"

曲少毫知道的太多了,能改变的太少了。先是"定西捐",防范南景进攻扬国,而如今朱猛华已经投江,南景国灭,此捐仍未消。接着是"北防捐",号称为防范江北冀军,但最南部各州也要缴纳。后来是"海防捐",旨在戒备南方的定闽军,但是北部各州也要交这个税。

谈庆道:"下回该有'弥生捐'了,防弥生国跨海而来。再下回是什么?'勾丽捐'?'渤都捐'?何时是头?一个慈州种田劳民,距西北南三疆远矣,四饭果腹,所余几何?耕土四季,举家劳苦,结果皇税、州税、县税、年喜税、季悦税、田丰税、丁头税、盐口税、粮运税、仓储税……每项微小,合之巨大。啊,就这些,还不够我扬国开支出入?我大不信……"

曲少毫拍拍故友左肘。谈庆也以右手拍拍他拍着自己左肘的手背,示意了然:"不瞒老兄,你在核监院做差,自能明目……我啊,也并非清明净澈之人,做了仓查后也分得了些暗烂好处,但今日全拿出来做费用,请老兄在这高档酒肆举盏相聚。"

这解答了曲少毫此前的疑惑。慈州茗酌并不价廉,以谈庆一个仓查身份,若不计那些暗下的好处,自不可能消费得起。

二人互相搀扶着走出酒肆,已是繁星满天。慈州州府自然比不上国都繁华。东扬城此刻当是满城星火,权贵商贾还未从茶楼酒肆和高闾里出来,仍在纵酒欢饮。慈州州府这里连营业很晚的小酒家都没有,只有他俩刚走出来的这家"醇榭"。

曲少毫要送故友回家，谈庆却推辞，忽然直起身，拍着他的左膀道："谈庆未醉！然则东扬，已醺……我谈庆，区区仓查，却仍是谈庆，——可是，望柳兄啊望柳兄，少毫啊，曲少毫，你是阶位愈做愈高，酒量愈来……愈好，这话头，倒是愈来愈少！"

言罢，无须故友搀扶，谈庆独自转身走向幽深无光的旁巷，边朗声朝天："谈庆仍是谈庆，少毫，可仍是少毫?!"

2

从慈州出发回都，谈庆未来相送。曲少毫乘坐核监院特调与他的单牛篷车往西而行。篷车慢慢，车轮颠簸，曲少毫的心思也是一上一下循环往复。一是思念家中的妻儿。其次，故友不来拜别，不知下回相见是何时。三者，谈庆所言所愤，同戳其心。

自皇子夭亡、徐皇后过世，帝上每日精神张皇若失，气虚体衰，需要谢皇妃和一众医士随侍调理。今年元月过后，帝上任命宽王生法宇和太司纠马明伦联名监国，署理日常朝政，自己则居于深宫不出，以为调养。

马明伦是帝上的同读好友，和宽王所交甚少，关系微妙。素来和马明伦不睦的海宁王生巽看准时机，正式提出要将女儿生绿嫁给宽王。马明伦自然异议，时值外敌强强，边疆多患，帝上又病体久榻，这时候办皇家婚礼太不合宜。

出人意料的是，深宫内却悠悠传来帝上旨意：准许合婚，但应当低调，切勿铺张浪费。

宫里人传闻，这旨意并非来自帝上本人，而是昼夜随侍在侧的谢皇妃。她拿婚事做人情，卖与宽王和海宁王。马明伦固然对帝上忠心不二，但马明伦姓马，不姓生，如果帝上宾天，马明伦能保住谢皇妃未来的地位？

也有人说是帝上本人的意思。生氏家族当中，帝上不太可能再有后代了。宽王已二十三岁，生绿小他两岁，再拦着不让二人合婚、生育后代，以后帝上有什么脸见老国主？这个时候，自己的儿时同读伴友算得了什么呢？

牛车就这样载着一个充满愁思的核监院通案左，悠悠前行。慈州和东扬城之间仅隔着鄞州湾，也叫鸣角湾。此湾东西长达上百津，南北最宽处七十津，最窄处不过一津多些。本来，曲少毫可以在慈州北部的浐头港乘坐专门的湾舫，不用半日便可到东扬城。但目下正值夏节中，每年此时湾内海潮如万马奔腾，涌向最西面的湾根，浪险胜海，此时那些湾舫都已停航。

曲少毫只能从慈州先往西，穿过老家鄞州，再折北入仓州，沿海湾北部而行，一直往东到滨州，绕个大圈。这一路上途经多地，好几次见到一群群手持铁棒、腰缠蓝布的汉子，蛮横冲入村舍民屋，彻底搜查，扰乱鸡犬，那些屋主哭求无益，还要被拳击刀拍。

这帮人名为“清安军”，是一年前马明伦提议组建的。本意是在常备军武和各地按巡尉之外新添民间的察纠力度，防止敌军暗作渗入扬国，同时也帮地方州府征收税捐。“清安军”成员多是乡间无业懒氓，或者小吏的闲散亲戚。事情很快就变了味，变成曲少毫眼前这景象。

民间传“不怕刀砍，唯恐清安”。时有非议书函传到堂明山上，恰逢皇子夭亡，帝上无心纠偏。及至宽王和马明伦受封为监国，纠偏更无从谈起。

等篷车终于能看到东扬城的西门，已经是和谈庆饮酒之后第四日了。

篷车在城门口刚停下，车夫向门吏递上出入目牒，一个听厮打扮的少年便走到车篷门帘边：“车上可是核监院曲大夫？”

曲少毫一怔，对答，正是。

“尊夫人命我在此候您，带话，请曲大夫入城后不急回府，当速往核监院。”

曲少毫掀起帘子探出头：“何为？”

“呃……”

“但言。”

“嗯，中太寺大夫……三日前被下了虎牢。”

今年春节末，时任弥生国使臣的阿空寺礼次大夫因病去世，弥生国一时没有定下继任人选。扬国内，官阶最高的弥生人反而是担任天敬库库左的中太寺豆明。

古人云，一仆不侍二主，但事急从权，两位监国一合计，让中太寺兼了一个邦梳局弥生国交通特使的差事。

放在几年前根本没必要如此，慢慢等弥生国重新遣使即可。但眼下，江北冀军来势不善，败渤都，夺汉州，破灵国，侵南景，这就让弥生国成了朝堂议政里一个重要的因素——

如果冀军从江北和西疆夹击，那么东扬应该和谁结盟？一派认为和定闽军、后成，另一派认为应“兵征四夷”，即和弥生、勾丽结盟，从东北和东部协助扬国反击冀军。毕竟，扬国如今卫玺在手，且自始至终和海外诸国保持邦交礼节，于理于礼都有资格向外邦征召援兵。

勾丽国离江北的莱东半岛较近，无奈水军羸弱，且其土北接渤都，是为狼患，无法竭力相助。弥生水军强于勾丽，且其北东南三方无虞，可全力出兵。通应太王还在国书里对庆玺帝自称王弟，十分卑谦，想来是愿意出兵襄助的。届时可将滨州北部和长江口北岸的暨州①作为基地，借给远道而来的弥生水军。

反对者认为，华夏战事怎么能让藩国外夷参与？自古以来外邦军队就没踏上过华夏大地。现在倒好，主动请人家来，“尧舜有耻，炎黄无颜”。

“兵征四夷”派反问，尧舜现在能拿出多少强兵弓手？炎黄二帝能赞助几艘军舰？定闽军内部钩心斗角，后成皇帝是个就知道白日做梦的“肥儿驴”，全靠不住。

---

① 暨州理论上属于东扬十八州，实则被冀军占领。

两边吵得激烈,“兵征四夷”派遂推出中太寺,希望他支持向弥生国召兵。

中太寺清清喉咙,表示,“兵征四夷”派对弥生国通应太王的人品一点不了解。通应太王用兵如虎,辨人如鹰,表戏如蛇,勾害如狼,野心吞象,请他出兵,无异于放虎驱狼,泼油灭火……

又对另一派说,你们居然还指望定闽军和后成皇帝,真是比后成皇帝还能做白日梦。

这下把众人都说哑火了。大家问,你那么聪明,那你说说,该怎么办?

中太寺环视众臣一圈:“自然是先下手,兵出西境,将尚未投降冀军的南景地盘打下来。”

大家一怔,这倒是很有想法。众人都只想采取守势,中太寺却要主动出击,有趣!况且南景残部正面对西边和南边冀军夹击的压力,应该想不到东面扬国会背后插刀。

众臣问:“打下来之后怎么办?”

中太寺道:“立刻跟冀军议和。”

“划疆而治?”

“哪儿来的疆?二者合并,东海为疆。然后水军南下攻定闽军,归土为一。”

南贤殿里静得像坟地,只有中太寺在坟地里继续阐述道理:“冀军虎狼,我们在陆地上打不过,但他们再虎狼也是要死人的。人是资源,能打仗也能种地的重要资源,王前不会不明白这道理,所以他也希望尽量少死人,最好不死人——我们拿下南景残部,然后跟冀军和谈,东海为疆,王前就在不死他的人的情况下得到南景全境。我扬水军再攻下定闽军地盘,王前是不是又少死了很多手下?是不是?是不是?那我扬便居功甚伟!届时,诸位还能在新的天下里取得十分优厚的待遇,继续荣华富贵,子孙延续,要比那朱猛华、灵国主、后成皇帝、定闽军的军头们好得多!嗯,我话说完了,谁支持?谁反对?"

宽王生法宇咬着牙率先表态:"来人,将此逆贼拿下!"

中太寺就这样住进了虎牢。

幸而是虎牢,属核监院管辖,曲少毫这个通案左可以跳开诸多程序,直入虎牢独见中太寺,虎牢卫不至于为难他。

中太寺一见到曲少毫,开怀道:"望柳老弟外州公干完了?哈,国都道路拥挤,你这满头大汗,想是舍了牛车一路跑来的,唔,肯定没来得及给我带两壶眠竹林。"

"闯下如此大祸,还有心馋酒?"

"既已祸大,多想无益!关了三日滴酒未进,委实苦煞!"

曲少毫直跺脚:"唉,唉,你啊!成日里与酒为池,醉了!糊了!竟然在朝堂上说出那般狂言痴话!"

"老弟差矣,我所吐的都是珠玉金言,一字可抵百金,一字可救十命!惜乎,朝堂大夫们敢想不敢言,全被我这异国狂徒抖落干净。"

"又在糊戏痴言。"

“军政国事，豆明岂会糊戏？我且问老弟，此番慈州调查，可是‘三头火’烧毁粮仓？”

“然也。”

“可是教众均殒，死无对证？”

“是也。”

中太寺敲敲狱室的木栅：“这便蹊跷……慈州乃太司常徐汾的族地，这‘三头火’缘何偏在强敌即将压境之时如此举动？‘粮兵’多为裁汰军武，戎马一生只求安度余年，合家温饱，何故从了‘三头火’的邪说？”

曲少毫不语。相同的疑问，谈庆也私下跟他说过。慈州是产粮大州，各处有屯粮的国仓、私仓、行仓。“三头火”信众里多为快要活不下去的苦民，自焚以求来世。“粮兵”虽然不算富足，但至少是温饱有余。

中太寺道：“各位高官大夫决意不和谈，私下却各有图谋。我看，往后会有更多‘三头火’，其他不烧，专烧行军用兵关键的粮仓，然后可将‘三头火’与冀军暗作建起关系……总之，自己双手白净无比，而其账下的私人粮仓米行，卖朝堂也好，卖劳民也罢，又能借势发笔大财了。”

“唉，遍观往史，素来是谈战者留英名，言和者遗臭名，不分皂白，不问根由。”

“望柳老弟开阔，哈哈。可多少英名是用命，嗯，用他人性命换来的呢？唉，豆明无怨，是我为自己造了祸根，当年若将卫玺鉴别为假，帝上未必登极，若以国主身份，尚能考量退后余地。如今二帝两立，遍观往史，何来有兵不战、能伸却屈、恭让大宝的皇帝？我啊，活该。——害我者，我也！”

最后这句话出自同样曾囚于虎牢的高玄高净白，分外不吉。

曲少毫青脸道：“豆明兄勿愁，我自当为你解困，但求若有肃局、理察局来审你，断不要再狂言痴语！”

“哈，不瞒你，自被下狱，没人来找我，你是头一个。”

“那便好办！”

“错，是极不好办。”

曲少毫在核监院里寻不得监正，只能先回家。单牛篷车是派与他去外州行公使用，回了国都自被收回，只能走路到甜井巷。门仆开了门，曲幻海正在院中与新买来不久的白狗逗玩。十多日不见儿子，曲少毫心中暖流四溢，和曲幻海一起逗玩片刻，不让门仆替报，便抱起儿子直往宅内的外厅走去。

居乐叶正在收拾茗具，见他回来，欣喜道：“料也料夫家今日该到得，可在西门遇到临雇的听厮？”

曲少毫沉重点头，见桌上物件，问：“有客来过？”

“是也，你定猜不出谁人。”

他的确猜不到。到家之前半根线香时分，从前固中巷老邻居李单的家婆子来求见。

“李单内人？唔，多年没有见着，可尚好？”

“说不好,人不见了;说好,可能正在见海龙王。”

原来这李单半年前布匹生意做不下去,又在红鸽票集的赌博里折了钱,背了债,心一横便去船上寻工。半月前他跟船南下,昨日船归,李单却不见,船上水工都说是意外坠了海。

居乐叶道:“李单在船上只是个烧饭伙工,并不用在上舺搏风斗浪,缘何坠海? 蹊跷。”

“唔……若非意外,便可能是深定派所为。”

“李单家婆子也这么哭料的,人死无尸,急头急脑,便来寻你这昔日旧邻来求。我告知她,此事难办,难查,纵是家父仍为理法,亦难为,就交与她二分金屑燕[1],当为慰费,望夫家莫怪我擅自做主。”

“不会不会,夫人理事得当,欣意备至。唉,可惜了李单,唉……”

“中太寺大夫在虎牢近况何如?”

曲少毫把二人谈话内容尽说了,居乐叶问,夫家如何为其脱困? 家父虽以上阶次级高待荣休,毕竟不再为官于朝了。

“虽如此,终究要请岳丈疏通,但……”

“但家父素来躲事为先,远避纷争。呵,夫家勿虑,料定你今日归家,我已让听厮去到定心坊,请了家父晚上与你同膳。”

曲少毫喜而拱手:“夫人贤明,愚夫愧极,无以为报。”

---

① 相当于二十枚银毫、十五分之一冠金饼。

居乐叶笑着捂住他怀中儿子的耳朵："非也非也，自是可报……嘻，报于内室。"

居游刃是提着两条灰青河鱼来的。

最近两年，先是丧妻，又是退官，他在家中无事可做，便迷上了垂钓，每逢好天就带着鱼竿、鱼篓、窝料虫饵去城外近郊河汊。有时迷到深入，索性去往外州湖区，连钓带住。

每次垂钓都有所收获，归来后为女儿家三餐增色。但居乐叶告诉曲少毫，那些鱼大多并非家父自己钓上，而是花了碎毫从其他钓家或者鱼市上买的。曲少毫说难怪，岳丈每次钓回来的鱼都那么便宜，还那么小……

夫人死后，居游刃还有个新毛病：面对丰盛菜肴必要伤感目润，胃口不佳。两年前关夫人到丽州娘家省亲，路上被一辆马匹受惊狂奔的运货车撞倒，伤重不治。她生前节俭无比，家中伙食粗淡，省下的钱都用于购田并地。居游刃在家里吃了大半辈子粗茶淡饭，如今夫人过世，可放开手脚了，反而对佳肴不感兴趣，只会触景伤情。

鉴于此，虽然曲少毫外州公干回来，本该准备美食家宴为其接风，居乐叶却没这么置办。桌上都是几样素菜，一道炖鱼尾，一道拌鸡丝，便不再有其他荤腥。酒也是望海潮，价格低廉，是曲少毫以前做小说裨时常饮的。

好在有外孙同在桌边，居游刃心思也不在菜品上，时而为其夹菜,时而以箸沾酒,让外孙尝味。吃到一半,天色已晚,居乐叶将曲幻海抱进内室,哄儿子睡觉。

居游刃转向女婿,给他斟满一盏酒:"中太寺,难救。"

曲少亳没想到岳丈会先开口,便道:"难救也要救!昔日北羽坊汪家府邸,海龙王教众围杀我等,若非中太寺血拼相救,乐叶今日无夫,幻海此刻无父。"

居游刃举手示意不必多言,自己饮下一盏粗酒,沉吟一声后拿起一根箸,闭目,轻敲盏沿一下,回声清亮,复敲一下,余音羸弱却仍能盘桓于空,再敲一下,则音色浑浊起来。

居游刃张目:"贤婿可知,我为何从核监院大理法一职提前退官荣休?连个在朝的闲职都没有?"

"唔……皇子夭亡一案,岳丈因误食鼓鱼鱼肝,未能尽职……"

"呵,山上众人看得真切,这鱼肝吃得太巧,我躲过一劫,躲不过后事……也屈了你,至今只是通案左,四年不曾进阶。"

曲少亳拱手:"少亳不才,本职已知足。"

"避事有代价,做事亦然。居公元海的后人,是福也是祸。来,贤婿,再饮一盏!"

又斟满,又喝完。居游刃叹气:"今日晚膳,你和乐叶是迁就我了,知晓我现在的情病,才弄得如此粗淡,苦了你们。唉,夫人生前百般节约,只为我俩今后归于田园乡野,做无忧无虑的乡绅之家,也为乐叶和贤婿、孙辈留下足产。你自是不知道,我刚合婚时为了这糙烂餐食跟她斗多少嘴，生多少闷气。——谁能想有一日她竟先我而去，加之外敌强强，人心惶惑，富贾巨商自认难保，弄得田价下跌，夫人一生心血都，都折损不少……唉。"

"风云不可测，海浪难以数，岳丈，望坦然。"

"我自是坦然。呵，目下田价跌了三成，无碍，我已托掮人折价卖出大半，所得计有二十五冠金饼，本为养老之资，现下我自留五冠，剩余的……就替你去打点人情，救你朋友吧。"

曲少毫大惊。他知道关夫人生前购下田产不少，也知如今田价下跌，折算金饼不到四十。惊的是，居游刃竟肯拿出足足二十冠金饼去打理情脉。二十冠金饼是什么概念？足可买下一间都城内的豪宅！是李单夫妻五辈子都挣不到的钱！以高玄生前画名之盛，求画的富贾最多也就愿出十五六冠金饼！用这笔钱去雇"绝命乞"杀人，可以让他杀一千人！

居游刃见他面色，问："你以为二十冠金饼很多吗？贤婿，莫以四饭度高门！太司常一职，惯为商界'萧、汪、杜、徐'四大家垄有，官为商，商做官，丝茗珠木，任意一家之商卖，明上暗里出入，每日几近百冠。"

"那……"

"你这弥生国朋友，本尊为宫里人，又在邦梳局兼了临调，唉，难办——胀他大，是叛国劝降，缩他小，是外邦异族不识华夏精神，妄言狂语，全看找谁疏通。"

曲少毫探身："岳丈可有人选？"

居游刃饮酒一盏:“自是有,但,金饼只是基木,其他全靠人情。”

“谁?”

前任理法长出一口气:“海顾之孙,当今太司祀海嘉匀。”

3

海顾当年追随“先帝”生在�,为其出谋划策。东扬立国后海顾担任太司祀多年,终以七十岁的高龄去世。

其独子海兴,官至典税都使,却英年早逝,留下一子一女。这一子便是海嘉匀,早年在若干个外州任了多年州正。及至钱定坤粗言犯上,以海宁王生巽替任水军高帅,太司祀一职犯了缺。庆玺帝思来想去,要调一个未曾在东扬城经营累年的人才上来,就想到了海顾的孙子。

生寒寺只想着不要在都城内找人选,却不看外州对此人的评价。《东扬国志》记载,同僚评海嘉匀其人,“傅公再世”。

傅公指已去世的前太司尉傅灼,善于含糊其词,不做决断。海顾做出过“攥泥鳅易,固嘉祁(傅灼的字)难”的评价,是东扬国官场的金句。海顾万没想到,自己的孙子居然就成了那么一条海家版本的“泥鳅”。

中太寺发表惊世骇俗的政论现场,海嘉匀自然也在。不光在,两位监国本来是要先听海嘉匀意见的。他却推说不谙军事,只懂教育和祭祀，且初来都城未久，想先听听其他大夫的建议再做判断，——弄得“兵征四夷”派的宽王和反对“兵征四夷”的太司纠都觉得此人值得争取，所以不逼他，先去问了中太寺。

中太寺一番直言惹怒朝堂众人，唯有海嘉匀暗自独喜，因为没人再记得让他发表意见了，全在咒骂中太寺这个弥生混蛋、冀军暗作！

是故，居游刃认定，要为中太寺说通，最好的突破口便是海嘉匀。何况，其祖父海顾和自家先父居连山还有故交之谊。

事实证明，居游刃还是高估了海老之孙。海嘉匀金饼是收下了，事情也答应帮忙，但表示这事难度挺大。自古以来，喜欢打仗的皇帝未必是好皇帝，上来就主张和谈的皇帝肯定是个怂包皇帝。宽王生法宇年纪尚轻，气血充沛，只主战不主和。谁主和，就是跟他“帝位继承人”的身份过不去。

偏偏，中太寺又是外邦人，在东扬毫无基底，既非肱骨重臣后代，也不是商界四大家的族人，手上没有军功，唯一拿得出手的只有鉴定卫玺一事，但那也不是他一个人干的。

海嘉匀在茗台上摆了五只空的茗盏，代表四个人。宽王生法宇、太司纠马明伦、司尉府右傅秋山、太司尉许青平，四位都是主战核心，决然不会松口。太司常眼里只有钱，没有命。

海嘉匀拿出第六只茗盏，代表海宁王生巽：“他既是海某前职，又是帝上叔叔，宽王岳丈，现下贵为水军高帅，且素来和太司纠不睦，中太寺的性命只有他可救得，不过……”

居游刃道:“司祀大夫但言无碍。”

“既为海宁王,又是宽王岳丈,无厚老弟就算送再多金饼也无济,人家不缺钱。老弟手里倒是有一样东西,我有七分把握可以通情。”

居游刃眼皮一跳:“莫非,莫非是先父的……”

海嘉匀点头:“某一直听闻,连山公家传之乾坤三目矛,矛柄乃‘雷烙木’所制。——海宁王近年来无甚爱好,唯独寻巫通灵一事,沉迷甚深。”

雷烙木不是某一品种木材,而是被天雷击中过的树木,十分少见。如果本身便是优质良木,更稀之又稀。居连山以矛术技击见长,这杆家传的乾坤三目矛,其柄来自江北雷州的旦公山,以一株被雷击的赤海树的树心制成。居连山落魄时即便衣食无着,也未曾想过变卖此物。

海宁王思念死去的家人,这几年醉心于通灵阴言之术,常有巫灵人士出入王府。这群术士相信,被雷击中过的活物具有强大的灵性,可大大助长通灵阴言的成功几率。生巽广掷金银,收购此类神材。当然,不乏胆子大的骗徒,提供些假造的物件。

居连山传下来的乾坤三目矛矛柄,也算久享盛名,断不会是伪造。

“这,这可是家传之物。”

海嘉匀开导:“海宁王只需矛柄,矛头于他无用,老弟将来可另觅良木以代之。不若我退你五冠金饼,以资后计。”

居游刃连摆手:“不可,不可,唉,我自回府去取……还望司祀大夫向海宁王美言。”

海嘉匀笑笑,将六只茗盏归拢:“那是自然的。”

金饼送出去了,雷烙木的矛柄也转送上去了。五日之后,一道金旨送到核监院——

> 天敔库库左中太寺言出不逊,忤逆朝堂,惶乱人心,论罪当诛。念其曾鉴卫玺,故革去其宫里人职责,贬为疏通特使,三日后启程西进,酌情与邻涉交,初磋止兵事宜。明出禁犯,忌辱国体。

金旨末尾,有宽王和太司纠的联名监国印章。

这道旨意说白了,就是要中太寺往西边出国,找当地负责人——可能是南景官员,也可能是冀军将领,总之要跟对方说明白,我们不想打仗,你们不要打过来,否则我们也不客气。

核心精髓就是,出去找死。要是没死,就是奇迹,那就回来汇报下见闻和对方的意图。

居游刃听闻此事,如五雷轰顶,宛如“雷烙人”。——金旨正文下面还有一条附文,意思是中太寺毕竟犯过罪,光让他一人出使不太放心,所以特调核监院的曲少毫一同前往,路上监督,防止逃跑。

这一招委实高妙。中太寺在扬国无妻无子,换成其他人随同监督,他肯定会跑。但换成他的好友,那就大不同了——曲少毫在东扬城有老婆孩子有丈人。不管是否有意暗中相助,中太寺只要跑了,曲少毫就全家遭殃。

换谁变成居游刃都要晕。金饼送了,家传雷烙木也送了,结果居然换来这么个处理结果!

再通过其他渠道打听,堂明山水相殿内的四太司会议上,主张中太寺戴罪立功的确是海宁王,反对的则是宽王、马明伦和傅秋山,后者认为西边变数多,万一他跑了呢?或者索性投敌了呢?

这时候,竟然是太司祀海嘉匀站出来,提议让曲少毫随同监督。如此一来,中太寺逃跑的风险大为降低,而且完全转嫁到曲少毫身上。谁都知道他们二人是多年好友,曲少毫为了救他出虎牢不惜到处奔走。既然那么仗义,那不如仗义到底,风险全包,反正朝堂大夫是不可能为他作保的——金饼和雷烙木只是买来一个为他开口的机会,可不包括为他担风险。

居游刃得知内幕后颓坐许久,才道:“这海嘉匀……还真是泥鳅。”

当初他答应出二十冠金饼给贤婿救人,同时也和曲少毫谈妥了后途:中太寺出狱后赶紧回弥生国。都城未来肯定不太平,想办法调曲少毫去沿海外州任官,哪怕降低阶位都可以;再过个半年,居游刃变卖城中房产,去外州和女儿一家会合。

目下，皆成泡影。

居游刃长叹：“昔年我与你同查哈臣额狼案，就是小棋子。十几年过去，我与你阶位高升，却还是逃不出棋盘的棋子。”

曲少毫倒是没颓：“岳丈勿忧，乐叶已告与我，此行无恙。”

居游刃摇头：“唉，她又不懂兵事国政，不过是宽慰你罢了……如若中太寺忘情寡义，途中逃遁，你，你还是莫回都城，寻个安稳处吧。”

“绝不可！”

居游刃摆手：“昔年是我调你查高玄一案，也是我说与你这门合婚，拉你上了棋盘……嗯，皆以我而起。少毫双亲已故，自为我儿，我当深谋，不必再纠于此事。”

中太寺坐在双牛篷车内，饮下一盏眠竹林，叹道：“啊，若是为寻死，你我之阵仗倒也足够了！”

这支往西进发的特使队伍，双牛篷车和单牛篷车各一驾，骑行铁雨卫十人。曲少毫身为中阶首位的通案左，也不曾享受如此保卫森严的待遇。在他俩后面的单牛篷车上，不光存放着几坛曲少毫自费购买的眠竹林，还有一个老熟人——林上杉。

这位林大夫，说他官运不好吧，从寒散之士一路做到司祀衙府的初撰、总撰，如今又平调到宗能院，做了通抚左，和曲少毫同等阶位。说他官运好吧，当年随阿针台出海寻玺，凶险无比，现在又跟着中太寺往西出使，生死难料——总之，什么苦差事都往他头上招呼。这些冒险,大部分是曲少毫自找的,林上杉呢,完全是被动接受。

棋子,尽是棋子罢了,曲少毫想。堂明山上那些人不放心中太寺,就让曲少毫来监督。他们也不完全信任曲少毫,就又找了倒霉蛋林上杉来监督曲少毫。

无怪林上杉这一路上哭丧着脸,似乎认定这次九死一生。他内心里会不会想,早知如此,还不如始终做个寒散之士,不必出卖高玄,不必身背恶名,最终回到故乡当个书士或者记账呢?

中太寺为曲少毫斟满一盏:“望柳老弟愁眉满额,苦也!哈哈哈,勿要担忧,我中太寺绝不逃跑!唉,早知今日,我自当于虎牢内自决,也不必连累老弟啊。”

“又在糊戏!兄且少饮几盏吧,自国都启程,兄已饮尽四坛眠竹林了,等遇见景、冀官员,怕是要立不稳也,失我国威。”

他们这支队伍六日前起发,目下已过仓州、嘉州和奉州大部分,马上就要进入磐州。此州面积不大,却是西疆要隘。州府光留城外,坐落着扬国西部最大的兵营——磐口营。

扬国最著名的将领、步军高帅许青平,三个月前就已经亲自驻守在光留城,防范西疆战起。出使队伍既到此地,于工作要务也好,于官场礼节也好,他们都要去拜见下。何况司尉衙府的傅秋山也发了行牒,要求磐州驻军加派军将,护送特使西行。

光留城,许青平的临时府邸内,满脸倦容的步军高帅看完曲少毫上呈的金旨、行牒、特使腰牌,问:“昔年北羽坊的汪家府邸,可是通案左和通抚左在旁观武?”

曲少毫、林上杉俯身称是。

中太寺插话:“某虽不在场,但其后与孤鹿圭并肩同战。”

许青平轻哼一声,让左右军将退下,又让林上杉在外备候。林上杉哪里敢忤逆他,与其说是走,不如说是飞。

只剩下三个人。

许青平盯着曲少毫和中太寺看了片刻,才道:“光留城兵力吃紧,不能派兵加护二位。”

虽是坏消息,却不出曲少毫所料。此行本就是朝堂大夫们拿他俩的性命做赌筹试探西边而已。在许青平仅剩的那只眼睛里,估计他和中太寺早就是死人了,为何要在两个死人身上浪费军力呢?

但许青平下一句话却让人颇为讶异:“西出光留城,二位往西南去,莫往正西。西南人口稀零,非兵争之地,可留生机。正西边么,景、冀二军相争甚剧,间有山匪做歹,——半月前,我曾派十数军探,易装为民,深入其地,竟无一还者。”

“许高帅……”

许青平举起那只假手:“某为军武,却非弑杀嗜命之辈,二位为国效命,勇义在传,某有耳闻。西南一去,如未遇敌寇,无所成命,当安然返回,勿做平白牺牲。”

曲少毫还想说什么,被中太寺拦住。弥生国人向许青平拜谢道:“我扬军武有高帅,幸也。”

许青平沉默许久，道：“我扬朝堂未听智言，大不幸也。——你们，退下吧。”

在光留城休憩一夜。翌日清晨，城西门隆隆打开，这支不增不减的队伍行出城门，理论上就是出了扬国，无论是被景军、冀军还是山匪追杀，身后的扬国都不会有人来救他们，更不用说替他们报仇了。骑于马上的铁雨卫抽箭搭弓，随时准备应对突发险情，领旗官则将长刀搭在右肩，整支队伍行进缓慢。

走了半日不到，篷车内的曲少毫感觉不对，掀开门帘问：“本队且行何方？”

铁雨卫领旗官道：“正西。”

“不是和你们说了往西南去？”

“司尉衙府有令与我，行至正西，不作他方。”

曲少毫又恼又羞，回身车内。这十个铁雨卫骑的是快马，若遇到敌匪，一阵箭雨过去，拍马就能往回飞撤。他们这牛车呢，无论如何也赶不上，只会留给敌匪。

如果此时跳车，往西南去，恐怕领旗官等的就是这个时候，将曲少毫、中太寺射成刺猬，再让后车的林上杉做个见证。朝堂大夫们最喜闻乐见的事情就这么办成了。

曲少毫道：“你我危矣！”

“本来就危，老弟居然还心存幻念？还是与我共饮剩下的眠竹林吧，刀斧之下，美酒不可负。”

如此心惊之下，他们行出快一日，却未见敌匪，也没见到任何人，颇为奇怪。天色放暗，队伍停下休息，却不埋锅造饭，只啃食干粮。林上杉虽坐在后车，休息时却尽职尽责，与中太寺寸步不离，就算去林中大解也要随同前往。

这一解，解出了意外。

先是林上杉从密林中落荒逃出，大喊："死……死人！"

铁雨卫领旗官抽刀在侧，反应过来："中太寺何在？"

林上杉惊跪于地，手指密林："在在……拨弄死人！"

领旗官带着三个铁雨卫往林中追去，生怕中太寺跑了。至于死人，他们军武中人就是和死人打交道。

曲少毫也想跟着去，却被林上杉拉住："去，去不得，去不得……不是寻常的死人哪！"

大半支线香的功夫，三个铁雨卫先出来了，走在最后面的是中太寺和领旗官——领旗官刀已入鞘，丝毫没有捉拿到逃犯的喜色。

曲少毫问："豆明兄，出了什么事？什么死人？"

中太寺却不作答，只是对领旗官道："今夜请林大夫与我同乘而卧，让曲通案在后车休憩。"

领旗官看看他，思忖片刻，居然答应了。这让曲少毫摸不着头脑，还要追问，中太寺却阻拦："望柳老弟，明日告与你。"

说完，拉着林上杉上了双牛篷车。领旗官又让三个属下围着双牛篷车躺下休息，其余铁雨卫围着留给曲少毫的单牛篷车，轮守夜值。

他在单牛篷车上怎么也睡不着，就想另一辆车上的中太寺和林上杉在干什么。中太寺虽然举止轻浮散漫，喜欢饮酒糊戏，但从未如此诡怪。

翌日清晨，他黑着眼圈起身，下了篷车，见中太寺也已经起来，正在与领旗官讲话，不时往牛车这边看几眼。中太寺见曲少毫，并不招呼，反倒叫林上杉从篷车内出来。林上杉脸色铁青，悠悠地走到二人身边。

中太寺笑了，拍拍林上杉肩膀，似乎昨晚过后，二人亲密了很多。曲少毫大惑不解，正欲去问个究竟，却见中太寺忽然抽出领旗官腰间的护身短刃，在对方脖子处轻轻一抹，领旗官捂住喉咙猛地跪下。林上杉还未及反应，已被中太寺以利刃架在咽喉，同时往路的另一边挪动。

此地名为合崖，地如其名，路的一侧是密林，另一侧却是山崖，虽然不算深险，但人摔下去也没有生还可能。即便是十万之一，在崖底未死，但山路险阻，救兵要从路边下到崖底，没有一个白天的工夫是不可能的。届时，落崖者早就失血而亡了。

中太寺挟持林上杉，挪到崖边。

其余铁雨卫只迟疑很短时间，迅速抽箭开弓对准中太寺。曲少毫要冲到铁雨卫和中太寺之间，中太寺却大喝一声，让他不要近前。

“豆明兄！何故失狂！”

中太寺笑道：“望柳老弟，我未失狂，是在救你，救这些铁雨卫,救扬国!”

曲少毫以为他在胡言乱语,中太寺却问:“你可知昨夜我和他在林中撞见的死人,死于何故? 林通抚,说吧!”

林上杉大气急喘,被利刃一逼,道:“尸,尸毒瘟!”

别说曲少毫,就是那些铁雨卫都闻之变色。尸毒瘟,也叫三步鬼见死,是种毒性剧烈的疫病。健康人如果离病死者太近且没有及时捂住口鼻,很容易便会染上。一旦染上,短则两日,多则半月便会横死,无药可医。成朝、洛朝、十四国时期、卫朝都有关于此病的记载,其踪诡谲,忽然兴起,害命无数,又会忽然匿迹,多年不现,难倒了古往今来无数名医。

这也解释了为什么出使队伍行进一日,按理景军或者冀军应该在交战,还应该有山匪肆虐,结果却根本遇不到活人。半月内许青平派出的军探无一回来,因为此地根本是疫区! 活人进来,死人躺下。

昨晚中太寺和林上杉见到死尸,林上杉立刻返身逃跑,中太寺上前察看,等发现是尸毒瘟,为时已晚,想来已经染上。后来领旗官带着属下来找他,他喝退其他人,只让领旗官上前同查为证。

曲少毫道:“豆明兄不必自扰,你未必染上此疾!”

中太寺大笑:“你以为我缘何要跟这厮在车内同寝一夜? 林通抚,还请伸出贵舌来。”

林上杉被刀所逼不敢不从,伸出舌头。但见上面黄苔遍布,间杂血点——正是书上记载过的尸毒瘟初发症状!

“望柳老弟当已明了,如此险情,我和此人自是回不得扬国,领旗官亦然。——我只能控制一人,故而先杀领旗官,再挟林上杉……老弟,中太寺要与你在此别过!”

“不!回都城,自有名医可救!”

“哈哈,老弟,这回是你在狂言了!染上此疾,且不说一路要染给多少无辜之人,我当是半途已故。”

林上杉却道:“少毫老弟!救我!他故意传染与我!我不想死啊!不想死!”

中太寺笑骂:“林狗儿啊林狗儿,你有何脸面与望柳老弟呼救图生?昔年北羽坊,你与他人共谋我等性命,陷我等于死地,可想过有今日?我若与你无仇,岂会拉你上篷车、查验疫疾?你如此想活,且不问我,就问眼前的铁雨卫,愿不愿意带你这已死之人同行?”

回答他的不是语言,是一支“朝天翎”破空袭来,直入林上杉右肩。林通抚惨叫,中太寺大笑道:“望柳老弟看到否?于大义于自保,铁雨卫断不会放我生路,也盼我和林通抚自决!”

曲少毫脑中嗡鸣,转向铁雨卫:“我愿随中太寺、林大夫自往西行,诸位可回马光留城!与疫病无涉!”

铁雨卫却一阵沉默。

中太寺道:“白费口舌……老弟,朝堂自当有令,或你我成命而返,或他们提你我头颅复命,诬以罪逃之名……你要活下去,不是为了这些铁雨卫的证言,是为了你的妻小,为了你尚未完成的记文!”

说完,又对林上杉喝道:“林通抚缘何哭啼?无有风貌!我不杀你,你也要死,不若死而有节!危崖坠下,气势何其豪迈!骨碎脑裂,大丈夫如寻惨烈,自当如是!”

又转向曲少毫道:“望柳兄,我乃中太寺五观豆明,笔名明纱,弥生国浪荡公子……一生无用,只求安逸闲淫,死时终为苍生着想!你若记文,且将我录于其内!你文在,则豆明未死,哈哈哈,后人阅之,定当有所思忖!”

言罢,短刃一横,林上杉喉咙破开一道口子,骨体一软,跪而倒下。同时,铁雨卫数箭齐发,正中中太寺胸口。

中太寺退半步,朝曲少毫一笑:“本当,与君,再饮一壶……眠竹林……”

随后倒下。其身如鸟,翔于空中,渐远渐微,坠入崖底。

曲少毫欲冲上去,三两铁雨卫死力将他截下,不让他接近林上杉尸身。余下铁雨卫收起弓箭,在他面前齐齐单膝跪地,为首一人对他拱手拜道:“领旗官已殒,林大夫和特使亦死,曲大夫贵为最高阶位,当率领我等回国复命!”

曲少毫被他们这一截,一跪,方才的冲动竟收敛住了,只是呆滞。

那铁雨卫又道:“箭发中太寺大夫,实所无奈。我等只为尽责保全扬国,如若曲大夫执意上前,则染疾祸众,我等亦难以复命……届时大夫全家妻儿,我扬百民安危皆毁于一旦,切请深思!”

被他一提“妻儿”，曲少毫忽有醍醐之感，回神明白，眼前跪在自己面前的铁雨卫，根本不在乎什么曲大夫全家，关心的还是他们自己。

中太寺如果单纯寻死，为什么非要挟持林上杉到崖边？分明可以死在铁雨卫的箭雨下——如此一来，铁雨卫自可割下其颅，再把曲少毫也砍了头，严封密存，送到东扬城，送到堂明山，便是任务圆满。

可中太寺就是要自坠崖底，尸骨难觅。如此，没有死的曲少毫在铁雨卫眼中更不能死——他是唯一的证人，证明铁雨卫没有执行不力，或收取贿赂放跑中太寺。堂明山上，活见人，死见尸。若无尸首，至少需要一个值得采信的见证者。林上杉本可做证，无奈，他染了疫病，谁也不敢冒险把尸体运回去。

曲少毫活着回都城，这帮铁雨卫才能自证清白，自证尽职。

中太寺选择杀林上杉，自己坠崖，都是为了保全这位望柳老弟。是故，如若曲少毫不通便利，自顾寻死，那么中太寺一番苦心全都白费。

曲少毫想通利害前后，终于长出一口气，定定神道：“算罢也！中太寺大夫深熟大义，为我扬献身，领旗官为国捐躯，至于林大夫……亦死得其所。此行出使，遇瘟疫而返，诸位功高，护我回扬后自当入南贤殿言明内幕，且为诸位上言请赏！”

铁雨卫，包括刚才还拦着他的几位，都俯身拜首：“然！”

中太寺和林上杉夜宿的双牛篷车自是不能再用，连拉车的两头黄牛都被铁雨卫齐箭射死。曲少毫独坐单牛篷车,在九名铁雨卫的护送下往东回去。这次速度要比来时更快,骑马的铁雨卫自是不说,赶车的车夫也更勤快卖力,刚到下午,他们便回到了光留城正西门下。

奇怪的是,通报姓名,牛车和铁雨卫进了城,城内却没有劳民的忙碌声,反倒是手持兵刃的军士满街都是。曲少毫的队伍还没行出二十步,忽然冲上来一帮军士,将铁雨卫和车夫拉扯下来如砍瓜切菜般地诛杀了!

曲少毫在车内听闻外面杀声,大声质问:"何人行凶!"

没人搭理他,倒是冲进来个粗壮军士,将曲少毫一把拉出车篷扔到地上,问:"你冲娘的,什么人?"

"我乃核监院通案左曲少毫!"

军士一怔,大笑:"哗哈!都城大夫!恰好祭旗可用!"

"尔等乱杀乱为,我要见许高帅!上告尔等非为!"

军士把长刀往肩上一扛:"许高帅?正看我扬升旗!"

说完手往上一指,曲少毫随之抬头,看到许青平的脑袋正插在一柱旗杆上,双目紧闭,两颊涕血。

4

对名将许青平之死,后世疑议颇多。《东扬国志》对此事写得很简约:"时驻磐州,遭兵变,戮其首,悬纛顶……国椎伤,帝闻,恸不已。”二十一个字就把许高帅的结局交代完毕,其中八字还是庆玺帝的反应。

曲少毫看到旗杆顶上许青平的脑袋,就明白这世界当真是变了。昔日浑浑噩噩、只知美色饮酒的中太寺,为了东扬劳民百家性命选择自坠崖底。当初为国献出一手一眼、曾和庆玺帝并肩骑行、备受拥戴的战争英雄许青平,现在身首分家,脑袋悬于旗杆顶部。

“今日活,亦可明日亡,无从晓之。”这是曲少毫幼时在书堂里学到的一句古言,因为思想过于虚无,被书士禁止写进考卷。眼下想起这句话,倒是颇为应景,但不知当年的老书士如今是否还在人世间?

转念间,曲少毫被那持长刀的军士一手提起,扔到许高帅头颅悬顶的大旗下。

军士吼道:“此乃都城高官大夫,不知妻妾几多!不知藏金几何!今日祭于旗下,为我扬生威!誓杀西贼!”

边上围观的军汉不成队伍体统,散散杂杂,高喊低吼:“我扬生威!誓杀西贼!”

曲少毫恍惚间,如回到北羽坊汪家府邸的那一晚,围攻上来的海龙王教众也在喊:“诛杀蛮青!命祭龙王!息定海疆!”

当时虽然情况危急,但身边有阿针台和中太寺两位换命之友。此时此地,却唯他一人。短短一日内,中太寺死了,现在看来他也要死了。

也好,亡魂路上若加紧脚步,当能追赶上豆明老兄。

想到此处,不禁大笑。

持刀欲砍的军汉纳闷:“文弄贼,何故癫笑?”

曲少毫直目看他:“我乃本土鄞州人士,入国都就仕,许久未还。如今双亲不在,却想起先母所教乳谣……军士好汉,可许我死前吟唱一曲?”

那军士瞠目道:“娘冲贼,我也是鄞州生人! 好! 允你唱一曲,曲罢刀落,定叫你爽快成行!”

曲少毫点头答谢,遂整理衣冠,跪地而坐,先对旗杆顶部的许青平拜服,继而引颈而歌:

相白菇也,美且丰。
山秋笋也,多且鲜。
采之遍野,我且忙。
烟上枭也,锅且炙。
君来人来,竟为谁。
美酒一盏,对何饮来。
对何饮来,对何饮?

唱罢,众人均息声。曲少毫转向军士:“好汉子,我且歌罢了,还请您快人快刀,与我爽利。”

军士回:“好! 我且善斩你! 他年有日,若我为牛羊豚犬,你为屠夫肉佬，也望你手疾刀利，与我痛快！”

曲少毫笑道：“雅！”

粗汉军士高举长刀：“但低头！”

曲少毫俯下身，垂头闭目，就等那解脱一刀，脑海却并非爱妻居乐叶的笑容，儿子曲幻海的哭啼，乃至岳丈居游刃的愁容，或者好友中太寺坠崖前的笑貌……而是昔年某日，他与寒士友人凑足银毫，点了半只烧鸭，举杯痛饮，庆祝该年的鹤行节。

耳中是异样的响声，似曾相识，好像是“朝天翎”的呼啸。一下闷响，曲少毫张目，抬头，却见那军士胸口正中一箭，又与他四目相对：“你，我……嗯……”

四下大乱。曲少毫双手被缚，倒地不起，沙土飞舞，难以观察，只听见周围有马蹄声、叫喊声、惨杀声、兵戈相击声……偶有热血，喷洒在沙土间。

未几，众声息平，唯有另一重将士呼喊。他张开眼，四周尽是尸身，有中箭的，也有被刀砍的、被马踏的。那个本要斩下他脑袋的军士仰天倒地，身中三矢，怒目双睁，似在谴责。

曲少毫在地上唾土几下，忽有一高头骏马近前。马上之人居高临下细观许久，道：“原来是小裨官，呵，你我又相见了。”

一军士为曲少毫以刀解绑，凶喝：“还不跪地，拜谢监国太司纠、代行太司尉！”

曲少毫抬头，对马明伦点了点，旋即倒地不起。

太司纠马明伦此次率兵西行,委实是一趟百转千回、充满偶然的旅途。

宽王跃跃欲战,但身为皇弟不能亲上前线。眼见许青平驻扎光留城都过去三个月了,一点军事动静都没有,也没什么作战计划上报。宽王和马明伦一合议,觉得内中有问题,最好再派一位高官去前线提醒一下许高帅。

傅秋山本来是最佳人选,无奈正患病,去不了。司尉衙府里许青平根基很深,派其他人去,不放心,只得马明伦亲自出马。

中太寺和曲少毫是坐牛车,慢悠悠西行。马明伦率一支增援部队却昼夜骑行,虽然比通案左等人晚出发几日,却能在兵变第二天及时赶到。

磐口大营里,并非所有的军将都愿参与兵变。起事者早有预谋,无辜者措手不及,幸存者纷纷往东逃去,正好遇到马明伦的队伍。上下一说,马明伦就暂且接过许青平的太司尉一职(他现在是监国,有权给自己临时特命),然后带上东逃的残兵,向磐口大营杀去。

曲少毫昏睡足足一日,完全清醒过来后,马明伦特许他躺在行军简榻上接受质询:一行人如何见了许青平最后一面,几时出城,如何遇到了林中死尸,中太寺的计策,领旗官和林上杉的死,中太寺的坠崖,以及刚回光留城就遭遇的杀戮。

马明伦端坐于榻前扎凳上,左手马鞭轻轻敲打膝盖,闭目道:“故而现下,除你外,无人可证中太寺坠崖一事。”

曲少毫重咳两下："离光留城一日路程，快马飞去，可见篷车残骸，或许还有林通抚和领旗官尸身，若深入崖底，当可寻得……"

马明伦嗤笑一声："我可是吃撑货？派人下到崖底就去寻一具尸体？小裨官也学会糊戏上官了。"

"不敢，但请司纠大夫明察……"

"算罢也，死则死尔，倒也替扬国做了善。幸亏查明了是那尸毒瘟在作怪，许高帅未轻易出兵，否则疫疾一开，我扬军民至苦也！小裨官这条命，乃至全家老小，且算保住了。"

曲少毫迟疑片刻，问："敢问，许高帅缘何被戮？大营何故兵变？"

马明伦眉毛一拧："怪乎，小裨官竟反诘起上官来了。"

"下臣只便好奇……"

"呵，好奇，好奇可要人命。"马明伦从扎凳上起身，双手背后，马鞭轻甩，"许青平驻扎三月，一卒未动，反倒因小错责罚了数位跃跃好战的骨干军将。"

这种做派，丝毫不像当年"长江大战"的东扬战神，更像缩头王八。时间一久，军中便起私传，说许高帅收了王前的暗烂好处，已然变节，只等冀军一到，开城献降。

驻守磐州的扬军里，作为许青平心腹的铁雨卫只占小头，绝大部分是磐州、奉州、富州、鄞州的外州军士，内里派系颇为复杂。许青平到此地不过三月，未能统固。因此，许高帅变节的私传有很多人偏听偏信了。

是故,一批外州的青年军将谋划这次兵变。他们的计划是杀高帅、夺军权,向西攻打鬼知道属于冀军还是景军的领土。反正打过去了就是开战。若打输了,那是敌军来犯,敌我悬殊。打赢了,有本事让庆玺帝或监国大夫来治罪。——大家是拼上性命去为扬国开疆拓土的!怎么治?

唯有弑杀旧神,新神方可冉冉升起,以战功换得晋升。

曲少毫道:“许高帅投敌,下臣断不相信。”

“小禆官,乱为人作保的老毛病死也改不了?”马明伦反倒笑了,转身以马鞭指着他,“可敢以你全家性命为保,去彻查许高帅通敌一案?”

曲少毫默然。

“知道怕了便好,呵,你终究有些像那混日的岳丈了。”马明伦放下马鞭,“你岳丈若在此,定然会告与你,大敌当前,高帅身亡,已然动摇人心,要是再真查出什么来,无论是暗中通敌还是畏战不出,那以后的仗还怎么打?国还怎么保?”

太司纠兼临行太司尉早已想好,此番兵变,在国内将被宣传为一次西出国门的进攻,那些死掉的军汉正好可以借为敌首冒功。许青平自然是战死殉国,可造哀兵之势。

听到这里,曲少毫挣扎起上半身:“下官还有一事相请。”

“唔?”

“本欲斩我那军汉,还请司纠大夫赐恩,免于戮首,好生埋葬。”

“他欲杀你,你还要给他全尸下葬?”

“均为鄞州人士,应允给我爽利,当是汉子。”

马明伦摇头:“小禆官心软,可人家刀硬,呵呵。此请不得准,军规明法,变乱者枭首,展十日。”

曲少毫垂头:“……其实皆不该如此死法。”

那帮兵变的军汉确然有些冤:杀死高帅,起因是他不肯贸然进攻。马明伦如果早两天到达,许青平不会死,这些造反的军士不会死,九个铁雨卫和牛车车夫也不会死……很多人都不会死,还会拥戴太司纠,为堂明山上传来的擂擂战鼓而举矛欢呼。

马明伦道:“哼,攻守之争乃内议,起兵杀帅乃死罪,他们自寻死,何来惋惜?小禆官勿要妄自胡想,且休整一夜,明日我自遣军士护你还都请罪。”

回到东扬城,这次轮到曲少毫自己关进虎牢了。

表面上的罪名是出使不力,未监督住中太寺豆明,又折损了一名领旗官和通抚左林上杉。内在理由却是,堂明山上的人并不相信中太寺坠了崖,而是认为他跑了。但一时没有确凿证据,加之尸毒瘟的新情况,还需要留他一口气在。

虎牢卫对他倒是和善,毕竟是核监院自己人,岳丈又是前大理法。只是不允许任何人探视,连核监院监正都不行。

刚入虎牢的三日内,他以纸笔疾书,陈明本次出使的所观所闻,然后呈递上去。第十日,终于有人来接他走,还是个没想到的人——宫里人太统管米籍。

曲少毫拜礼,米籍却摆手:“曲大夫不必拘礼,且随我行便是。”曲少毫本以为米籍是带他去堂明山面见宽王的,谁知单驹篷车不往北,而是往南,一路出了东扬城,在一处无人的山丘上停罢了。

车夫下车,行出三十步远,米籍才开尊口:“贺喜曲通案,宽王下旨,老弟罪名已消,尊府老少性命得保。”

曲少毫润目:“下臣垂涕,宽王之恩,感激不尽!”

“唔,老弟谢错了人。宽王本意是要究罪,还是司尉衙府的傅秋山鼎力为你保说,米某想来,当是昔年有恩吧?”

曲少毫不语,只能点头。当初北羽坊汪府宅邸内,他、阿针台和傅秋山有过密谈,事涉傅秋山的兄长、舍身捐国的傅环。

曲少毫道:“我自当前去拜谢傅大夫。”

米籍摇头:“他既愿出手救你,便是两却相了,必不会再见你。唉,傅大夫终为义者,不过,也着实单纯了。”

“米大夫何出此言?”

“老弟可知当今朝堂重臣之中,主战声重为甚者,哪几位?”

“宽王,太司纠,傅大夫。”

“错,只有宽王和傅大夫。”

“那太司纠……”

米籍笑笑:“你只见马明伦率部西援磐州,又建清安军,还将主和的中太寺下狱，却未窥其远图、本意。”

米籍是马明伦眼中仅次于海宁王生巽的政敌，二人在朝堂和堂明山内外暗斗数回，深熟彼此心意做派。米籍的见解是，马明伦根本不是主战派，但也不是中太寺那样的主和派，而是混合的“先战后和”派。

马明伦和许青平一样，深知扬国的军事实力不如冀军，但不能轻易投降，至少要打上几仗，让冀军流点血，明白东扬并非鸡弱之国，然后再打打谈谈，谈谈打打，最后双方在谈判桌上皆大欢喜——扬国几位重臣在冀军治下仍能得享高位，但东扬朝堂在面子上也过得去，不是中太寺提出的那种太没脸的风骨。

“冀军流血，我扬军岂不是要流更多血？”

米籍又笑：“望柳老弟可是跟马大夫交道数次了，他岂会在意他人之血？”

曲少毫苦吟。

“不止扬军流血，傅秋山大夫也要流血，乃至掉头——许高帅既死，傅大夫则该接任太司尉。两军尸山血海过后若要和谈，冀军自是将傅大夫视为凶仇，我扬残军、劳民又会将之作为战败祸首。”

傅秋山的头，是注定了要跟身子分离的。

“傅大夫不知此中道理？”

“知道又何如？傅大夫与其父行风迥异，米某说句不甜耳的话，傅大夫乃一心求死，杀身成仁，但也不过是为了虚名和后世美谈罢了。马大夫谋权,傅大夫图名,却都是要拿千百人命去填的。”

曲少毫沉默良久,问:“米大夫与我倾吐这些,何为?”

米籍正正身体:“哈,米某乃宫里人,又为统管,周身无亲无故,想说些实心话却没听客。今日觅得机缘,就对老弟多言几句,权当我老了,唠叨吧。”

他这番话,可真可假。但深居宫内,贵为统管,确然时刻行走刀尖。米籍的前任官田正,因为侄子田从容没能治好皇子,遭去职流放,据说在外州不到一月就病死了。米籍追随田正多年,左右取巧方能保身,还接替了田正的职务,这背后所费心机,所耗心思,那就不得而知了。

曲少毫拱手:“了然,少毫自为米大夫保密。”

米籍拍拍他肩膀:“米某一生听得无数不作数的保证,我能说与老弟这些,全因还要告宣你的第二件正事——宽王已拟金旨,着调你去邦梳局,任驻弥生国特使。”

“啊? 这!”

“这是大好事。恭喜老弟官晋上阶……我扬外地强强,冀军虎狼,时事难料,此时能远赴海外、贵为上宾,唔……你的岳丈着实牺牲巨大。”

“岳丈? 他怎么了?”

米籍叹气:“他,见你入狱虎牢,便上呈宽王,自愿入到新建的冲北军,担任枪矛教习,若遇战事便当上阵驱敌。”

曲少毫捶击车板:“这如何使得？岳丈如今年近五十,怎能在军武中杀搏?”

“使不使得,如今皆已成型。他即为居公后人,又有技击之艺,断然脱不掉这棋盘,只能强为表率,振威我扬……唔,一如米某,也是永远走不下那堂明山的。望柳老弟,我言已已,你罪名消除,可赴海外,乃是当下最佳结局,切勿心血上冲,毁之末然。”

说完,对曲少毫俯首拜礼,完全不符阶位高低之礼节。

曲少毫颓然,只是颔首,也完全不符阶位高低之礼节。

5

东扬庆玺四年,犬月①末。

冀军在江南的战略局势开始好转：灵国叛乱分子被剿灭,自封灵武王的郭先在逃亡时被部下杀死;后成的正通皇帝在佰州大败于冀军,灰溜溜收兵回去,继续去做他“虎葱半岛千古一帝”的奇怪迷梦。

至于南景,七成国土已经在冀军手里,剩下星星点点的抵抗势力,有旧臣,有山匪。唯一特殊的地方是和扬国磐州紧挨着的溯州——此地虽为战略要道,无奈眼下正闹尸毒瘟,一下子搞出

① 即公历一三三五年六月。

来一个非军事区，逃还来不及，谁都不敢往这边用兵。

除去西北的磐州，在扬国剩下的西疆各州里，富州和姚州有崇山峻岭，难以进入；沿海的波州有水军护靠；夹在姚州和富州之间的桐州，便成为了下一步冀军的主攻方向。

扬国匆忙建起的冲北军，就是要在桐州加强兵力。

但，这对一个即将远赴海外的扬国官员来说已无太大意义。出使，意味着家人不在、举目无亲。使节驻外，不得携带家眷是惯例，为的是防止变节、归于他国。

从虎牢放回家后的数十日，曲少毫常在梦中惊醒，想起故友中太寺，不禁垂泣。此时居乐叶便搂抱住他，宛如安抚婴儿那样安抚夫家。曲少毫方能平息，安然入睡。

起行当日，东扬城松安头港。曲少毫曾在此地送别渤都使臣秀龙多——其后被天大王斩杀于望生岗；也在此送别不知真名的“阿针台”——不知他和波帘公主黑疾马如今在群岛之国过得如何。

现下，他在这里与妻儿作别，去往故友中太寺的母国，虽然那里的高官贵族都会华夏语，却终不是华夏故乡。

一起送行的还有一身“冲北军”戎装打扮的居游刃。来港口的一路上，那些劳民、安城吏、守港的铁雨卫都向这位居元海的后人、万民抗冀的表率拱手拜礼，表以敬佩。居游刃只能不露声色，一一回礼。

曲少毫道：“岳丈，少毫误你，到今日地步……”

居游刃却笑:“贤婿谬言!居某为官数年,不过虚度岁月、油滑本职,不曾倾力保护良善,不曾纠敌奸商谗宦。今日得以披戎装执锐矛,教习千军,也算还债了——少毫非误我,乃成就我也,感涕!”

“岳丈……居大夫……”

居游刃托住他的双肘:“少毫为吾婿,胜吾有子,待你事成而归,自当灯下痛饮……海风凛冽,此地不胜寒,我且去休息,你若有话,自当托与乐叶。”

居乐叶没居游刃那么神色凝重,只道:“夫家此行安然,却要切记,上岸后,自当往南不往北。”

曲少毫一头雾水。船出扬国向东,当在弥生国西大岛稍歇,继而在本中岛的南州登陆,再向北进入中京拜见通应太王。怎么居乐叶让他登陆后往南呢?往南可是大海。

“夫人又在糊戏。”

“哈哈,南中有北,东中有西,夫家莫愁,天下海内之遥,举家皆能团圆。”

说完,对他恭恭敬敬行女礼。这更怪了,平日里在家在外,居乐叶都是轻便随和,鲜少对他这么恭重。

我将死于海外?曲少毫脑海里闪过一念。旋即又自认狂念入脑,摇摇头,去捏侍娘怀中曲幻海的脸蛋。此一去不知何时还,届时儿子长到多高,这东扬城内又是飘荡何人之橐?

锚起帆扬,船头向东。曲少毫立于尾艏,眼见码头上妻儿和岳丈的身形越来越小，直至海天混为一色。他之前所写的见闻记都留在甜井巷的家中，此番就使，将开全新篇章。他一起带去的还有几本以弥生语写就的杂集，准备学习该语，以图特使工作中能有奇用。

从东扬城去往弥生西大岛，长则三四日，快则三日内，全看风向浪情。谁知第一日夜里忽然起了高浪，俄而黑云群至，如万夜之夜，风啸似云中藏虎。上舺众位船工、帆佬奔来忙去，喊呼不止，以图稳定航行。

曲少毫在下舱内早就站立不稳，如大醉之人，时而扶着舱壁时而趴在床上，外面风高浪险，腹中也有龙王翻身之感。隔壁舱室内有几位他认识未久的邦梳局新同僚，作为副使和通译，此刻也在舱内大呼小求，各自不顾。

一人高呼："此时节……断不当如此猛浪冲烈！怪哉！"

另一人道："莫非海龙王翻身又至？"

"不知也不知也……啊！浪涌进来了！"

曲少毫听到这句，还没来得及前去查看，但觉整个头脚天地猛然倒了过来，自己的头在立地，双脚撑着天，一股热辣的液体自口中喷溅而出。

隐约在风呼海啸中能听到上舺的船总在大喊，弃船！弃船！弃……

船总的声音不见了，海浪和烈风的声音也不见了，隔壁的叫喊声也不见了，一切都不见了……曲少毫想对自己喊什么，嘴巴大张，牙齿发颤，舌头卷起，什么也说不出，什么也听不到。

待他醒来，只觉双目刺痛，全因窗外阳光猛重。适应后可见外面碧青万里，云疏风淡。

他躺在竹丝制成的榻上，全身酸痛，无法起身，嗓子也苦哑无法出声，只有鼻子还能用，闻到咸味的海水气息。屋外有人在说笑，乃至吟歌，然而却非华夏之语，不知其意。

未几，足音重重，一人进了屋子。

“望柳老弟，可还记得我？”

曲少毫扭头，眼前粗汉海佬装扮，蓬发黑肤，胸膛宽阔。一时记不起何人，直到他目光放低，发现对方一只脚是木质的。

“阿……阿针台？”

“是也！哈哈哈，我与老弟缘分未尽，竟然在阿摩国又相会了。——来来，我扶你，此乃本地特产的香果水，清冽香甜，可滋养体力。”

曲少毫艰难起身，阿针台将碗中果水递到嘴边，曲少毫匆忙饮入，却觉寡淡无味，与水几乎无异。

正疑惑，阿针台又道：“你昏睡三日，真以为要行天去也，哈哈。外面还有一人关切与你，待我唤他进来。”

说完让曲少毫躺回榻上，阿针台边朝门外走去，边喊：“中太寺！中太寺！豆明兄！望柳老弟已醒！”

曲少毫一惊，想再起身却毫无力气，也不再酸疼，屋外阳光徒增万倍，眼前一片白茫，只有阿针台的声音仍在环绕：

“中太寺！中太寺！豆明兄！”

曲少毫再度醒来，耳中浪潮袭岸，嘴里却是沙子。他吐出几口，脑袋扭过去，看到的是更多沙子，黑色岩石，海潮正一次又一次拍击自己的双脚。

费力翻身坐好，不知在何处，何国。举目四望，江山连绵，树林茂密，不像在什么岛上。按照海船遇难的日子来算，当不是在弥生国，而是被海浪冲回华夏。

岸边唯他一人，不知船上其他人生死如何。曲少毫在地上坐了大半日，体力恢复了些，加之口渴难耐，便起身欲往内陆去找寻人家。但往哪个方向？北？西？南？

居乐叶的笑容浮现脑海，对他道，夫家上岸后，自当往南不往北。

自己现在也算上岸了吧？他苦笑笑，决意往南去。蹒跚行出大半日，天色即黑，曲少毫既没有找到人家，也没有寻得大路坦道，只能在一座小山丘的林子里休息。又怕夜里饿狼来袭，便使足最后那点气力往一棵树上爬去，爬到第二层的粗枝方才心安，抱枝而眠。

他太累了，梦中无人，只有混沌。

不知睡了多久，忽然感到有人抓住自己衣领猛力拽下，曲少毫身体没了重量，狠摔在地。一睁眼，见四五个陋衣汉子围立四下，手中都持着长短利刃，还有三五人举着松枝火把。

为首一人道:“我说哪里有鬼,野树打起鼾儿来。”

又一人自树上跃下,笑道:“原是只白皮瘦骨猫。”

为首者问:“你是何人,何故树上鼾睡?”

曲少毫正正衣领,直身拱手:“我乃扬国邦梳特使曲少毫,本当坐船去往弥生国为使,却遇海难,随波流落至此……”

为首者大笑:“一个穷酸书士,在我等面前充大!哈哈,什么邦梳特使,就是不想落在我等刀下罢了!”

曲少毫耐心解释:“各位山匪好汉,我未诓骗你等,我腰间有司祀衙府与邦梳局的联铸腰牌,可明身份。——啊,好汉们未必断文识字,无碍,此牌乃淳玉制成,价格不菲,可与好汉子们替我换几口清水?”

说完才发现自己说的不对。山匪好汉们一刀砍了他,照样玉牌到手,还能省下几口清水。

曲少毫道:“算罢也,我身无财物,亦无其他证明。唉,山匪好汉若要取我命,且允几口水,不叫我做个渴死鬼吧……曲少毫先向诸位好汉谢过!”

俯身拜礼。结果那些好汉们并不理他,为首那人拿着他的腰间玉牌细细端详,并念了出来:“威服四海,贵言庄仪……五德昭天,邦梳有礼……”

曲少毫诧异:“好汉竟识字?”

那识字好汉瞪他一眼:“真是邦梳高官的牌儿!唔,我且问你,你这特使,几阶几位?”

“邦梳局特使,通常为中阶之首级,此次为显示顾重弥生太王,特临升我为上阶最末。”

“还真是上阶高官!诸位兄弟,此番获宝!”

曲少毫听这话,以为是要向自己家人索要赎金,劝道:“好汉们,我虽不知此地何地,但远离都城,路途遥远,赎金是拿不到的,只会引来兵剿。不若放我回去,少毫一诺万千,他日定当奉金再谢。”

识字好汉对他一拱手,却是左拳和右拳前后交叠的拱法,前所未见。

“我等实非山匪。”

“那,那是?”

“冀军军探是也。来人,拿下,封喉重绑!”

曲少毫反应过来,刚要挣扎,脑后便挨了一记刀柄末端。

早在曲少毫被关入虎牢的日子里,冀军前锋部队便已拿下原属南景的桁州。桁州往东,就是扬国的桐州。

冀军并未急于进攻,而是派出几十支仅有六七人的军探队伍,悄然渗入扬国的桐、姚二州和定闽军的交界地带——这里不但三国交界,且山林茂密,山峰连绵,高矮不定,地情分外复杂,兵匪同出,官贼并存,扬国和定闽军都难以觉察,何况军探们个个都是山匪打扮,迷惑性很强。

这些军探的任务主要有三:其一,探明桐、姚二州交接处的地情路况,各关隘兵营的驻守规模;其二,在允许的情况下滋扰扬军的后勤粮草;其三,捉拿扬国重要官员。

最后这条，其实是针对地方官员，尤其是管钱、管粮、管马和管仓建桥梁的“司常官吏”，撑死有个中阶第二三位就不错了。

曲少毫这种国都出来的上阶官员，确是天上落宝。这也就不难怪俘获他的军探们一路上是轮番背着他前行，跋山涉水毫不言苦，时而在波州南部绕道转山，时而窜入定闽军地盘半日，接着又横穿姚州西南，又入定闽军之地，再往西北……辗转数日终于进入原属南景的桁州境内。

除却饮水进食，曲少毫均被封口重绑。小出大解，均有两个军探监视。夜眠更为夸张，那为首的识字军汉把他和自己用绳子捆在一起，——其他好说，就是军汉鼾声隆隆，曲少毫有苦难言。

入了桁州，曲少毫被解绑松口，旋即破口骂道：“北青凶蛮！竟绑架扬国命官！”

识字军汉大笑：“哈哈，我乃冀军，非青也！大夫若要控诉我等莽撞，自可等见到仝殿帅后再言。”

曲少毫一激灵：“仝殿帅？莫非……”

“不错，扫狼大将军，孝胜侯仝梧是也！”

6

仝梧，字上风。虽为敌军将领，曲少毫也有所耳闻。

他是武承帝王前的外甥。其父英年早亡，母亲东扇公主长年抱恙，早年仝梧一直在侍奉病母，及至东扇公主病故后，始为朝堂效力。

仝梧初次大捷，正是在望秦原击败渤都大军。当时冀军上下都知道渤都国要搞事。诸多将领请命，建议主动从蓟州关北出，寻找渤都国主力并一举歼灭，消除后患。

仝梧却表示，反正敌人自己会来找我们，为什么要冒着北地人生地不熟的风险出击？万一找不到渤都国主力呢？北地千里行军，又要无谓折损多少兵士呢？

他判断，对方很可能不会从老生常谈的蓟州关过来，然后往地图上一指，指尖留在月寒岭：当在此地设伏，以逸待劳。

无奈他前无军功建树，诸将难服，都认为痴人说梦。月寒岭是那么好翻越的吗？能翻越，当初造什么蓟州关？

仝梧在一片嘲笑声中表示，自己愿前往望秦原，只需五千兵马随调。王前不忍心给外甥泼冷水，满足了他的要求，还多给两千人，都是些老弱残兵。

靠这七千人的“扫狼军”，仝梧在望秦原凭借地情优势和出奇伏击，把翻山越岭而来的两万渤都人好好招待了一番。幸存的人不得不再次翻越月寒岭逃回家，最后生还仅三四千人。与此同时，其他冀军将领正在蓟州关外，对着茫茫北地干着急。

这一仗打出了仝梧的威望，他被封为扫狼大将军。后来冀军不费一兵一卒就夺取南景在江北的汉州，也是靠仝梧献计。

全军上下自此对他有了全新的认知：跟着仝梧打仗，总是损失最小，获利最大。王前遂封其为孝胜侯、奋麟军殿帅，在即将到来的扬国战事中成为西南方向的总指挥官。

仝梧还是秉持此前谨慎耐心的行风，开战前派出多支军探队伍，现如今安然返回的有十支，略为折损的有六支，尚有四支小队未还。

这安然返回的十支军探小队里，有一支就给他送来了扬国的上阶高官曲少毫。

曲少毫第一次见到如此多的菜肴。

此前他见过一次类似的场面，是岳丈居游刃从大理法职位上退官。东扬官场固例，官员升调或荣休，要办“海门宴”感谢旧部门同仁。那次“海门宴”上，每桌共计鱼鲜六道，肉菜六样，上煲三品，中煲三品，达到了曲少毫对美食珍馐的顶级想象力，——但每桌好歹是给七八个人吃的。

眼下，殿帅大帐内这张六福桌上，有蒸羊头、整烤山雉、赤酱野兔、炙豚脊、炸肉条、五蛋汤，以及蒸的、烧的、烤的、炖的各类河鱼……桌子正中央是口热炭烧着的小铜锅，汤色皙白，边上还有一大盘生切的鳖块。

桌边仅有仝梧一人，不被戎装，倒穿得像个文官书士。他年龄看上去与曲少毫相仿，轻夹起一块带裙的鳖肉放入铜锅，又饮下一盏酒，身边的轻袍从官立刻给他满上。

押解曲少毫的军将推他一把，仝梧却道：“唔，若真是扬国上阶大夫，当免跪，赏座。”

曲少毫并不拱手："我本核监院通案左，后任邦梳局特使，派驻弥生国，当上阶末位。"

"弥生国，呵，生法宇是真欲向海外求兵？好个引狼驱虎的'妙计'。不过，我更想听听曲大夫任通案左时的见闻。"

"蛮凶冀人，休想与我口中讨得政军国情。"

仝梧大笑，手中玉箸颤抖："徒一特使大夫，知什么政军国情？望柳老弟太高视自己了。"

曲少毫一惊，自被冀军虏来，他从未告知自己的字。

仝梧从铜锅里夹出煮熟的鳖块，吹了吹：

"曲少毫，出自鄞州田绅之家。年少入都，累年不得保荐，于录案局任小说裨。因走公结识理法居游刃，官运得享，升调核监院，与居氏之女合婚，得一独子。平日爱好唯二，一乃笔耕记文，二为与弥生好友同饮。"

见曲少毫愣在那里，仝梧笑道："多年前，冀还称青时，东扬城内即有我军暗作Equalsm埋，每月传递情信，不比曲大夫当小说裨时懒散。"

"我不过一介低微职官，何需暗作费心？"

"谦虚了，你可不是低微职官，岳丈是居元海后人，你又协佐他办过要案，渤都特使横死，高玄暴亡虎牢，还有前青皇族孤鹿圭，就连你的酒友都是在天敬库任职，鉴定过卫玺。——望柳老弟，就连帝上[①]也听我说起过这些。"

---

① 指冀朝武承帝王前。

曲少毫冷呵:"仝将军和舅舅万事劳忙,却颇有闲心。"

仝梧不怒:"非闲心也。有朝一日扬国归冀,百兴新政,总要知晓哪般人可用,哪般人该用,不能全听旧朝臣护私之言。"

曲少毫不语。

"是故,赏座与你绝非劝降讨好,图谋情报,只出于阶位礼节罢了。曲大夫,请入座吧。我代表本朝,你代表扬国,我坐,你站,委实有失贵国荣尊。"

曲少毫一想也对,坐下来照样可以骂他,还能省些气力。仝梧旋即对左右从官、军士道,我与曲大夫文谈,你们且下去。

军士、从官欲言,仝梧笑:"这帐内无刃无剑,曲大夫且为诗书文士,若欲害我,怕只能选这盘中鱼刺行凶了,退下吧。"

众人出了帐,掩上帘门。仝梧玉箸一挥:"望柳老弟,某每餐皆独食,只备箸一副,穷取你也,此地无外人,可以手代箸,与某同享珍肴。"

坐在他对面的曲少毫却道:"呵,恐非此故。将军一是怕我以箸行凶,二是为羞辱扬国职臣。"

仝梧大笑:"曲大夫多心!某非军武世家出身,却也习了十余年的文人拳,虽然未必强于贵国傅秋山,若是只防你,且做随意施展。若要辱你,何必浪费我这满桌佳肴,将你剥了衣服游遍军营便是。某每行军扎营,必是独享美食,满朝皆知,若非在此奇遇居公元海家族之人,我自是不会破规的。"

"即便如此,我也不与将军共饔。少毫乃扬国上阶臣官,今日在此，一非帝上所遣，二非我主动拜访，三非将军拜帖诚邀，全因军探将我虏来。少毫既为俘虏，自当食俘虏所食，宿俘虏所宿。”

仝梧一拍膝盖：“曲大夫难煞我也！我军所到所占，未有留俘行风。”

见曲少毫怒目，他解释：“我军沙场俘获兵士军将，只做三类发配。一可转投我军行伍为冀效命；二可编入劳营去往外州他乡，终生入佃而耕；三则肩背烙印，放其空手归家，——他日若再于沙场相搏，敌营有此烙印者，俘后斩无赦。”

曲少毫闻言沉默许久，忽而起身拱手道：“仝将军，请烙印于少毫肩背，放我归国，他日若战场相见被俘，少毫引颈无恨。”

仝梧愣住，笑了下，夹了一块羊头肉送入口中，咀嚼片刻，叹道：“江南的羊终究不如北方羊啊。曲大夫，此头非彼头，我可一战俘获千百军汉，几时可得一回上阶大夫？”

曲少毫慢慢放下手：“我自为扬国大夫，切不会与你等同为勾当。”

仝梧自斟一盏：“某识人无数，今日得见，敬佩老弟风骨无双，不能用，则只能杀。老弟有何终求？某且尽满足。”

“我为扬国人，生于扬，当死于扬。请将军下令遣人将我押入扬国之土，其后可斩。——死前，允我留书家人。”

仝梧一挥手：“倒不必如此烦琐。十日后我军将攻桐州金松城，围城后只放你一人入内，城陷后你可自戮，亦可由我军兵士代劳。”

曲少毫再拱手：“多谢仝将军。”

“你却也不为那金松劳民心忧？”

“我在不在城内，将军都会攻城。多忧无益，不若入城后加紧防备，为国出一力。”

“不怕城内军民疑你是劝降暗作，杀之？”

“那也是死在扬国之土。”

“善！曲大夫，你我座谈数刻，又要生死一别，若不嫌弃，这壶残酒尽与你，当为人生最后一饮。”

“不必，故友生前嗜饮，他死后，我决意不再饮酒。”

“了然，那我就洒酒于地，且当告慰你那故友。”

“少毫，拜谢！”

金松城规模不算大，位于桐州西面，背后有山势依靠。虽然围城只需要西南东三面兵力，但并不好打。其城墙高峻深厚，城中有地下巨仓，藏粮无数。城内还有泉口数个，不担心缺水。

桐州好打，只是相比于多山的南邻姚州。小南北朝时期，八狮国进攻后庄，南秦攻打东韩，这座金松城都是必争之地。卫太祖统一天下时也围过金松城，花了两个多月才打下来。

困于冀军营伍的十天里，曲少毫不断回忆年少时读过的史书，百般推演，认为金松城最多可抵挡三个月，其间扬“冲北军”（居游刃就在其中）从背后扰乱冀军攻势，届时金松之围可解。

十日后,冀军已团团围住金松城三面。仝梧坐在马上,问跟前的曲少毫:“曲大夫可曾变悔?犹可易也。”

“我如江河,奔流向海。”

“那仝某别过曲大夫了。”

说完一抬手,阵前六位粗壮汉子擂动战鼓,隆隆震心。曲少毫就随着那战鼓的鼓点,一步一步朝金松城正西门而去,每行一步,都是离东扬城,离甜井巷的家更近一些。

可惜,最后到不了那里了,也看不到居乐叶和曲幻海了。

对桐州,他以前只是耳闻,就算在核监院当职,也从未因公来此。没想到第一次到桐州,就要死于此地。

离城门还有三十步远,一支羽箭“唰”地扎进他脚前的地里。城门上守军问:“何人?!”

曲少毫大喊:“我乃曲少毫,扬国邦梳特使,前为核监院通案左,特来金松城助力,且放我入城。”

高高望去,一个守将模样的人走到城头前沿,看了曲少毫几眼:“呸,什么邦梳特使,分明是冀军奸作,入城破坏!”

曲少毫急辩:“非也!我乃鄞州生人,世为扬子民,我岳丈乃居公元海后人居游刃,前核监院大理法,如今入了冲北军,且驻桐州!”

守将一怔:“既为邦梳特使,自当驻外为节,何来桐州?又出于冀军营帐?!”

曲少毫抹去额头汗珠："此事辗转千百，分为离奇，且让我入到城内，再与你细说！"

守将大笑："呸，日头烈烈，还听你这狗文贼糊戏！趁早滚回，否则……啊！"

守将喉头刺出短刀的刃尖，刃尖旋即一撤，热血喷涌。他转身看向行刺之人，对方三四人却已经抓住他的四肢，将其整个举起又扔下了城头。

曲少毫第一次知道人体从高处坠下居然能发出那么大的响声，但紧接着的呼喊声更大，来自金松城城头诸位军汉：

"开城！开城！开城！开城！"

城内一阵喧哗。城门很快就隆隆响动，开出一条缝，然后逐渐扩大，能见到里面冲出来的军士，但手上都没有兵刃，只是喊着："迎将军！下东扬！迎将军！下东扬！"

曲少毫体内气力仿佛被抽走了大半，痴痴看着那些本该代表扬国出战的军士，仿佛一切在梦中，百转千回，不可思议。

他身后，原本负责围攻西门的冀军兵士高举矛枪，枪尖冲天，列队前行，并无紧迫之感。军士前行的声音里，有一阵马蹄声略为突兀，旋即马停，仝梧的声音响起：

"曲大夫，金松城已被我军取下，你站立于此，往四方十数里皆为我冀朝之土，并非扬国境内，恐怕，还死不得。"

曲少毫转身，看向骄阳下得胜者："你，你……"

"东扬都城，我且早早伏下暗作，何况这金松城？买通守城副将,又于井中投毒,可是救下千百人命。十日内你且在估算守城时长,我也没空食佳肴。”

话说完,忽见城北方向,数尾灰鸽朝天上飞去。

城中仍有人在微弱抵抗,鸽子是给冲北军和州府报信的。城北依山,无法围堵,冀军的弓手无法射下那些鸽子,只能望天兴叹。

虽拿下金松城,仝梧却未入驻城内。殿帅营帐里,依然是那张六福桌,照旧是十多道美味,其中一道上品金阳煲,食材是金松城城令府中献出的二十多种珍贵菌干,配上鹿肝酱,异常鲜美。

仍是一双玉箸,两个人。

仝梧以贝母羹勺舀起一口菌汤,吹气,轻啜,长叹,放下羹勺:“呵……曲大夫所忧,某自理解,但这刀,万万落不得。”

今日金松城城北飞鸽,内容未知。如若写信人汇报说城外大兵压境,忽然来了个自称邦梳都使的曲少毫,守将与其对话期间遭叛军诛杀,那么堂明山上很可能认为曲少毫叛国坐实。

毕竟,曲少毫的好友中太寺豆明就是有形无形间被朝堂下旨逼死的。

曲少毫方才对仝梧的提议,或者说请求,是想请仝梧下令杀他,砍下首级让人往东送去桐州州府,并告知当地官吏:邦梳特使曲少毫被冀军俘虏,誓死不降,故被枭首,以作警告。

如此一来,国都朝堂不会认为曲少毫叛节,居乐叶、曲幻海乃至岳丈居游刃、他鄞州故里的叔父都可得安保。

菌煲味美，仝梧又喝了一口，表情如品味今日之胜。

曲少毫第三次拱手："还请仝将军成全。"

仝梧道："情理俱在，某自当成全老弟，只是不必如此自惨，可另辟奇巧。"

白天拿下金松城后，城内负隅抵抗的人当中有二十几个是逃到桐州的南景兵士，曾被冀军俘虏，肩背烙印。如今再度落俘，按照冀军军例当斩无赦。仝梧可从中找个与曲少毫年龄外表相近的，枭首后在油锅里一过，便能以假乱真。

仝梧饮下一盏酒："此外，那与你对话的守城军将，以及金松城城令的脑袋也如此处理，一并送往扬国，更可增信。"

曲少毫一惊，被背后刺杀坠城的守将，他可以理解。金松城令分明没有抵抗，爽利投降，如今也被关押在军营内。

仝梧接着说道："此人在任上素来残暴贪赃，民意恶劣，两个月前恐我围城，又怕放走劳民让朝堂怪罪，生生押住四饭之民不得出城，却将自己家小和金财悄然运往内州。——留他，于我无用，杀他，金松城民心可定。"

说完笑笑："倒是屈了那守将硬汉，与此奸官同等待遇。"

"将军此举，不怕生激其他各地守官？"

"正要如此，杀官不杀民，民心松动，不愿拼死；而官心危乱，乱又生错，轻则弃城而走，重则苦榨劳民为求自保，民心再动，如此相激……终有暴变。"

曲少毫沉吟:“仝将军是懂阴阳之术的。”

“此法只对奸官佞宦有效,曲大夫如为城令,金松城恐非今日局面。”

曲少毫听明白话外之话:“我断不与冀军相合,将军既不杀我,但将置我于何处?囚我终老?”

“糊戏也。某今入扬国,定将战事缠身,不能留你在军营,江北各州,你且选一处流放之地吧。”

曲少毫垂首沉默,俄而抬头道:“既如此,我欲往镐州鹿祟城。”

“镐州?那……是孤鹿家的祖陵所在。”

曲少毫点头:“旧友阿针台,曾在镐州拜守祖陵高庙。”

“孤鹿祖陵,早已旧败。”

“那便更好,清净,我可在那里复写记文。”

仝梧捻须:“唔,记文名目可曾想好?”

“未想好。”

“惜也,不知今后能否读到。”

“当读,也不当读。”

“何为?”

“将写仝将军。”

“那某自便当读。”

曲少毫道:“我两次坐观将军独宴,桌上丰盛备至,将军却食之甚少,每菜仅下箸一两口,今日菌煲至美,也不过啜了三口。

是故,我暗有判断,将军绝非酷好美食珍肴之人,缘何每餐奢华如是?”

仝梧不语。

“岳丈曾教我,微风入林,叶摇枝不摇;疾风入林,则枝摇干不摇;狂风席卷,树若不摇,其干必断,枝叶无存。将军功绩斐然,又为皇亲,最恐遭疑纳谤,如此刻意费靡,落为明头话柄,怕是自摇其干也,如此方能久立风林。”

仝梧饮下酒:“是啊,图财爱色,贪酒豪食,耽于享乐之辈才不像恋权自洁之人。”

“此法只对奸官佞宦有效,仝将军若是卫之智成帝,坐都仁阳城,华夏将非今日之局面。”

这话是稍微改良后送回给仝梧的。仝梧眉毛一皱:“此乃逆论,言之要处斩刑挫骨。”

“我乃扬国人,非尔冀子民,何来逆论?”

仝梧大笑,起身拱手:“不和武将比刀,莫与文人斗嘴啊。曲大夫,某战事缠身,明日你起行,不能送别,日后亦未必能再有缘相见,还请保重。”

曲少毫也起身,拱手,不语。

因为说什么,都不合适。

桐州到镐州相隔几千里,其间还要跨过长江跟黄河。曲少毫出生记事时,江南江北就已经四分五裂,跨越这几千里要穿过好几个国家。如今冀军统占江北以及江南的灵国、南景,往西往北都是一国之行。

仝梧发给随行监队的军士必要的文牒和通牌,示明曲少毫的身份以及远行的目的地,沿途各州的军将、守官不敢不予方便。曲少毫与其说是俘虏,不如说是尊客。除了当地接待的官员,随行的军士都不会跟他多话,只做必要的基本交流。这显然是仝梧下过密令的。

不是没想过半途遁逃,但军士守护严密,他一文弱书士断无逃走可能;也不是没想过自尽,但曲少毫曾答应过阿针台,如有机缘会代他去往镐州祖陵,再拜高庙。何况岳丈以二十冠金饼和祖传的"雷烙木"矛柄换取他免于斩刑、走出虎牢,傅秋山又为他开脱——若轻易择死,有愧于二位。将自己前半生经历写在黄绵纸上,将是他后半生唯一目的。

西行至长沙,得到许可,参观了南景皇帝朱猛华提着侄媳妇头颅跳江的著名景点,其后北上渡江,在汉州住一夜,踏上了聂太夫人都不曾踏足过的江北故地。

唯独帝都仁阳城,仝梧有令不得进入。这支队伍绕路半圈,走个大北再折往西去,过了黄河,途经高玄的祖地怀河州,曲少毫特意去凭吊了高氏祖陵。

又过几州,眼看快要进入镐州地界,曲少毫却忽然得了大病,在床榻上高烧数日,神思迷惘,口吐听不懂的胡话。众人和当地医士都以为这个南方人要死于此地。到第五天,忽然转好,到第七天,可以下地走路。

医士问他病重时自体感觉如何。曲少毫答,并无感觉,只是似乎魂回东扬,并不在自己体内。

休养数日,再度起行。当他掀开牛车门帘,远望到鹿祟城的城门时,已是离开桐州的两个多月后了。两个月里他始终背对扬国,往西北方向前行。扬国发生了什么,战事进展到哪一步,家人是安是危,他都无从知晓,也害怕知晓。

如果可能,就龟缩在这老旧败落的鹿祟城,阿针台当年的起发点,什么消息也不进来,什么旧人也不出现,只需要安心写他的记文,在记文里回忆过往,缅怀无法相见的家人。

进入鹿祟城城门那一刻,曲少毫忽然想好了记文的名目——《遗神往摘》。神思留在东扬故土,往摘,全因之前记文均留在都城的家里,只能摘要性地重写了。

队伍在城令府门口停下,领头军士入府禀告,却消时许久才出来。曲少毫下车,见对方面色怪诡,正疑惑,城令也出来了。鹿祟城旧败,这位半老头子的城令也穿得不甚亮鲜威重,对曲少毫拜礼:"曲大夫,未能迎迓,海谅,呃,这……一路安好?唔,镐州孤鹿祖陵,您怕是去不得了。"

曲少毫问:"何故?!"

"嗯,尊荣到此地的五日前,有疾马传报,仝殿帅派来的,大夫且自过目。"

说完,袖中奉出一个短文盒。曲少毫取出报文,一目三行,脸色大变，看看城令，看看领头军士，再看看城令，转身望向南方，腿像被抽去了骨头，昏了过去。

仝梧的疾马传报是一个多月前写的，来镐州并不绕路，也不像曲少毫那样沿途参观、生病，反而比他们早到鹿祟城。

报文内容是：

堂明山大火，监国亡伤，朝堂失重，城乱，军民相戮，伪帝开城献玺。毫可即日南归。

7

堂明山东幸宫的一场大火，烧毁了重要的密议场所水相殿，烧垮了扬国权力中枢，烧死了两位朝堂决策的核心人物：宽王生法宇，太司纠马明伦。

火起时正是天方入夜，宽王与太司纠于水相殿密议国事，已过了好几个时点。一个月来，扬国与冀军在桐州、长州、奉州南部、姚州、丽州、浣州多次交战，除浣州小胜和丽州打平，其他均败。

太司尉傅秋山和太司祀海嘉匀正在赶往堂明山的路上，殿内只有二位监国。其护随、佐从人等均在殿外立候。忽地，宫内西方天空有火起，立候的众人大惊。正欲入内禀告，太统管米籍来到殿外，求入内通告火情：宫内皓房失火，火势不大，马上就会被扑灭,二位监国不必恐慌。

看守水相殿大门的宫郎卫,因着米籍的身份并未起疑,遂放其入殿。他进去后没多久,就听到里面传来太司纠的惨叫和宽王的高呼:“尔逆也!”

宫郎卫一听不妙,上前开门救驾。奈何米籍入殿后反锁门闩,殿门沉厚,宫郎卫、护随等人齐齐冲门却无果。这水相殿因是密议所用,造得小而坚固,不像南贤殿那样宽阔四通。

很快宽王也没了声音。宫郎卫领头官正欲派人去求增援,却从高窗内望见了明显的火光,其势迅速,很快就从高窗里生出旺盛的火苗来。

扬国投降后,仝梧下令原核监院和肃局纠查此案,其间颇费周折,最后得出结论:皓房之火只是佯动,而南贤殿能在极短的时间里生出那么大的火情,全因米籍事先命人在殿内高柱上新刷了层“明光漆”。

此漆造制复杂,原材足有十种,包括珍惜的鲲耳油。成品无色无味,涂在物件上可增加亮度,保持鲜色。缺点是易燃,所以涂上之后要过三四天,待全部干透,再上两层用植物和矿物调配的“安明浆”来隔火。

米籍要么没在南贤殿的高柱上涂过“安明浆”,要么就是上了伪造的“安明浆”。以凶械击倒二位监国后,他随手摘下一根明烛往几根高柱一点,马上就能弄出火情来。焚宫案后生还的皓房宫里人,其证词也证明了这一推断。

作案手法是有了，——至于动机，当时的查案者、史笔录官和后世的文人学者在这个问题上发生了巨大分歧：一说米籍是为于他有恩的田正报仇；二说米籍是深藏的“三头火”信众；三说生法宇和马明伦暗中达成协定，密谋取帝位，届时马明伦权势近天，米籍自是难保，故提前下手。

总之，焚宫案的动机而不是手法，让其成为历史悬案。

堂明山大火，山下百姓看得真真切切，城内很快就陷入了前所未有的混乱：有人说宽王杀了兄长，准备登极，忠于宽王的宫郎卫和忠于太司纠的宫郎卫正在鏖战，宫内血流遍地；有人说是冀军暗作起事，烧完山上就要下来开门，放更多暗作入城屠戮；有人认为是“三头火”信众作乱，堂明山都给烧了，城内还想得以安存？肯定各处都埋下了火点，随时就要满城大火了！

此时东扬城的西、南两侧城门均已关闭，住在城南和城西的民众都想逃过一劫，拥堵在二门之内。守城军士未得命令，不与开放，一时间拥挤、踩踏、呼号者无数。城东北、东南有两大码头，不少人往东逃去，攀上随便一艘船只出港避祸，又生出诸多落水、覆舟惨剧。

那些并不准备逃走的住民也没有好果。外州战败连连，造出城内难民数百上千，缺衣少食，备受苦熬。此时，不少人便与城中的闲散人士或结堆，或四散，抢商市，淫民女，闯民宅，纵火杀人。城西的高门豪邸也成了目标。安治都司和虎牢卫就那么点人手，百扑无效，乃至也有人脱下制袍，混入抢杀之伍中去了。

最后，负责镇守西门的军士惶乱自崩，把持不牢，命人开城门。四饭劳民夹杂着富贾官吏，巨大的人流往西逃出。

从头到尾倒是没人往堂明山上冲——大家都认为山上早就乱作一团，去了等于寻死。也有极少数胆子比脑袋大的，试探着要进入山脚下的崇天门，看看趁乱能不能捞到什么宫内财宝，或者抢个漂亮的婧官，结果均被坚守宫门的宫郎卫杀伤、驱散。

率领这支宫郎卫的，是及时赶到堂明山的太司尉傅秋山。

其时，监国宽王已殒，监国太司纠亦殒，太司常徐汾本就病卧家中，太司祀海嘉匀和兼任水军高帅的海宁王生巽则不知所踪，接替许青平的步军高殿帅均在外征战，水军殿帅则被求生欲强烈的民众堵在了城东南的水军高殿府里。

四大太司、四大高殿帅这八大核心要职，此时到堂明山上的就傅秋山一个人。好在，庆玺帝无恙。

傅秋山遂下三道急令：扑灭水相殿火情；将帝上和谢皇妃移驾至天敬库；宫郎卫坚守崇天门、青松门和白莲门三大入口，除上阶高官独身可入，其余人等近则诛杀之。

昔日繁华的东扬城，就在如此混乱中度过了三日两夜，才逐渐恢复秩序。安治都司会同核监院虎牢卫、步军铁雨卫，清荡乱象。

那些没有死于混乱的上阶大夫也陆陆续续来到堂明山。

太司常徐汾是在自家豪邸的地室里躲了两日，海嘉匀是坐着水军的一艘快舫出港避难，一直逃到了岱岛。

海宁王更离奇,见焚宫烈火又听误报,以为宫郎卫起叛,庆玺帝、宽王、谢皇妃都死了,又信不过(他以为还活着的)政敌马明伦,急忙去宽王府把女儿宽王妃带走。二人改换装扮混于四饭之民当中,从打开的西门出国都,在外郊小村落魄度日,直到确切消息传来,帝上还在,傅秋山还在,这才连忙返回城内,一回来马上就被临任为太司纠——他从前政敌马明伦的职位。

城内安序好搞定,城外各州就乱了套。很多地方听闻都城大乱,也不知帝上是否安在、谁来主持朝堂,信息一片混乱,导致慈州、嘉州、典州北部、昆州都发生了倒戈于冀军的局面。最致命的是最北面的昆州,武将起叛。那是抵挡江北的门户,昆州如果全州陷落,冀军一北一西两边包夹,扬国危矣。

随着生还的"二十八朝臣"逐渐凑齐,久居深宫未出的庆玺帝抱着病体,两年来第一次在南贤殿召见众人。他先是垂泪哀悼遇难的宽王和太司纠,然后表示,局势危难,国体衰微,外州战事频败,国内民生潦难,加之焚宫大乱,都是天意与他,所以准备择日说降于冀军,并献上卫玺以表诚意。

诸臣一怔,均屏息垂首,有几个已经开始抽泣。

只有傅秋山不是一怔,是一震。他本以为帝上朝会诸人是要稳定人心,重振朝纲,任命新血,复图东扬。毕竟冀军目前只是攻下扬国近半领土而已,扬国引之为傲的水军还没败!

傅秋山震惊之后站出来拜道:"臣以为不妥……"

在城郊经历了两天与民同苦的生巽打断他:“帝上已下金旨,太司尉此次功高无双,劳累倍苦,且回府暂歇几日,方后再以健体效命。”

显然,庆玺帝上朝之前已和叔叔生巽在很多事情上达成了一致。可傅秋山还是要说,无非还是以前那套。和他共事多年的朝堂同僚都已经耳朵听出茧子来。

等他说完,曾躲在豪邸地室里两日的太司常徐汾拱手奏道:“太司尉逆上抗命,有深谋之心,当伏之断罪!”

生巽却补奏:“太司尉自恃功高,昏忤上意,当入虎牢自纠省察。”

生巽是在帮傅秋山。毕竟,其危难关头的作为保住了帝上,也保住了他和女儿的安危,让生氏一脉未绝。但降于冀军是大势所趋,帝上都发话了,谁也阻止不了,或者,谁也不想阻止了。

庆玺帝将目光转向太司祀。海嘉匀这时候除了帮傅秋山,帮谁都一样,不如选择帝上的亲叔,连忙拱手道:“下臣附议海宁王之奏。”

曾经把曲少毫救出虎牢的傅秋山,曾经在虎牢里忍痛斥责高玄的傅秋山,就这样被关进了虎牢。

曲少毫在镐州拜完孤鹿氏祖陵,完成阿针台的心愿,火急火燎地往东南故国赶去。这次耗时短了很多,原因之一是再不必绕路,也不想停留参观。原因之二是思妻儿情切,他竟于两日之内学会了骑马,还是骑快马。护随他的奋麟军军士都不免提醒:“大夫莫急,马疾易坠!”

曲少毫这才意识到如果坠马重伤则得不偿失,便放缓速度。

一个月后,曲少毫策马进入东扬城,这座城市已改名为泊州城,归属冀朝,年号也一律改为武承四年。整个扬国除了最南沿海的波州尚在和定闽军联手顽抗,其他各州都在生寒寺的献降仪式上投降冀军——终于可以不必打仗死人了。

但只是献降,不是献玺。献玺要等到生寒寺被送往帝都仁阳城,在武承皇帝王前的面前跪下,上献,然后等待自己的最终结局。

均已成定命。

入城后,看到冀军兵士和换上新甲袍的安治吏并肩巡行,曲少毫深知自己效命的扬国已是历史。他身为扬国臣官的一切使命自动消失,现下的他只是普通人,无官无阶,无职无俸,但求不要无妻无儿。

护随他千里往来的军士完成使命,收回马匹,两相道别,便各走其途,当是永无相见。心跳不稳地徒步行至甜井巷家门,外有一兵士护立,院内传来锤锻之声。见曲少毫近前,门外兵士斜矛护前:“何人?!”

曲少毫道:“此乃我家。”

甜井巷不算高档地段,但能在此置业,想来也是商贾官员,阶位不低。但军士眼前这个男人衣服粗糙,发乱胡长,丝毫不像那类人。

兵士狐疑:“你家？此地现为锻兵之所,非你家!”

曲少毫一时无言。他本猜测妻儿尚在,或者屋空人去,有可能住满难民,却没料到自家住宅做了这个用途。

兵士推他道:“去也去也！再扰,拿为暗作!”

正嚷,内里出来一年长军士:“何事喧动?”

兵士说明此人诡怪,那军士上下打量曲少毫几眼,问:“你为何姓?”

“姓曲。”

“姓曲……家婆子何姓?”

“姓居。”

“汝子名为幻海?”

曲少毫两目放光,大喊:“正是!”

军士被他吓到一愣,让兵士收立了矛,对曲少毫道:“旧衣婆子所言,当是你也。唔,你往城南固中巷去,往日旧居可见妻儿……噫！痴也！你这癫儿!”

持矛兵士也跟着喊:“鞋跑了！喂!”

焚宫案当晚,城内大乱。甜井巷位于城中央偏北,临近堂明山一带。流民匪盗刚四起时,居乐叶便带上曲幻海、侍娘和自家听斯,四人急匆匆去往城南固中巷。

城南是四饭劳民聚居之地,要财无财,寻宝无宝,多年前还遭过大火,复建后房简屋陋,在作乱之人眼中远比不上城西、城西南和城东南富庶。居乐叶一行出门时已改服易妆,扮作劳民一路向南,不为人起疑。

固中巷是曲少毫当年租住的地方,隔邻李单是布贩,后在海上离奇失踪。李单的家婆子来找曲少毫哭告,曲少毫不在,居乐叶帮不上忙,只能送与她一些金屑燕作为慰金。

这家婆子丧了夫家,却并未出城,仍在城中市集上补卖旧衣为生。居乐叶前来奔投躲祸,那家婆子倒也知恩,便收留他们下来,避过了那血惨的掠劫身难。

待城内平稳,居乐叶便出资遣散侍娘与听厮,自与曲幻海、李单家婆子同住在固中巷内。她自小因着关夫人节俭,学会不少织补手艺,便同那家婆子在市口做卖旧衣,隐于城南。

及至庆玺帝降冀,仝梧领兵入城,还特意关注甜井巷的宅子是否原主尚在,结果没发现居乐叶母子,就将它做了锻兵之地。毕竟战事未收,还要南攻定闽军和后成。

李单家婆子受了居乐叶不少恩惠,愿与良助,每过几日便提着粗等酒食去往甜井巷旧宅,赠给那些兵士、造匠。时久则稔,家婆子告与兵士,若有曲姓之人寻来此地,请代为说与哪些话。此事甚小,不涉军机,兵士自然允诺。

至于值门的兵士不问他何姓,想来是新到未久,不知此事。

曲少毫一路疯冲,险些撞翻沿路不少货摊酒瓮,遭了许多喊骂,只被当作疯傻的掉鞋汉子。凭着尚未忘却的记忆,他跑到固中巷的旧居，狂敲隔邻之门，无人相应。便高喊居乐叶名字，引得其他邻居出头探询，得知他要找谁，答，两位家婆都在靠北市口，补卖旧衣也。

方才曲少毫只知道一路往固中巷冲来，实则路过了靠北的市口，搞不好就从居乐叶不远处疾跑而过。

他冲回市口，方才被他险些冲撞货摊的人还认得他，正准备继续喝骂，曲少毫却只顾四望，然后听到明朗如泉的笑声：

“夫家单履狂奔，实得好英姿，我唤你都不曾听闻！”

一扭头，一身劳民衣着的居乐叶站在糖油子食摊前，目光烁烁，正拉着曲幻海的手。儿子另一只手上拿着块糖油子，下巴全是油，一时认不出这个须发狂乱的人是谁。

曲少毫自从出使弥生未果，海难生还，到被军探捉拿，与仝梧对桌，再到金松城下，往返嵩州，数月里情绪未曾表露。

如今，怀抱妻儿，在城南的市口，在摆摊售买者的众目睽睽之下，终于能大哭一场。

举家三口得以团聚，唯独缺了岳丈。

前核监院大理法居游刃，以“冲北军”枪矛教习的身份死于桐州宝丘之战的乱军之中。

宝丘之战本是一场不必要的战斗。仝梧拿下桐州门户金松城后一路东进，欲攻桐州州府。监国的马明伦一心认定冀军北上劳师，扬军本土作战，且江南丘野不利骑战，遂不顾将领规劝，要让新组建的“冲北军”作为主力，在丘野上列阵而待。

仝梧也知道骑军迎面上攻丘野的难度，更知道那几日刮的是西风，遂在己方阵前堆起火堆数十，伴有牛马粪便。浓烟顿起，朝东而去。"冲北军"被这浓烟熏燎，又呛又臭，鼻目难以维持，军阵顿时松动。仝梧下令，火堆以水泼灭，以土掩埋，冀军战阵就跟随着浓烟的末尾踏前。

对面"冲北军"难受得不得了，加上浓烟里传来敌军前进的隆隆声，又难以清晰观察，惶恐万分开始后逃。那些硬挺到最后的则与奋麟军搏杀，但很快不支而溃。

在"冲北军"后方监战的铁雨卫将领为求自保，命人对前放箭减缓敌军进势，造成后撤良机，同时也造成众多杀阵里的"冲北军"中箭伤亡。

居游刃的尸体上就插了三支"朝天翎"，但致命伤是被冀军的双尖重刃砍断矛柄，失去长兵无以近保，很快被数杆长枪同时刺中。

扬国归降冀朝两年后，武承皇帝追封从前各国在抗冀时勇烈殉国的武将文臣，并录入《忠烈典》，作为稳定人心的举措。

居元海的后人、扬国居游刃被封为军武序列的明清伯。《忠烈典》记载，那场战斗中有个生还的兵士曾与居游刃并肩列阵。据他回忆，冀军阵地燃火堆、起浓烟时，居游刃笑了，向身边此人问道："尔观矛，可似钓竿？"

8

扬国归降，只是王前统一华夏之战的一部分，甚至是兵力损失最小的一部分。此外还有定闽军，还有西南的后成，都需要一个个啃过来。

扬国终究成了烟消云散的记忆，每个著名或者重要的人物都得到了各自的结局。

废帝生寒寺，和海宁王生巽一起被押往帝都仁阳城，在献玺大典上向武承帝王前跪拜，献上卫玺。同样是献玺大典，这可比他自己在东扬城举办的要奢华多了。

之后，这对生家叔侄加上谢废妃一同被送押镐州的鹿柴城。那是前青皇族孤鹿氏祖陵所在，也是曲少毫曾短暂待过的地方。遥想当年在鄞州乡野，一个扔泥块的曲少毫，一个被扔中泥块的生寒寺，都先后来到这千里之地，命运何其奥妙。

生寒寺的叔叔生巽在路上走到一半，重病而死。死前问明博水城所在方向，在榻上强支而起，叩首三拜。博水城是他当初失去家人的地方。

生巽唯一的女儿，前宽王妃生绿，没有跟着父亲和堂兄去镐州，被留在仁阳城一处偏僻低调的别院内。生巽在仁阳城停留关押时曾请求武承帝，生家就这么一个后裔，请不要发配远地，且将她另嫁，找户普通人家就行，可为生家血脉留个口子。

王前认真考虑过，又不忍小女孩嫁到别人家受歧视虐待，便没有答应。天生痴儿的生绿终日只喜放风鸢，衣食无忧，自得其乐，十年后染疫过世。

废帝生寒寺余生未出镐州，偶尔在森严护随下出城，去孤鹿氏祖陵参观，但不拜祭，也不发感想，三年后去世。

谢废妃和那个生前不待见她的婆婆聂太夫人一样，入了佛陀教，唯素，到镐州八年后去世。

生寒寺被送去镐州前，武承帝王前召他入宫面密谈，许久而止。王前后来对近臣表示，扬国诸官有此君，苦也；扬国万民有此君，命也；我冀军有此敌，大幸也。随后又补充一句："且盼吾万代子孙，无其类也。"

扬国最后一任太司常徐汾，在冀朝的大旗下换了个职务，"措金使"，专负责为冀军南下攻打定闽军筹措军粮军资，业绩很好，多次被泊州州正上报申请嘉奖。

徐汾如此卖力，其他三大家族自然也不落后。毕竟，不管天下是谁的，总是要粮食，要钱，要办事，要懂办事的人。那些丝绸、茗叶、海珠、木材的买进卖出，总需要专家来干。

其后数年，旧扬国境内的商贸买卖还是这四大家、六小家在经办操持。偶有商海沉浮，家族有所更替，但总体不变。

直到三十多年后，气候大变，丝绸业仰赖的桑树和茗叶行业仰赖的茗树相继爆发树瘟,海珠业仰赖的珠贝集体往南方迁移,三场山火毁了大半林场,四大家生意难为,六小家也牵连受苦,就打起了私事盐铁和粮贸的歪念头。

结果,仁阳城震怒,四大家、六小家的人死的死,流放的流放,财富均数归公。这就是著名的“盐仓大案”。当然,这十家没了,总会有其他新兴家族取而代之。

颇有意思的是,焚宫案里在地室躲避变乱的徐汾,其侄孙徐岱弘在“盐仓大案”被追查时居然也躲在自家地室里,存满水和粮食,打算和官府耗到底。

来抓他的不是别人,正是傅秋山三弟傅茹的后代,傅为仁。傅为仁见状大笑,命人耗费九日,在地室厚重的石盖上凿出一个拳头大的孔,拼命往里灌水。直到地室的水漫到胸口,徐岱弘才表示,别灌了,喝不下了,我马上开门投降,淹死太难受,不如爽利一刀。

后被斩于泊州城闹市。

旧扬太司尉傅秋山,在生寒寺归降前一直被关在虎牢,归降后被仝梧放出。傅秋山破口大骂,从生寒寺、生巽、徐汾、海嘉匀一直骂到眼前的仝梧。

仝梧纳闷:“你救的是生寒寺,关你的也是生寒寺,骂我干什么?”

傅秋山答:“骂你,你就能杀了我!”

“你自己就能在虎牢自尽,为什么要借我的刀?”

“战场上赢不了你,自当被你杀掉。”

“你是扬国朝堂上唯一可敬的人,不杀你。”

“那我天天骂你,骂你的皇帝。”

“随便。”

这便是命数蹊跷。如果米籍生前所言不虚,那便有趣:一心要牺牲他人来自保富贵的马明伦,死于堂明山大火;原本要被马明伦设计牺牲的傅秋山,却在敌将手下活了下来。

仝梧没把傅秋山留在旧扬国,派人把他和妻小流放到从前灵国的土地。傅秋山到了那边照旧天天骂,写文章骂,站在家门口骂,但大家都不理他,反而把他的事迹流传开来,让天下人知晓武承皇帝有多么宽仁。

足足骂了五六年,有些地方官员受不了,上书仁阳城。仁阳城那边还是不杀他,改为流放东北,蓟州关以外。

一路遥远,加上路途艰险,傅秋山的家小都在半途死去,到了北地的他已经半疯半傻。又过一年,他喝醉酒后在冬季的雪夜里沉睡一晚,然后永远睡去。

武承皇帝命人修《忠烈典》时,对傅秋山犹豫半天,最后还是决定收录进去。

傅秋山的三弟傅茹,原本在扬国步军的武备局任职。庆玺帝投降后,冀军收管武备局。傅茹并未去职,选择继续为新的帝上效力。仝梧也没有因为傅秋山的事情为难他。

傅茹终其后半生，未对任何人再提及过二哥傅秋山。

傅茹的子孙里，就有上述提到的水淹地室的傅为仁。因为活捉徐岱弘有功，加上其他办案功劳，一路高升，乃至调去了仁阳城。卫朝居公案之后，便是冀朝傅公案的传奇，当然，那是很远的后话了。

海顾的孙子，滑如泥鳅、堪称“傅灼第二”的海嘉匀，既没归降冀朝，也没自安为民，而是选择了一条更诡异的道路：生寒寺下旨投降后没多久，他就联合一部分水军军将，驾舰南投定闽军，被奉为上宾。

后来冀军沿海南下，攻打定闽军。海嘉匀故技重施，说通一部分水军又驾舰东行，投奔弥生国的通应太王去了。

东海之国是他最后归宿。通应太王去世后，其子朝平太王继位，新举措之一就是杀了海嘉匀，将其首埋于深山，其身沉入大海——据说是因为跟通应太王的长女、朝平太王的姐姐发生了点什么，史界略有争议。

但海嘉匀鼓动投奔弥生的水军残部成了隐患，在朝平太王的允许下多次袭扰华夏海岸，如藓疾在臂。这为后来冀朝两次攻打弥生的远征埋下了伏笔。

受降扬国后，仝梧在东扬城没待太久，又南下波州和扬军旧部、定闽军打成一片去了。等打下定闽军所辖全境，他直接回了帝都仁阳城复命。武承帝加封他为奋麟军高帅、骁国公、司尉衙府府右等职务。

终其一生,他再也没回过江南,也没再见曲少毫。当初桐州金松城外的军营,二人以敌我身份一别,便是永恒。

仝梧五十岁时,武承帝去世,他每日受人监视,三餐极为奢华,却很少动箸。有充分证据表明他是把自己活活饿死的。

死前三日,仝梧曾以气弱之语对榻边近侍表示,某本当读一书,未得,憾!憾!憾!

尾声·代跋

当你读到这里,应该已看完全部四大案,或许会问,我写的这些到底算什么?胡乱杜撰的历史小说?基于古代文献发掘的历史悬案?两者兼而有之?我无法告诉你准确答案。

我也越写越自我怀疑,觉得自己不是写作的料。我不过是个普通的历史老师,第一次写这么多文字,可能连章节标题都写不准确。《金酒案》和金酒没有什么很强的关联,《虎牢案》大部分情节也并非发生在虎牢。

或许这正是古代史的迷人之处——它恰恰是不准确的。

动辄便一两千年、好几百年的时间长河横亘于前,不亚于面对辽阔大海,而你只有一叶扁舟就想横渡过去。太多史料可以研究,包括互为矛盾的,一代代以讹传讹的;还有太多史料还没有被发现,更多的史料早已被摧毁。

我落笔书写的古国东扬,在历史长河中不过一涌轻波。现代人对它的主要印象也就只有名画《乌江斜桥夜辉图》,以及后智成二十六年(公元一三二五年)曾参与长江大战。

流传到后世的扬国第一手史料,除了《东扬国志》和《东扬志补》这两本残缺不少内容的史官笔录,还有国主府的日常档案《日观》(大部分残缺),录案局的小说禆报告汇总《民絮抄》(少部分残缺)。

倒是那些研究某个细分领域的学术著作,比如《南五国诗歌考》《十四世纪东亚巫术》《细砂的魔力:珍珠贸易史》,分别从文学、神秘学、贸易学的角度,对扬国有着一定程度的再现和描绘。

此外,就是些个人的见闻记和回忆录,比如佚名外国留学生的《西渡东忆》,民间文士编撰的故事和段子大杂烩《谈海录》,以及曲少毫的《遗神往摘》。

这位昔日扬国的小说禆,在和妻儿重聚后没多久就全家搬出泊州城,回到老家鄞州。父母留给他的地产均在战乱中易主。此前帮忙打理田产的叔父一家,现在也和他一样名下无寸土。

好在,居游刃生前留下的金饼,除去遣散家仆和赠予李单家婆子的,还剩下一些,足够两家人回购些许薄田。曲少毫又寻了个书堂师士的差事,收入不多,加上田产租赁勉强养家。到鄞州第三年,他和居乐叶有了个女儿,取名曲游。

他在慈州的旧友谈庆,下落未明。

五年后,远在帝都仁阳城的仝梧派来书信,说自己通过各类渠道得悉他如今生活寒贫,甚为不忍,已着泊州府府正差办,为他在城里调遣差事,任何职位都可自择。

奇怪的是曲少毫一开始并不为所动,直到两年后才拿着这封信去了泊州府。府正自不敢违抗仝梧,让他随便挑选中阶职务。曲少毫没犹豫,说自己就想去录案局当个小说裨。

府正不敢,百般劝说,请他出任总录官一职。

曲少毫举家搬回昔日的东扬城。府正把情况上报仁阳城,仝梧又命人将甜水巷的旧宅清腾出来,还给曲少毫一家居住。

居乐叶当初从甜井巷逃出时,随身除了几冠金饼,还有曲少毫写在黄绵纸簿上的记文,可惜其著颇多,只来得及带出寥寥几册。局势平稳后,她又悄悄回过甜井巷,往返三次,终于将夫家的记文全部带出。

曲少毫在镐州时已决定将见闻记文命名为《遗神往摘》,每册均署名“小说裨官少毫”。

我们的这位小说裨曲少毫,去世时六十有四。其妻居乐叶在他过世一年后也离开人世。据说在她临死前,屋顶、院内百鸟降落。她死后各禽齐飞,旋而高鸣,颇为壮观。

二人的儿子曲幻海后来也走了仕途,但终生无甚成就,在史书文献上未得留名。倒是次女曲游,后来嫁给了那位泊州州正的侄孙但冰。曲游和但冰所生的儿子叫但璜,后来成了冀朝早期著名的骚人。

但璜成名后,将外祖父曲少毫的记文进行精选,自费付梓,流传后世，便有了今日我能读到的《遗神往摘》。

但璜亲自为《遗神往摘》作序，提到，外祖父曲少毫自弥生国故友过世后不再饮酒，只有两次破例。

一次，是其女曲游降生。另一次，是东扬国灭后又过两年，冀军彻底平定了定闽军和后成，华夏天下重又归一。

消息传来，曲少毫痛饮眠竹林二壶，拍案吟唱大画师高玄所写的《海珠韵》，复又以自习的弥生语再唱一遍，最后在妻子怀中沉沉睡去。女儿曲游全程在旁，对此情景记忆弥新，多年后告诉儿子但璜，但璜将之写进《遗神往摘》的序言。

但璜去世后，冀朝第六位皇帝睿明帝为削减冗官，下旨取消录案系统。"小说家"这个职业再次消失于历史长河之中。

好在，曲少毫所著文字，经历战火、天灾、变乱，被一代代书士文客、编工印匠流传下来，一直到我手中。

我只是个教书的，没什么写作天赋，没什么过人才华，更没有高职，却也愿和千百年前的小说裨曲少毫一样，在很多夜晚一个字一个字，一章节一章节，慢慢复写下他的经历，写下我们作为华夏子孙共同的思考。

王雅华　写于溪雨茶肆

词条注解

杨守恩

卫太祖信德皇帝。出身寒苦，四岁丧父，七岁丧母，唯一的哥哥脑子不太好使（史载：痴儿），两个亲妹妹不是被卖就是被拐。从小给地主家养猪，即“彘仆”。碰上地方豪强、王亲贵族到附近山上打猎，还要被迫当“赶山子”，即和其他人一起拿着木棍在草丛里赶山鸡、野兔出来，随时有被老爷们的箭矢误伤的危险——据说至少两次，箭头贴着他头皮飞过去了。

智成皇帝

卫朝末帝。卫朝洪典皇帝死时无子，由其侄继位，时年十六岁。其性格阴忤偏狂，反复无定，二十一岁重病痊愈后不理政事，转而精研声乐，常与两个堂妹公主（洪典帝的女儿）玩乐。

卫朝官制

卫朝官制分为上中下三阶,每阶七级。扬国疆域只及卫朝十分之一,故而生在�精简官制,每阶减少到四级。

宫里人制度

当年卫太祖信德皇帝革新后宫制度,认为从前的阉人做法恶秽残忍,便创立宫里人制度。

宫里人不必受阉,但要求是身体相对纤柔的男子。为避免宫里人和婧官(宫女)私相授受,或宫里人与妃子暗通,还严格规定,宫里人主行于中宫(议事朝堂、祀庙等宫殿),婧官主行于内宫(妃子居所)。若有特需,宫里人和婧官必须结伴而行,且有宫郎卫陪同,不能孤男寡女共处——如有违反,可以谋逆罪论处。

长韵

长韵前两句都是三、三、五、七字,上下互为押韵,且第一、三短句要押同音。当中两句则是五字短句,押韵同上面第一、三短句。最后一句采取二、二、五、五字的节奏,升华主题。古代文学研究界对长韵的发明者尚有争议,一说是陈鹿笳,另一说是十四国末期到卫朝初年的修别道人。

谢罪膳

斩刑一般在中午进行,中午阳气最足,可震慑冤魂怨魄。前一晚的“谢罪膳”吃完,一直到大刀落下,犯人都不进食,为的是防止死囚临刑前吓破胆,呕吐出来,有碍观瞻。此外,还面临死囚屎尿并出的问题,据说行刑时死囚穿着尿布,肛门被塞入木塞。这个说法虽未被完全证实,但得到史学界大部分学者的认可。

将军鱼

将军鱼产自外海,属“上品鱼”行列,体形硕大,尾如强弓,背鳍高宽,挺立如旗,鼻吻尖锐奇长,游速迅猛,捕之不易——有如一位高擎大旗、背弓执剑、骑马飞驰的军中上将,故得此名。东扬国上流人士(尤其军武界)以此鱼为贵,并非因其肉饱味美,纯粹是出自对外形的喜好和膜拜。但要是管一个人叫某将军鱼,其中影射含义不言自明:名声很大,看着也不错,吃起来却着实一般,能走红无非就是运气好,长了这么一副外观罢了。

德元正学

春秋战国有诸多学说,尤以儒、道、法、墨、刑名、阴阳六家为大,统称“六要说”。秦统一天下,行法家之术,其后各朝各代奉行过不同的学术,例如景朝奉道家,燕朝先刑名后儒,庄朝尊阴阳家。后来各学派时常发生争辩,有时甚至不惜动用武力相见(除了提倡非攻的墨家)。

到洛朝时,德元皇帝颁布《正学令》,开篇宗旨即是,无论哪派学说,都是传承古代诸子智慧,是祖宗留下的宝贵财富。一年四季各有差异,不论哪季总是天地变化,天地万物逃不出大规律,大规律下,和平相处方为正道。

《正学令》规定,全国各书院,除了提倡非攻、平等和兼爱的墨家,其他五种学说都要教授核心理论,等学生年纪到十二岁以上,可自行选择深研哪派学说。若天赋聪慧,研究多门也可以,且允许以后改学易道,总之在五家之内即可。

《正学令》的颁布,史称“德元正学”,在华夏历史上具有极为重大的意义,平定了学术界几百年来的纷争和纠怨,文人书士阶层此后相对和睦相处。“德元正学”也成为文人师从学派的另称。

文人拳

秦朝以后,卫朝以前,世间形成偏见:文人书士就该文质彬彬,每日手执书卷,远离兵刃干戈。卫朝建立后,太祖信德皇帝某日听高师讲谈,得知儒家的孔夫子并非弱手文人,反而身形高大,气力过人,可拉动巨弓。其父叔梁纥更是“鲁国三虎”之一,在偪阳之战中能力撑闸门不下。

卫太祖深以为然,认定文士皆应习武,而武将均当通文,如此可广造文武全才,遂下令推广“文人拳”,营造风气。

所以卫朝初期,无论高官府内还是乡野书堂,都能看到一番奇景:那些读书人不光要念书,每天还必须抽时间修习拳法。彼时的武术家各个吃香,甚至吃紧,忙于到处授课督功。

卫太祖死后,“文人拳”日渐没落,不过仍有个别异类。一直到卫末,还有极少数书士在修习“文人拳”。

魏平敬

在陆战中败于南方的军人,属于陇西派系军武世家的奇辱,加之年事已高,旧伤故疾并发,得了脑梗,不思食饮,口流涎而不能语,七日后便一命呜呼。

后世史家评价其“勇沙场怯庙堂”“畏首惧足”“武德盛而政智衰”“爪不如虎,牙不若蝮,权臣虚也,徒武夫尔”“不忠不奸,不愚不慧”……最客气的则表示,要是天威帝或明化帝没死那么早,魏平敬的历史评价将大不一样,因为此人的才能和心智是“(遇到)英主则显,庸主则殇,弱骨乏髓”。

亲观刑

魏武在文庆寺身中一矢,脸受一刀,在护卫拼死砍杀下逃走,回去搬救兵。文庆寺血流成河,起事的皇族和宗室子弟,死者十有五六,被俘者三十多人。幸存的起事宗族,均判斩刑。

魏武奇思妙想,不是让这一两百人一次性集体砍头,而是发明“亲观斩”——定了罪的宗室家庭成员被打散,和其他家的成员混合起来,十人一组。每天只砍一组人的脑袋,其他组的远近亲人就在不远处看着、哭着、号着。看完关回去,说不准明天就轮到自己,也有可能是母亲,后天是老婆,大后天是儿子或女儿……总之,不到刑场上是不知道结果的。“亲观斩”持续半个月。敢于起事的宗室杀完,剩下没什么用的老人小孩,暂时被放过一马。此外还有一批朝臣因“串通起事”,被魏武打入大狱,杀的杀,流放的流放。

至于被关押在紫官山修仙的兴德皇帝,据说得了道,飞了天。

平昌皇帝

西青闹出“文庆寺之变”,东青却全程平静观看,宛如路人。一是因为自平昌帝东逃,两边就互指对方为“逆族聩室”,剥夺对方作为天威帝后代的资格。二是因为东北方的渤都国和正北方向草原上的乌荼拉族,一直不间断地袭扰华夏,东青自顾不暇。

平昌皇帝无嗣,野史学家认为这不是他的问题。北青分裂前,平昌帝有三个妃子怀过孕,不过一个难产,两个早夭,有男有女。来到王响这里却一直没子嗣,他们认定是王响派人悄悄给妃子定期服下避孕药。谁知王响的女儿王皇后自己也是“石女”,弄巧成拙了。

东西青之战

同样是初代权臣的"接班人",魏武和王前区别太大,且不说个人武力和指挥能力,就说两边的执行层班底:王氏自卫朝末期就经营莱东数年,一支独大,当年平昌帝投奔王响另立朝堂,满朝上下文武都是王氏的心腹和部将。所谓皇族宗室,只是一小撮,不成气候。

魏武这边,军武界虽多为其父旧部,但不太服他。文官派系更加复杂,基本上没几个真心听话的。王前一西征,魏武布置在最前沿的守卫部队触之则溃,只有精锐的"冷风骑"可堪一战,但也战得很苦。各地豪族、宗室残余和地方官员顺势而为,不是加入东青队伍就是占山自立——反正,都在袭击魏武的部队。

三头火

"三头火"是民间通俗叫法,其信徒的正式称呼为"焱灵宗",是食火教的一个分支。食火教起于极远西方的波砂国,其历史据说可同期追溯到春秋时的弭兵会盟,庄朝孝仁皇帝时传入华夏,是合法宗教。

洛朝中期,食火教出了一个分支教派,认为光明神其实就是古代的燧人氏。燧人氏发明钻木取火,后代里有一人往西游历、定居,四处传颂祖先功绩,便形成了食火教。

这个分支教派自称燧皇派,因将宗教起源和华夏本土结合,势力迅速壮大,让食火教本宗感到受了威胁,也触怒了朝堂:拜燧皇的仪式要献上明火烤制的牛、羊、猪的内脏——这和皇帝祭天的“太牢”毫无区别，犯了僭越之罪。

洛朝后期，朝堂尝试着打击了几次燧皇派，但未除根。在各地割据的十四国时期，燧皇派在权力的缝隙和真空地带里发展壮大，直到卫太祖时才被迫转入地下，名称也换成“燚灵宗”，且教义越发极端。

食火教本宗认为火是光明神的化身，祭拜火焰可以净化自身，这种净化是单纯心灵层面的。“三头火”信众却认定“净化”应该身心都要，人的肉身也需要定期用火烤一烤，烤得越久越干净，然后就能去见光明神、燧人氏。

自卫朝中期开始，各地屡有纵火自焚事件，或个人，或集体，十有八九是“三头火”教徒所为。他们不光烧自己，有时还拉上家人，不管家人愿不愿意。不愿意的就捆起来、灌醉、下昏药、砍伤，然后共赴烈焰。他们相信，随其自焚的人越多，烧掉的建筑和物品越多，光明神会越满意。

卫朝灭亡后，不少“三头火”信徒跟着战乱流民南迁，故而南五国之内此类案子层出。高玄虎牢案中，某夜东扬城城南失火，祸及数坊，据说很可能是城内“三头火”信徒所为。

各邪教

深定派主要集中在沿海各州，是海龙王教里的极端派，提倡将活人扔入海中献祭龙王，认为海刑天是龙王的护卫大将和祭传护法，海刑天将被献祭者吞入腹中，游到深海里再吐出来给龙王享用。这派的信徒会在身上佩戴海刑天牙齿做的硬符。很多船客会在风平浪静的海上航行途中落水身亡，多半是深定派所为，可惜船上信此教的水工、帆佬们往往勾结串通，难以调查清明。

杀神教也叫土杀神、武安门，多见于西南各州。奉秦国武将白起为神，教主自称白给，系白起第十八世孙。核心教义为，杀生是必须的，死亡是一切新生的前奏和基础，定期以将活人活埋为献祭。同时其教徒喜欢收集人类的骨头，认为上面附有灵性，有助于通灵、积蓄“杀力”，且会将其打磨伪装成掉落的牙齿，很难辨认。

天养派是正规宗教天同教的极端分支。天同教本宗教义温和无害，提倡少食、重素。天养派更激进，认为修炼的最高境界是食物吃得越少就越能接近永生，最后不吃就会不死，“以天地百气为食”。其信徒多为富商家庭出来的，他们不像劳民那般经常感受挨饿的滋味，也不需要劳作来养活自己。个别走火入魔者，也有把自己活活饿死的。还有一些直接把自己变成了魔，以行善赐食为理由将饥苦流民引到家中，困于私建的地牢内，让他们和自己一起受饿，最后一起饿死。

五莲教正宗分为赤、白、青、金、土五脉，对应士农工商伎这五大类，各方之间和睦相处，深为不易。黑莲宗却信“灭五存一”，且喜习传邪术，如“毒断”“缚婴”“忘老”等，危害民间。据说，前宫里人大医士田从容就是黑莲宗信徒，会收购死婴的心脏炼丹药。

汉州之围

冀军攻打灵国的主力是“吞虎军”，主帅赵敌蛮。仝梧跟在先锋部队后面甄别战俘，将参加过当年长江大战的灵国老兵归拢起来，送到江北的汉州城下。

围住汉州的是付茂率领的“从龙军”和王固子率领的“赤悬铁”。仝梧向两位主帅讨要到三日的时间，然后向城内散播消息，“灵国已投降冀军”，同时在城外展示灵国战俘——这些人都参加过长江大战，曾和城内的部分守军并肩作战过。

恐惧瞬间在城内散播、弥漫，人心惶惶。仝梧许诺，将留出整三日，不动兵戈，允许城内军民坐船渡江南归。三日后还留在城内的无分军民老幼，都视为顽敌。

汉州守将陆来风思考整夜，终因城内粮食无多，伤兵无数，决心弃城。其副将抗命，欲与冀军殊死相斗，被陆来风三掌击毙。之后三日，城内军民纷纷自城南门出，大船小舟拥挤不堪，不少人仓皇落水，别人顾不上搭救，死者上百。远处的冀朝水军遵守约定，不曾靠近。

三日后冀军进入汉州，城中仅剩瘦犬五条，残老不能动者五十余人，另有二十余人自尽。冀军未施屠刀。

陆来风逃回长沙，结局如其所料，被朱猛华下令诛杀，全家

上下二十余口也落得相同下场。可是汉州逃回来的不止一个陆来风,还有残兵、劳民三千多人,朱猛华不可能把他们全杀了。于是,灵国溃败,冀军信守诺言,陆将军为汉州军民而牺牲全家的高义,都在南景四散开去,——还包括朱猛华亲手摔死陆来风幼孙的“壮举”。

南贤殿大火

除了文中几种推测,《南五国演义》一书的作者提供了另一种可能性:庆玺帝生寒寺幕后指使。

这一说法的内在逻辑是,生寒寺久居病榻,其心已冷,虽然不理国政,但还是对朝堂议事有闻。异母弟生法宇和昔年心腹马明伦在军国大事上猛进不顾,对外败仗连连,对内弹压忠良。生寒寺为苍生所计,决定让米籍除去生法宇和马明伦。是所谓“我愿一家哭,不负苍生笑”。

但质疑这一论点的大有人在:其一,生寒寺还没卧床深宫时就是个缺乏主见的人,也很少为苍生着想,这一生病怎么会生出这么大的思想转折,生出如此大的魄力?其二,就算生寒寺指派素来和马明伦不睦的米籍去行事,自然是许诺了米籍以后终身富贵的,米籍为何把自己也锁在水相殿内一起烧死?说不通。

附录

事件年表

四大案	年份	事件	说明
	1299 年	卫朝覆灭	卫朝末帝禅位，北青、楚卫、后成等政权相继建立，互为征伐
	1300 年	扬国自立	东扬州立国，不称帝，年号“后智成”，仍奉卫朝为正朔
	1315 年	天威南征	北青统一北方，江北随州大战，楚卫大败，但天威帝病死军中，江南得保
金酒案	1323 年	北青分裂	平昌帝东逃、北青分裂为二，东北的渤都国欲联合扬国夹击东青
	1324 年	弃东攻西	受金酒案影响，扬国放弃联合渤都国，而是与楚卫联合攻打西青
虎牢案	1325 年	南国北伐	楚卫、扬、灵三国联军，西青在长江大战中被击败，权臣魏平敬羞愤而死
	1326 年	文庆寺之变	魏平敬之子魏武擅权跋扈，西青皇族宗室欲杀之，事败，大遭屠戮
	1330 年	东青西征 楚卫覆灭	王前大败西青,魏武出逃;长沙朱猛华篡位为帝,改国号为(南)景
皇族案	1331 年	二君称帝	魏武自尽，西青覆灭。扬国生寒寺称帝。东青末帝禅位，王前改国号为冀
	1332 年	望秦原大战	冀军在望秦原大败渤都国,消除后方隐患。南景欲再度联军北伐,不成
	1333 年	冀军南征	冀军渡江，下灵国，攻南景，直逼扬国，扬国犹豫是否要兵征四夷
焚宫案	1334 年	平定江东	南景灭国。磐州兵变，扬国连败，堂明山大火，生寒寺投降献玺
	1338 年	华夏再统	后成、定闽军战败归顺，冀朝统一天下

朝代大表

年代	朝代
前 221 年—前 175 年	秦朝
前 175 年—前 1 年	景朝
前 1 年—189 年	燕朝
189 年—365 年	庄朝
365 年—422 年	小南北朝
422 年—687 年	成朝
687 年—972 年	洛朝
972 年—1036 年	十四国
1036 年—1299 年	卫朝
1299 年—1337 年	大南北朝
1337 年—1639 年	冀朝
1639 年—1823 年	定朝

机构和官制等级

首长	机构	业务范围	首长	次长	佐长
太司祀 生巽	司祀衙府	礼仪、外交、教育	太司祀	府右	府左
	祭礼局	仪式管理	祭礼都使	局右	局左
	育才局	书士考核、各地书院	育才都使	局右	局左
	邦梳局	外交事务	邦梳都使	局右	局左
太司纠 马明伦	司纠衙府	官员人事、招聘	太司纠	府右	府左
	理察局	官员绩效、弹劾	理察都使	局右	局左
	录案局	把握舆论动向	录案都使	局右	局左
太司尉 傅灼 / 海顾	司尉衙府	军事后勤	太司尉	府右	府左
	水军高殿司	国防、缉私	水军高帅	水军殿帅	水军都使
	步军高殿司	国防、缉私	步军高帅	步军殿帅	步军都使
	武备局	兵工厂、养马	武备都使	局右	局左
	船要局	军用造船	船要都使	局右	局左
太司常 萧天佐	司常衙府	财政、贸易、税收	太司常	府右	府左
	盐铁局	盐铁专卖、督查缉私	盐铁都使	局右	局左
	户案局	户籍、土地清典	户案都使	局右	局左
	典税局	税收和管理	典税都使	局右	局左
	易珍局	外贸、海珠打捞	易珍都使	局右	局左
	典粮局	官粮收获和仓储	典粮都使	局右	局左
其他	核监院	司法复审、首都大案	监正	大理法	通案
	造鲁院	道路、港口、造船	造正	大理工	通造
	典金院	国家金库、造币	典正	大理帑	通典
	宗能院	宗教管理	抚正	大理宗	通抚
	安治都司	首都治安、各地治安	安治都校	安治都尉	安城尉

月份

农历	季节	公历	月份	寓意
十二月	冬节	一月	龟	年尾，乌龟长寿，日子永久
一月	春节	二月	豕	猪肥大，寓意今年富足，杀猪过冬
二月	春节	三月	燕	春天到来，燕子齐飞
三月	春节	四月	牛	牛耕地，春耕开始
四月	夏节	五月	兔	动若脱兔，活力开始
五月	夏节	六月	猴	群猴热闹
六月	夏节	七月	犬	转热，狗开始吐舌头
七月	秋节	八月	虎	很热，夏老虎开始
八月	秋节	九月	马	进入秋季，秋高马肥
九月	秋节	十月	鹤	鹤开始往南飞，同时也是读书人的月份
十月	冬节	十一月	羊	天气转冷，开始吃羊肉
十一月	冬节	十二月	蛇	天气深冷，蛇开始冬眠

鱼类

	现名	特征	品级
生死鱼	河豚	河口，春季，难以料理	0
巨鲲	鲸鱼	心脏出名，难抓获	0
海刑天	鲨鱼	鱼翅出名，难抓获	0
海赤鲫	鲷鱼	口感极佳，长得也好看	1
将军鱼	旗鱼	鼻子做装饰，威风大气	1
剑客鱼	剑鱼	鼻子做装饰，威风大气	1
湾口鲟	海鲟鱼	鱼子出名，肉做汤	1
蛤蟆灯	鮟鱇、灯笼鱼	鱼肝出名，但太丑	2
海雾鱼	鲻鱼、乌鱼	鱼子出名，海雾子	2
灰背头	鲑鱼、三文鱼	鱼子出名，海石榴	2
朝天鱼	比目、鲆、鸦片鱼	味美，但太丑	2
软条白虎	龙头鱼、九肚鱼	口感很好，可惜量大	2
海蛙	海蛇	去毒后食用，鲜美	2
青斑	石斑鱼	普通酒肆的常见顶配	2
黄金鱼	黄鱼	有“大金条”“小金条”之称，多制成鱼鲞	3
弓尾鱼	海鲈鱼、金枪鱼	鱼头不错	3
寒雪鱼	鳕鱼	鱼肝出名，油脂多	3
恶神鳊	海鳝	难捕捞	3
八手君	章鱼	小的好吃	3
线腹鱼	鲣鱼、柴鱼	鱼干削片，辅料	4
平安鱼	鲕鱼、油甘鱼	量多不稀，平民美食	4
黑斑鲈	海鲈鱼	量多不稀，平民美食	4
蓝点串乌	马鲛鱼	肉质略粗	4
马脸鱼	马面鲀、剥皮鱼	量多，刺少，平民美食	4
海荷叶	鲳鱼	量多不稀	4
白玉子	鳎鱼、龙利鱼	肉无味	4
海龙君	带鱼	体态轻薄，高层不爱	4
长鳊	鳗鱼	量多不稀，平民美食	4
怒象鱼	鱿鱼	量多不稀	4
海文曲	墨鱼、乌贼	贫穷文人较喜欢，口彩	4
蒲扇鱼	鳐鱼	有尿液，需特殊处理	5
海鲇	海鲶鱼	腥味重，多调料	5
青台鱼	鲭鱼、青花鱼	腥味重，多腌制	5
越王剑	秋刀鱼	口感发柴	5
银梭鱼	鲱鱼	口感不好，多腌制	5
细杂鱼	沙丁鱼	多刺，肉少，太小	6